人文传统经典

诗经全注

褚斌杰 注

人民文学出版社

图书在版编目（CIP）数据

诗经全注/褚斌杰注．—北京：人民文学出版社，2021
（人文传统经典）
ISBN 978-7-02-011653-9

I. ①诗… II. ①褚… III. ①古体诗—诗集—中国—春秋时代②《诗经》—注释 IV. ①I222.2

中国版本图书馆 CIP 数据核字（2016）第 111220 号

责任编辑　葛云波
装帧设计　陶　雷
责任印制　任　祎

出版发行　人民文学出版社
社　　址　北京市朝内大街 166 号
邮政编码　100705

印　　刷　三河市鑫金马印装有限公司
经　　销　全国新华书店等

字　　数　336 千字
开　　本　880 毫米×1230 毫米　1/32
印　　张　16　插页 2
印　　数　1—8000
版　　次　1999 年 7 月北京第 1 版
印　　次　2021 年 4 月第 1 次印刷

书　　号　978-7-02-011653-9
定　　价　56.00 元

如有印装质量问题，请与本社图书销售中心调换。电话：010-65233595

目 录

前言 …………………………………………………………… 1

风

周南

关雎 …………………………………………………………… 3
葛覃 …………………………………………………………… 4
卷耳 …………………………………………………………… 5
樛木 …………………………………………………………… 7
螽斯 …………………………………………………………… 8
桃夭 …………………………………………………………… 8
兔罝 …………………………………………………………… 9
芣苢 …………………………………………………………… 10
汉广 …………………………………………………………… 11
汝坟 …………………………………………………………… 12
麟之趾 ………………………………………………………… 13

召南

鹊巢 …………………………………………………………… 15
采蘩 …………………………………………………………… 15
草虫 …………………………………………………………… 16
采蘋 …………………………………………………………… 17

甘棠 18
行露 19
羔羊 20
殷其雷 21
摽有梅 22
小星 22
江有汜 23
野有死麕 24
何彼襛矣 25
驺虞 26

邶风

柏舟 27
绿衣 29
燕燕 30
日月 31
终风 32
击鼓 34
凯风 35
雄雉 36
匏有苦叶 38
谷风 39
式微 43
旄丘 43
简兮 44
泉水 46
北门 48

北风 …… 49

  静女 …… 50

  新台 …… 51

  二子乘舟 …… 52

鄘风

  柏舟 …… 54

  墙有茨 …… 55

  君子偕老 …… 56

  桑中 …… 57

  鹑之奔奔 …… 58

  定之方中 …… 59

  蝃蝀 …… 61

  相鼠 …… 62

  干旄 …… 62

  载驰 …… 64

卫风

  淇奥 …… 66

  考槃 …… 67

  硕人 …… 68

  氓 …… 70

  竹竿 …… 74

  芄兰 …… 75

  河广 …… 76

  伯兮 …… 76

  有狐 …… 78

  木瓜 …… 79

王风

- 黍离 *80*
- 君子于役 *81*
- 君子阳阳 *82*
- 扬之水 *82*
- 中谷有蓷 *83*
- 兔爰 *84*
- 葛藟 *86*
- 采葛 *87*
- 大车 *87*
- 丘中有麻 *89*

郑风

- 缁衣 *90*
- 将仲子 *91*
- 叔于田 *92*
- 大叔于田 *93*
- 清人 *94*
- 羔裘 *96*
- 遵大路 *97*
- 女曰鸡鸣 *97*
- 有女同车 *99*
- 山有扶苏 *99*
- 萚兮 *100*
- 狡童 *101*
- 褰裳 *101*
- 丰 *102*

东门之墠 …… 103

风雨 …… 104

子衿 …… 105

扬之水 …… 106

出其东门 …… 106

野有蔓草 …… 107

溱洧 …… 108

齐风

鸡鸣 …… 110

还 …… 111

著 …… 112

东方之日 …… 113

东方未明 …… 113

南山 …… 114

甫田 …… 116

卢令 …… 117

敝笱 …… 118

载驱 …… 118

猗嗟 …… 120

魏风

葛屦 …… 122

汾沮洳 …… 123

园有桃 …… 124

陟岵 …… 125

十亩之间 …… 126

伐檀 …… 127

硕鼠 ………………………………… 128
唐风
　　蟋蟀 ………………………………… 130
　　山有枢 ……………………………… 131
　　扬之水 ……………………………… 132
　　椒聊 ………………………………… 133
　　绸缪 ………………………………… 134
　　杕杜 ………………………………… 135
　　羔裘 ………………………………… 136
　　鸨羽 ………………………………… 137
　　无衣 ………………………………… 138
　　有杕之杜 …………………………… 138
　　葛生 ………………………………… 139
　　采苓 ………………………………… 140
秦风
　　车邻 ………………………………… 142
　　驷驖 ………………………………… 143
　　小戎 ………………………………… 144
　　蒹葭 ………………………………… 146
　　终南 ………………………………… 148
　　黄鸟 ………………………………… 149
　　晨风 ………………………………… 150
　　无衣 ………………………………… 151
　　渭阳 ………………………………… 152
　　权舆 ………………………………… 152

陈风

宛丘 *154*

东门之枌 *155*

衡门 *156*

东门之池 *157*

东门之杨 *157*

墓门 *158*

防有鹊巢 *159*

月出 *160*

株林 *161*

泽陂 *161*

桧风

羔裘 *163*

素冠 *164*

隰有苌楚 *164*

匪风 *165*

曹风

蜉蝣 *167*

候人 *167*

鸤鸠 *169*

下泉 *170*

豳风

七月 *172*

鸱鸮 *177*

东山 *178*

破斧 *181*

伐柯 ………………………………………… 182

九罭 ………………………………………… 183

狼跋 ………………………………………… 184

雅

小雅

鹿鸣 ………………………………………… 189

四牡 ………………………………………… 190

皇皇者华 …………………………………… 191

常棣 ………………………………………… 193

伐木 ………………………………………… 194

天保 ………………………………………… 197

采薇 ………………………………………… 199

出车 ………………………………………… 201

杕杜 ………………………………………… 204

南陔(无词)

白华(无词)

华黍(无词)

鱼丽 ………………………………………… 206

由庚(无词)

南有嘉鱼 …………………………………… 207

崇丘(无词)

南山有台 …………………………………… 208

由仪(无词)

蓼萧 ………………………………………… 209

湛露 ………………………………………… 211

彤弓 ………………………………… 212

菁菁者莪 …………………………… 213

六月 ………………………………… 214

采芑 ………………………………… 216

车攻 ………………………………… 219

吉日 ………………………………… 221

鸿雁 ………………………………… 223

庭燎 ………………………………… 224

沔水 ………………………………… 225

鹤鸣 ………………………………… 226

祈父 ………………………………… 227

白驹 ………………………………… 228

黄鸟 ………………………………… 229

我行其野 …………………………… 230

斯干 ………………………………… 231

无羊 ………………………………… 235

节南山 ……………………………… 236

正月 ………………………………… 240

十月之交 …………………………… 246

雨无正 ……………………………… 250

小旻 ………………………………… 253

小宛 ………………………………… 256

小弁 ………………………………… 258

巧言 ………………………………… 262

何人斯 ……………………………… 265

巷伯 ………………………………… 268

9

谷风	270
蓼莪	271
大东	273
四月	277
北山	279
无将大车	281
小明	282
鼓钟	284
楚茨	286
信南山	290
甫田	292
大田	295
瞻彼洛矣	297
裳裳者华	298
桑扈	299
鸳鸯	301
頍弁	302
车舝	303
青蝇	305
宾之初筵	306
鱼藻	310
采菽	311
角弓	313
菀柳	316
都人士	317
采绿	319

黍苗 ……	*320*
隰桑 ……	*321*
白华 ……	*322*
绵蛮 ……	*324*
瓠叶 ……	*325*
渐渐之石 ……	*326*
苕之华 ……	*327*
何草不黄 ……	*328*

大雅

文王 ……	*330*
大明 ……	*333*
绵 ……	*337*
棫朴 ……	*341*
旱麓 ……	*342*
思齐 ……	*344*
皇矣 ……	*346*
灵台 ……	*352*
下武 ……	*353*
文王有声 ……	*355*
生民 ……	*357*
行苇 ……	*362*
既醉 ……	*364*
凫鹥 ……	*366*
假乐 ……	*368*
公刘 ……	*369*
泂酌 ……	*373*

卷阿 …………………………………………… *374*

民劳 …………………………………………… *377*

板 ……………………………………………… *379*

荡 ……………………………………………… *383*

抑 ……………………………………………… *387*

桑柔 …………………………………………… *393*

云汉 …………………………………………… *400*

崧高 …………………………………………… *405*

烝民 …………………………………………… *408*

韩奕 …………………………………………… *412*

江汉 …………………………………………… *417*

常武 …………………………………………… *420*

瞻卬 …………………………………………… *423*

召旻 …………………………………………… *427*

颂

周颂

清庙 …………………………………………… *433*

维天之命 ……………………………………… *434*

维清 …………………………………………… *435*

烈文 …………………………………………… *435*

天作 …………………………………………… *436*

昊天有成命 …………………………………… *437*

我将 …………………………………………… *438*

时迈 …………………………………………… *439*

执竞 …………………………………………… *440*

思文	441
臣工	442
噫嘻	443
振鹭	444
丰年	445
有瞽	445
潜	447
雝	447
载见	449
有客	450
武	451
闵予小子	452
访落	452
敬之	453
小毖	454
载芟	455
良耜	458
丝衣	459
酌	460
桓	461
赉	462
般	463

鲁颂

駉	464
有駜	465
泮水	467

13

闷宫 …………………………………………… *471*

商颂

那 …………………………………………… *478*

烈祖 …………………………………………… *479*

玄鸟 …………………………………………… *481*

长发 …………………………………………… *482*

殷武 …………………………………………… *486*

前　言

　　中国诗歌有着久远的传统。早在公元前六世纪左右，就出现了一部经当时乐师之手收集、编辑起来的诗集——《诗三百篇》，也就是被后世儒家学者所尊称的《诗经》。

　　《诗经》收录了我国西周初年至春秋中叶之间产生的三百零五篇作品，这些作品主要出现于当时的北方中原地区，是根植于我国黄河流域古老文化土壤中的艺术花朵，它以贴近现实，淳朴自然为特征，受到人们的喜爱，成为我国文学园林中最早的硕果。

　　现存《诗经》一书，是按风、雅、颂分类编排的。为什么有这种划分呢？原来《诗经》中的诗篇，有的原本是人民口头上传唱的民歌，有的虽是文人的创作，也是经乐师配乐后用来演唱的，它们都是"歌诗"，与音乐有关。由于这些歌诗的来源、产生的地域不同，乐调也有所不同，所谓风、雅、颂，乃是按乐调划分的类别。风，土风俗曲的意思，是指当时各诸侯国所辖不同区域的地方乐曲，它占《诗经》作品的大部分，主要是这些地区的民歌。雅，指当时周王朝国都（丰、镐）附近地区的乐曲。其中有民歌，也有文人创作。颂，是古代祭神祀祖用的歌舞曲。曲调肃穆而徐缓，与一般乐曲不同，故单成一类。大约是当时王朝中的史官或巫祝（掌管祭祀活动的人）创作的。

　　《诗经》是一部诗歌总集。从年代说，它包括了上下五、六百年间的作品;从作者说,它包括了当时社会不同身份、不同生活经历,以及不同性格、性别的作者的创作;从体裁说,它包括有抒情、叙事、讽谕、颂赞等各种文学样式,而题材内容更是多种多样,有的写政治、行役、战争、农事、狩猎、祭祀、宴饮,有的写爱情、婚姻、民俗、歌舞,而且形象极为生动,感情浓郁,美妙动人。它就像当时社会的一部形象化的历史,一个精金美玉杂收并储的宝库,丰富多彩,炫人耳目。

由于《诗三百篇》的内容十分丰富,从而很早就受到重视。我国大思想家、教育家孔子,就曾把它作为教导学生的教材,认为"诗可以兴,可以观,可以群,可以怨",不仅如此,他认为学诗还可以体会出如何侍奉父母,怎样辅佐君王施政的道理,以至通过它可以"多识鸟兽草木之名"(《论语·阳货》)。另外,孔子还说"不学诗,无以言"(《论语·季氏》)。在孔子看来,《诗三百篇》无疑是一部囊括了政治、伦理、文学、语言,以及博物知识的百科全书。

《诗经》作为文学作品,作为生动优美的诗歌创作,无疑是我国古典文学辉煌的开始;同时,它的广阔而丰富的内容,又是我国古文化和古文明的载体,是我们了解古代社会和我们民族古老的物质文明和精神文明的重要典籍。

《诗经》中的诗篇,是否有商代的遗存,尚有争议,但有相当一部分作品可以上溯到西周初年是无问题的。《诗经》"大雅"中有一组古老的诗篇,即《生民》、《公刘》、《绵》、《皇矣》、《大明》,它们记述了从周始祖后稷的诞生到武王灭商兴周的史迹和传说,是传唱于周初前后的"史诗",十分可贵地保存了一些远古历史的面影。"史诗"是一个民族发祥、创业的胜利歌唱,是民族历史的第一页。这些仅存的古老诗篇,无疑是非常珍贵的。

《诗经》中还保留下一批具有鲜明时代特点和民族特点的祭祀诗,如《诗经》中的"三颂"。周人把祭天和敬祖置于同等地位,视祖先亡灵为本民族的保护神,反映了我国古代宗法制社会将宗教伦理化的特点。在祭祀诗中,有一部分是属于祀田祖(农神)、祈丰收的诗,它们写祭事,但也反映了古时耕、种、收、藏等农事活动以及相关的礼俗和农田管理等。在虔诚的宗教感情中,透露出当时人们对农事的重视,以及对家族兴旺和过富足安康生活的向往。

《诗经》中的宴饮诗(又称燕飨诗),是中国古代礼乐文明的独有产物。周代君臣朝会,家族团聚,故旧相逢皆举行宴饮,特别是在上层社会,宴饮之际,要奏乐歌诗。而举行各种宴饮活动的目的,"非专为饮食也,为行礼也"(《礼记·乡饮酒礼》)。故在这些诗里,除写酒食的丰盛外,主要写宾主彬彬有礼,尊卑长幼有序,特别是表达情义的可贵。实际上是要在觥筹交错、琴瑟钟鼓的歌乐声中,达到尊贤敬老,亲亲睦友的目的。所以《诗经》中的宴饮诗,实际表达着周人尚道德、重教化的礼乐文明。

《诗经》中还有一部分反映王道兴衰、政教得失的政治诗。它们包括了"美"、"刺"两方面内容。美,是颂美;刺,是怨刺。这些诗多出于当时中下层文人之手,大约是当时"献诗"制度的产物。美诗,是对某些当权者、政治人物和英武杰出之士的颂扬;刺诗,则是愤世伤时之作,是对君昏臣佞、政治弊端、社会问题的揭露和讽刺,表现了当时进步士人关心国事的热情和对时代兴衰、民生疾苦的责任感。这种忧国忧民的精神,一直影响到后世,被无数进步诗人、作家所继承,成为我国文学的优良传统。

当然,最值得我们珍视的是占全书大部分的民歌作品。它们是当时劳动人民口耳相传的集体创作,是劳动人民的理想和智慧的结晶,是他们在各种生活遭遇中思想感情的自然流露。

例如《七月》一诗,是一个饱经风霜和压迫之苦的年长农夫,对他年复一年所过生活的回忆,在痛苦的回忆中,他感到凄苦、哀伤和不平,于是用朴素的语言,把它随口唱了出来,其感情是非常真实感人的。《伐檀》、《硕鼠》也是这样,这些劳动者想到自己终年艰苦的劳作,但劳动果实却被那些自命为"君子"、实际上是吸血鬼的人掠夺一空,于是感到无比愤恨,一时怒火中烧,而随口唱出了他们的久积于心头的怨恨,并产生出"适彼乐土"去寻求美好生活的愿望;行役之人久滞不归,他想到家里的田地荒芜,年老的父母在饿肚子,因而感到撕肠裂腹的痛苦,于是呼叫苍天,放声长号(《唐风·鸨羽》);征夫的妻子,傍晚看到牛羊下坡,鸡儿归巢,因而流泪伫望,发出心底的怨思(《王风·君子于役》)。如此等等,这些作品无不是"饥者歌其食,劳者歌其事",是当时劳苦大众血泪生活的真实而形象的写照。

以恋爱和婚姻为题材的作品,在《诗经》中占很大比重。从社会制度和文化习俗发展上看,《诗经》中大量的婚恋诗,反映了古代由群婚制向对偶婚姻的转化,表现了男女间由原始的生命欲求,向个人的性爱及其精神品格上的升华;同时也打上了宗法社会的某些烙印。从而这些诗,既迸发出自由、大胆、忠于所爱的青春活力,又表现了对某些礼制的冲突。

《诗经》中大量的爱情作品,多方面地反映了男女恋爱生活中的各种情景及心理。正在恋爱的青年,听到河边水鸟成双捉对的鸣叫,于是满怀幽情地想念起所爱的人(《周南·关雎》);一对情人相约在角楼相会,赠物传情,并相互逗趣(《邶风·静女》);情人相会在一起,是欢乐的,幸福的,但分别不得相见是惆怅的、难挨的,于是唱出"一日不见,如三秋兮"的度日如年的痛苦(《王风·采葛》);有的男女爱情受到了家长的干预,于是发出"之死矢靡它"的誓言,以示反抗到底(《鄘风·柏舟》);一个被男子欺压、无辜被弃的妇女,抚今思昔,恨夫悲己,不由得发出"反是不思,亦已焉哉"的决绝之词(《王风·氓》)。《诗经》中爱情诗歌的一个重要特征,是它既表现出两性间的吸引和大胆追求,又表现出爱情是两性间心灵的沟通,是一片圣洁的美的世界。如《秦风·蒹葭》写痴情人所求不得而产生的凄迷心境和孤独忧伤;《周南·汉广》写水畔思人,一往情深,渴望之切与失望之极的苦恋心情;《陈风·月出》写月夜幽独,意中人的情影挥之不去,空劳遐想。这些诗都表现出一种纯情专一,深婉优美的浪漫情致。在两千年前能达到这种精神境界和高超诗艺,是令人惊叹不已的。

伟大的《诗经》,是我国文学辉煌的开端,是一批富于首创性的杰作。这些诗篇蕴含了对社会现实生活的热情关注和直面苦乐人生的伟大现实主义精神。它涉及的生活面广阔,内容丰富,题材多样,举凡征人之苦,劳人之怨,国难"黍离"之悲,故土怀归之思,以及亲朋契阔,男女哀乐之情,这些在后世诗文中所屡见而富于民族特色的主题,在《诗经》作品中均发其端,导其源。至于它在赋、比、兴艺术手法方面的开创,它的"为情而造文",贴近生活,不追求华丽之美而又深藏艺术魅力的高超艺术成就,更对我国后世文学艺术的发展,产生至深至巨的影响。至于它的深厚文化意蕴,也正是研究我国文化传统和民族心理的渊薮。

在古代,《诗经》是作为儒家经典而流传的,因此每被旧日经学家所涂饰和曲解。如汉人以"政教"说诗,宋人以"理欲心性"说诗,还有的学者为了达到"经世致用",而以"微言大义"说诗。总之,就论析每篇诗歌之主题来看,可以说切合诗之原意者少,借题发挥者多。近代以来,旧日经学家的偏见虽逐渐被克服和拨正(当然某些训诂成果还是可取的),但终由于这些诗产生的时代久远，资料有阙和古今语言的变迁，要正确无误地解释每一篇诗的作意、主题，注解清楚诗中的每章每句，仍属大难事。

我做这一工作时，所采取的方法是，先涵咏诗作原文，细味全篇文意，再参以相关文献和前人解诗成果。或对前人之见择善而从，或经过体察研究而裁以己意。其异同之间，正如刘勰所说："有同乎旧谈者，非雷同也，势不可异也；有异乎前论者，非苟异也，理自不可同也。"（《文心雕龙·序志》）在具体操作时，虽往往斟酌再三，采取谨慎态度，但由于学识有限，恐终难做到切实稳妥。因此并不敢存有什么后来居上之想，实只愿不至于"离本弥甚"，希望经过一番努力，为读者提供一个平实的读本而已。

本书在编撰过程中，除参考、引用古文献外，还参考、吸取了时贤的某些研究成果，未能一一注出，谨表感谢。另外，本书之告成，更承蒙黄筠、宗明华和孔慧云诸同志的协助，他们或为我费时费力借书、搜集资料，或代为整理、抄写稿件，特别是宗明华同志相助尤多，特致谢意。

需附带说明的是，本书引用前人著述，为省篇幅，酌用简称，如汉毛亨《毛氏故训传》(毛《传》)、汉郑玄《毛诗传笺》(郑《笺》)、唐陆德明《经典释文》(陆氏《释文》)、唐孔颖达《毛诗注疏》(孔《疏》)、宋朱熹《诗集传》(朱氏《集传》)、清陈奂《毛诗传疏》(陈氏《传疏》)、清姚际恒《诗经通论》(姚氏《通论》)、清方玉润《诗经原始》(方氏《原始》)、清牟应震《毛诗质疑》(牟氏《质疑》)、清马瑞辰《毛诗传笺通释》(马氏《通释》)、清王先谦《诗三家义集疏》(王氏《集疏》)、清俞樾《毛诗平议》(俞氏《平议》)、清王引之《经传释词》(王氏《释词》)等。至于偶加引用者，概用全称。又，《诗经·小雅》中《南陔》等六首有目无词，今仅标诗题于目录，正文从略。特此说明。

褚斌杰
1997年4月10日

风

周 南

关 雎〔1〕

关关雎鸠〔2〕,在河之洲〔3〕。窈窕淑女〔4〕,君子好逑〔5〕。

参差荇菜〔6〕,左右流之〔7〕。窈窕淑女,寤寐求之〔8〕。

求之不得,寤寐思服〔9〕。悠哉悠哉,辗转反侧〔10〕。

参差荇菜,左右采之〔11〕。窈窕淑女,琴瑟友之〔12〕。

参差荇菜,左右芼之〔13〕。窈窕淑女,钟鼓乐之〔14〕。

【注释】

〔1〕这是一首爱情诗,写一个男子思慕着一位美丽贤淑的少女,日夜不能忘怀。他渴望终有一天,能与她结为永好,成为夫妇,过上和谐美满的幸福生活。

〔2〕关关:鸟鸣声。雎(jū 居)鸠:水鸟名,即鱼鹰。一说为鸠类,求偶时雌雄相和而鸣。毛《传》:"兴也。关关,和声也。"

〔3〕洲:水中陆地。

〔4〕窈窕(yǎo tiǎo 咬朓):体态娴美的样子。毛《传》:"窈窕,幽闲也。"淑:品德和善。朱氏《集传》:"淑,善也。"

〔5〕君子:古代对男子的美称。一说公侯之子。好:此指男女相悦。逑(qiú 求):配偶。好逑,爱侣、佳配之意。

〔6〕参差:长短不齐的样子。荇(xìng杏)菜:一种水中植物,可食。

〔7〕左右:指船的左边和右边。流:择取。《尔雅》:"流,择也。"这句形容那个女子择取荇菜时向左向右的情状。

〔8〕寤寐(wù mèi 务妹):醒着,睡着。这里指日以继夜。

〔9〕思服:二字同义,即思念。毛《传》:"服,思之也。"

〔10〕"悠哉"二句:形容思念不已,不能安睡的样子。悠:悠长,指思绪绵绵不尽。反:覆身而卧。侧:侧身而卧。

〔11〕采:采摘。

〔12〕琴瑟(sè 色):古代的两种弦乐器。友:亲密相爱。这里以弹琴奏瑟,比喻与她相会相处时的亲密无间,和谐愉快。

〔13〕芼(mào 冒):拔取。"流"、"采"、"芼",均指采取,但动作有区别,有递进,兼表示感情和追求的程度。

〔14〕"钟鼓"句:敲钟击鼓使她快乐。这里指钟鼓喧喧热闹的婚礼场面,是男子设想未来结婚的情景。

葛　　覃[1]

葛之覃兮,施于中谷[2],维叶萋萋[3]。黄鸟于飞,集于灌木,其鸣喈喈[4]。

葛之覃兮,施于中谷,维叶莫莫[5]。是刈是濩[6],为絺为綌[7],服之无斁[8]。

言告师氏[9],言告言归[10]。薄污我私[11],薄浣我衣[12]。害浣害否[13]?归宁父母[14]。

4

【注释】

〔1〕 这首诗写已婚女子归宁省亲前劳作、做准备的情景,充满着急切、快乐心情。葛(gé 格):多年生蔓生植物,纤维称葛麻,可以织布。覃:长,指葛藤。

〔2〕 施(yì 易):移,指葛藤蔓延、爬满。中谷:即谷中,山谷之中。

〔3〕 维:虚词,用于发语。萋萋:茂盛的样子。

〔4〕 喈喈(jiē 阶):象声词,形容鸟鸣宛转好听。

〔5〕 莫莫:犹"漠漠",极茂密的样子。

〔6〕 是:乃,于是。刈(yì 义):割。濩(huò 获):煮,指煮后取其纤维。

〔7〕 为:动词,这里指织成。绤(chī 痴):细葛布。绤(xì 细):粗葛布。毛《传》:"精曰绤,粗曰绤。"

〔8〕 斁(yì 义):厌。无斁,指乐穿不已,久穿不厌。

〔9〕 师氏:古时教导女子学习女工(如织布、做衣等)的人。言:用作动词词头,无实义。

〔10〕 归:回娘家。

〔11〕 薄:语助词,有勉力、赶快的意思。《广雅·释诂》:"薄,迫也。"污:指洗衣去污。私:内衣,贴身衣服。

〔12〕 浣(huàn 换):洗涤。

〔13〕 害:"曷"的假借字,同"何"。这句说,哪些需要洗,哪些不用洗。

〔14〕 归宁:回娘家省亲问安。宁,安宁,作动词,问候安宁。

卷　　耳[1]

采采卷耳,不盈顷筐[2]。嗟我怀人[3],寘彼周行[4]。

陟彼崔嵬[5],我马虺隤[6]。我姑酌彼金罍[7],维以不永怀[8]。

陟彼高冈[9],我马玄黄[10]。我姑酌彼兕觥[11],维以不永伤。

陟彼砠矣[12],我马瘏矣[13],我仆痡矣[14],云何吁矣[15]!

【注释】

〔1〕这首诗写妇人怀念出征在外的丈夫,首章自写,二、三、四章均从对方着笔,写征夫在外服役的劳苦和对自己的思念,含蓄委婉,愈见情笃。卷耳:野生植物,嫩苗可食。

〔2〕采采:采而又采,指采摘动作不断。朱氏《集传》:"采采,非一采也。"顷筐:一种簸箕状的浅筐。二句说久采不满筐,是因采者有心事,未能专注劳作。

〔3〕嗟:叹词。怀:思念。人:征人,指其丈夫。

〔4〕寘:同"置",放置。周行:大道。这句说,无心采摘,索性将筐放置在路上。

〔5〕陟(zhì 志):登。崔嵬:高而险的山。

〔6〕虺隤(huī tuí 灰颓):疲病腿软的样子。以下的"我"均是思妇代行人自称。牟氏《质疑》:"六我字,皆代征夫设想。"

〔7〕姑:姑且。酌:用勺舀酒。金罍(léi 雷):铜酒器。古代称青铜为金。罍,刻有云龙纹的盛酒器。

〔8〕维:发语词。永怀:长久的思念。

〔9〕冈:山岗,山脊。

〔10〕玄黄:指马因疲劳而目眩眼花(取闻一多《诗经新义》)。

〔11〕兕觥(sì gōng 寺公):犀牛角杯。

〔12〕砠(jū 居):有土有石的山丘,分外难行。

〔13〕瘏(tú 途):疲病力竭。朱氏《集传》:"瘏,马病不能进也。"

〔14〕瘏(pū 铺):生病不能行走。

〔15〕云:发语词。吁(xū 虚):同"忬",忧伤。这句说,这是何等的忧伤啊!

樛　　木[1]

南有樛木,葛藟累之[2]。乐只君子[3],福履绥之[4]。

南有樛木,葛藟荒之[5]。乐只君子,福履将之[6]。

南有樛木,葛藟萦之[7]。乐只君子,福履成之[8]。

【注释】

〔1〕这是一首贺新婚的诗。以葛藟之绕樛木,喻女子对男子的依附;诗中祝愿成婚后,男子快乐并福禄日增。樛(jiū 纠)木,高大乔木。按,樛同"朻",《说文·木部》:"朻,高木也。"

〔2〕葛藟(lěi 垒):葛蔓。累:缠绕。

〔3〕只:语助词。君子:对男子的美称。

〔4〕履:脚步。福履,福随步而有的意思。严粲《诗缉》:"动罔不吉,谓之福履。"绥:安宁。

〔5〕荒:草掩地为荒,这里指掩盖。

〔6〕将:大。毛《传》:"将,大也。"

〔7〕萦(yíng 盈):盘环缠绕。毛《传》:"萦,旋也。"

〔8〕成:成就,无不具有之意。上述由"绥"而"将",由"将"而"成",表示福祉日进,越来越福气大。

螽　　斯[1]

螽斯羽,诜诜兮[2]！宜尔子孙[3],振振兮[4]！

螽斯羽,薨薨兮[5]！宜尔子孙,绳绳兮[6]！

螽斯羽,揖揖兮[7]！宜尔子孙,蛰蛰兮[8]！

【注释】

〔1〕这是一首祝愿多子多孙、后代昌盛的诗,全篇用比体,是我国早期咏物诗之一。螽(zhōng 终):蝗虫。蝗虫,繁殖力强,产卵众多,故用来比人之多子。斯:语助词,犹"之"字,今语"的"。

〔2〕诜诜(shēn 申):初生时掀动翅膀发出的声音。

〔3〕宜:适合,多用于上下承转。陈氏《传疏》:"宜者,承上转下之词。"尔:你。

〔4〕振振:奋起群飞的样子。《说文》:"振,奋也。"

〔5〕薨薨(hōng 轰):群飞时发出的声音。

〔6〕绳绳:绵延不绝的样子。朱氏《集传》:"绳绳,不绝貌。"

〔7〕揖揖:上下飞舞发出的声音。

〔8〕蛰蛰(zhé 哲):蛰伏的样子,指安静而各得其所。明何楷《毛诗世本古义》:"曰蛰蛰者,安静而各得其所也。"按诜诜、薨薨、揖揖,都是状声词。振振、绳绳、蛰蛰,都是状态词。

桃　　夭[1]

桃之夭夭[2],灼灼其华[3]。之子于归[4],宜其室家[5]。

8

桃之夭夭,有蕡其实[6]。之子于归,宜其家室。

桃之夭夭,其叶蓁蓁[7]。之子于归,宜其家人[8]。

【注释】

〔1〕这首诗与前面的《樛木》一样,都是贺新婚的诗,《樛木》重在贺男,这首贺女。用桃花鲜艳比喻女子貌美,用果实肥大、绿叶茂密比喻家族兴旺、昌盛。

〔2〕夭夭(yāo 腰):同"枖",木少壮,即初长成开花的树。一说,形容花之娇好。

〔3〕灼灼(zhuó 卓):形容花之盛开,红色鲜明,光彩照人。华:古"花"字。

〔4〕之子:此子,指这个新婚女子。子,古时男女皆可通称为"子"。于:往。归:归于夫家,即出嫁。

〔5〕宜:适当,相宜。室家:男子有妻称有室,女子有夫称有家。这里指家庭。

〔6〕有蕡(fén 坟):即蕡蕡,形容果实肥大。蕡,一说,古"斑"字,文章斑然貌。实:果实。这里以结果实比喻生子。

〔7〕蓁蓁(zhēn 真):叶子茂密的样子。这里指家族兴旺而福荫后代。

〔8〕家人:指家族之人。

兔　　罝[1]

肃肃兔罝[2],椓之丁丁[3]。赳赳武夫[4],公侯干城[5]。

肃肃兔罝,施于中逵[6]。赳赳武夫,公侯好仇[7]。

肃肃兔罝,施于中林。赳赳武夫,公侯腹心〔8〕。

【注释】

〔1〕这是一首称赞青年猎手的诗,赞美他善猎而威武雄壮,足可充当公侯的卫士和亲信。兔:野兔。一说当作"菟",指虎。捕虎方见勇武,当指虎。罝(jū居):捕猎的网。

〔2〕肃肃:整齐而严密的样子。这里形容捕猎时的布网。

〔3〕椓(zhuó浊):敲击,这里指张网时敲击木桩。丁丁(zhēng争):象声词,打木桩发出的声音。

〔4〕赳赳:勇武的样子。

〔5〕干:盾牌。城:城池。这里指坚强守卫。

〔6〕施:设置,安放。逵(kuí奎):通往各处的道路。中逵,即逵中。此当指野兽经常出没之径路。

〔7〕仇:同"逑",匹偶,这里指伴当、帮手。

〔8〕腹心:指亲信、亲密的关系。今称心腹。严粲《诗缉》:"可为公侯之腹心,谓机密之事可与之谋虑,言勇而智也。"

芣　苢〔1〕

采采芣苢,薄言采之〔2〕。采采芣苢,薄言有之〔3〕。

采采芣苢,薄言掇之〔4〕。采采芣苢,薄言捋之〔5〕。

采采芣苢,薄言袺之〔6〕。采采芣苢,薄言襭之〔7〕。

【注释】

〔1〕这是妇女们在山坡田野间,结伴采集芣苢时所唱的歌,在劳动进程和满载而归的描绘中,表现出极欢快的情绪。芣苢(fú yǐ 浮以):车前草,籽入药,古人相信它可以治不孕症。

〔2〕薄:有勉力、迫切意。言:语助词。"薄言"二字连用,有急忙、赶快的意思。

〔3〕有:指开始采集,从无到有。

〔4〕掇(duō 多):拾取。

〔5〕捋(luō 啰):用手握住,用力抹下来。掇、捋,写动作从慢到快。

〔6〕袺(jié 结):用衣襟兜住。

〔7〕襭(xié 协):将衣襟插在腰带上兜住,这样所盛东西更多些。袺、襭,写收获从少到多。

汉　　广[1]

南有乔木,不可休息[2]。汉有游女[3],不可求思[4]。汉之广矣,不可泳思[5]。江之永矣[6],不可方思[7]。

翘翘错薪[8],言刈其楚[9]。之子于归[10],言秣其马[11]。汉之广矣,不可泳思。江之永矣,不可方思。

翘翘错薪,言刈其蒌[12]。之子于归,言秣其驹[13]。汉之广矣,不可泳思。江之永矣,不可方思。

【注释】

〔1〕这首诗写一个砍柴男子,追求一个女子而不可得,从而自歌自叹,表现出一片痴慕之情。

〔2〕息:《韩诗》作"思",兹从《毛诗》。

〔3〕汉:汉水。游女:出游之女,此指歌者所倾慕的女子。

〔4〕思:语助词,有叹意。

〔5〕泳:游泳,指游泳渡过汉水。

〔6〕江:长江。永:长。

〔7〕方:筏子,这里作动词,指用筏子渡江。以上以汉广江长,难以渡过,比喻中间阻隔,对所爱之人难于亲近。

〔8〕翘翘:高出的样子。错薪:丛杂的灌木柴草。毛《传》:"错,杂也。"比喻婚礼。魏源《诗古微》:"《三百篇》言取妻者,皆以析薪取兴。盖古者嫁娶必以燎炬为烛,故《南山》之析薪,《车辖》之析柞,《绸缪》之束薪,《豳风》之伐柯,皆与此错薪、刈楚同兴。"

〔9〕言:语助词。刈(yì义):割。楚:植物,荆条类。

〔10〕之子:那个女子。于归:出嫁。

〔11〕秣(mò末):用草料喂马。古时用车马迎亲。

〔12〕蒌(lóu娄):蒌蒿,植物。

〔13〕驹(jū居):小马。

汝　　坟[1]

遵彼汝坟[2],伐其条枚[3]。未见君子[4],惄如调饥[5]。

遵彼汝坟,伐其条肄[6]。既见君子,不我遐弃[7]。

鲂鱼赪尾[8],王室如燬[9]。虽则如燬,父母孔迩[10]。

【注释】

〔1〕这首诗写女子喜其丈夫服役归来。其中有对王室多难的担忧,也有终能与家人团聚的慰藉。

〔2〕遵:遵循,沿着。汝:汝水,河名。坟:土高处,这里指河堤。毛《传》:"坟,大防也。"

〔3〕条枚:树的细枝。闻一多《诗经新义》:"枚之言微也。"

〔4〕君子:古时对男子的尊称,美称。这里指思妇的丈夫。

〔5〕惄(nì 逆):《韩诗》作"愵",忧伤。调:通"朝",早晨。这里以早起饿饭比喻对丈夫的殷切思念。

〔6〕条肄(yì 异):树的再生枝。与前面"条枚"相对照,表示时间已不同。

〔7〕遐(xiá 侠):远。弃:抛弃,有远离的意思。

〔8〕鲂(fáng 防):鱼名,即鳊鱼,体薄红尾。赪(chēng 撑):赤色。

〔9〕燬(huǐ 毁):火烧。这里写给归家的丈夫烹鱼吃,见鲂鱼之尾赤红如火,从而联想到王室也多难似焚。

〔10〕孔:很。迩(ěr 尔):近。这里意思是说,国事日非,多难,但归家靠近父母生活,还是可喜可慰的。实亦指包括女子自己在内的全家团聚。

麟 之 趾〔1〕

麟之趾,振振公子〔2〕,于嗟麟兮〔3〕!

麟之定〔4〕,振振公姓,于嗟麟兮!

麟之角〔5〕,振振公族,于嗟麟兮!

【注释】

〔1〕这是一首贺新婚祝愿多子的喜歌。与《桃夭》的不同是:前者用于民间,此诗用于贵族之家。麟:麒麟,古代传说中的神兽,据说它的出现代表祥瑞。趾:足。

〔2〕振振:繁多兴盛的样子。公子:与下面"公姓"、"公族",皆指当时贵族子孙。

〔3〕于嗟:赞叹词。于,借为"吁"。

〔4〕定:借为"顶",额头。朱氏《集传》:"定,额也。"

〔5〕角:犄角。古代传说麒麟是种仁兽,有足不踢,有额不抵,有角不触,从不伤害人和它兽,故诗中分别言说,以赞美其仁厚之性。此诗借赞麒麟来比人,意谓子孙众多而有德行。

召 南

鹊　　巢[1]

维鹊有巢,维鸠居之[2],之子于归[3],百两御之[4]。

维鹊有巢,维鸠方之[5]。之子于归,百两将之[6]。

维鹊有巢,维鸠盈之[7]。之子于归,百两成之[8]。

【注释】
〔1〕这首诗写贵族之家嫁女时的迎送场面,表现婚礼仪式的盛大、隆重。鹊(què雀):鸟名,俗名喜鹊。
〔2〕鸠(jiū纠):鸟名。居:居住。这里以鹊巢鸠居,比喻男子营造住所,婚后女子来住。
〔3〕于归:出嫁。
〔4〕百两:即"百辆",指车辆之多。御:迎。毛《传》:"御,迎也。"
〔5〕方:本指两船相并,此指同居一处。王氏《集疏》:"《说文》:'方,并船也。'引申之,物相并皆谓之方。此方之,亦谓比并而居之。"
〔6〕将:送。陈氏《传疏》:"将训行,送,又行之引申也。"
〔7〕盈:满,暗寓将有很多子女。
〔8〕成:指完成婚礼。

采　　蘩[1]

于以采蘩?于沼于沚[2]。于以用之?公侯之事[3]。

于以采蘩?于涧之中。于以用之?公侯之宫[4]。

被之僮僮[5],夙夜在公[6]。被之祁祁[7],薄言还归[8]。

【注释】

〔1〕这首诗写妇女们在公侯家服劳役,从事采蘩等准备祭事活动,既叹日夜劳苦,又喜事毕归来。蘩(fán 凡):蘩草,祭祀时用。

〔2〕沼(zhāo 招):水塘。沚(zhǐ 止):小沙滩。

〔3〕事:指祭事。

〔4〕宫:指庙堂。

〔5〕被(bì 必):借为"髲",妇女的发髻。僮僮:高高并立的样子。牟氏《质疑》:"僮僮,众多并立之貌。"

〔6〕夙夜:从早晨到夜晚。在公:指在公侯家服劳役。

〔7〕祁祁(qí 其):形容众多。

〔8〕薄言:急忙,赶快的意思。薄,有迫切之意。还归:事毕还家。

草 虫[1]

喓喓草虫,趯趯阜螽[2]。未见君子,忧心忡忡[3]。亦既见止[4],亦既觏止[5],我心则降[6]。

陟彼南山[7],言采其蕨[8]。未见君子,忧心惙惙[9]。亦既见止,亦既觏止,我心则说[10]。

陟彼南山,言采其薇[11]。未见君子,我心伤悲。亦既见止,亦既觏止,我心则夷[12]。

【注释】

〔1〕这首诗写女子怀念情人。未见未遇时,心中无限悬念、忧伤;相见相遇后,则满心喜悦,心平气舒。草虫:野地草丛中的昆虫。

〔2〕喓喓(yāo腰):虫鸣声。趯趯(tì惕):跳跃的样子。阜螽(zhōng忠):草虫名。

〔3〕忡忡(chōng充):心神不安的样子。

〔4〕亦:发语词,无实义。止:语尾助词,作用同"矣"或"了"。

〔5〕觏(gòu够):"媾"之假借字,指男女媾合。郑《笺》:"既媾,谓已婚也。"孔《疏》:"觏,合也。"

〔6〕降:放下心来。

〔7〕陟(zhì志):登。

〔8〕蕨(jué决):一种野菜。

〔9〕惙惙(chuò绰):忧心气短的样子。

〔10〕说:同"悦"字,喜悦。

〔11〕薇:一种野菜。

〔12〕夷:平静,指不再悬念。

采　蘋[1]

于以采蘋?南涧之滨[2]。于以采藻[3]?于彼行潦[4]。

于以盛之?维筐及筥[5]。于以湘之[6]?维锜及釜[7]。

于以奠之[8]?宗室牖下[9]。谁其尸之[10]?有齐季女[11]。

【注释】

〔1〕这首诗写采集祭物以供祭祖。以少女的口吻,一问一答,写出了从采集、烹煮到献上祭品的祭祀过程。朴素庄重,可见当时的风俗。蘋(pín 频):一种大浮萍,多年生水草,可食。

〔2〕南涧:南山之涧。

〔3〕藻:水藻。

〔4〕行潦(lǎo 老):沟中流动的积水。

〔5〕筐:竹制方形的盛物器具。筥(jǔ 举):圆形的竹筐。

〔6〕湘:"鬺"的借字,《韩诗》作"鬺"。烹煮。

〔7〕锜(qí 其):三足锅。釜(fǔ 斧):无足的锅。

〔8〕奠(diàn 店):祭奠,这里指设祭,摆放祭品。

〔9〕宗室:宗庙,祭奉祖先的殿堂。牖(yǒu 有):天窗。马氏《通释》:"古者一名乡,取乡明之义,其制向上取明,与后世之窗稍异。"

〔10〕尸:古时祭祀时用人扮神,称为"尸"。

〔11〕齐:恭敬的样子。朱氏《集传》:"敬貌。"季女:少女。

甘　棠[1]

蔽芾甘棠[2],勿剪勿伐[3],召伯所茇[4]。

蔽芾甘棠,勿剪勿败[5],召伯所憩[6]。

蔽芾甘棠,勿剪勿拜[7],召伯所说[8]。

【注释】

〔1〕这是一首颂赞召伯的诗。召伯勤政爱民,有政绩。传说他南巡至封地召南时,曾暂止于甘棠树下,听讼断狱,受到召民的爱戴。召地人

因物思人,思人及物,而唱出了这首歌。

〔2〕蔽芾(fèi费):枝叶下垂,浓荫遮盖。

〔3〕"勿剪"句:谓应该珍视,保护,勿要损毁。

〔4〕召(shào邵)伯:姓姬,名奭(shì式)。茇(bá拔):茅屋,草舍。这里是以树荫为临时之舍的意思。严粲《诗缉》:"止于其下以自蔽,犹草舍耳,非真作舍也。"

〔5〕败:摧折毁坏。《说文》:"伐,击也,一曰败也。"

〔6〕憩(qì气):停息。毛《传》:"憩,息也。"

〔7〕拜:压弯其树枝。牟氏《质疑》:"拜,屈其条也。"

〔8〕说:同"悦",此谓曾是召伯所喜爱过的。

行　　露[1]

厌浥行露,岂不夙夜,谓行多露[2]。

谁谓雀无角,何以穿我屋[3]?谁谓女无家[4],何以速我狱[5]?虽速我狱,室家不足[6]。

谁谓鼠无牙,何以穿我墉[7]?谁谓女无家,何以速我讼[8]?虽速我讼,亦不女从[9]。

【注释】

〔1〕这首诗写一个有家室的已婚男子,仗势要霸占一个女子,女子不畏权势,表示绝不屈从。行露:道上的露水。

〔2〕厌:借为"浥"。浥浥(yì邑),湿漉漉的样子。夙夜:指夜色尚早,即天色尚未明亮之时。谓:借为"畏",惧怕。以上三句是说,最怕早夜

19

露浓时行路,会沾湿衣服。这里指举步维艰,陷入困扰境地。

〔3〕角:指鸟嘴。以其尖利如角,故称。此二句用雀穿房破屋而入,比喻横行无忌。

〔4〕女:同"汝",你,指那已婚男子。家:家室,指妻室。

〔5〕速:招致。狱:指陷害入狱。

〔6〕室家不足:绝不满足与对方成婚的要求。一说,是指对方要求缔结婚姻的理由不足。

〔7〕墉(yōng庸):墙。这里用鼠咬穿屋墙,亦表示对方横行无忌。

〔8〕讼:诉讼,打官司。

〔9〕从:顺从,屈从。不女从,即"不从女"倒文,决不屈服顺从于你。

羔　　羊[1]

羔羊之皮[2],素丝五紽[3],退食自公[4],委蛇!委蛇[5]!

羔羊之革[6],素丝五緎[7],委蛇!委蛇!自公退食。

羔羊之缝[8],素丝五总[9],委蛇!委蛇!退食自公。

【注释】

〔1〕这首诗写贵族官吏们,整天过着锦衣美食的生活,讽刺他们素餐尸位、养尊处优的丑态。

〔2〕羔羊:小羊。皮:指皮袍。

〔3〕素:白色。丝:指丝带。紽(tuó驼):用丝绳打结做纽(用高亨《诗经今注》)。

〔4〕退食自公:为"自公退食"的倒文,是说他们从公府回家用餐。

〔5〕委蛇(yí 易):《韩诗》作"逶迤",摇摇摆摆,得意洋洋的样子。
〔6〕革:皮革,指皮袍。
〔7〕緎(yù 域):丝绳结成扣套。
〔8〕缝:指缝制的皮袍。
〔9〕总:指将纽和扣结起来。

殷其雷〔1〕

殷其雷,在南山之阳〔2〕。何斯违斯〔3〕,莫敢或遑〔4〕?振振君子〔5〕,归哉归哉!

殷其雷,在南山之侧。何斯违斯,莫敢遑息?振振君子,归哉归哉!

殷其雷,在南山之下。何斯违斯,莫敢遑处〔6〕?振振君子,归哉归哉!

【注释】

〔1〕这首诗写丈夫在外行役,妻子呼唤他早些归来。诗以雷鸣起兴,表现感情之激荡不安。殷:雷声隐约的样子。
〔2〕阳:指山南坡。
〔3〕斯:此,指此地。违:离开。这句是说,为何来到此地又离开远走。
〔4〕遑:闲暇。或遑,有暇。马氏《通释》:"或、有,古通用。"
〔5〕振振:高举、奋飞的样子。《说文》:"振,举也。"这里指不断在外流动、行役不止。

〔6〕处:停息,居处。

摽　有　梅[1]

摽有梅,其实七兮[2]。求我庶士[3],迨其吉兮[4]?

摽有梅,其实三兮[5]。求我庶士,迨其今兮[6]?

摽有梅,顷筐塈之[7]。求我庶士,迨其谓之[8]。

【注释】

〔1〕这首诗写女子思婚求偶,盼望意中的男子,早些来向她求婚。诗中以梅实越落越少,比喻青春流逝,希望对方能及时而来。摽(biào鳔):击打。此指采集活动,击梅坠落。有:语助词。梅:梅树,结实可食。

〔2〕七:表示多数。这二句说梅子已坠落了,在树上还剩下十之七。

〔3〕庶:众多。士:男子的通称。此句是说,追求我的男子们。

〔4〕迨(dài待):趁着。吉:吉日良辰,好日子。

〔5〕三:表示少数,是说还剩下十之三。

〔6〕今:今天,现在。

〔7〕顷筐:一种簸箕状的浅筐。塈(jì既):取。表示其果实已尽,时不我待。

〔8〕谓:说,指告知婚约,即订婚。

小　　星[1]

嘒彼小星[2],三五在东[3]。肃肃宵征[4],夙夜在公[5],寔命不同[6]。

嘒彼小星,维参与昴[7]。肃肃宵征,抱衾与裯[8],寔命不犹[9]。

【注释】

〔1〕这首诗写下层官吏,在外出公差,连夜赶路,劳苦不堪,自叹命不如人,实乃不平之鸣。

〔2〕嘒(huì 惠):亮光微弱的样子。

〔3〕三五:犹言三三五五,小星稀疏,指黄昏或将明时的星空。

〔4〕肃肃:匆匆忙忙。姚氏《通论》:"肃,速同,疾行貌。"宵征:夜行。

〔5〕夙夜:白天黑夜。公:公府、官家。

〔6〕寔:同"是"。这句是说,自己命运不同于别人,即命不好的意思。

〔7〕参(shēn 身):星座名,二十八宿之一,由七颗星组成。昴(mǎo 卯):西方白虎宿星,由六颗星组成。参、昴相近,同时在天空中出现。

〔8〕衾(qīn 钦):被子。裯(chóu 绸):床帐。郑《笺》:"床帐也。"这句是说,携卧具而不得睡眠。

〔9〕犹:若。不犹,不如人。毛《传》:"犹,若也。"

江　有　汜[1]

江有汜,之子归[2],不我以[3];不我以,其后也悔[4]。

江有渚[5],之子归,不我与[6];不我与,其后也处[7]。

23

江有沱[8],之子归,不我过[9];不我过,其啸也歌[10]。

【注释】

〔1〕这是一首男子失恋的歌。他闻知所爱的人,将出嫁他人,心情不能平静,先是后悔错爱了人,稍后则安于所处,最后则以长歌舒闷。江:长江。汜(sì 四):江河支流。小水出于大水,后又复归于大水的支流称"汜"。

〔2〕归:归于夫家,指出嫁。

〔3〕不我以:"不以我"的倒文。以,用,需要的意思。

〔4〕悔:悔恨,自悔错爱了对方。

〔5〕渚(zhǔ 主):水中小洲。

〔6〕与:相交,相好。

〔7〕处:安。朱氏《集传》:"处,安也。"

〔8〕沱(tuó 驼):江水支流。

〔9〕过:过从,相来往。

〔10〕啸(xiào 孝):蹙口出声。这句是说,用啸歌抒散愤懑之气。

野 有 死 麕[1]

野有死麕,白茅包之[2]。有女怀春[3],吉士诱之[4]。

林有朴樕[5],野有死鹿。白茅纯束[6],有女如玉。

舒而脱脱兮[7],无感我帨兮[8],无使尨也吠[9]。

【注释】

〔1〕这首诗写一个猎人,用所获的猎物赠给一位少女,并向她调情。

女子要他不要过于冒失,以免惹得犬吠人知。麇(jūn菌):兽名,俗名獐子。

〔2〕白茅:草名,初夏开白花。

〔3〕怀春:指情欲萌动,怀求偶之思。

〔4〕吉士:男子美称,这里指那个猎人。诱:引诱,挑逗。

〔5〕朴樕(sù速):灌木丛。

〔6〕纯束:捆扎。指用白茅草包捆所获鹿肉。

〔7〕舒:慢慢地。脱脱(duì兑):悄悄的样子。

〔8〕感:触动。帨(shuì税):佩巾,古代女子佩系在胸腹之前。

〔9〕尨(máng忙):长毛狗。吠:狗叫。

何彼秾矣[1]

何彼秾矣?唐棣之华[2]。曷不肃雝[3]?王姬之车[4]。

何彼秾矣?华如桃李[5]。平王之孙[6],齐侯之子[7]。

其钓维何[8]?维丝伊缗[9]。齐侯之子,平王之孙。

【注释】

〔1〕这是一首贵族婚礼上的贺婚诗,先赞女子貌美,再说车驾庄重、雍容华贵,后说男女双方均为贵胄王孙。秾:指浓艳美丽。

〔2〕唐棣(dì帝):树名,花繁果大。又称棠棣、常棣。

〔3〕曷:何。何不,犹"好不",赞叹之词。肃雝(yōng拥):庄重而雍容华贵。

〔4〕王姬:周王姬姓。车:指结婚的车驾。古时礼仪讲等级,随身份而所用车驾仪仗不同。这里是说,用的是王族的礼仪。

〔5〕"华如"句:形容女子艳如桃李。

〔6〕平王:正王,"德能正天下之王"(郑《笺》),这里指周文王。

〔7〕齐侯:周初封太公望于齐,后代以齐为姓,成为强大侯国。此与上句并非实指,泛指男女双方均为王族贵胄。

〔8〕钓:钓鱼。维何:使用什么。古代常以鱼喻男女之欢。

〔9〕维、伊:均为发语虚词,无实义。缗(mín 民):又称纶,用丝合股成绳。这里用捻丝成纶,垂钓得鱼,暗喻婚配成功。

驺　　虞〔1〕

彼茁者葭〔2〕,壹发五豝〔3〕。于嗟乎驺虞〔4〕!

彼茁者蓬〔5〕,壹发五豵〔6〕。于嗟乎驺虞!

【注释】

〔1〕这首诗赞叹狩猎官高强的本领。古代田猎也是一种典礼,由虞人掌管,这是仪礼上用的赞歌。驺(zōu 邹)虞:古代掌管田猎牧事的官。

〔2〕茁(zhuó 浊):茁壮,草木初生时的旺盛样子。葭(jiā 夹):芦苇。

〔3〕发:发矢,射箭。壹发,犹说一开弓射箭。豝(bā 巴):母猪。

〔4〕于嗟乎:赞叹词。

〔5〕蓬:蓬草。

〔6〕豵(zōng 宗):小猪。古代不同年龄的猪各有称呼,一岁为豵,二岁为豝。

邶　风

柏　舟[1]

泛彼柏舟,亦泛其流[2]。耿耿不寐[3],如有隐忧[4]。微我无酒[5],以敖以游[6]。

我心匪鉴,不可以茹[7]。亦有兄弟[8],不可以据[9]。薄言往愬[10],逢彼之怒[11]。

我心匪石,不可转也[12]。我心匪席,不可卷也[13]。威仪棣棣[14],不可选也[15]。

忧心悄悄[16],愠于群小[17]。觏闵既多[18],受侮不少。静言思之[19],寤辟有摽[20]。

日居月诸[21],胡迭而微[22]?心之忧矣,如匪浣衣[23]。静言思之,不能奋飞[24]。

【注释】

〔1〕这首诗写一个女子,在夫家受到欺侮和伤害,孤立无援,无法容身,内心非常痛苦。但她秉性坚强,自尊自重,渴望摆脱,又觉无路可走,满怀怨愤,以歌寄情,加以申诉。柏舟:柏木船。

〔2〕"亦泛"句:用在河中荡舟,漂流不知所往,暗喻自己的处境、

遭遇。

〔3〕耿耿(gěng梗):忧烦不安的样子。寐:入睡。

〔4〕如:承接连词,相当于"而"字。隐忧:内心深处难言的痛苦忧伤。

〔5〕微:非。

〔6〕敖:同"遨"。遨、游同义。这句是说,自己的隐忧,不是饮酒和暂时遨游放松一下,就可以摆脱的。

〔7〕匪:同"非",不是。鉴:镜子。茹:容纳。两句是说,我的心并非镜子一样,什么东西都可以见容。严粲《诗缉》:"鉴虽明,而不择妍丑,皆纳其影。我心有知善恶,善则从之,恶则拒之,不能混杂而纳之。"

〔8〕兄弟:指娘家的哥哥弟弟。

〔9〕据:依靠。

〔10〕薄言:急迫地。愬(sù诉):申诉。

〔11〕逢:遭到。彼:指上文之娘家兄弟。

〔12〕转:转动。两句是说我的心不像石头一样,可以随便移动;表示不能任人摆布。

〔13〕卷:卷起来。两句是说我的心不像席子一样,可以任人卷曲。

〔14〕威仪:指举止仪态正派尊严。棣棣(dì弟):严正的样子。

〔15〕选:遣,指抛弃。《说文》:"选,遣也。"

〔16〕悄悄:忧愁的样子。

〔17〕愠(yùn运):怒。群小:一帮小人,指惹怒了家族中一些心术不正的人。

〔18〕觏(gòu构):同"遘",遭遇。闵(mǐn敏):痛心,忧患。这句说,我遭受痛心的事已经太多了。

〔19〕静言:犹静然,静下心来。

〔20〕寤:醒时。辟:同"擗",拍打。摽(piào票):同"嘌",形容拍击的声音。这里说,越想越痛苦,以至拍胸不止。

〔21〕居、诸:语气词,无实义。

〔22〕胡:何。迭(dié叠):更替。微:指微弱无光。这里是说,为什么

总生活在暗无天日的日子里?

〔23〕浣(huàn宦):洗。这句说,自己像未洗的脏衣服,比喻忍辱含垢的生活。

〔24〕奋飞:飞出牢笼,获得自由。

绿　　衣[1]

绿兮衣兮,绿衣黄里。心之忧矣,曷维其已[2]!

绿兮衣兮,绿衣黄裳[3]。心之忧矣,曷维其亡[4]!

绿兮丝兮,女所治兮。我思古人[5],俾无訧兮[6]!

絺兮绤兮[7],凄其以风[8]。我思古人,实获我心[9]!

【注释】

〔1〕这是一首睹物思人,悼念亡妻的诗。妻子缝制的衣服尚穿在身上,劝勉的话还在耳边,但人已经见不着了,不禁忧从中来,哀莫能止。全诗一片深情,是我国诗史上最早的悼亡之作。

〔2〕曷:何,何时。维:语助词。已:终止。这句是说,忧伤什么时候能终了。

〔3〕裳:古时上身称衣,下身称裳。裳即长裙之类。

〔4〕亡:同"忘",忘怀。郑《笺》:"亡之言忘也。"

〔5〕古:同"故",故人,此指亡妻。

〔6〕俾(bǐ比):使。訧(yóu尤):过错。意谓妻贤使我少过失。

〔7〕絺(chī痴):细麻布。绤(xì细):粗葛布,缝制夏衣用。

29

〔8〕凄:凉爽。这句说,穿着妻生前缝制的麻布夏衣,临风十分凉爽适意。

〔9〕获:得。这句谓实在称我心意。

燕　　燕[1]

燕燕于飞,差池其羽[2]。之子于归,远送于野。瞻望弗及[3],泣涕如雨。

燕燕于飞,颉之颃之[4]。之子于归,远于将之[5]。瞻望弗及,伫立以泣[6]。

燕燕于飞,下上其音[7]。之子于归,远送于南[8]。瞻望弗及,实劳我心。

仲氏任只[9],其心塞渊[10]。终温且惠[11],淑慎其身[12]。先君之思[13],以勖寡人[14]。

【注释】

〔1〕这是卫国国君送别妹妹远嫁南国的诗。诗以双燕飞飞,留恋不舍,表示依依惜别之情;又写伫足远望,临别挥泪,赠言嘱托,一片挚情。这是我国诗史上最早的送别诗,对后世很有影响。

〔2〕差(cī疵)池:不齐的样子。姚氏《通论》:"燕尾双歧如剪,故曰'差池'。"

〔3〕瞻望:远望。弗及:不能看到。指离人越走越远,直至望不见了。

〔4〕颉(xié协):往下飞。颃(háng杭):往上飞。毛《传》:"飞而下曰颉,飞而上曰颃。"

〔5〕于:以。将:送。朱氏《集传》:"将,送也。"

〔6〕伫(zhù注)立:久立。

〔7〕下上其音:指飞下飞上地叫着。

〔8〕南:指南郊。

〔9〕仲氏:古代以孟、仲、季,称排行的大、中、小。诗中出嫁的是作者的女弟,即妹妹,故称之为"仲氏"。任:可信任的。朱氏《集传》:"以恩相信曰任。"只:语助词,无实义。

〔10〕塞:实。渊:深。指诚实深厚。

〔11〕终:既。温:温和。惠:慈惠。

〔12〕淑:贤淑。慎:谨慎。

〔13〕先君:死去的君王,即他们已故的父亲。思:思念。这句是说,要时时以先君为念。这是仲氏临行之际劝勉卫君的话。

〔14〕勖(xù絮):勉励。寡人:国君自称。

日　　月〔1〕

日居月诸,照临下土〔2〕。乃如之人兮〔3〕,逝不古处〔4〕。胡能有定〔5〕?宁不我顾〔6〕。

日居月诸,下土是冒〔7〕。乃如之人兮,逝不相好。胡能有定?宁不我报〔8〕。

日居月诸,出自东方。乃如之人兮,德音无良〔9〕。胡能有定?俾也可忘〔10〕。

日居月诸,东方自出。父兮母兮,畜我不卒[11]。胡能有定?报我不述[12]。

【注释】

〔1〕这首诗是妻子受到丈夫冷淡和虐待的沉痛呼声。初嫁时,对她尚好,后来变了心,对她不理不睬,失去一切温暖,使她难以忍受。每章首句呼日月而诉之,末章更呼及父母,表现出无可宣泄的伤痛。

〔2〕居、诸:语助词,用于呼告语。照临下土:意思是呼求日月洞察人间的不平。

〔3〕乃如:犹言"若夫",语前提示词。之人:这个人,指其丈夫。

〔4〕逝:发语词,无实义。古:同"故",旧时,往日。不古处,不像昔日那样平和相处。

〔5〕定:止。这句是说,这种日子到哪天能够停止呢?即苦海无边的意思。

〔6〕宁:乃。不我顾:即"不顾我"的倒装句。顾,顾念,照顾。

〔7〕冒:覆盖,即照临。

〔8〕不我报:意思是从不回报我对你的恩情。

〔9〕德音无良:话说得好听,实际却存心不良。

〔10〕俾也可忘:使人可以忘掉,指忧愁难释难忘。俾,使。

〔11〕畜:养。卒:终了。两句埋怨父母令我出嫁,不终身养我。这是因为痛极而产生的无理埋怨。

〔12〕报我不述:意思是说,丈夫是怎样报(对待)我的,不想尽述。

终　　风[1]

终风且暴,顾我则笑。谑浪笑敖[2],中心是悼[3]。

32

终风且霾[4],惠然肯来[5]。莫往莫来[6],悠悠我思[7]。

终风且曀[8],不日有曀[9]。寤言不寐[10],愿言则嚏[11]。

曀曀其阴,虺虺其雷[12]。寤言不寐,愿言则怀[13]。

【注释】

〔1〕这是一个女子思念情人的诗。跟情人在一起时,互相戏谑调笑的情景,宛在目前。如今他却不再来,忧伤怀思之情,油然而生。诗以阴雨风雷起兴,状其心境的不能平静。终:既。王引之《经义述闻》:"终,犹既也。"

〔2〕谑(xuè 血)浪:男女间戏笑调情。笑敖:调笑放浪不羁的样子。

〔3〕中心:心中。悼:忧伤。句意是,怀念起那时快乐的时光,不觉忧从中来。

〔4〕霾(mái 埋):阴雨昏暗。

〔5〕惠然:顺从地,好意地。朱氏《集传》:"惠,顺也。"

〔6〕莫往莫来:指如今已不再往来。

〔7〕悠悠:思绪悠长,绵绵不断的样子。

〔8〕曀(yì 义):阴云遮空。

〔9〕不日:不见太阳。

〔10〕寤:醒着。不寐:不能入睡。

〔11〕愿:思念。嚏(tì 替):打喷嚏。旧时传说,在思念人或议论人时,对方就会打喷嚏。郑《笺》:"今俗'人嚏'云:人道我。此古之遗语也。"

〔12〕虺虺(huǐ 毁):雷声。朱氏《集传》:"虺虺,雷将发而未震之声。"

〔13〕愿言则怀:越想越怀念他。

击　　鼓[1]

击鼓其镗[2]，踊跃用兵[3]。土国城漕[4]，我独南行[5]。

从孙子仲[6]，平陈与宋[7]。不我以归[8]，忧心有忡[9]。

爰居爰处[10]，爰丧其马[11]。于以求之[12]？于林之下。

死生契阔[13]，与子成说[14]。执子之手，与子偕老。

于嗟阔兮[15]，不我活兮[16]。于嗟洵兮[17]，不我信兮[18]！

【注释】

〔1〕士兵出征，久滞不归，整日在林野中，苦熬岁月。追忆当初曾与妻子有白首偕老之约，如今却无望活着回去再聚，伤痛之情不能自已，于是唱出了这首怨愤之歌。击鼓：古时作战用鼓声鼓舞士气、指挥进退。

〔2〕镗(tāng汤)：同"嘡"，形容鼓声响亮。

〔3〕踊跃：指演武时的跳跃击刺。兵：指兵器。

〔4〕土：土功，作动词，指挖沟筑城等。国：国内，国中。城：作动词，指守城。漕：漕邑，在今河南滑县境。清牟庭《诗切》："城漕，谓守城于漕，

亦用兵之事也。"

〔5〕我独南行:承上句是说,别的士兵被派在国内行役,而唯独我出征南方。

〔6〕从:随从。孙子仲:当时率领卫兵南征的统帅名。

〔7〕平:平息,这里指平息纠纷,使之和好。朱氏《集传》:"平,和也。合二国之好也。"陈:陈国;宋:宋国。据历史记载,宋、陈交兵,卫曾派兵援陈,平息纠纷,又引起晋国讨卫。

〔8〕以:通"与",这句是说不许我参与回国的队伍。

〔9〕有忡(chōng冲):即忡忡,忧愁不安的样子。

〔10〕爰(yuán元):乃,于是。居:住。处:停留。这句是说只得找地方住下来。

〔11〕丧:丢失。这里是说,由于军心涣散,连战马也丢失了。

〔12〕求:指寻找。

〔13〕契:相合,相聚。阔:远离。

〔14〕子:指征人之妻。成说:约言,誓言。承上句说,当初曾就生死聚散的事立下誓言。誓言,即下文"与子偕老"。

〔15〕于嗟:即"吁嗟",叹词。阔:疏远,远离。《说文》:"阔,疏也。"

〔16〕活:生。这句是说简直不让我活下去了。

〔17〕洵(xún旬):《韩诗》作"敻",久远,指年长月久,不得相会。

〔18〕信:信守。指硬是不让我信守前约。

凯　　风[1]

凯风自南,吹彼棘心[2]。棘心夭夭[3],母氏劬劳[4]。

凯风自南,吹彼棘薪[5]。母氏圣善[6],我无令人[7]。

爰有寒泉[8],在浚之下[9]。有子七人,母氏劳苦。

睍睆黄鸟,载好其音[10]。有子七人,莫慰母心[11]。

【注释】

〔1〕这是一首感念母爱的诗。诗中说母亲千辛万苦,把七个儿女抚育成人。他们深感母爱的温暖和神圣,但也自愧有负母亲的期望,没能很好地慰悦母亲。诗用和风吹拂、泉水浸润比喻母爱,又自责自己不好,没能宽慰母亲。全诗充满着感人的亲情。凯风:即南风。凯,乐。南风温暖,使草木成长繁茂,给人带来喜悦,所以称凯风。

〔2〕棘(jí 吉):酸枣树。心:树的纤细幼芽。

〔3〕夭夭:鲜嫩苗壮的样子。这里用和煦南风的吹拂,小枣树的萌长,比喻慈母对儿女的抚育。

〔4〕劬(qú 渠)劳:辛苦操劳。

〔5〕棘薪:枣树长大,已可以做薪木。既说长大了,又称只可做薪柴,表示自己不善。

〔6〕圣善:神圣善良。

〔7〕令:善美。郑《笺》:"令,善也。"我无令人,意谓未能如母亲的希望成材。

〔8〕爰:何处。一说发语词,无实义。寒泉:清冽的泉水。

〔9〕浚:卫国地名。这里用泉水浸润土地,比喻母爱的滋育。

〔10〕睍睆(xiàn huǎn 现缓),形容黄鸟宛转好听的叫声。朱氏《集传》:"睍睆,清和圆转之意。"载:则,尚且有。好音:悦耳动听的声音。这两句是用鸟有好音反比做儿女的却未能承欢慰悦母心。

〔11〕莫慰母心:未能安慰母亲的心。

雄　　雉[1]

雄雉于飞,泄泄其羽[2]。我之怀矣,自诒伊阻[3]。

雄雉于飞,上下其音[4]。展矣君子[5],实劳我心[6]。

瞻彼日月[7],悠悠我思。道之云远,曷云能来[8]。

百尔君子[9],不知德行[10]？不忮不求[11],何用不臧[12]？

【注释】

〔1〕这是一首思妇念远的诗。丈夫仕宦在外,日久未归。妻子见求偶的雄雉,上下飞鸣,勾起对丈夫的思念。雄雉(zhì至):雄山鸡。

〔2〕泄泄(yì义):缓缓飞翔的样子。

〔3〕诒(yí怡):通"贻",遗留。伊:语助词,无实义。阻:阻隔。自诒伊阻,意思是说,如今二人分离不得相守,乃是自取痛苦。有后悔同意丈夫外出的意思。

〔4〕上下其音:飞上飞下地鸣叫。

〔5〕展:诚实。毛《传》:"展,诚也。"君子:古时对男子的美称,这里指其丈夫。

〔6〕劳:牵念。

〔7〕日月:指日月更替,时光易逝。

〔8〕"道之"二句:谓路远难归。云,语助词,无实义。

〔9〕百尔:凡尔,即所有的意思。百尔君子,其中当然包括自己的丈夫。这样说,显得委婉。

〔10〕不知德行:反诘句,能不知何为德行？

〔11〕不忮(zhì至):不忌恨。马氏《通释》:"不忮,谓不恨怒于他人也。"不求:不贪婪,不贪求。

〔12〕臧:善。此为反诘句,何事做不好,犹言无往而不吉利。

匏有苦叶[1]

匏有苦叶,济有深涉[2]。深则厉[3],浅则揭[4]。

有瀰济盈[5],有鷕雉鸣[6]。济盈不濡轨[7],雉鸣求其牡[8]。

雝雝鸣雁[9],旭日始旦[10]。士如归妻[11],迨冰未泮[12]。

招招舟子,人涉卬否。人涉卬否,卬须我友[13]。

【注释】

〔1〕这首诗写一个女子担心男方误了婚期,催促他赶快来迎娶。古时,秋天为嫁娶的正时,所谓"霜降逆女,冰泮杀止"(《荀子·大略篇》)。诗中女子,听到雉、雁鸣叫,秋水渐深,从而敦促未婚夫及时渡河来商订婚事。急切的心情,大胆的表白,给人留下深刻的印象。匏(páo袍):葫芦类,又称匏瓜。古人结婚行合卺(jǐn紧)之礼,就是将一瓜分为两个瓢,夫妇各用一瓢盛酒漱口。苦:与"枯"通,匏叶干枯,匏已可用,指应该举行婚礼了。一说古人渡水,佩带葫芦以防沉溺。

〔2〕济:渡水。一说河水名。有:语助词。涉:蹚着水过河。此谓秋来水日渐其深,但蹚水尚可渡过。一说指渡口。闻一多《诗经通义》:"涉,名词,谓水中可济涉之处,犹津也。"

〔3〕厉:连衣下水而涉。此指水深齐腰。毛《传》:"以衣涉水为厉,谓由带以上也。"

〔4〕揭:撩起衣裳过河。朱氏《集传》:"褰衣而涉曰揭。"

〔5〕沵(mí 迷):大水漫漫的样子。盈:满。

〔6〕有鷕(yǎo 咬):即"鷕鷕",雌鸟(山鸡)叫声。

〔7〕濡(rú 如):淹湿。轨:车轴的两端。这句是说,渡河时水虽满,但也不过车轮的一半深。意谓渡起来也不难。

〔8〕牡(mǔ 母):指雄山鸡。暗喻自己亟盼求偶成婚。

〔9〕雝雝(yōng 雍):同"雍雍"。此指雁叫声。

〔10〕始旦:天刚亮。

〔11〕归妻:犹言娶妻。

〔12〕迨(dài 代):及,趁着。泮(pàn 判):同"牉",合。冰未泮,这里指未封冻。

〔13〕"招招"四句:言向舟子打招呼,问讯可曾有人渡河来找我,我正等待友人过河来。一说是舟子摇船送人渡河,人家都过去了,我独自留下,我本是为等朋友而来。方氏《原始》称此诗"忽断忽连,故难骤解"。招招,举手打招呼的样子。舟子,船夫。卬(áng 昂),我,女子自称。须,等待。

谷　　风[1]

习习谷风,以阴以雨[2]。黾勉同心[3],不宜有怒[4]。采葑采菲,无以下体[5]。德音莫违[6],及尔同死[7]。

行道迟迟[8],中心有违[9]。不远伊迩,薄送我畿[10]。谁谓荼苦,其甘如荠[11]。宴尔新婚[12],如兄如弟[13]。

泾以渭浊[14],湜湜其沚[15]。宴尔新昏,不我屑以[16]。毋逝我梁！毋发我笱[17]！我躬不阅，遑恤我后[18]！

就其深矣,方之舟之。就其浅矣,泳之游之[19]。何有何亡[20],黾勉求之[21]。凡民有丧[22],匍匐救之[23]。

不我能慉[24]，反以我为雠[25]。既阻我德,贾用不售[26]。昔育恐育鞫[27]，及尔颠覆[28]。既生既育[29]，比予于毒[30]。

我有旨蓄[31]，亦以御冬[32]。宴尔新昏,以我御穷[33]。有洸有溃[34]，既诒我肄[35]。不念昔者,伊余来墍[36]。

【注释】

〔1〕这是被丈夫遗弃的妇女,在离家时唱出的一首悲怨之歌。她追忆结婚时本以生死不渝相许,婚后生活贫苦,全仗她勤俭持家、辛苦经营,才使日子一天天好起来。谁想丈夫忘恩负义,喜新厌旧,另有所欢,竟至对她施暴,赶她出门。她顾念旧家,迟迟不忍离去。诗中历数自己的无辜和丈夫的无情,哀婉凄楚,一步一曲,呜咽动人。诗抒情与叙事结合,表现出一个善良、痴情而又深受伤害的古代不幸妇女的形象。谷风:山谷中的大风。

〔2〕"习习"二句:以大风阴雨比喻丈夫变心暴怒。习习,风吹不断的样子。

〔3〕黾(mǐn 敏)勉:双声联绵词,即勉力的意思。同心:同心相爱。

〔4〕不宜:不该。

〔5〕葑(fēng 封):蔓菁。菲(fěi 翡):萝卜。以:用。下体:指根茎。

两句是说,采葑采菲,就是因它的根茎可食。比喻对妻子不能只重颜色不念她的德行好处。

〔6〕德音:好话,这里指往日相爱相许的恩情话。莫违:不要背弃。

〔7〕及尔:跟你。同死:同生死,共命运。

〔8〕迟迟:缓慢。这里指女子被逐出门时,留恋不舍,徘徊不前的样子。

〔9〕中心:心中。违:违背心愿。

〔10〕伊:发语词,无实义。迩(ěr耳):近。薄:语助词,含有勉强的意思。畿(jī机):门限,门槛。两句是说,弃妇离家时丈夫不肯远送,只勉强送到门口。

〔11〕荼(tú途):苦菜。甘:甘甜。荠(jì记):甜菜。两句是说,荼菜很苦,在我来看也是甜的,用以比喻自己痛苦的程度。言外之意,说自己的遭遇比荼还苦。

〔12〕宴:快乐。昏:同"婚"。

〔13〕如兄如弟:形容丈夫与新婚的女子,如同兄弟手足那样亲密。

〔14〕泾、渭:二水名,源出甘肃,在陕西高陵县合流。泾水清,渭水浊。弃妇自比泾水,以渭水比新人。句意是说,自从新人来家后,搅浑了水,以致丈夫以我为浊,嫌弃了我。

〔15〕湜湜(shí时):水清的样子。沚:当作"止",底。弃妇以水清见底,自比品质纯洁无瑕。

〔16〕不我屑:犹言不屑与我相处。以:与。马氏《通释》:"以,犹与也。"

〔17〕毋:勿。逝:往。梁:为拦捕鱼而筑的石堰。发:拨弄。笱(gǒu苟):竹编的捕鱼具。两句是诫谕新人不要去动用我的旧物。

〔18〕躬:身。我躬,我自身。阅:容。不阅,指不被丈夫所容纳。遑:闲暇。恤:忧念,顾惜。两句说,我自身尚不被丈夫所容,哪有闲工夫忧念走后的事。

〔19〕"就其"四句:用渡水比喻治家,言无论遇到难事易事,都能设法办好。就,遇到。深:深水。方:筏子。方、舟,这里用作动词。泳:潜水。

41

〔20〕亡:无。何有何无,犹言无论有无。

〔21〕求:求取,置备。

〔22〕民:人,指他人。丧:死伤祸殃。

〔23〕匍匐:本义为伏地爬行,引申为竭力而为。救:相救助。

〔24〕慉(xù蓄):爱悦。这句说,丈夫不喜爱我。

〔25〕雠:同"仇"。两句谓你不能爱我也罢,反而将我作为仇人看待。

〔26〕阻:阻难,拒绝。德:善,指善意好心。贾(gǔ古):商贾。售:卖出。两句意思是说,我的善意既被你所拒绝,就像商贾有物不能售出去。

〔27〕昔:昔日,往日。育:生,生活、生计。育恐,谓生活在恐惧、担心之中。鞠(jū拘):穷。育鞠,生活于困穷之际。

〔28〕及尔:同你。颠覆:本义为颠来倒去,引申为挫折和困窘。这句是说,与你同生活于困境之中。

〔29〕既生既育:已经有了赖以生存和生活的资财。郑《笺》:"生,谓财业也。"

〔30〕毒:毒物。比予于毒,把我比作毒物,即看成眼中钉、肉中刺的意思。

〔31〕旨:味美。蓄:指蓄存起来的菜,即干菜、腌菜之类。

〔32〕御冬:备作冬天食用。

〔33〕御穷:抵御贫穷。这里意思是说,穷苦时娶我来,生活好了就抛弃我;我就像御冬的菜一样,成了你们过好日子的贮备。

〔34〕有洸(guāng光)有溃:即洸洸、溃溃,本形容大水涌出,四处崩溃的样子。牟氏《质疑》:"水涌波曰洸,决堤曰溃。"这里指她丈夫发脾气,迫害无度。

〔35〕诒(yí移):通"贻",给予。肄(yì义):劳苦之事。毛《传》:"肄,劳也。"

〔36〕伊:发语词。来:语助词,是。墍(xì细):"愾"的假借字,即爱。二句是说,全不念往日旧情,依然只是爱我一人。

式　　微[1]

式微式微,胡不归[2]？微君之故[3],胡为乎中露[4]？

式微式微,胡不归？微君之躬[5],胡为乎泥中[6]？

【注释】

〔1〕这是一首企盼亲人日暮归来的诗。候人者在露中、泥中长久等待,情急心切,反复呼唤:怎么还不见归来？语句长短间出,节奏紧迫,颇能传达出一种等人时的埋怨和焦虑情绪。式:语首助词,无实义。微:幽暗,指天色渐黑。

〔2〕胡:何,为什么。

〔3〕微:非,犹言若不是。君:指所等待的人。故:缘故。

〔4〕中露:露中。这句是说,我为什么会站立在露中。

〔5〕躬:身,指对方,犹言你这个人。

〔6〕泥中:晚间露水越来越重,以致湿成泥泞,表示等的时间已经很长久了。

旄　　丘[1]

旄丘之葛兮,何诞之节兮[2]！叔兮伯兮[3],何多日也[4]？

何其处也[5]？必有与也[6]！何其久也？必有以也[7]！

狐裘蒙戎[8],匪车不东[9]。叔兮伯兮,靡所与同[10]。

琐兮尾兮[11],流离之子[12]。叔兮伯兮,褎如充耳[13]。

【注释】

〔1〕这首诗写丈夫在外多日不归,女子怀疑他有外遇,但仍执著地想念他,充满怨慕之情。旄(máo毛)丘:前低后高的山。

〔2〕诞:假借为"延",长长的。节:蔓上的节。蔓长而多节,比喻日子长久。

〔3〕叔、伯:弟弟、哥哥,实指一人,即女子对其所爱之人的昵称。

〔4〕多日:指多日不见。

〔5〕处:指在外安处不归。

〔6〕必:一定。与:同伴,相好。此说他在外另有所欢。

〔7〕以:原因。朱氏《集传》:"以,他故也。"

〔8〕狐裘:狐皮袍。蒙戎:又作"蒙茸",蓬松的样子。

〔9〕匪:彼。不东:不东行。东,作动词。

〔10〕靡:无,不。与、同:二字同义,即共聚、会聚之意。此谓不来相聚。

〔11〕琐、尾:指男子服饰上的细小之物。

〔12〕流离:漂流离散,即离家到处去。朱氏《集传》:"流离,漂散也。"子:指那男子。

〔13〕褎(xiù袖)如:盛美的样子。充耳:古代垂于冠下耳旁的装饰物。二句写女子思念中想象男子的身影。

简　　兮[1]

简兮简兮,方将万舞[2]。日之方中[3],在前上处[4]。

硕人俣俣[5],公庭万舞。

有力如虎,执辔如组[6]。左手执籥[7],右手秉翟[8]。赫如渥赭[9],公言锡爵[10]。

山有榛,隰有苓[11]。云谁之思[12],西方美人[13]。彼美人兮,西方之人兮。

【注释】

〔1〕这首诗赞美一位宫廷舞师,说他身高力大,舞艺超群,并表示对他有爱恋之意。诗中生动描写了古代万舞的场面,末章委婉言情,作者当是一位贵族女性。简:鼓声。《商颂·那》:"奏鼓简简。"舞开始前,先击鼓表示开场。

〔2〕方将:即将,正要。万舞:古代的大型舞蹈,由武舞、文舞两部分组成。武舞执干戚,即斧、盾之类;文舞执羽籥,即雉羽、乐器等,场面十分壮阔。

〔3〕日之方中:日在中天,指正午时分。

〔4〕在前上处:指领舞的舞师,在最前的位置。

〔5〕硕人:身材高大的人,此指舞师。俣俣(yǔ语):魁梧的样子。

〔6〕辔(pèi配):马缰绳。组:丝带。万舞中演武的场面,有驾车驭马的动作。古时战车有四匹马,一马两条缰绳,御者握起来需要技术和力气。如组,是说御者握缰时,如同握一把轻柔的丝带在手里,毫不费力。说明力大而熟练。

〔7〕籥(yuè岳):古乐器,如笛,六孔。舞时边吹边舞。

〔8〕秉:执,拿。翟(dí敌):野雉的尾羽。

〔9〕赫:赤红色而有光彩。渥(wò握):湿润。赭(zhě者):红色土。这句形容舞师红润的脸色面容。

〔10〕公:公侯。锡:赐。爵:古代酒器。此谓舞后,受到公侯的赏识,

45

而传言赐给美酒。

〔11〕榛(zhēn 真):树名。隰(xí 习):低湿地。苓:草名。两句以大树、小草对比,木喻男子,草喻女子。

〔12〕云:语助词。谁之思:心里在想谁。

〔13〕西方:指周室,周在西方,万舞本王室祭舞。这里说舞师是由周王室来的。美人:指那位硕人舞师。

泉　　水[1]

毖彼泉水[2],亦流于淇[3]。有怀于卫[4],靡日不思。娈彼诸姬[5],聊与之谋[6]。

出宿于泲[7],饮饯于祢[8]。女子有行[9],远父母兄弟[10]。问我诸姑,遂及伯姊[11]。

出宿于干[12],饮饯于言。载脂载辖[13],还车言迈[14]。遄臻于卫,不瑕有害[15]。

我思肥泉[16],兹之永叹[17]。思须与漕[18],我心悠悠[19]。驾言出游,以写我忧[20]。

【注释】

〔1〕卫国女子,远嫁他国,怀念家乡和父母亲人,而不得归省,作此诗以抒情。首章写"靡日不思",天天苦思冥想;二、三章写登程上路返卫,实际是因思成幻的想象之词;最后写忧结于心,难以排遣的情状。全诗出有入无,以幻当真,写极思之情,倍觉感人。

〔2〕毖(bì必):泉水涌出的样子。马氏《通释》:"毖者,泌之假借。"

〔3〕亦:语助词。淇:淇水,在卫境。

〔4〕怀:怀念,思念。卫:卫国,女子的本国。

〔5〕娈(luán峦):美好的样子。诸姬:卫君姬姓。古时贵族嫁女,有陪嫁女同往。这里即指陪嫁过来的同姓女子。

〔6〕聊:姑且。谋:指谋划、商议归卫的事。

〔7〕泲(jǐ挤):卫地水名。

〔8〕饮饯:饮酒饯行。祢(nǐ你,今读mí迷):卫国地名。

〔9〕行:女子出嫁谓行。有行,即已出嫁。

〔10〕远:远离。

〔11〕姑:姑母。伯姊:大姐。两句是说,返卫后不仅可以见到远离的父母兄弟,还要问候我的各位姑母以至亲姐妹。意思是说对娘家的亲人都在怀念之中。

〔12〕干:与下句之"言"均为地名,返卫时途经之地。

〔13〕载:又。脂:油脂,用作动词。用油脂涂抹车轴使之滑润。辖(xiá侠):车轴头上的键子。此用作动词,把键子加上。这是将要驾车启程的准备。

〔14〕还:归。迈:远行。

〔15〕遄(chuán传):迅速。臻(zhēn真):至,到达。瑕:瑕疵,过错。害:害处,不妥处。两句是说,她驱车返卫,很快就可以到达,兀自省亲一趟,也算不得有什么过错和不妥处。

〔16〕肥:或作"淝"。肥泉,卫国河名。

〔17〕兹:此。永叹:长叹。

〔18〕须、漕:皆卫国城邑名。

〔19〕悠悠:思绪绵绵不断的样子。

〔20〕驾:驾车。言:语助词,无实义。写:同"泻",宣泄。二句谓既不能返卫,也要出游一下,以宣泄因思乡而引起的忧愁。

47

北　　门[1]

出自北门,忧心殷殷。终窭且贫[2],莫知我艰[3]。已焉哉[4]！天实为之,谓之何哉[5]！

王事适我[6],政事一埤益我[7]。我入自外,室人交徧谪我[8]。已焉哉！天实为之,谓之何哉！

王事敦我[9],政事一埤遗我[10]。我入自外,室人交徧摧我[11]。已焉哉！天实为之,谓之何哉！

【注释】

〔1〕这是一个小官吏诉苦的诗。他生活贫困,每天没完没了地去当差,回到家里,亲人们也不体谅他,还要轮番责备他。在愁苦无告中,只得归之于命。全诗三章,共七个"我"字,表示好像一切都跟他过不去；三章末尾,重复慨叹,充分表达出一种愁苦无奈的情绪。

〔2〕终:既。窭(jù巨):房屋简陋。

〔3〕莫知:没人知道。

〔4〕已焉哉:犹言算了吧,表示无可奈何。

〔5〕谓之何哉:说它又有什么用呢。

〔6〕王事:王室派的差事,即官差。适:借为"擿"(zhì志),投掷。这句是说,官家把事情一股脑扔给我。

〔7〕政事:义同"王事"。一:皆,一起。埤(pí皮):益,堆积,增加。毛《传》:"埤,厚也。"

〔8〕室人:家人。交:轮番。徧:同"遍",统统,全。谪:责备,怪罪。

〔9〕敦:迫。郑《笺》:"敦犹投掷也,韩《诗》云:'敦,迫也',义并相近。"

〔10〕遗(wèi位):给与,加给。

〔11〕摧:摧迫,折磨。

北　　风[1]

北风其凉,雨雪其雱[2]。惠而好我[3],携手同行。其虚其邪[4]?既亟只且[5]!

北风其喈[6],雨雪其霏[7]。惠而好我,携手同归。其虚其邪?既亟只且!

莫赤匪狐,莫黑匪乌[8]。惠而好我,携手同车[9]。其虚其邪?既亟只且!

【注释】

〔1〕这是一首写男女私奔的诗。两人相好而不被周围人所容,歌者催促情侣携手远行,一起离开此地。诗以寒风大雪起兴,喻环境的冷酷。一说这是刺虐政相偕逃亡的诗。

〔2〕雨雪:降雪。雨,作动词。雱(pāng乓):雪下得很大的样子。毛《传》:"雱,盛也。"

〔3〕惠:爱。好我:喜欢我。

〔4〕虚:通"舒"。朱氏《集传》:"虚,宽貌。"邪:通"徐"。郑《笺》:"邪读如徐。"指动作缓慢,犹豫不决的样子。这句是说,还迟缓犹豫什么?

〔5〕亟(jí急):急,指情况已很紧急。只且(jū驹):语气词,犹言"也

49

哉"。这里说,事已紧急了呀!意谓要赶快行动、上路。

〔6〕喈:风大有声。朱氏《集传》:"喈,疾声也。"

〔7〕霏:形容大雪纷飞降落的样子。

〔8〕"莫赤"二句:狐赤、乌黑是其本色,意谓是怎样就怎样,不管别人议论。匪,非。

〔9〕同车:同乘一辆车而出走。

静　　女[1]

静女其姝[2],俟我于城隅[3]。爱而不见[4],搔首踟蹰[5]。

静女其娈[6],贻我彤管[7]。彤管有炜[8],说怿女美[9]。

自牧归荑[10],洵美且异[11]。匪女之为美,美人之贻[12]。

【注释】

〔1〕这是一首写情人幽会的诗。先写男子赴约,女子故意躲藏,害得男子抓耳挠腮不知所措;再写女子向男子赠物表情,男子则语带双关,说物美是因为人美,因是美人所赠,故更加美丽。全诗充满着愉快而幽默的情趣。静女:安详文静的姑娘。朱氏《集传》:"静者,闲雅之意。"

〔2〕姝(shū 淑):美丽。

〔3〕俟(sì 寺):等候。城隅:城角幽僻之处。朱氏《集传》:"城隅,幽僻之处。"

〔4〕爱:"薆"之借字,隐蔽,躲藏。《尔雅》:"薆,隐也。"不见:不露面。

〔5〕搔首:用手挠头。踟蹰(chí zhú 迟竹):走来走去,徘徊不定。此指焦急惶惑、心情不安的意态。

〔6〕娈(luán 峦):美好。朱氏《集传》:"娈,好貌。"

〔7〕贻(yí 宜):赠送。彤(tóng 同)管:红色管状小草。一说笛类乐器。

〔8〕有炜(wěi 伟):即炜炜,红亮的样子。

〔9〕说:同"悦"。悦怿(yì 义),喜爱。女:汝,你。此处语涉双关,既赞物又赞人。

〔10〕牧:牧野。朱氏《集传》:"牧,外野也。"归:同"馈",赠送。朱氏《集传》:"归,亦贻也。"荑(tí 题):嫩白的茅草。毛《传》:"茅之始生也。"

〔11〕洵(xún 寻):诚然,实在。异:奇异,不同一般。

〔12〕"匪女"二句:谓物以情而重,因是美人所赠,故更加觉得美丽。匪,非,不是。女,汝,指所赠彤管、荑草。

新　　台[1]

新台有泚[2],河水浼浼[3]。燕婉之求[4],籧篨不鲜[5]。

新台有洒[6],河水浼浼[7]。燕婉之求,籧篨不殄[8]。

鱼网之设,鸿则离之[9]。燕婉之求,得此戚施[10]。

【注释】

〔1〕这是卫人讽刺卫宣公丑行的诗。据史载,卫宣公为长子伋娶齐

51

女,见女子貌美,便在河岸筑新台,拦截下来做自己老婆。诗以癞虾蟆比宣公,进行了辛辣讽刺。新台:新建的楼台。

〔2〕泚(cǐ此):借为"玼",鲜明的样子。《说文》:"玼,玉色鲜也。"此指新台敞亮华美。

〔3〕瀰瀰(mí迷):大水漫漫的样子。

〔4〕燕婉:文雅多情。求:指女子所求。

〔5〕籧篨(qú chú 渠除):即粗竹席。比喻臃肿,腰不能弯的残疾人。此指宣公,言其丑陋。一说,即"居诸",俗称癞虾蟆。不鲜:太不漂亮。

〔6〕洒(cuǐ璀):高峻的样子。毛《传》:"洒,高峻也。"

〔7〕浼浼(měi每):河水涨满的样子。

〔8〕殄(tiǎn忝):当作"腆",善。郑《笺》:"殄,当作腆。腆,善也。"

〔9〕设:设置。鸿:"苦蠪(lóng 龙)"的合音,即"鸿"字古读音,即虾蟆(用闻一多《诗经新义》说)。离(lí丽),同"罹",获得。二句是说设网本为捕鱼,却得了个癞虾蟆,意为与愿望相反。

〔10〕戚施(yì易):驼背的残疾人,言其丑陋。毛《传》:"戚施,不能仰者。"一说,即癞虾蟆。

二子乘舟[1]

二子乘舟,泛泛其景[2]。愿言思子[3],中心养养[4]。

二子乘舟,泛泛其逝[5]。愿言思子,不瑕有害[6]?

【注释】

〔1〕这是一首送别诗。行人乘舟远去,歌者满怀离情别绪,祝愿行人路途安顺。一说是父母送子;一说是刺卫宣公杀其二子伋与寿。子:人,不一定指子女。

〔2〕泛泛:漂浮、漂流的样子。景:古"影"字。这里指水上舟影。

〔3〕愿:思念。言:语助词,无实义。

〔4〕中心:即心中。养养:通"洋洋",指愁思满怀。

〔5〕逝:远去。前说"其景",尚见舟影;此说"其逝",舟行渐远,已消失不见。

〔6〕瑕:过失。害:灾殃,危险。这句是说,不会有什么闪失或危险吧? 此乃疑虑之词,表示担忧。

鄘风

柏　舟[1]

泛彼柏舟,在彼中河[2]。髧彼两髦[3],实维我仪[4]。之死矢靡它[5]。母也天只[6],不谅人只!

泛彼柏舟,在彼河侧。髧彼两髦,实维我特[7]。之死矢靡慝[8]。母也天只,不谅人只!

【注释】

〔1〕这是一首反抗家长干预,要求婚姻自主的诗。诗以行船河中起兴,有顺流而下,势不可返的意味。次写已选定的配偶形象。最后表示至死不改变主意,怨愤母亲和老天不能体谅自己。感情激烈,撼动人心。柏舟:柏木船。

〔2〕中河:河中。

〔3〕髧(dàn旦):头发下垂的样子。髦(máo矛):发散垂齐眉称髦。毛《传》:"髦者,发至眉。"这是古时男子未成年前的发式。

〔4〕维:犹"为",是。仪:配偶。毛《传》:"仪,匹也。"

〔5〕之:至,到。矢:借为"誓",发誓。靡它:指没有二心。这句是说,至死绝不改变主意。它,鲁《诗》作"他"。

〔6〕也、只:都是感叹词。这句呼告母亲、苍天,是极为痛心和无助的表示。

〔7〕特:对象,配偶。毛《传》:"特,匹也。"

〔8〕慝(tè特):"忒"的假借字,更改。马氏《通释》:"慝,当为'忒'之同音假借。《说文》:'忒,更也。'"靡慝,指不改变初衷。

墙 有 茨[1]

墙有茨,不可埽也[2]。中冓之言[3],不可道也。所可道也,言之丑也。

墙有茨,不可襄也[4]。中冓之言,不可详也[5]。所可详也,言之长也[6]。

墙有茨,不可束也[7]。中冓之言,不可读也[8]。所可读也,言之辱也[9]。

【注释】

〔1〕这是讽刺宫廷中丑行的诗。说宫内的那些淫乱之事,丑得无法令人上口。诗用蒺藜难扫、难除,比喻丑事之多,让人痛恶。茨(cí词):即蒺藜,蔓生带刺的野生植物。

〔2〕埽:同"扫",扫除。

〔3〕中冓(gòu构):宫中内室。陈氏《传疏》:"中冓,当为宫中内室。"

〔4〕襄:同"攘",除去。

〔5〕详:详细地说。朱氏《集传》:"详,详言之也。"

〔6〕长:指说来话长。

〔7〕束:捆起来丢掉。毛《传》:"束而去之。"

〔8〕读:指说出口。

〔9〕辱:可耻。

君子偕老[1]

君子偕老,副笄六珈[2]。委委佗佗[3],如山如河[4],象服是宜[5]。子之不淑[6],云如之何[7]?

玼兮玼兮[8],其之翟也[9]。鬒发如云[10],不屑髢也[11]。玉之瑱也[12],象之揥也[13],扬且之皙也[14]。胡然而天也[15]?胡然而帝也[16]?

瑳兮瑳兮[17],其之展也[18]。蒙彼绉絺[19],是绁袢也[20]。子之清扬[21],扬且之颜也[22]。展如之人兮[23],邦之媛也[24]!

【注释】

〔1〕这是一首嘲讽贵妇人的诗。诗中极写其服饰之盛,仪表之美,但又称她品行不端,内外极不协调。在表现手法上以美为刺,反令讽意十足。全诗又多用反问句和连用"也"字,嘲讽之情毕现。君子:古时对男子的尊称、美称,此指女子的丈夫。一说指卫宣公。

〔2〕副:首饰。笄(jī 机):发簪,古时插发的饰物,俗称簪子。珈(jiā 加):笄上饰有垂珠称珈。有六颗珠,故称"六珈"(见闻一多《诗经新义》)。这句是说,头上戴有六颗珠做的簪子。

〔3〕委委佗佗(tuó 驼):举止雍容端庄的样子。朱氏《集传》:"雍容自得之貌。"

〔4〕如山如河:指庄重如山,深沉莫测似河。

〔5〕象服:画有雉羽等的彩绘衣服。宜:适合。

〔6〕子:你。指诗中所讽的女子。不淑:不善,指品德不好。

〔7〕云:发语词。

〔8〕玼(cǐ此):玉色鲜明的样子。这里用以形容下边所说的衣服色彩的鲜丽。

〔9〕其之:她的。翟(dí笛):野雉,即山鸡,羽毛五彩鲜丽。此指女子衣服上所绘绣。

〔10〕鬒(zhěn缜):黑色秀发。如云:指蓬松柔和如云样美。

〔11〕不屑:不需要,不屑用。髢(dí敌,古读dì弟或tì替):假发。吴闿生《诗义会通》:"髢,益发也。假他人发为之。"

〔12〕瑱(zhèn震,一读tiàn掭):耳旁垂玉,装饰品。

〔13〕象揥(tì替):象牙或象骨做的簪子。

〔14〕扬:指眉上前额。陈氏《传疏》:"此扬指颡。颡,额。"且(jū居):语助词。晳(xī西):白嫩光洁。

〔15〕胡然:为何。而:犹"如"。如天:似天上下凡的天仙美女。

〔16〕帝:帝子,神女。

〔17〕瑳(cuō搓):鲜丽,原指玉,这里指衣饰。

〔18〕展:本作"襢",礼服。

〔19〕蒙:罩盖着。绉、绨(chī痴):都是细麻布。绉比绨更精细而薄。

〔20〕绁袢(xiè fán谢烦):贴身内衣。《说文》引绁作"褻"。

〔21〕清扬:眉清目秀,眼眉上挑,形容漂亮。

〔22〕颜:容颜。

〔23〕展:诚然,确实。毛《传》:"展,诚也。"之人:这个人,指所写的女子。

〔24〕邦:国。媛(yuán元):美女。句意谓全国独一无二的美女。

桑　　中[1]

爰采唐矣[2]?沬之乡矣[3]。云谁之思[4]?美孟姜

57

矣[5]。期我乎桑中[6]，要我乎上宫[7]，送我乎淇之上矣[8]。

爰采麦矣？沬之北矣。云谁之思？美孟弋矣。期我乎桑中，要我乎上宫，送我乎淇之上矣。

爰采葑矣[9]？沬之东矣。云谁之思？美孟庸矣。期我乎桑中，要我乎上宫，送我乎淇之上矣。

【注释】

〔1〕这是一首歌咏男女幽期密约的诗。歌者为男性，边从事采集劳动，边想象将与情人在桑中会面的愉悦情景，兴之所至，随口唱出，活泼明快。一说此为古俗，仲春，男女聚会于桑林社庙时所唱的歌。

〔2〕爰：何处。唐：又名蒙，野菜名。

〔3〕沬(mèi妹)：卫地名。在今河南淇县南。一说卫地水名。乡：地方。

〔4〕云：发语词，无实义。谁之思："思之谁"的倒句，所想何人。

〔5〕美：美丽。孟姜：与后两章的孟弋、孟庸，均为对美女的泛指，犹后世之以西施代称美女。这里皆指歌者意中之美人。

〔6〕期：期待，等待。桑中：桑林之中。

〔7〕要：通"邀"，邀约。上宫：卫地建筑名。

〔8〕淇：卫地水名。上：指水边岸上。

〔9〕葑(fēng封)：蔓菁菜。

鹑之奔奔[1]

鹑之奔奔，鹊之彊彊[2]。人之无良[3]，我以为兄。

鹊之强强,鹑之奔奔。人之无良,我以为君[4]。

【注释】

〔1〕这是一首斥责强暴斗狠者的诗,其所指待考。或指其丈夫,或说是卫人刺宣姜与公子顽私通的诗。鹑(chún纯):鹑鹑鸟,勇而好斗。奔奔:跳来跳去。

〔2〕鹊:喜鹊,山鹊。强强:凶暴的样子。《尔雅·释言》:"强,暴也。"

〔3〕无良:不善良。这句是说,人没有好品行。

〔4〕君:国君或一般男性。

定 之 方 中[1]

定之方中,作于楚宫[2]。揆之以日[3],作于楚室[4]。树之榛栗[5],椅桐梓漆[6],爰伐琴瑟[7]。

升彼虚矣[8],以望楚矣[9]。望楚与堂[10],景山与京[11]。降观于桑[12],卜云其吉[13],终然允臧[14]。

灵雨既零[15],命彼倌人[16]。星言夙驾[17],说于桑田[18]。匪直也人[19],秉心塞渊[20],𫘫牝三千[21]。

【注释】

〔1〕这是一首赞颂卫文公重建家国的诗。公元前660年,卫国被狄人所灭。卫文公迁都楚丘,经营宫室,大兴农桑,恢复国力。诗歌记叙了卜筑劝农的经过,不板不乱,具有史诗的性质。定:星名,即营室星。方

59

中:指定星的位置在天正中。定星正中时为夏历十月,古人营造宫室多定在此时。

〔2〕作:兴建。楚宫:楚丘的新宫。楚丘为春秋时卫地,在今河南滑县东。宫,指宗庙。

〔3〕揆(kuí魁):测度,测量。日:指日影。古人建筑宫室房屋,立一标杆,测度日影,以定方位。

〔4〕室:居室。

〔5〕树:作动词,种植。榛(zhēn珍)、栗:皆树名,结硬果,可食。

〔6〕椅(yī衣)、桐、梓、漆:都是树名,可供建材或制造器具。

〔7〕爰:乃,于是。伐琴瑟:伐取木材制造琴瑟乐器。

〔8〕升:登上。虚:同"墟",指漕邑旧都城。

〔9〕楚:楚丘。

〔10〕堂:卫地名,在楚丘附近。

〔11〕景山:大山。景,大。京:高丘。

〔12〕降:从高处下来。

〔13〕卜:占卜。古人在龟甲上钻孔,再用火烧烤,视其纹路,预测吉凶。

〔14〕终:结果。允:信,确实。臧:善。这句是说,经占卜征兆吉利,结果真是善美(指选地)。

〔15〕灵雨:甘霖,好雨。零:降落,滴落。

〔16〕倌:管驾车的小官。

〔17〕星:雨止星现,指天晴。言:语助词。夙:早晨。驾:驾车。

〔18〕说(shuì税):通"税",舍止,指停车。

〔19〕匪:非,不仅。一说义同"彼"。直:正直。人:指卫文公。

〔20〕秉心:持心,用心。塞:诚实。渊:深刻,深沉。

〔21〕骒(lái来):高大的马。马七尺以上称"骒"。牝(pìn聘):母马。三千:指三千匹。古时马匹多少,代表国家实力。

蝃 蝀[1]

蝃蝀在东,莫之敢指[2]。女子有行[3],远父母兄弟。

朝隮于西[4],崇朝其雨[5]。女子有行,远父母兄弟。

乃如之人也[6],怀昏姻也[7]。大无信也[8],不知命也[9]。

【注释】

〔1〕这是一首对女子自择配偶,远嫁他乡不以为然的诗。当时对婚姻自主已有所限制,这是"守礼"者对自由婚姻的非议。蝃蝀(dì dōng 帝东):雨后出现在天空的彩虹。古时多以此象征男女间的私情。

〔2〕指:用手指点。古代民俗,认为指虹则手肿。王质《诗总闻》:"今人犹言不可指,指则手生肿也。"句意谓不好公开议论。

〔3〕有行:出嫁去男家。

〔4〕隮(jī基):虹。古文虹为通称,细分之,则见于东方者谓之蝃蝀,见于西方者谓之隮(说见杨树达《小学述林》)。

〔5〕崇:"终"的借字。终朝,整个早上。

〔6〕如之人:像这个人,指所指斥的女子。

〔7〕怀:思,想。昏:通"婚"。这句是说,只一心想婚嫁。

〔8〕无信:指不信守媒妁之言。

〔9〕命:天命。一说指父母之命。

61

相　　鼠[1]

相鼠有皮,人而无仪[2]。人而无仪,不死何为[3]？

相鼠有齿,人而无止[4]。人而无止,不死何俟[5]？

相鼠有体,人而无礼。人而无礼,胡不遄死[6]？

【注释】

〔1〕这是一首讽刺诗,痛斥那些寡廉鲜耻之人,连老鼠都不如,还不如死掉好。语言辛辣,怒斥之声,宛如耳闻。相：看。相鼠,一说是一种体大的老鼠的名称。

〔2〕仪：威仪,泛指做人应有的样子。

〔3〕何为："为何"的倒文。

〔4〕止：借为"耻"。

〔5〕俟(sì寺)：等待。

〔6〕胡：何。遄(chuán船)：快速。

干　　旄[1]

孑孑干旄[2],在浚之郊[3]。素丝纰之[4],良马四之[5]。彼姝者子[6],何以畀之[7]？

孑孑干旟[8],在浚之都[9]。素丝组之[10],良马五之。

彼姝者子,何以予之?

孑孑干旌[11],在浚之城。素丝祝之[12],良马六之。彼姝者子,何以告之[13]?

【注释】

〔1〕这是一首写前去探访情人的诗。一个男子驱车驾马从城郊到都城去见一个美女,不知送些什么才能讨得她的欢心,怎么表示才能取得她的好感。从车马装备的华丽和气派看,这男子大约是个贵族。诗三章以郊、都、城表示由远而近;以驾马四、五、六,表示心急欲见之情;并三用"何以",显示踌躇不定、唯恐不得对方欢心的心理,简捷有神。干旄(máo毛):用牦牛尾装饰旗杆顶端的旗子。干,通"杆"。

〔2〕孑孑(jié结):旗杆高挑的样子。

〔3〕浚:卫国城邑名。

〔4〕素丝:白色丝。纰(pī批):搓成绳带,指马的缰绳。闻一多《诗经新义》:"纰、组、祝,皆束丝之法。"

〔5〕良马四之:用四匹好马驾车。以下五、六均此。

〔6〕姝(shū殊):美。子:指那美女。

〔7〕何以:即以何,拿什么。畀(bì毕):给予。这句是说,送什么礼物给她好呢?

〔8〕干旟(yú于):一种画有鹰隼的旗子。

〔9〕都、城:均指浚邑。

〔10〕组:义同"纰"。

〔11〕干旌(jīng京):一种用五色羽毛装饰杆顶的旗子。

〔12〕祝:"属(zhǔ煮)"的借字,编织,指马缰绳。

〔13〕告:讲。指如何向对方表示爱慕之情。

载　　驰[1]

载驰载驱,归唁卫侯[2]。驱马悠悠[3],言至于漕[4]。大夫跋涉[5],我心则忧。

既不我嘉[6],不能旋反[7]。视尔不臧[8],我思不远[9]。

既不我嘉,不能旋济[10]。视尔不臧,我思不閟[11]。

陟彼阿丘[12],言采其蝱[13]。女子善怀[14],亦各有行[15]。许人尤之[16],众稚且狂[17]。

我行其野,芃芃其麦[18]。控于大邦[19],谁因谁极[20]。

大夫君子[21],无我有尤[22]!百尔所思[23],不如我所之[24]。

【注释】

〔1〕这是一首充满爱国激情的诗篇,据载为许穆夫人所作。许穆夫人,卫女,出嫁于许穆公。狄国攻破卫国,她心急如焚,拟返国救亡,但受到许国大夫们的阻拦,在激愤深忧中,作了这首诗。苦语真情,感人肺腑。载:语助词,有"乃"、"且"意。驰:指快马加鞭地赶路。

〔2〕归:归返卫国。唁:吊唁,凭吊死者和哀悼亡国,均可称唁。卫侯:卫戴公。卫亡后,卫人拥戴公于漕邑。

〔3〕悠悠:形容路途遥远。

〔4〕言:语助词,无义。漕:卫邑名。

〔5〕大夫:指许国诸臣。跋涉:指跋山涉水远道而来。此指许国欲追穆夫人回国。

〔6〕既:皆,都。嘉:善,赞许。不我嘉,即"不嘉我",指不赞同许穆夫人赴卫谋求救国。

〔7〕反:同"返"。

〔8〕尔:你们,指许国大夫们。不臧:不善。

〔9〕不远:不迂阔。许穆夫人主张联齐救卫,认为此举并非是不着边际之想。

〔10〕济:渡河,指渡河返许。

〔11〕閟(bì 必):闭塞不通。不閟,指自己的救国主张并非行不通。

〔12〕陟(zhì 至):登。阿丘:高高的山丘。

〔13〕蝱(méng 盟):通"莔",即贝母,一种药草。采药医病,喻设法救国。朱氏《集传》:"蝱,贝母也,主疗郁结之病。"

〔14〕善怀:思念良多,指对其祖国卫国的挂牵。

〔15〕行:道路。各有行,是说各有自己的行事作为。

〔16〕尤:怨尤,反对。

〔17〕众:指许国诸臣。稚:幼稚。狂:狂妄。

〔18〕芃芃(péng 蓬):茂盛的样子。

〔19〕控:求告。大邦:大国,指齐国。

〔20〕因:亲近,依赖。极:至。此谓向谁求援,谁就会来救。

〔21〕大夫君子:指许国群臣。

〔22〕无:同"毋",不要。句意谓不要认为我有什么错。

〔23〕百尔:即凡尔。句意谓你们一切所想。

〔24〕之:往。指往卫国亲身去谋划一下。

65

卫 风

淇 奥[1]

瞻彼淇奥,绿竹猗猗[2]。有匪君子[3],如切如磋,如琢如磨[4]。瑟兮僩兮,赫兮咺兮[5]。有匪君子,终不可谖兮[6]!

瞻彼淇奥,绿竹青青。有匪君子,充耳琇莹[7],会弁如星[8]。瑟兮僩兮,赫兮咺兮。有匪君子,终不可谖兮!

瞻彼淇奥,绿竹如箦[9]。有匪君子,如金如锡[10],如圭如璧[11]。宽兮绰兮[12],猗重较兮[13]。善戏谑兮,不为虐兮[14]!

【注释】

〔1〕这是一首颂赞君子的诗。诗以绿竹起兴,赞美他的人品、仪貌、文采、性格,用比贴切生动,又连用"兮"字,赞叹之情,溢于言表。一说,这诗是赞卫武公的。淇:卫境水名。奥(yù 郁):通"隩",水岸深曲的地方。

〔2〕绿竹:挺拔多姿,直而有节,岁寒不凋,宜于联想到人的品德仪貌。猗猗(yī 衣):美而茂盛的样子。

〔3〕有:语助词。匪:"斐(fěi 翡)"的借字。斐然,有文采的样子。古书《礼记·大学》、《尔雅》引此句诗均作"有斐君子"。君子:古时对男子的尊称、美称。

〔4〕切、磋(cuō 蹉):古时削骨做器称切,削象牙做器称磋。琢(zhuó

浊),磨:古时雕玉称琢,刻石称磨。二句用治器的工艺过程比喻问学和修养品德之孜孜不倦,精益求精。

〔5〕瑟:"璱"(sè色)的借字,庄重的样子。僩(xiàn现):威严的样子。赫:光明的样子。咺(xuān宣):《尔雅·释训》引作"烜",光明显著的样子。这两句形容仪态庄严,容光焕发。

〔6〕谖(xuān宣):忘记。毛《传》:"谖,忘也。"

〔7〕充耳:古代饰物,即在冠的两旁,悬美玉垂于耳边。琇莹(xiù yíng秀营):光润晶莹的玉石。

〔8〕会(kuài快):缝隙。弁(biàn变):皮帽。皮帽缝间常镶以玉。如星:如星光灿烂。

〔9〕簀(zé责):茂密的样子。

〔10〕如金如锡:比喻品德陶冶锻炼得精纯如金、锡。

〔11〕如圭(guī归)如璧:比喻治学有成,已琢磨成美器。圭,长形玉版。璧,圆孔玉器。

〔12〕宽:指胸襟恢宏。绰(chuò辍):缓,指举止从容。

〔13〕猗:"倚"的借字,依靠。较:车上横木。古人乘车,多立于车厢内,以手扶较。这句形容乘车的姿势。

〔14〕谑:幽默,开玩笑。虐:粗暴。二句意谓性格很风趣,喜笑谈,又不粗暴尖刻。

考　　槃[1]

考槃在涧,硕人之宽[2]。独寐寤言[3],永矢弗谖[4]。

考槃在阿[5],硕人之薖[6]。独寐寤歌,永矢弗过[7]。

考槃在陆,硕人之轴[8]。独寐寤宿[9],永矢弗告[10]。

【注释】

〔1〕一个女子陷于爱情之中,不能忘怀,却又难诉衷曲,唱出了这支孤独者之歌。一说这是赞美隐居山林之士的歌。考:同"拷",敲打。槃:同"盘"。敲打木盘,伴奏着唱歌。

〔2〕硕人:身材高大的人。古时以身高为美,形容男女均可。宽:宽宏。这句赞所想的男子。

〔3〕寤:睡。寐:醒。这句是说,白天黑夜自言自语。

〔4〕矢:通"誓",发誓。谖(xuān 宣):忘。朱氏《集传》:"谖,忘也。"这句是说,发誓永不能忘。

〔5〕阿:山曲处。

〔6〕薖(kē 科):宽闲自适的样子。

〔7〕过:过从,往来。

〔8〕轴:本义是车轴,引申为盘旋往来。

〔9〕宿:居,住。

〔10〕告:告诉。弗告,不将心事告人。

硕　　人[1]

硕人其颀[2],衣锦褧衣[3]。齐侯之子[4],卫侯之妻[5],东宫之妹[6],邢侯之姨[7],谭公维私[8]。

手如柔荑[9],肤如凝脂[10]。领如蝤蛴[11],齿如瓠犀[12],螓首蛾眉[13]。巧笑倩兮[14],美目盼兮[15]。

硕人敖敖[16],说于农郊[17]。四牡有骄[18],朱幩镳镳[19],翟茀以朝[20]。大夫夙退[21],无使君劳[22]。

河水洋洋〔23〕,北流活活〔24〕。施罛浼浼〔25〕,鳣鲔发发〔26〕,葭菼揭揭〔27〕。庶姜孽孽〔28〕,庶士有朅〔29〕。

【注释】

〔1〕这是一首赞美卫庄公夫人庄姜的诗。诗中赞她出身高贵,容貌美丽,出嫁来卫时随从礼仪之盛。诗用比喻和铺叙的手法,写庄姜的容貌、神态之美,楚楚动人,宛若一幅美人图。又善用重言叠字表情状物,很具艺术表现力。硕人:身材高大的人,指庄姜。

〔2〕颀(qí 其):身段修长秀美。

〔3〕衣:作动词,穿着。锦:花色美丽的衣服。褧(jiǒng 炯)衣:古时女子出嫁时在途中穿的罩衫,用细麻制成。

〔4〕齐侯:指庄公。子:女儿。

〔5〕卫侯:指卫庄公。

〔6〕东宫:指齐太子得臣。古时太子居住东宫,故东宫成为太子的代称。

〔7〕邢侯:邢国国君。邢国在今河北邢台境。姨:男方称妻的姊妹为姨。

〔8〕谭公:谭国国君。谭国在今山东济南境,后为齐桓公所灭。私:古时女方称姊妹的丈夫为私。毛《传》:"姊妹之夫曰私。"

〔9〕荑(tí 提):初生的白茅草。

〔10〕凝脂:凝冻的脂膏,形容皮肤白滑润泽。

〔11〕领:颈,脖子。蝤蛴(qiú qí 求齐):天牛的幼虫,身长圆形,白色。

〔12〕瓠(hù 户)犀:葫芦籽,形容牙齿洁白整齐。

〔13〕螓(qín 秦):一种小蝉,额头广而方正,这里用以比喻美女庄姜之额头。蛾:蚕蛾,其触须细弯而长,这里用以比美女之眉。

〔14〕巧笑:灵巧的笑。倩(qiàn 欠):笑时两颊所现的妍美,如今所说的笑时出现酒涡。

〔15〕盼:眼珠左右流动,黑白分明的样子。这里形容其美目含情,顾盼生姿。

69

〔16〕敖敖:遨游自得的样子。一说,身材高高的样子。

〔17〕说(shuì税):通"税",停息。农郊:卫都郊外。车马暂停城郊,等待卫人迎入以举行婚礼。

〔18〕牡:公马。四牡,指四马驾车。有骄:即骄骄,形容马的高大矫健。

〔19〕朱帻(fén坟):红色绸带,拴在马嚼子两端上,做装饰用。镳镳(biāo标):借为飘飘。

〔20〕翟(dí敌):山鸡,这里指山鸡羽毛。用翟羽饰车,表示华贵,为贵族女子所乘。茀(fú扶):车蔽。古时女子乘车,要设障隐蔽,其蔽障称茀。朝:朝见,指与卫君相见。

〔21〕大夫:朝中的高官。夙退:早些退朝。

〔22〕君:指卫君。这句是说,今日群臣早退,不要使卫君过于劳倦。

〔23〕洋洋:水势浩荡的样子。

〔24〕活活:水奔腾有声。

〔25〕施:设置。罛(gū孤):渔网。濊濊(huò或):撒网入水声。

〔26〕鳣(zhān毡):鲤鱼。鲔(wěi委):鳝鱼。发发(bō拨):鱼拨尾跳动声。

〔27〕葭(jiā佳):芦苇。菼(tǎn坦):荻,芦苇类。揭揭:高大挺直的样子。

〔28〕庶姜:齐国姓姜,陪庄姜出嫁来卫国的,都是庄姜的同姓女子。庶,众。孽孽(niè聂):头饰华丽的样子。朱氏《集传》:"孽孽,盛饰也。"

〔29〕庶士:指齐国护送庄姜的诸臣。朅(qiè窃):英武强壮的样子。诗的末章,主要形容庄姜出嫁来卫国时,声势浩大,随从众多,仪仗繁盛。

氓[1]

氓之蚩蚩[2],抱布贸丝[3]。匪来贸丝[4],来即我谋[5]。送子涉淇[6],至于顿丘[7]。匪我愆期[8],子无良媒。将子无怒,秋以为期[9]。

乘彼垝垣[10],以望复关[11]。不见复关,泣涕涟涟[12]。既见复关,载笑载言[13]。尔卜尔筮[14],体无咎言[15]。以尔车来,以我贿迁[16]。

桑之未落,其叶沃若[17]。于嗟鸠兮[18]!无食桑葚[19]。于嗟女兮!无与士耽[20]。士之耽兮,犹可说也[21]。女之耽兮,不可说也。

桑之落矣,其黄而陨[22]。自我徂尔[23],三岁食贫[24]。淇水汤汤[25],渐车帷裳[26]。女也不爽[27],士贰其行[28]。士也罔极[29],二三其德[30]。

三岁为妇,靡室劳矣[31]。夙兴夜寐[32],靡有朝矣[33]。言既遂矣[34],至于暴矣[35]。兄弟不知[36],咥其笑矣[37]。静言思之[38],躬自悼矣[39]。

及尔偕老[40],老使我怨[41]。淇则有岸,隰则有泮[42]。总角之宴[43],言笑晏晏[44]。信誓旦旦[45],不思其反[46]。反是不思[47],亦已焉哉[48]!

【注释】

　　[1]这是一首弃妇诗。叙述了一个女子受到虚情假意的男子欺骗,与他结了婚。婚后,女子任劳任怨操持家务,但男子却变了心,最后她惨

遭遗弃,在精神上受到很大折磨与痛苦。诗融叙事、抒情和议论为一体,将被弃妇女的怨情和心理,描述和刻画得楚楚动人,展示了当时社会部分妇女的悲剧命运。氓(méng 萌):民,人,此指来求婚的那个男子,即后来的丈夫。

〔2〕蚩蚩(chī 痴):同"嗤嗤",笑嘻嘻的样子。

〔3〕布:币。上古以布为货币。《周礼·地官》郑众注:"布,参印书,广二寸,长二尺以为币,贸易物云。"故布是以布为质料,有书印,按一定尺寸制作的货币。贸:贸易,购买。

〔4〕匪:同"非",不是。

〔5〕即:就,到我这里。谋:谋求,指谋求婚事。犹言来打我的主意。

〔6〕子:你,指男子。涉:渡过。淇:卫地水名。

〔7〕顿丘:卫国地名。在今河南浚县。

〔8〕愆(qiān 千):误。愆期,指拖延、耽误了婚期。

〔9〕秋以为期:以秋天为婚期。犹言我们的婚期就订在秋天。

〔10〕乘:登上。垝(guǐ 轨):毁坏。垣(yuán 元):墙。句意谓登上那断墙,以便远望。

〔11〕复关:地名。诗中男子所住的地方。朱氏《集传》:"复关,男子之所居也。"

〔12〕涟涟:泪水不断的样子。

〔13〕载笑载言:又笑又说。表示高兴,兴奋。

〔14〕尔:你。卜:用龟甲占卜吉凶。筮(shì 式):用蓍草测算吉凶。

〔15〕体:卦象。咎言:不吉利的话。

〔16〕贿:财物,此指嫁妆。迁:迁徙,指嫁过去。

〔17〕沃若:鲜嫩润泽的样子。此喻青春年华。

〔18〕于(xū 虚):同"吁"。吁嗟,感叹声。鸠:斑鸠鸟。

〔19〕桑葚(shèn 慎):桑树的果实。传说斑鸠食桑葚多则醉,比喻女子太恋于情也会沉迷。

〔20〕耽(dān 丹):借作"酖",嗜酒,引申为迷恋、沉醉于男女之情。

〔21〕说:同"脱",摆脱,解脱。

〔22〕陨(yǔn允):落。此喻女子年老容颜衰残。

〔23〕徂(cú粗阳平):往,指出嫁。

〔24〕三岁:泛指多年。食贫:过贫苦日子。

〔25〕汤汤(shāng伤):水流滚滚的样子。

〔26〕渐:浸湿。帷裳:车上的布幔。此句写被抛弃后返归娘家途中的情况。

〔27〕爽:差错、过失。

〔28〕贰:同"二"。二其行,前后行事不一,指初时要好,后又变心,变化无常。

〔29〕罔极:无常,没有准则。

〔30〕二三其德:德行不专一,变化多端。

〔31〕靡:无,不。室劳:家务劳动。此句谓家中的劳事无不是我来承担。

〔32〕夙:早。兴:作。寐:睡。此句谓早起晚睡。

〔33〕靡有朝:没有一朝不这样,即天天如此。

〔34〕言:语助词,无实义。遂:成。指家业有成,即日子过得好了。

〔35〕暴:暴戾,粗暴。指丈夫虐待。

〔36〕不知:不理解,不谅解。

〔37〕咥(xī吸):冷笑的样子。

〔38〕静言:冷静地。

〔39〕躬:自身。悼:伤。此句谓只有自我哀伤。

〔40〕及尔:与你。偕老:同老,即白头到老。

〔41〕怨:怨恨。

〔42〕隰(xí席):水洼处。泮(pàn判):水边。二句谓河水、湿地还有个岸边,自己的苦处却无边无际。

〔43〕总角:发髻。古代未成年男女的发式。宴:欢乐。

〔44〕言笑:说说笑笑。晏晏:快活融洽的样子。

〔45〕信誓:诚恳的誓言。旦旦:光明无欺的样子。

〔46〕反:违反,变心。此句谓不想对方会违反誓言而变心。

73

〔47〕是:指过去的誓言。此句谓违反的誓言也就不去想了。

〔48〕已:止。焉、哉:二词连用,意在加重语气。此句是说那就只好算了吧,表示就此断绝关系。

竹　　竿[1]

籊籊竹竿,以钓于淇[2]。岂不尔思[3]？远莫致之[4]。

泉源在左[5],淇水在右。女子有行[6],远兄弟父母。

淇水在右,泉源在左。巧笑之瑳[7],佩玉之傩[8]。

淇水滺滺[9],桧楫松舟[10]。驾言出游[11],以写我忧[12]。

【注释】

〔1〕这是一首失恋男子思念往日情人的歌。他徘徊于淇水之滨,想到他曾喜欢的女子,已离别家人远嫁他方,内心无限痛苦。情思真挚,语意清新。一说是卫女远嫁他乡的思归诗。

〔2〕籊籊(dí敌):竹竿长直而尖的样子。钓:垂钓。古代民歌往往用鱼来比喻男女欢情。淇:卫地水名。两句可能是说他们曾在淇水边欢爱。

〔3〕不尔思:"不思尔"的倒文。尔,你,指女子。

〔4〕莫:不能。致:达到。

〔5〕泉源:即百泉,在卫之西北。

〔6〕有行:指出嫁。

〔7〕瑳(cuō搓):本指玉之洁白,这里指女子笑时,露出的牙齿洁白如玉,十分好看。

〔8〕佩玉:身上佩带玉石,以为饰品。傩(nuó挪):通"娜",指婀娜多姿。这是诗人浮上脑际的女子影像。

〔9〕滺滺(yōu悠):水流潺潺的样子。

〔10〕桧楫:桧木做的船桨。松舟:松木船。

〔11〕驾:驾舟、划船。言:语助词,无实义。

〔12〕写:通"泻",宣泄。这句是说,借以宣泄我心中的忧愁。

芄 兰[1]

芄兰之支,童子佩觿[2]。虽则佩觿,能不我知[3]。容兮遂兮[4],垂带悸兮[5]。

芄兰之叶,童子佩韘[6]。虽则佩韘,能不我甲[7]。容兮遂兮,垂带悸兮。

【注释】

〔1〕这是首女子向小伙儿表爱挑情的诗。她揶揄小伙儿假正经,不肯与她相知相欢,表现得十分大胆。诗以芄兰的枝叶缠绕蜿蜒,比喻自己依恋的情怀。芄(wán丸)兰:一种蔓生植物。

〔2〕支:同"枝"。觿(xī希):骨制的小锥,解绳结用,是古时成年后开始佩带的饰物。童子佩觿,是指他刚刚成年。

〔3〕能:而。王氏《述闻》:"能当读为而。"知:相知,指男女间相好。

〔4〕容、遂:从容自若的样子。有大摇大摆的意思。朱氏《集传》:"容,遂,舒缓放肆之貌。"

〔5〕悸:本义为心动,引申为抖动的样子。此指男子衣服的垂带摆

75

动,意思是故作姿态。

〔6〕鞢(shè 涉):射箭用的扳指,戴在右手拇指上,扣弦用。这也是成年男子才有的饰物。

〔7〕甲:借作"狎",亲昵。毛《传》:"甲,狎也。"

河　广[1]

谁谓河广?一苇杭之[2]。谁谓宋远?跂予望之[3]。

谁谓河广?曾不容刀[4]。谁谓宋远?曾不崇朝[5]。

【注释】

〔1〕这是一首宋人的思乡曲。这位宋人,滞留在卫地。宋都睢阳在黄河之南,卫都朝歌在黄河之北,相去不远,本来归去甚易,但他却不能如愿。诗中极言黄河不广,路程不远,反衬自己犹不得归的失望和痛苦。这一首含蓄精炼的抒情小诗,与后世"盈盈一水间,脉脉不得语"(《古诗十九首》)同趣。

〔2〕苇:苇叶。杭:通"航",渡。一苇杭之,只用一片苇叶便能渡过河去。这是夸张说法,形容甚近、甚易。

〔3〕跂(qǐ 气):举起脚跟。予:而。

〔4〕曾:竟。刀:通"舠",小船。不容刀,容不下一条小船,意指有条小船足可渡河。

〔5〕崇朝:终朝。不崇朝,犹言用不了一个早上就可到达。

伯　兮[1]

伯兮朅兮[2],邦之桀兮[3]。伯也执殳[4],为王前驱[5]。

自伯之东[6],首如飞蓬[7]。岂无膏沐[8]?谁适为容[9]?

其雨其雨[10],杲杲出日[11]。愿言思伯[12],甘心首疾[13]。

焉得谖草[14],言树之背[15]。愿言思伯,使我心痗[16]。

【注释】

〔1〕这是一首思妇诗。她为英武的丈夫感到自豪,但又为分离而痛苦,说自从丈夫离家后,她已无心梳妆打扮,甚至为铭心刻骨的相思而生病。语直味深,情浓意美。伯:哥哥,对丈夫的爱称。

〔2〕朅(qiè窃,古一读jiē接):健武的样子。

〔3〕邦:邦国。桀:同"傑",杰出,出众。

〔4〕殳(shū书):古代竹、木制的一种长兵器。毛《传》:"殳,长丈二而无刃。"

〔5〕前驱:前锋。

〔6〕之:往,到。

〔7〕飞蓬:被风吹起的蓬草。形容头发蓬松散乱。

〔8〕膏:润发油。沐:洗头。

〔9〕适(dí帝):悦。为容:美容,打扮。这句是说打扮了又取悦于谁呢?"女为悦己者容"的意思。

〔10〕其:语助词,有期望的意思。朱氏《集传》:"其者,冀其将然之辞。"

77

〔11〕杲杲(gǎo 稿):太阳明亮的样子。此句谓期望下雨,却出日头,喻事与愿违。

〔12〕愿言:犹眷然,眷眷不忘的样子。

〔13〕甘心:情愿。首疾:头痛。

〔14〕焉:何,此指何地。谖(xuān 宣)草:即萱草,古人称此草可以令人忘忧,故俗称"忘忧草"。

〔15〕树:种植。背:古文通"北",这里指北堂阶下。朱氏《集传》:"背,北堂。"

〔16〕痗(mèi 妹):病。心痗,指因忧伤而成心病。

有 狐[1]

有狐绥绥[2],在彼淇梁[3]。心之忧矣,之子无裳[4]。

有狐绥绥,在彼淇厉[5]。心之忧矣,之子无带[6]。

有狐绥绥,在彼淇侧。心之忧矣,之子无服[7]。

【注释】

〔1〕这是一个男子出猎时所唱的歌。他希望有所猎获,给缺衣少穿的情人或妻子做件皮衣。

〔2〕绥绥:拖着尾巴缓缓行走的样子。

〔3〕淇:卫地水名。梁:河梁。在河中垒石,可以过人或拦水捕鱼。

〔4〕之子:那人。多用以指女子。裳:指下装,这里指皮裙之类。

〔5〕厉:高峻的河岸。

〔6〕带:衣带。

〔7〕服:衣服,这里特指上衣。

木 瓜[1]

投我以木瓜[2],报之以琼琚[3]。匪报也[4],永以为好也。

投我以木桃,报之以琼瑶。匪报也,永以为好也。

投我以木李,报之以琼玖。匪报也,永以为好也。

【注释】

〔1〕这是首男女相互赠物表情的诗。女送男木瓜和桃李,男回赠女贵重的玉佩,投微报重,但尤感不足以报答,只是表示愿意永结情好而已。情真意浓,回环往复,质朴明朗,是民歌本色。木瓜:植物名,果实椭圆,可食。

〔2〕投:投掷。将礼物抛掷过去,表现情人传情时的含羞情态。

〔3〕琼(qióng 穷)、琚(jū 居):古时男子随身佩带的玉饰。下文琼瑶、琼玖(jiǔ 九)都属佩玉名。

〔4〕匪:通"非",不是。

王 风

黍 离[1]

彼黍离离[2],彼稷之苗[3]。行迈靡靡[4],中心摇摇[5]。知我者[6],谓我心忧。不知我者,谓我何求[7]。悠悠苍天[8],此何人哉[9]?

彼黍离离,彼稷之穗。行迈靡靡,中心如醉[10]。知我者,谓我心忧。不知我者,谓我何求。悠悠苍天,此何人哉?

彼黍离离,彼稷之实[11]。行迈靡靡,中心如噎[12]。知我者,谓我心忧。不知我者,谓我何求。悠悠苍天,此何人哉?

【注释】

〔1〕这是一曲流浪者陈述忧思的歌。他久羁行旅,流落他乡,心中忧苦,却又处处受人冷遇,得不到理解,在无奈中只好叩问苍天。一说是西周大夫悯伤周室衰亡的诗。黍(shǔ蜀):黄米。

〔2〕彼:指示词,犹言看那。离离:一行行,密密麻麻的样子。

〔3〕稷(jì记):高粱。说黍、稷,表示经常在野外行走奔波。

〔4〕行迈:远行。靡靡:慢腾腾,无精打采的样子。

〔5〕中心:心中。摇摇:无所适从的样子。

〔6〕知:了解,理解。

〔7〕求:指奢求,非分之求。

〔8〕悠悠:高远的样子。苍天:犹言上苍,老天爷。

〔9〕此何人哉:犹言这是谁造成的啊!此,指悲痛的处境。一说,"此"指苍天,"人"读为"仁",问苍天何仁,犹言苍天不惠,没有仁爱。

〔10〕如醉:指忧思袭扰,如喝醉酒一般精神恍惚、烦乱。

〔11〕实:指庄稼结籽成熟。苗、穗、实递进,表示时间的推移,终年在外流浪。

〔12〕如噎(yē椰):指忧思沉重,如咽喉塞物,令人喘不上气来。摇摇、如醉、如噎递进,表示忧愁与日俱增,愈发沉重难释。

君 子 于 役[1]

君子于役,不知其期[2]。曷至哉[3]?鸡栖于埘[4],日之夕矣,羊牛下来[5]。君子于役,如之何勿思!

君子于役,不日不月[6]。曷其有佸[7]?鸡栖于桀[8],日之夕矣,羊牛下括[9]。君子于役,苟无饥渴[10]!

【注释】

〔1〕这是一首思妇诗。一位山村妇女,在禽畜归巢回圈时,暮色苍茫,想念起久役不归的丈夫,不禁唱出这首深情伤别的歌。君子:古时对男子的美称,这里指女子的丈夫。于役:从事兵役或劳役,即被征去当差。

〔2〕期:指归期。

〔3〕曷:何,何时。至:到家。

〔4〕埘(shí时):墙壁上挖洞做成的鸡窝。

〔5〕"日之"二句:指傍晚羊牛从山上放牧归来。

〔6〕"不日"句:不能以日月计算,是说在外时间长久。朱氏《集传》:

"不可计以日月。"

〔7〕佸(huó 活):相聚,相会。

〔8〕桀(jié 杰):指为栖鸡做的木架。一说同"橛"。

〔9〕括(kuò 扩):至。陈氏《传疏》:"下括,即下来。"

〔10〕苟:且,或许,希望之词。

君 子 阳 阳[1]

君子阳阳,左执簧[2],右招我由房[3]。其乐只且[4]!

君子陶陶[5],左执翿[6],右招我由敖。其乐只且!

【注释】

〔1〕这是一首咏歌舞欢乐的诗。男子喜乐陶陶,神采飞扬;女子应约共舞,尽情尽兴,唱出了这支欢乐之歌。君子:古时对男子的尊称,美称。阳阳:通"扬扬",快乐得意的样子。

〔2〕左:指左手。簧(huáng 黄):指簧管乐器,如笙、竽之类。

〔3〕右:指右手。招:招呼,招引。由房:歧解颇多,《诗经·小雅》中有由庚、由仪等名称,均为笙乐曲名,此处由房、由敖,可能亦属笙乐乐曲名。

〔4〕只且(jū 居):语气词连用,犹言"也哉"。

〔5〕陶陶:欢乐的样子。

〔6〕翿(dào 到):古代一种舞具,用鸟羽编成,形似扇子或遮伞。

扬 之 水[1]

扬之水,不流束薪[2]。彼其之子[3],不与我戍申[4]。

怀哉怀哉[5],曷月予还归哉[6]？

扬之水,不流束楚。彼其之子,不与我戍甫[7]。怀哉怀哉,曷月予还归哉？

扬之水,不流束蒲。彼其之子,不与我戍许[8]。怀哉怀哉,曷月予还归哉？

【注释】
〔1〕这是一首戍卒思念故乡,怀想妻室的诗。戍卒被王室派往姜姓之国驻守,久滞不归,心有不满,唱出这支充满怨情的歌。扬之水:激扬的水流。
〔2〕束薪:一捆柴草。"束薪"与下文"束楚"、"束蒲",均喻妻室(用闻一多说,见《诗经新义》)。这句是说,水流虽急,不能漂着束薪一起流走,意谓远征而不能同往。
〔3〕彼、其、之:都是第三人称代词,即那人儿,多为表男女情爱的昵称。子:指妻子。
〔4〕戍(shù 树):驻防,守边境。申:国名,在今河南唐河南。姜姓国,与周王有联姻关系。
〔5〕怀:怀念。
〔6〕曷:同"何"。予:我。还归:回到故乡。
〔7〕甫:国名,即吕国,在今河南南阳西,亦姜姓国。
〔8〕许:国名,在今河南许昌境。亦姜姓之国。

中 谷 有 蓷[1]

中谷有蓷,暵其干矣[2]。有女仳离[3],嘅其叹矣[4]。

嘅其叹矣,遇人之艰难矣[5]。

中谷有蓷,暵其脩矣[6]。有女仳离,条其歗矣[7]。条其歗矣,遇人之不淑矣[8]。

中谷有蓷,暵其湿矣[9]。有女仳离,啜其泣矣[10]。啜其泣矣,何嗟及矣[11]。

【注释】
〔1〕这是一首弃妇诗。一个女子,所遇非人,不幸被弃,追悔莫及而悲苦无告,唱出了这支自伤自悼的歌。诗以憔悴枯萎的蓷草,喻自己的悲苦困境。中谷:谷中。蓷(tuī 推):野生药草,今名益母草,可医妇女病。
〔2〕暵(hàn 汉):干燥。干:枯萎。
〔3〕仳(pǐ 匹)离:别离。这里指被遗弃离别夫家。毛《传》:"仳,别也。"
〔4〕嘅(kǎi 凯):叹息声。
〔5〕"遇人"句:是说要嫁一个好人是多么艰难啊!
〔6〕脩:本指肉干,这里指草旱而枯缩。
〔7〕条:长。歗:同"啸",指蹙口发声。条啸,即长啸,长长的嘘气出声。
〔8〕不淑:不好,不善。
〔9〕湿:通"曝(qì 泣)",曝晒将干。
〔10〕啜(chuò 绰):哭泣时抽噎的样子。
〔11〕嗟:叹息声。何嗟及,即"嗟何及",悲叹也来不及。表示后悔不及。

兔　　爰[1]

有兔爰爰[2],雉离于罗[3]。我生之初[4],尚无为[5]。

我生之后,逢此百罹[6]。尚寐无吪[7]!

有兔爰爰,雉离于罦[8]。我生之初,尚无造[9]。我生之后,逢此百忧。尚寐无觉!

有兔爰爰,雉离于罿[10]。我生之初,尚无庸[11]。我生之后,逢此百凶[12]。尚寐无聪[13]!

【注释】

〔1〕这是在乱世暴政压迫之下,慨叹生不逢时的诗。当时劳役繁重,法网密布,百姓们走投无路,在极端痛苦中,觉得逃脱的办法只有一死。诗中用出生前与出生后对比,声情沉痛,令人不忍卒读。

〔2〕有:名词词头,放在单音名词前,补足音节。爰爰(yuán 援):行走缓慢的样子。兔子本善跑,这里说慢走,是小心翼翼的样子,比喻在暴政下的人,害怕触犯法网,不得不小心谨慎行事。

〔3〕雉:山鸡。离:同"罹",遭逢,陷于。罗:罗网。

〔4〕生之初:出生之前。

〔5〕尚:尚且。无为:无事,指天下太平。

〔6〕罹(lí 离):忧。百罹,多种忧患。

〔7〕尚:希冀的意思。寐:睡眠。这里指长眠不醒。吪(é 俄):动。无吪,死去不动。

〔8〕罦(fú 扶):捕鸟的网,装有机关,鸟撞入后能自动掩捕,又称覆车网。

〔9〕造:事端。

〔10〕罿(tóng 童):捕鸟网。

〔11〕庸:劳,指劳苦庸役之事。《尔雅·释诂》:"庸,劳也。"

〔12〕百凶:指多种灾祸。

〔13〕聪:耳明称聪。无聪,什么也听不到。

85

葛藟[1]

绵绵葛藟,在河之浒[2]。终远兄弟[3],谓他人父[4]。谓他人父,亦莫我顾[5]。

绵绵葛藟,在河之涘[6]。终远兄弟,谓他人母。谓他人母,亦莫我有[7]。

绵绵葛藟,在河之漘[8]。终远兄弟,谓他人昆。谓他人昆[9],亦莫我闻[10]。

【注释】

〔1〕这是一首远离亲人,寄人篱下者的悲歌。歌者可能是赘子或赘婿,他虽呼人家父母兄长,但得不到一点亲情、照顾,只是在屈辱冷遇中生活。诗以绵绵葛藟起兴,表示绵长不绝的忧思。葛藟(lěi 累):一种蔓生植物,藤蔓绵长。

〔2〕浒(hǔ 虎):水边。

〔3〕终:既。远:远离。兄弟:泛指亲族之人。

〔4〕谓:称呼。这句是说,称呼别人为父亲。

〔5〕莫我顾:"莫顾我"的倒文。顾,照顾。

〔6〕涘(sì 四):水边。

〔7〕有:存在。莫我有:"莫有我"的倒文,这里指不承认我为家里人。一说"有"通"友",亲近、亲爱。

〔8〕漘(chún 纯):河岸,指深水边。

〔9〕昆:兄长,哥哥。古时称兄弟为昆仲。

〔10〕闻:听。莫我闻,"莫闻我"的倒文,对其不闻不问,即蔑视其存在。

采 葛[1]

彼采葛兮[2],一日不见,如三月兮!

彼采萧兮[3],一日不见,如三秋兮[4]!

彼采艾兮[5],一日不见,如三岁兮[6]!

【注释】

〔1〕这是一首怀念情人的相思曲。诗以夸张的手法,写情人不得相见时,度日如年的痛苦。三章以月、季、岁递进,表现出愈久愈烈的感情,词浅情深,诚挚感人。古时采集劳动多为女子事,此诗当为男子所歌。葛:一种藤本植物,纤维可以织布。

〔2〕彼:指示代词,那,那个。这句是说,那个采葛的姑娘啊。

〔3〕萧:一种蒿草,有香气,古时供祭礼用。

〔4〕秋:指季。

〔5〕艾:菊科植物,又叫艾蒿,有香气,可入药。

〔6〕岁:年。

大 车[1]

大车槛槛[2],毳衣如菼[3]。岂不尔思[4]?畏子不敢[5]。

大车啍啍[6]，毳衣如璊[7]。岂不尔思？畏子不奔[8]。

穀则异室[9]，死则同穴[10]。谓予不信[11]，有如皦日[12]。

【注释】

〔1〕这是男女相约私奔的诗。一个女子爱上了一个小伙儿，但受到了阻挠，于是女子要求男子一起逃走，并立下生死不渝的誓言。大车：古时乘人载物的牛车。

〔2〕槛槛(kǎn坎)：车轮滚滚的响声。

〔3〕毳(cuì脆)衣：细毛布制作的车衣，即车上蔽风雨的车篷帷帐。这里指备车而逃。菼(tǎn坦)：初生的芦苇，形容青绿色。

〔4〕岂：岂是，难道是。不尔思："不思尔"的倒文。尔，你，指那相爱的男子。

〔5〕畏：怕，担心。子：与"尔"同指那男子。不敢：指没勇气做出决定。

〔6〕啍啍(tūn吞)：车行时发出的沉重声音。

〔7〕璊(mén门)：赤玉，形容红色。

〔8〕奔：私奔，男女相约出逃。

〔9〕穀(gǔ谷)：生，活着。异室：居住在不同的家里。

〔10〕穴：墓穴。同穴，合葬。

〔11〕谓：说。不信：不讲信义。

〔12〕皦(jiǎo狡)：白。这句是说，有这天上的太阳可以作证。指日为证，是古时立誓时常说的话。

丘 中 有 麻[1]

丘中有麻,彼留子嗟[2]。彼留子嗟,将其来施施[3]。

丘中有麦,彼留子国[4]。彼留子国,将其来食[5]。

丘中有李[6],彼留之子[7]。彼留之子,贻我佩玖[8]。

【注释】

〔1〕这是一首盼望情人前来幽会的诗。一个女子等候在田野林间,设想她的情人将会来合欢,并赠给她美丽的玉石表示情意。丘:山丘野岭。麻:麻类植物,古时一般指大麻,纺织用。

〔2〕彼:那,那个。留:留住,留下。子:指来相会的男子。嗟:句末语气词。与《小雅·节南山》"憯莫惩嗟"之"嗟"的作用相同。一说留通"刘",姓。子嗟,人名。

〔3〕将:盼望。朱氏《集传》:"将,愿也。"施施(yì 义):悄悄而来,徐缓的样子。

〔4〕国:表示语气的助词。姚氏《通论》:"子嗟、子国,'子'字即下'之子'之'子',之子既非人名,则子嗟、子国亦必非人名。嗟、国字只是助词。盖诗人意中必先有麻、麦字而后以此协其韵也。"其意见可参考。一说子国为人名。

〔5〕食:饮食。古时男女间常用"食"表示性爱。闻一多《风诗类钞》:"食,即《有杕之杜》篇'曷饮食之'的食。饮食是性交的象征廋语。"

〔6〕李:李子树。

〔7〕之子:那人,指来幽会的男子。

〔8〕贻:送。玖:美玉。

89

郑 风

缁 衣[1]

缁衣之宜兮,敝予又改为兮[2]。适子之馆兮[3],还予授子之粲兮[4]!

缁衣之好兮,敝予又改造兮。适子之馆兮,还予授子之粲兮!

缁衣之席兮[5],敝予又改作兮。适子之馆兮,还予授子之粲兮!

【注释】

〔1〕这是妻子对做官的丈夫表示关怀体贴的诗。口气亲密,一片至情,字里行间充满着愉悦情绪。缁(zī 姿)衣,黑色衣服,古代卿大夫官吏到官署穿的官服。

〔2〕敝:破旧。改为:重新缝制,另做新衣。

〔3〕适:往。馆:官舍。

〔4〕还:归来。授:给予。粲:鲜明的样子,指新衣。

〔5〕席:宽大,舒展。朱氏《集传》:"席,大也。程子曰:'席有安舒之义。'"

将 仲 子[1]

将仲子兮,无逾我里[2],无折我树杞[3]。岂敢爱之[4]？畏我父母。仲可怀也[5],父母之言,亦可畏也。

将仲子兮,无逾我墙,无折我树桑。岂敢爱之？畏我诸兄。仲可怀也,诸兄之言,亦可畏也。

将仲子兮,无逾我园,无折我树檀。岂敢爱之？畏人之多言。仲可怀也,人之多言[6],亦可畏也。

【注释】

〔1〕这是一个女子婉拒情人越墙前来幽会的诗。她内心是爱他的,但担心被父母兄长和他人发觉,受到指责和迫害。语真情苦,反映当时男女间的自由情爱,已受到礼俗的干预。将(qiāng枪):请。仲子:古时称兄弟排行第二个为"仲","子"是对男子的美称。仲子,犹言"老二",是亲密的称呼。

〔2〕无:勿,不要。逾(yú于):越过。里:古时居民区二十五家编为一"里",里外筑墙。这里的"里",指里墙。这句是说,不要爬越我的里墙。

〔3〕折:折断。指爬墙时攀折树木。杞(qǐ起):柳树的一种。

〔4〕之:指仲子。一说指树,恐非。岂敢爱之,重在不敢,而不是不爱。故下面有畏我父母、诸兄云云,说明不敢爱的原因。

〔5〕怀:怀念。

〔6〕人:指家人以外的人。多言:多嘴多舌,说闲话。

91

叔　于　田[1]

叔于田,巷无居人[2]。岂无居人?不如叔也,洵美且仁[3]。

叔于狩[4],巷无饮酒[5]。岂无饮酒?不如叔也,洵美且好[6]。

叔适野[7],巷无服马[8]。岂无服马?不如叔也,洵美且武[9]。

【注释】

〔1〕这首诗写一个女子赞美她所爱的男子汉。称赞他爱好打猎,善骑能饮,而且英武美丽,品德也好。在这个女子的心目中,举世无双,无人可比。倾慕之情,溢于言表。叔:古时用伯、仲、叔、季做排行序列,叔是"老三",这里指歌者所爱之人。于:往。田:指畋猎,即打猎。

〔2〕巷:街巷。巷无居人,街巷中好像再没有一个男子。

〔3〕洵(xún 旬):确实,真的。仁:心地善良,心肠好。

〔4〕狩:冬天出猎称狩。

〔5〕饮酒:指饮酒的人。

〔6〕好:指好酒量,有豪气。

〔7〕适:去,到。野:郊野,指狩猎的地方。

〔8〕服马:指驭马善骑的人。

〔9〕武:指武功高强。

大叔于田[1]

叔于田,乘乘马[2]。执辔如组[3],两骖如舞[4]。叔在薮[5],火烈具举[6]。袒裼暴虎[7],献于公所。将叔无狃[8],戒其伤女[9]。

叔于田,乘乘黄[10]。两服上襄[11],两骖雁行。叔在薮,火烈具扬。叔善射忌[12],又良御忌[13]。抑磬控忌[14],抑纵送忌[15]。

叔于田,乘乘鸨[16]。两服齐首,两骖如手[17]。叔在薮,火烈具阜[18]。叔马慢忌,叔发罕忌[19]。抑释掤忌[20],抑鬯弓忌[21]。

【注释】

〔1〕这首诗描写出猎的场面,并赞颂猎手本领的高强。诗中写出猎时车奔马舞,野火具扬;写猎手武艺娴熟,胆气过人,能赤膊擒虎;其中还浸透着歌者的爱慕和关注之情。叔:排行老三。这里是歌者对猎手的亲密之称。于:往。田:打猎。

〔2〕乘乘(chéng shèng 橙剩)马:前"乘"字,动词,驾。后"乘"字,名词,古时四马驾一车称一乘。

〔3〕辔(pèi 配):马缰绳。组:丝带子。马缰绳粗重,说手执缰绳如丝带,谓其力大而有技巧。

〔4〕骖(cān 餐):一车四马的两旁马匹。如舞:指奔驰时姿势美而有节奏。

93

〔5〕薮(sǒu叟):多草木的沼泽地。

〔6〕火烈具举:烈火齐烧。指打猎时燃烧野草林木,以驱赶野兽奔出。

〔7〕袒裼(tǎn xī 坦西):脱掉上衣,露出肉体,即赤膊。暴(bó 博)虎:空手与虎搏斗。

〔8〕将:请。无狃(niǔ 纽):不要习以为常,掉以轻心。

〔9〕戒:戒备,警惕。女:汝,你。这句是说,防备猛虎伤害你。

〔10〕乘黄:四匹黄马。

〔11〕两服:一车四马的中间两匹。襄:借为"骧",马头昂起。

〔12〕忌:语气词,下同。

〔13〕御:驾车。

〔14〕抑:发语词。磬(qìng 庆)控:勒马不前。磬,本指弯形乐器,这里用以形容止马时身体向前弯曲的样子。

〔15〕纵送:纵马前奔。

〔16〕鸨(bǎo 保):通"駂",黑白杂毛马。

〔17〕如手:如左右手,形容驾驭之熟练。毛《传》:"进止如御者之手。"

〔18〕阜(fù 付):旺盛。

〔19〕发:指放箭。罕:稀少。形容猎事将毕,故行迟、箭少。

〔20〕掤(bīng 冰):箭筒盖。释掤,打开箭筒盖。

〔21〕鬯(chàng 畅):通"韔"字,盛弓的袋。鬯弓,把弓装入袋里。这里指结束狩猎,收起武器。

清　人[1]

清人在彭[2],驷介旁旁[3]。二矛重英[4],河上乎翱翔[5]。

清人在消[6],驷介麃麃[7]。二矛重乔[8],河上乎逍遥[9]。

清人在轴[10],驷介陶陶[11]。左旋右抽[12],中军作好[13]。

【注释】

〔1〕这是揭露和讽刺郑文公的诗。郑文公十三年(前660),狄人破卫,文公派大臣高克率兵守边。狄人退兵后,郑文公因与高克有隙,迟迟不召回军队,以至军心涣散,主帅叛逃(事见《左传·闵公二年》),郑人作了这首诗以讽刺郑文公的愚谬。诗极力铺写军队的兵马精良,最后突然写其闲散戏游,无所事事,以见讽刺之意。清:郑国邑名。清人,指高克统帅的清邑士兵。

〔2〕彭:郑国地名,在黄河边上。

〔3〕驷(sì四):四马驾车。介:甲。指马身上的披甲,防作战时受伤用。旁旁:强壮有力的样子。

〔4〕矛:古兵器。二矛,车上左右插着两支矛。英:即"缨",装饰矛的红缨穗。重(chóng虫)英,指装饰着两层缨,表示很精美。

〔5〕翱翔:本指鸟飞,这里指驾车闲游。

〔6〕消:郑国地名,在黄河边上。

〔7〕麃麃(biāo标):威武的样子。

〔8〕乔:借为"鷮",雉鸡的一种。这里指以雉鸡羽毛为矛缨。

〔9〕逍遥:自由自在,毫无拘束。

〔10〕轴:郑国地名。

〔11〕陶陶:自由驱驰的样子。毛《传》:"陶陶,驱驰之貌。"

〔12〕旋:旋转,这里指调转车子。抽:指拔刀劈砍。这句形容军士驾车刺击的动作。

〔13〕中军:军中。作好:指作乐,玩耍嬉戏。

95

羔　　裘[1]

羔裘如濡[2]，洵直且侯[3]。彼其之子[4]，舍命不渝[5]。

羔裘豹饰[6]，孔武有力[7]。彼其之子，邦之司直[8]。

羔裘晏兮[9]，三英粲兮[10]。彼其之子，邦之彦兮[11]。

【注释】

〔1〕这是赞颂朝官大夫的诗。方氏《原始》称"此诗非专美一人，必当时盈廷硕彦济美一时"，是对当时朝廷良臣美士齐备的颂扬。诗以服饰之美盛，比其德行文采，语涉双关，而将内美形象化。羔裘：羔羊皮袍。

〔2〕濡(rú如)：柔润光泽。

〔3〕洵(xún旬)：确实。直：正直。侯：美。

〔4〕彼：那，那个。之子：是子，那人。彼其之子，犹言他那个人。

〔5〕舍命：舍弃生命。渝：改变。

〔6〕豹饰：羊羔皮袍袖口上装饰着豹皮。这是武臣的装束。

〔7〕孔：甚，很。武：威武。

〔8〕邦：邦国，国家。司：主持。直：正直公道。

〔9〕晏：鲜艳美盛的样子。毛《传》："晏，鲜盛貌。"

〔10〕三英：指衣上有花纹装饰。这是文士们的装束。粲：鲜明灿烂。

〔11〕彦：士的美称，指有文采的俊杰之士。

遵　大　路[1]

遵大路兮,掺执子之袪兮[2]。无我恶兮[3],不寁故也[4]。

遵大路兮,掺执子之手兮。无我魗兮[5],不寁好也[6]。

【注释】

〔1〕这首诗写男女两人要好,不期对方反目,他(她)哀求对方顾念旧情,回心转意。平常言语,哀哀动人,如闻其声。遵:顺着,沿着。

〔2〕掺(shǎn闪)执:拉扯着。子:你。袪(qū驱):袖口。

〔3〕无我恶:"无恶我"的倒文。恶,厌恶,嫌弃。

〔4〕寁(jié竭):速。指遽然遗弃。毛《传》:"寁,速也。"故:指旧情。这句谓不要骤然弃绝旧情。

〔5〕魗:同"丑",指容貌不美。

〔6〕好:相好。

女　曰　鸡　鸣[1]

女曰鸡鸣,士曰昧旦[2]。子兴视夜[3],明星有烂[4]。将翱将翔[5],弋凫与雁[6]。

弋言加之[7],与子宜之[8]。宜言饮酒,与子偕老[9]。琴瑟在御[10],莫不静好[11]。

知子之来之,杂佩以赠之〔12〕。知子之顺之〔13〕,杂佩以问之〔14〕。知子之好之〔15〕,杂佩以报之〔16〕。

【注释】

〔1〕这首诗写男女私会,他们在一起过夜,并在枕边絮语,相约为夫妇。诗用对话形式,生动而充满温馨气氛。鸡鸣:指雄鸡报晓。

〔2〕士:古代对男子的称谓。昧旦:天色将明未明之际。

〔3〕子:你。兴:起来。视夜:观察一下夜色。此下四句都是女子所说,催促男子早起射猎。

〔4〕明星:指启明星。天将明时,众星隐去,独启明星显得更加明亮。有烂:犹烂烂,明光闪闪。

〔5〕翱、翔:鸟飞,指下文凫与雁,天明后将起飞。

〔6〕弋(yì义):用丝绳系在箭上射,这里作动词。凫(fú扶):野鸭。雁:大雁。

〔7〕言:语助词,犹"而"字。加之:箭矢相加,即射中它。朱氏《集传》:"加,中也。"此下六句均为男子所说,欲相约成夫妻。

〔8〕宜:指味之所宜,即可口。与子宜之,与你共同享用猎来的可口野味。

〔9〕偕老:相伴终生,白头到老。

〔10〕琴、瑟:皆弦乐器,琴瑟和鸣,古时常用以比喻夫妻生活和美。在御:在侧。

〔11〕静好:安详美好。指琴瑟之音,兼寓夫妻生活。

〔12〕杂佩:古代用几种玉石组成的成串佩饰。

〔13〕顺:顺从,指应允定情。

〔14〕问:慰问。一说赠送。

〔15〕好:喜爱。

〔16〕报:报答。

有 女 同 车[1]

有女同车,颜如舜华[2]。将翱将翔[3],佩玉琼琚[4]。彼美孟姜[5],洵美且都[6]。

有女同行,颜如舜英[7]。将翱将翔,佩玉将将[8]。彼美孟姜,德音不忘[9]。

【注释】

〔1〕这是古时举行婚礼所唱的喜歌。男子驾车到女家迎娶,同车而行,歌的内容主要赞美新娘的美貌、美誉。

〔2〕颜:颜面,面容。舜:借为"蕣",木槿树。华:同"花"。

〔3〕翱、翔:鸟飞,这里形容女子步态轻盈优美。

〔4〕琼、琚:美玉名。

〔5〕孟姜:古代美女名。这句是说新娘美同孟姜。

〔6〕洵(xún旬):确实,真是。都:文静闲雅。

〔7〕英:花。

〔8〕将将:同"锵锵",行走时佩玉相碰撞发出的清脆音响。

〔9〕德音:好声誉,指贤淑的美名。不忘:永记难忘。

山 有 扶 苏[1]

山有扶苏,隰有荷华[2]。不见子都[3],乃见狂且[4]。

山有桥松[5],隰有游龙[6]。不见子充[7],乃见狡童[8]。

【注释】
〔1〕这首诗写一个女子对情人的戏谑俏骂,反复调侃,爽朗泼辣,实际表现的是一种挚爱而亢奋的心情。扶苏:枝叶纷披的大树。
〔2〕隰(xí席):湿洼地。华:同"花"。
〔3〕子都:古代的美男子,用作标准美男的代称。
〔4〕狂且(jū居):轻狂自傲之人。且,语助词。
〔5〕桥:通"乔",高大。
〔6〕游龙:水生植物,又名红蓼。
〔7〕子充:同"子都"。
〔8〕狡童:小滑头。朱氏《集传》:"狡童,狡狯之小儿也。"

萚 兮[1]

萚兮萚兮,风其吹女[2]。叔兮伯兮[3],倡予和女[4]。

萚兮萚兮,风其漂女[5]。叔兮伯兮,倡予要女[6]。

【注释】
〔1〕这首诗写民间男女在集体歌舞时,女歌手们邀约男子一方共相倡和。全诗充满欢快、和乐的情调。萚(tuò拓):落叶。
〔2〕女:汝,指落叶。
〔3〕叔、伯:男子中的老二、老大,这里是对众青年男子的泛称。
〔4〕倡:带头唱。和:应和而唱。女:汝,指青年男子们。倡予和女,是"予倡女和"的倒文。

〔5〕漂:通"飘"。
〔6〕要(yāo腰):相约,指相约同唱共舞。

狡　　童[1]

彼狡童兮,不与我言兮。维子之故[2],使我不能餐兮[3]。

彼狡童兮,不与我食兮。维子之故,使我不能息兮[4]。

【注释】
　〔1〕这首诗写男女情人间,偶生隔阂,女方埋怨恋人无情,害得自己寝食不安。责怨中带着几分娇嗔,意趣盎然。狡:狡黠。狡童,犹言小滑头儿。
　〔2〕维:为。子:你。
　〔3〕不能餐:吃不下饭。
　〔4〕息:安息,心神不宁,睡不好觉。

褰　　裳[1]

子惠思我[2],褰裳涉溱[3]。子不我思,岂无他人?狂童之狂也且[4]!

子惠思我,褰裳涉洧[5]。子不我思,岂无他士[6]?狂童之狂也且!

【注释】

〔1〕这是女子戏谑情人的诗。诗用考验的口吻,召情人前来相会,娇媚、爽朗、调笑之情,溢于言表。褰(qiān 千):提起。裳:下裙。古代衣服上称衣,下称裳。

〔2〕子:你。女子称她的情人。惠:见爱。

〔3〕涉:徒步过河。溱(zhēn 真):河水名。

〔4〕狂童:轻狂倨傲的小伙子。也且(jū 居):犹"也哉",叹词。

〔5〕洧(wěi 尾):河水名。

〔6〕岂无他士:难道无别的男子。

丰[1]

子之丰兮,俟我乎巷兮[2],悔予不送兮[3]。

子之昌兮[4],俟我乎堂兮[5],悔予不将兮[6]。

衣锦褧衣[7],裳锦褧裳[8]。叔兮伯兮[9],驾予与行[10]。

裳锦褧裳,衣锦褧衣。叔兮伯兮,驾予与归[11]。

【注释】

〔1〕这首诗写男子上门来求婚,女子犹豫未允,表现很不热情。事后又觉后悔,希望嫁给他。诗中写女子的自怨自艾和急切相从的心情,曲折动人。丰:形容前来登门求婚的男子长得丰满壮美。

〔2〕俟(sì四):等候。巷:巷口,大门外。

〔3〕悔:懊悔。送:陪着送一程。

〔4〕昌:盛壮,容光焕发。

〔5〕堂:客堂。

〔6〕将:送。郑《笺》:"将亦送也。"

〔7〕衣:作动词,指穿衣。锦:花纹。褧(jiǒng迥)衣:古时女子出嫁在途中穿的罩衫,用细麻制成。

〔8〕裳:作动词,指穿裙。褧裳:出嫁途中穿的罩裙。

〔9〕叔、伯:男子的排行,老二、老大。这里指前来求婚的男子,非指两人。

〔10〕驾:驾车。与行:同行。

〔11〕与归:同归。指归于夫家。朱氏《集传》:"妇人谓嫁曰归。"古婚俗,娶亲时要驾车亲迎。

东 门 之 墠[1]

东门之墠,茹藘在阪[2]。其室则迩[3],其人甚远[4]。

东门之栗[5],有践家室[6]。岂不尔思[7]?子不我即[8]。

【注释】

〔1〕这是男女相互倡和赠答的情歌。上章男唱,说住所虽近,但咫尺天涯,无缘相亲近;下章女唱,说自己亦有相爱之意,怨责对方不肯大胆到她家来。此诗热烈坦率。用对歌传情是民间男女惯用的方式。墠(shàn善):经清理平整过的场地。毛《传》:"墠,除地町町者。"陈乔枞《韩诗遗说考》:"言除地使之平坦。"

103

〔2〕茹藘(rú lú 如驴):即茜草,其根可作绛色染料。阪(bǎn 板):土坡。

〔3〕其室:其人之家室,犹言她家。迩(ěr 耳):近。

〔4〕甚远:就像在很远的地方。

〔5〕栗:栗树。

〔6〕有践:犹"践践",浅陋的样子。"有"是形容词前助词。毛《传》:"践,浅貌。"陈氏《传疏》:"践,即浅陋之意。"

〔7〕岂:难道。不尔思:"不思尔"的倒文。尔:你,这里指那男子。

〔8〕子:你,指那男子。即:就。不我即,不来我身旁。

风　　雨〔1〕

风雨凄凄〔2〕,鸡鸣喈喈〔3〕。既见君子〔4〕,云胡不夷〔5〕?

风雨潇潇〔6〕,鸡鸣胶胶〔7〕。既见君子,云胡不瘳〔8〕?

风雨如晦〔9〕,鸡鸣不已〔10〕。既见君子,云胡不喜?

【注释】

〔1〕这是首喜见情人到来的诗。在凄风苦雨、天色昏暗、群鸡惊叫的时候,一个女子正在为牵挂情人而心神不宁,不期这时情人忽然而至,女子喜不自胜。诗三章即景抒怀,并均用反诘句,语气热烈,实为一风雨怀人佳作。

〔2〕凄凄:寒凉之意。

〔3〕喈喈(jiē 皆):象声词,鸡叫声。

〔4〕既:已。君子:古时对男子的美称,这里指所期盼的男子。

〔5〕云：语首助词，无实义。胡：为何。夷：平，指心情平静。

〔6〕潇潇：象声词，风雨声。

〔7〕胶胶：象声词，鸡受惊高叫声。

〔8〕瘳(chōu抽)：病愈。二句谓因相思牵挂而心神不宁如病，既见之后，霍然而愈。

〔9〕如晦：昏暗不明如夜。

〔10〕不已：不停止。

子　衿〔1〕

青青子衿，悠悠我心〔2〕。纵我不往〔3〕，子宁不嗣音〔4〕？

青青子佩〔5〕，悠悠我思。纵我不往，子宁不来？

挑兮达兮〔6〕，在城阙兮〔7〕。一日不见，如三月兮！

【注释】

〔1〕这是女子怀思情人的诗。她埋怨情侣不主动来看她，连个信儿也没有。她回想当初幽会的快乐情景，更有兀自难挨的痛苦。子：你，指男子。衿(jīn今)：衣领。古时学子着青领青襟衣服。

〔2〕悠悠：长，指思绪绵绵不断。

〔3〕纵：纵然，即使。此谓纵然我不去找你。

〔4〕宁：乃。马氏《通释》："宁、乃一声之转。"嗣(sì寺)：续，继续。郑《笺》："嗣，续也。"此谓你乃不像既往那样，给我个音讯。

〔5〕佩：指佩玉的绶带。

〔6〕挑达：借为"跳跶"，欢喜跳跃。形容当初幽会时的高兴劲儿。

〔7〕城阙(què却)：城角楼，男女惯常幽会的僻静地方。

105

扬 之 水[1]

扬之水,不流束楚[2]。终鲜兄弟[3],维予与女[4]。无信人之言,人实廷女[5]。

扬之水,不流束薪。终鲜兄弟,维予二人。无信人之言,人实不信[6]。

【注释】
〔1〕这是劝谕对方不要轻信离间者的闲言的诗。有人称二人是兄弟或朋友间关系,有人称是夫妻或情人关系,从诗中"束楚"、"束薪"的比喻看,应是妻子向丈夫倾诉衷情。扬:激扬。扬之水,急遄的流水。
〔2〕楚:荆树,一种小灌木,俗称荆条。不流束楚,冲漂不走成捆的荆条。古时常用"束楚"、"束薪"比婚姻,这里妻子自谓不受外力动摇。
〔3〕终:既。鲜:少。终鲜兄弟,是说娘家缺少亲族,没有兄弟依靠。
〔4〕维:同"唯",只有。女:同"汝",你。这里说只有我与你最亲。
〔5〕廷(kuáng 狂):"诳"的借字。朱氏《集传》:"廷与诳同。"此谓别人实际在用谎言骗你。
〔6〕不信:不可相信。

出 其 东 门[1]

出其东门,有女如云[2]。虽则如云,匪我思存[3]。缟衣綦巾[4],聊乐我员[5]。

出其闉阇[6],有女如荼[7]。虽则如荼,匪我思且[8]。缟衣茹藘[9],聊可与娱[10]。

【注释】

〔1〕这是一首表白自己对所爱的人忠贞专一的诗。在众多的美女中,男子表示他只钟情于那位穿戴素朴的姑娘,只有跟她在一起才感到无限快乐。全诗直剖己心,坦率、浑厚而不乏风趣。

〔2〕如云:簇聚如云,形容美女既多又美。朱氏《集传》:"如云,美且众也。"按:古时青年男女常在规定的季节时日里出游聚会,这正是男子出城前往时有所见而唱。

〔3〕匪:非,不是。思存:郑《笺》:"我思所存也。"意即想念之所在,爱念之所在。

〔4〕缟(gǎo 稿)衣:白色素绢做的衣服。綦(qí 其)巾:暗青色的佩巾。毛《传》:"綦巾,苍艾色女服也。"陈氏《传疏》:"苍艾色者,苍青也。"白衣青巾,是很朴素的服饰,这里以女子的衣饰代表其人。

〔5〕聊:足可。乐我:使我喜欢。员:同"云"。孔《疏》:"云、员古今字。"

〔6〕闉(yīn 因):曲城。阇(dū 督):城门上的台。闉阇,古代瓮城(围绕在城门外的小城)的重门。

〔7〕荼(tú 途):野菜。如荼,形容如荼遍野,满眼都是。

〔8〕且(jū 居):语尾助词,无实义。

〔9〕茹藘(rú lǘ 如驴):茜草,可染绛色。这里指绛色佩巾。

〔10〕与娱:同我一起娱乐。

野 有 蔓 草[1]

野有蔓草,零露溥兮[2]。有美一人,清扬婉兮[3]。邂邂逅相遇[4],适我愿兮[5]。

野有蔓草,零露瀼瀼[6]。有美一人,婉如清扬。邂逅相遇,与子偕臧[7]。

【注释】

〔1〕这是男子偶然遇见一位美女,一见倾心而唱的歌。诗用青草露珠起兴,赞美姑娘的清秀水灵,并为意外的相遇欣喜万分。蔓(màn 慢):蔓延,指蔓生植物长长的藤条。

〔2〕零:降落。漙(tuán 团):形容露珠圆圆的样子。

〔3〕清扬:眉目清秀。婉(wǎn 宛):温柔美顺的样子。毛《传》:"婉然,美也。"马氏《通释》:"《说文》:婉,顺也。顺与美同义。"

〔4〕邂逅(xiè hòu 谢后):不期而遇,意外相会。

〔5〕适:适合。愿:心愿。

〔6〕瀼瀼(ráng 瓤):露浓的样子。

〔7〕子:你,指所遇女子。偕:共同。臧:美善。这里指满意,各遂心愿。朱氏《集传》:"臧,美也。与子偕臧,言各得其所遇也。"

溱　洧[1]

溱与洧,方涣涣兮[2]。士与女[3],方秉蕳兮[4]。女曰观乎[5]?士曰既且[6]。且往观乎[7]?洧之外,洵訏且乐[8]。维士与女[9],伊其相谑[10],赠之以勺药[11]。

溱与洧,浏其清矣[12]。士与女,殷其盈矣[13]。女曰观乎?士曰既且。且往观乎?洧之外,洵訏且乐。维士与女,伊其将谑,赠之以勺药。

【注释】

〔1〕这首诗写一对男女青年春游时欢乐的情景。据郑国风俗,每年三月上巳日(三月初三),男女都到水边去采兰,以拂除不祥。这也正是青年男女聚会、定情的好时日。此诗句式参差,节奏轻快,穿插生动对话,极富情趣。溱(zhēn 真)、洧(wěi 尾):郑国二水名。

〔2〕方:正。涣涣:春水荡漾的样子。朱氏《集传》:"盖冰解而水散之时也。"

〔3〕士:男子的通称。

〔4〕秉:手持,拿着。蕳(jiān 尖):兰草。

〔5〕观乎:去看看吗?

〔6〕既且(cú 徂):已经去过了。且,借为"徂",往,去。

〔7〕且:姑且。此下三句均女子话。

〔8〕洵:实在,真的。訏(xū 虚):大,广阔。乐:犹言好玩,开心。

〔9〕维:语助词,无实义。

〔10〕伊:语助词,无实义。相谑(xuè 血):相互调笑逗趣。

〔11〕勺药:即芍药,香花名,春季开花,古时用以赠给情侣,以表情意,永结盟好。

〔12〕浏:水流清澈的样子。

〔13〕殷:众多。盈:满。这里指挤满了人。

齐　风

鸡　　鸣[1]

鸡既鸣矣,朝既盈矣[2]。匪鸡则鸣[3],苍蝇之声。

东方明矣,朝既昌矣[4]。匪东方则明,月出之光。

虫飞薨薨[5],甘与子同梦[6]。会且归矣[7],无庶予子憎[8]。

【注释】

〔1〕这是一首写男女情人幽会,在一起过夜的诗。清晨,女子催促男子起床,赶快离开;男子却支吾搪塞,故意打岔,留恋不起。诗全用对话,写女子两次催促,继而婉劝,实境实情,饶有情致。鸡鸣:指雄鸡报晓。

〔2〕朝:早上,指晨光。盈:满。朝既盈,犹言晨光布满,天已亮了。一说"朝"指官吏上朝,非是。这两句是女子的话。

〔3〕匪:非,不是。此下两句是男子的话。

〔4〕昌:盛。朝既昌,犹言天已大亮了。两句为女子说。下两句为男子说。

〔5〕薨薨(hōng 轰):昆虫群飞的声音。此写天已大亮的景象。此章为女子说。

〔6〕甘:甘心情愿。同梦:同入梦乡,即同眠。

〔7〕会:会当,应当。

〔8〕无:勿。庶:庶几,希望。予子:我和你。憎:憎恶,憎恨。姚氏《通论》:"无庶予子憎,谓庶几无使人憎予与子也,是倒字句法。"这章为女

子婉劝的口吻。大意是说,我是愿意与你同心同梦的,但天已大亮,应该回去了,不然会引起人家对你我的憎恶。

还[1]

子之还兮,遭我乎峱之间兮[2]。并驱从两肩兮[3],揖我谓我儇兮[4]。

子之茂兮[5],遭我乎峱之道兮。并驱从两牡兮[6],揖我谓我好兮。

子之昌兮[7],遭我乎峱之阳兮[8]。并驱从两狼兮,揖我谓我臧兮[9]。

【注释】

〔1〕这是猎手之歌。两猎人相遇在山间,并马驱驰,追捕野兽,互赞身手不凡,本领高强。还:借为"趁",动作迅速敏捷。《说文》:"趁,疾也。"

〔2〕遭:相逢,遇见。峱(náo 挠):山名,在齐境内,今山东淄博市附近。

〔3〕并驱:并驾齐驱。从:追逐。肩:通"豜(jiān 肩)",三岁兽。毛《传》:"兽三岁为肩,四岁为特。"

〔4〕揖:拱手作揖,表示佩服和尊敬。儇(xuān 宣):轻捷利落。毛《传》:"儇,利也。"这句是说,向我作揖夸称我敏捷。

〔5〕茂:美壮。

〔6〕牡(mǔ 母):雄兽。

111

〔7〕昌:盛,这里指威武剽悍。
〔8〕阳:山的南面称"阳"。
〔9〕臧:善。这里指尽善尽美,高超不凡。

著^[1]

俟我于著乎而〔2〕,充耳以素乎而〔3〕,尚之以琼华乎而〔4〕。

俟我于庭乎而〔5〕,充耳以青乎而,尚之以琼莹乎而〔6〕。

俟我于堂乎而〔7〕,充耳以黄乎而,尚之以琼英乎而〔8〕。

【注释】

〔1〕这是"亲迎"之礼,由新娘唱的歌。古制婚礼,需新郎乘车至女家亲迎,由门内至中庭至堂前,然后偕新妇而归。著:大门和门内屏风之间的地方。毛《传》:"门屏之间曰著。"

〔2〕俟(sì 寺):等候。乎而:齐方言,语尾助词。吴懋清《毛诗复古录》:"乎而,齐土音,用此为句末叹美声。"

〔3〕充耳:古代男子的装饰物,以玉制成,悬在冠的两旁,正好垂在耳边。素:白色,指悬玉的丝绳是白色的。

〔4〕尚:加上,装饰上。郑《笺》:"尚,犹饰也。"朱氏《集传》:"尚,加也。"琼:红色玉。姚氏《通论》:"琼,赤玉,贵者用之。"华:光华。

〔5〕庭:庭院。

〔6〕莹:晶光闪亮。

〔7〕堂:宅中正房大屋称堂或中堂。

〔8〕英:精美绚丽。

东方之日[1]

东方之日兮,彼姝者子[2],在我室兮。在我室兮,履我即兮[3]。

东方之月兮,彼姝者子,在我闼兮[4]。在我闼兮,履我发兮[5]。

【注释】

〔1〕这首诗写新婚夫妇的恩爱之情。男子夸赞新妇容颜如日月之美,并说在家里总跟自己亦步亦趋,缱绻缠绵,形影不离。诗中透露着男子对新妇的美而多情的欣喜。这是在婚礼上由男子唱的喜歌。

〔2〕姝(shū 叔):美丽。子:指女子。

〔3〕履:踩。朱氏《集传》:"履,蹑。"指紧跟着脚步。即:相就,指相亲近。

〔4〕闼(tà 挞):门内。

〔5〕发:行走。毛《传》:"发,行也。"孔《疏》:"以行必发足而去,故以发为行也。"

东方未明[1]

东方未明,颠倒衣裳[2]。颠之倒之,自公召之[3]。

东方未晞[4],颠倒裳衣。倒之颠之,自公令之[5]。

113

折柳樊圃[6]，狂夫瞿瞿[7]。不能辰夜[8]，不夙则莫[9]。

【注释】

〔1〕这首诗描写官府向百姓拉差派伕时的凶暴态度。差官上门催逼去服役，刻不容缓，不分昼夜。稍有迟慢，就像狂夫般折篱入圃，闯进家门，弄得人连衣服都来不及穿。

〔2〕衣裳：古时称上衣为衣，下裙为裳。古代男子亦着裙。这里指因为惊恐慌忙，而将衣裳上下穿颠倒了。

〔3〕公：王公贵人，亦即指公家官府。召：征召。

〔4〕晞(xī希)：天将放亮的时候。毛《传》："晞，明之始升也。"未晞，未破晓。

〔5〕令：命令，号令。

〔6〕樊：通"藩"，作动词，编篱笆。圃：菜园。这句是说差官摧折了农家用柳枝编成的菜园篱笆围墙，闯进院内。

〔7〕狂夫：指狂暴的官差。瞿瞿(qú渠)：瞪视的样子。

〔8〕辰：通"晨"。不能晨夜，犹言不辨昼夜。

〔9〕夙：早。莫：通"暮"，晚。不夙则莫，不是起早就是贪晚，犹言没个定时，令人劳累不堪，不得安生。

南　　山[1]

南山崔崔，雄狐绥绥[2]。鲁道有荡[3]，齐子由归[4]。既曰归止[5]，曷又怀止[6]？

葛屦五两[7]，冠绥双止[8]。鲁道有荡，齐子庸止[9]。既曰庸止，曷又从止[10]？

艺麻如之何[11]？衡从其亩[12]。取妻如之何[13]？必告父母。既曰告止,曷又鞠止[14]？

析薪如之何[15]？匪斧不克[16]。取妻如之何？匪媒不得[17]。既曰得止,曷又极止[18]？

【注释】

〔1〕这是首讽刺齐襄公与文姜淫乱的诗。齐襄公与同父异母妹文姜乱伦私通,后来文姜嫁给鲁桓公为妻。在归省时,桓公发现了他们的奸情,斥责文姜。襄公恼羞成怒,派人害死了桓公(事见《左传·桓公十八年》)。诗的前两章讽刺襄公和文姜的私情不断;后两章指斥鲁桓公陪文姜去齐国,咎由自取,祸及杀身。

〔2〕绥绥:慢走的样子。此句用狡黠淫媚的狐狸比襄公。陈氏《传疏》:"绥绥然相随之貌,以喻襄公之随文姜。"

〔3〕鲁道:通往鲁国的大道。有荡:即荡荡,平坦。

〔4〕齐子:齐侯之子,指文姜。由归:由此路经过出嫁。归:于归,指嫁于鲁国。

〔5〕止:语助词,无实义。这句说,既然已经出嫁了。

〔6〕曷:何。怀:怀念不忘。这里是说,文姜既已出嫁,为何齐襄公还私情不断地想她。

〔7〕葛屦(jù具):葛麻编织的鞋。五:借为"伍",同"列"。两:两只一对。朱氏《集传》:"两,二屦也。"这句说,葛屦并列成双对。

〔8〕冠绥(ruí蕤):系帽的帽带。这里以鞋成对、帽带成双比喻文姜已出嫁有配偶。

〔9〕庸:用,指嫁给别人。

〔10〕从:跟从,追求。指襄公仍追恋文姜不舍。

〔11〕艺麻:种麻。

〔12〕衡从:通"横纵",东西为横,南北为纵。此用种田有章法,比喻

115

婚姻也要守礼,遵守娶妻必禀告父母的礼节。

〔13〕取:通"娶"。

〔14〕鞠:养,纵容姑息的意思。此指鲁桓公与文姜同去齐。

〔15〕析薪:砍柴。

〔16〕匪:通"非"。克:能。

〔17〕得:指娶得文姜。

〔18〕极:到。毛《传》:"极,至也。"指鲁桓公同文姜来到齐国。

甫　　田[1]

无田甫田[2],维莠骄骄[3]。无思远人,劳心忉忉。[4]

无田甫田,维莠桀桀[5]。无思远人,劳心怛怛[6]。

婉兮娈兮[7],总角丱兮[8]。未几见兮[9],突而弁兮[10]!

【注释】

〔1〕这是少女恋慕少年的诗。一对男女从小在一起,相知相好。男少年远离后,她一直热烈地怀念他。后来重逢,惊喜地见他已改变了装束,已经成年了。甫田:大块田地。毛《传》:"甫,大也。"

〔2〕无:勿。田:作动词用,耕种。

〔3〕维:语助词,无实义。莠(yǒu 友):害苗的野草。骄骄:茂密壮实。这里用种田生莠草,表示事与愿违,比喻下面思念远人,不得相见,而徒生苦恼。

〔4〕劳心:劳念之心。忉忉(dāo 刀):烦忧痛苦的样子。

〔5〕桀桀:高高的样子。王氏《集疏》:"桀桀,田中特立之貌。"

〔6〕怛怛(dá达):忧伤痛心的样子。

〔7〕婉娈:年少俊美。毛《传》:"婉娈,少好貌。"

〔8〕总角:古代少年将头发束成两个髻,左右各一,像双角,叫总角。总,束扎的意思。丱(guàn贯):两角对称竖起的样子,本为两角的象形字。朱氏《集传》:"丱,两角貌。"严粲《诗缉》:"两角如丱字之形。"

〔9〕未几:不久,没过多久。

〔10〕突:突然。弁(biàn辨):冠名,一种用布帛或皮革做成的圆帽,男子成年后的装束。

卢　　令[1]

卢令令,其人美且仁[2]。

卢重环[3],其人美且鬈[4]。

卢重鋂[5],其人美且偲[6]。

【注释】

〔1〕这首诗写一位女子赞美她所钟情之人。她所爱的人是位猎人,猎人带有猎犬,因而由犬及人,听到猎犬环铃声,而想到人的美好。卢:黑色的大猎狗。毛《传》:"卢,田犬。"《毛诗名物考》:"犬之黑色而大者也。"令:指猎犬颈下系的环铃声。

〔2〕其人:指猎人。仁:仁爱,心肠好。

〔3〕重环:大环套小环的子母环。

〔4〕鬈(quán全):头发卷曲。

〔5〕重鋂(méi梅):大环套两个小环。毛《传》:"鋂,一环贯二也。"

〔6〕偲(cāi猜,古音sāi腮):大胡子。朱氏《集传》:"偲,多须之

貌。"一说多才力。

敝 笱[1]

敝笱在梁,其鱼鲂鳏[2]。齐子归止[3],其从如云[4]。

敝笱在梁,其鱼鲂鱮[5]。齐子归止,其从如雨。

敝笱在梁,其鱼唯唯[6]。齐子归止,其从如水。

【注释】
　〔1〕这是讽刺齐国贵妇人文姜淫乱丑行的诗。齐文姜与其同父异母兄齐襄公私通,文姜出嫁鲁国以后,仍不时归齐与襄公私会(事见《春秋·鲁庄公二年》),齐人作诗讽刺之。敝:破烂。笱(gǒu苟):竹编的捕鱼笼。
　〔2〕鲂(fáng防):鳊鱼。鳏(guān关):一种大鱼,"其性独行,故曰鳏"(李时珍《本草纲目》)。这里用笱破了,拦不住鱼,比喻礼被破坏,挡不住文姜归齐与襄公私会的丑行。
　〔3〕齐子:指齐文姜,襄公妹,鲁桓公夫人。归:回娘家。按:古代归有三种,于归,指出嫁;归,指归省,回娘家省亲;大归,指被"出",被休弃。止:语助词,无实义。
　〔4〕从:仆从。如云:连下两章"如雨"、"如水",均比喻众多。
　〔5〕鱮(xù序):鲢鱼。
　〔6〕唯唯:鱼来去自由的样子。毛《传》:"唯唯,出入不制。"

载 驱[1]

载驱薄薄[2],簟茀朱鞹[3]。鲁道有荡[4],齐子发夕[5]。

四骊济济[6],垂辔沵沵[7]。鲁道有荡,齐子岂弟[8]。

汶水汤汤[9],行人彭彭[10]。鲁道有荡,齐子翱翔[11]。

汶水滔滔,行人儦儦[12]。鲁道有荡,齐子游敖[13]。

【注释】

〔1〕这首诗写文姜往来齐鲁之间,纵情游荡取乐的情景。齐文姜与异母兄齐襄公私通,后嫁鲁桓公为妻。但文姜淫乱,仍不时与襄公往来相会。载:乃。驱:车马奔驰。

〔2〕薄薄:车马奔驰的声音。毛《传》:"薄薄,疾驱声也。"

〔3〕簟(diàn店):竹席。茀(fú服):车篷。毛《传》:"车之蔽曰茀。"朱:红色。鞹(kuò括):皮革。这里指以朱漆的皮革做车饰。

〔4〕鲁道:通往鲁国的大道。有荡:犹荡荡,宽阔平坦。

〔5〕齐子:齐侯之子,指文姜。发夕:发于夕,连夜出发。陈氏《传疏》:"发夕,夕发也。《传》云自夕发至旦,以言终夕在道也。"

〔6〕骊(lí离):纯黑色马。四骊,四匹黑马驾车。济济:即齐齐。陈氏《传疏》:"济济,犹齐齐也。"此指马跑起来步伐整齐一致,表示都是良马,且驯驾精良。

〔7〕垂辔:指下垂的马缰绳。沵沵(mǐ米):柔软飘荡的样子。

〔8〕岂弟:同"恺悌",喜乐安舒的样子。朱氏《集传》:"岂弟,乐易也。言无忌惮羞愧之意也。"

〔9〕汶水:在山东境内,古时为齐鲁两国之间的界河。汤汤(shāng商):水势浩大的样子。

〔10〕行人:指文姜出行时的随从人员。彭彭(bāng邦):众多的样子。

119

〔11〕翱翔:鸟飞,指自由来往。

〔12〕儦儦(biāo 标):列队行走的样子。《说文》:"儦儦,行貌。"

〔13〕游遨:遨游。此指纵情游荡。

猗　　嗟[1]

猗嗟昌兮,颀而长兮[2]。抑若扬兮[3],美目扬兮[4]。巧趋跄兮[5],射则臧兮[6]。

猗嗟名兮[7],美目清兮[8]。仪既成兮[9],终日射侯[10]。不出正兮[11],展我甥兮[12]。

猗嗟娈兮[13],清扬婉兮[14]。舞则选兮[15],射则贯兮[16]。四矢反兮[17],以御乱兮[18]。

【注释】

〔1〕这是一首对体强貌美、能射善舞的男子的赞美诗,称他是抗敌保国的栋梁之材。诗中称这个男子为甥,歌者当是他的异姓长辈亲属。猗(yī 衣)嗟:赞叹语气词。

〔2〕颀(qí 其):长,指身段高美。

〔3〕抑:通"懿",美。陈氏《传疏》:"懿,美也。'抑'、'懿'古同声。"这里指威仪壮美。《大雅·假乐》:"威仪抑抑。"又《大雅·抑》:"抑抑威仪。"扬:神采飞扬。

〔4〕扬:指眼珠转动,炯炯有神。朱氏《集传》:"扬,目之动也。"

〔5〕巧趋:灵巧的步伐。跄(qiāng 枪):有节奏的样子。

〔6〕臧:善,好。指射箭的技巧好。

〔7〕名:有名声。朱氏《集传》:"名,犹称也。言其威仪技艺之可名也。"

〔8〕清:指目光清澈有神。

〔9〕仪:仪礼。成:齐备、完成。古代有大射礼,又称大射仪,五礼中属于嘉礼,在诸侯群臣相会时举行。又有宾射礼,在亲友相聚时举行。(见《仪礼·大射仪》、《周礼·春官·大宗伯》)

〔10〕射侯:箭靶子。朱氏《集传》:"张布而射之者也。"这句是说,整天射箭靶操练武艺。

〔11〕正:靶心。古时射礼,张兽皮于木架做靶子,靶中用圆形白布做靶心,称"正"。朱氏《集传》:"正,设的于侯中而射之者也。"

〔12〕展:诚然,确实。甥:异姓亲属的晚辈。孔《疏》:"凡异族之亲皆称甥。"

〔13〕娈:美好。

〔14〕清扬:目清眉扬,有神采。婉:姿态美。

〔15〕选:出色,与众不同。朱氏《集传》:"选,异于众也。"

〔16〕贯:箭穿透靶心。朱氏《集传》:"贯,中而贯革也。"

〔17〕四矢:四支箭。反:反复。指连续射中靶心的同一地方。朱氏《集传》:"反,复也。中皆得其故处也。"

〔18〕御乱:平乱抗敌。

121

魏 风

葛 屦[1]

纠纠葛屦[2],可以履霜[3]。掺掺女手[4],可以缝裳。要之襋之[5],好人服之[6]。

好人提提[7],宛然左辟[8],佩其象揥[9]。维是褊心[10],是以为刺。

【注释】

〔1〕这是缝衣女奴唱出的一首怨刺诗。她缺衣少食,不得温饱,瘦弱不堪,却还要为主人劳作,而主人整日只知华服盛装,搔首弄姿,视她为下贱,从不怜惜她,于是她唱出这首歌来讽刺。葛屦(jù剧):葛麻制的鞋。

〔2〕纠纠:纠结缠绕的样子。孔《疏》:"纠纠为葛屦之状,当为稀疏之貌。"

〔3〕可:同"何"。《石鼓文》:"其鱼佳可。"《风雅广逸》注:"佳可,读作惟何,古省文也。"履(lǚ吕):踏、踩。这句说,葛麻编织的鞋子,怎能防寒踏霜。

〔4〕掺掺(shān山):细弱的样子。毛《传》:"掺掺,犹纤纤也。"

〔5〕要:同"腰",衣裳的腰身。襋(jí及):衣领。腰、襋,皆作动词用,缝腰缝领,制衣的意思。

〔6〕好人:贵人,美人,含有讥讽的意思。

〔7〕提提:舒适的样子。朱氏《集传》:"提提,安舒之意。"

〔8〕宛然:回转腰身很柔美的样子。辟:避。左避,向左边避让。朱氏《集传》:"让而辟者必左。"这里指逢人时彬彬有礼的谦恭举止。

〔9〕象揥(tì替)：象牙做的头篦，是种贵重饰物。

〔10〕褊(biǎn扁)心：自私狭隘，心术不正。

汾沮洳[1]

彼汾沮洳，言采其莫[2]。彼其之子[3]，美无度[4]。美无度，殊异乎公路[5]。

彼汾一方，言采其桑。彼其之子，美如英[6]。美如英，殊异乎公行[7]。

彼汾一曲[8]，言采其藚[9]。彼其之子，美如玉。美如玉，殊异乎公族[10]。

【注释】

〔1〕这是一个女子夸赞其情人的诗。称赞他一表人才，美得无法衡量，而对那些宫廷显贵们，她一个也看不上。诗中重叠两个三字句，吞吐顿挫，抑扬有致。汾：水名，在今山西中部。沮(jū居)：同"渐"。马氏《通释》："《苍颉》篇：'沮者，渐也。'"沮洳(rú如)：湿地。朱氏《集传》："沮洳，水浸处下湿之地。"汾沮洳，被汾水浸湿的地带。

〔2〕言：语助词。莫：野菜名，形似柳叶，有刺。

〔3〕子：对男子的美称、通称。

〔4〕无度：无法衡量，无限度。闻一多《风诗类钞》："无度谓无限度，犹言不可言说也。"

〔5〕殊异：大不同。公路：官名，掌管国君用车。以贵族子弟充任。

〔6〕英：花。指容貌如花之美。

123

〔7〕公行:与公路同类官。闻一多《风诗类钞》:"公路、公行,皆公车尉,以公族为之。"

〔8〕曲:水流弯曲处。

〔9〕荬(xù续):又名水舄,野生植物名,可食,亦可入药。

〔10〕公族:泛指贵族。

园　有　桃[1]

园有桃,其实之殽[2]。心之忧矣,我歌且谣[3]。不知我者,谓我士也骄[4]。彼人是哉[5]?子曰何其[6]?心之忧矣,其谁知之!其谁知之,盖亦勿思[7]!

园有棘[8],其实之食。心之忧矣,聊以行国[9]。不知我者,谓我士也罔极[10]。彼人是哉?子曰何其?心之忧矣,其谁知之!其谁知之,盖亦勿思!

【注释】

〔1〕这首诗写流落在外的士人自道其苦闷。他内心忧苦却得不到同情,有人对他妄加指责,别人不知情况,也不能谅解他,从而自叹知己难逢,自伤孤独。

〔2〕实:果实。殽(yáo摇):古与"肴"通,食。这句是说,它的果实可以食用。

〔3〕歌、谣:有唱与诵的区别。朱氏《集传》:"合曲曰歌,徒歌曰谣。"这里乃泛指,作歌唱解。此句谓用歌唱来排遣忧思。

〔4〕士:古代对男子通称,多用于读书人或低层官吏。骄:骄傲、孤傲。

〔5〕彼人:指上句指责他的人。是:对,正确。此句是诗人自问:那人的说法对吗?

〔6〕子:你,指不知者。何其:怎么样?即你说彼人说的是对的吗?

〔7〕盍:何。陈氏《传疏》:"盍与盍同。盍,何也。"这句是说,不知者怎么也不想一想呢?

〔8〕棘:酸枣。朱氏《集传》:"棘,枣之短者。"

〔9〕行国:在国中到处流浪。闻一多《风诗类钞》:"行国,周行于国邑中。"

〔10〕罔:无,没有。极:准则。此句是说别人诬称他放纵自恣,没有准谱儿。

陟　岵〔1〕

陟彼岵兮,瞻望父兮〔2〕。父曰:"嗟!予子行役,夙夜无已〔3〕。上慎旃哉〔4〕!犹来无止〔5〕!"

陟彼屺兮〔6〕,瞻望母兮。母曰:"嗟!予季行役〔7〕,夙夜无寐。上慎旃哉!犹来无弃〔8〕!"

陟彼冈兮〔9〕,瞻望兄兮。兄曰:"嗟!予弟行役,夙夜必偕〔10〕。上慎旃哉!犹来无死!"

【注释】

〔1〕这是征人登高念远,怀乡并思念亲人的诗。诗中父曰、母曰、兄曰以下所说的话,都是征人的设想。自己思念亲人,从而设想亲人也在思念、担忧自己,笔曲而情愈深。唐白居易《至夜思亲》诗"料得家中深夜坐,

125

还应说着远行人",与此同义,或以此为蓝本。陟(zhì至):登上。岵(hù户):多草木的山。《说文》:"岵,山多草木也。"

〔2〕瞻望:远望。

〔3〕夙夜:早晚。无已:无止境,不停。

〔4〕上:通"尚",希冀之词,犹言希望。慎:谨慎小心。旃:之、焉二字合声,语助词。马氏《通释》:"之、旃一声之转,又为之、焉之合声,故旃训之,又训焉。"

〔5〕犹来:还是回来。无止:不要在外久留。

〔6〕屺(qǐ起):没有草木的山。《说文》:"屺,山无草木也。"

〔7〕季:幼子。古人兄弟排行为伯、仲、叔、季。毛《传》:"季,少子也。"

〔8〕弃:指弃尸在外,死在他乡。

〔9〕冈:山冈。

〔10〕偕:指偕同行动,不得自由。

十亩之间[1]

十亩之间兮,桑者闲闲兮[2],行与子还兮[3]。

十亩之外兮[4],桑者泄泄兮[5],行与子逝兮[6]。

【注释】

〔1〕这是一首采桑女劳动后呼伴同归时唱的歌。节奏舒缓、悠长,与诗的内容相应。

〔2〕桑者:采桑女。闲闲:悠闲的样子。

〔3〕行:将要。朱氏《集传》:"行,犹将也。"子:你,指桑者的同伴儿。

〔4〕外:桑田之外。

〔5〕泄泄(yì异):和乐的样子。
〔6〕逝:往,离去。

伐　　檀[1]

坎坎伐檀兮,寘之河之干兮[2],河水清且涟猗[3]。不稼不穑[4],胡取禾三百廛兮[5]?不狩不猎[6],胡瞻尔庭有县貆兮[7]?彼君子兮,不素餐兮[8]!

坎坎伐辐兮[9],寘之河之侧兮,河水清且直猗[10]。不稼不穑,胡取禾三百亿兮[11]?不狩不猎,胡瞻尔庭有县特兮[12]?彼君子兮,不素食兮!

坎坎伐轮兮,寘之河之漘兮[13],河水清且沦猗[14]。不稼不穑,胡取禾三百囷兮[15]?不狩不猎,胡瞻尔庭有县鹑兮[16]?彼君子兮,不素飧兮[17]!

【注释】

〔1〕这是一群伐木劳动者,对不劳而获者的指责。檀:檀树,本质坚硬,古时用以造车。

〔2〕寘:即"置"字,放置。干:河岸。

〔3〕涟:风吹水面泛起的波纹。猗(yī衣):语气词,犹"兮"。朱氏《集传》:"猗,与兮同,语词也。"

〔4〕稼、穑(sè瑟):耕种叫稼,收割叫穑。句指不从事农事劳动。

〔5〕胡:何,为什么。廛(chán蝉):即缠,束。三百廛,形容其多,不一定是确数。

127

〔6〕狩(shòu寿)、猎:冬天打猎叫狩,夜间打猎叫猎,这里泛指打猎。

〔7〕瞻:望见。庭:庭院。县:同"悬",挂着。貆(huán环):兽名,猪獾。

〔8〕素餐:白吃饭。君子本是不劳动白吃饭的,这里说"不素餐",是反语相讥。另说,君子指伐檀人心目中的理想人物,他们不白吃饭。

〔9〕辐:车轴与轮间的直木。伐辐,即伐木制车辐。

〔10〕直:指水面直形波纹。

〔11〕亿:指禾穗之数。三百:言其多。郑《笺》:"十万曰亿,三百亿,禾秉之数。"

〔12〕特:指三岁的兽。毛《传》:"兽三岁曰特。"又一说四岁的兽。见第111页《齐风·还》注〔3〕。

〔13〕漘(chún纯):涯岸。

〔14〕沦:环形水纹。朱氏《集传》:"小风水成文,转如轮也。"

〔15〕囷(qūn逡):粮食囤。孔《疏》:"方者为仓,故圆者为囷。"

〔16〕鹑(chún纯):鸟名,鹌鹑。

〔17〕飧(sūn孙):熟食。毛《传》:"熟食为飧。"

硕　　鼠[1]

硕鼠硕鼠,无食我黍[2]!三岁贯女[3],莫我肯顾[4]。逝将去女[5],适彼乐土[6]。乐土乐土,爰得我所[7]。

硕鼠硕鼠,无食我麦!三岁贯女,莫我肯德[8]。逝将去女,适彼乐国。乐国乐国,爰得我直[9]。

硕鼠硕鼠,无食我苗!三岁贯女,莫我肯劳[10]。逝将去女,适彼乐郊。乐郊乐郊,谁之永号[11]?

【注释】

〔1〕这首诗写劳动者不堪剥削压迫,企图逃亡。他们向往的一方乐土,实际上在当时社会是不存在的,但它反映了劳动者的理想。硕(shuò 烁)鼠:肥大的老鼠。郑《笺》:"硕,大也。"一说硕同"鼫",即田鼠,亦通。

〔2〕无:同"毋",勿,不要。黍(shǔ 鼠):黄米。与下文"麦"、"苗",均泛指农作物。

〔3〕三岁:三年,泛指多年的意思。朱氏《集传》:"三岁,言其久也。"贯:事奉,养活。毛《传》:"贯,事也。"女:汝,你,指鼠,比喻剥削者,不劳而获的贵族。

〔4〕莫我肯顾:"莫肯顾我"的倒文。顾,顾念,体谅。

〔5〕逝:远去。郑《笺》:"逝,往也。往矣将去女,与之诀别之辞。"一说逝,同"誓",表示坚决。

〔6〕适:往。乐土:连同下文"乐国"、"乐郊",均指不受剥削压迫的快乐之地。

〔7〕爰(yuán 元):乃是。所:处所,指可以安居之处。

〔8〕德:恩德,作动词,施恩德。有回报的意思。朱氏《集传》:"德,归恩也。"

〔9〕直:同"值",价值,即所劳与所得相称。

〔10〕劳:慰劳。

〔11〕永号:长呼,叹息。谁之永号,有谁还会长呼短叹呢?

129

唐 风

蟋 蟀[1]

蟋蟀在堂[2],岁聿其莫[3]。今我不乐,日月其除[4]。无已大康[5],职思其居[6]。好乐无荒,良士瞿瞿[7]。

蟋蟀在堂,岁聿其逝。今我不乐,日月其迈[8]。无已大康,职思其外[9]。好乐无荒,良士蹶蹶[10]。

蟋蟀在堂,役车其休[11]。今我不乐,日月其慆[12]。无已大康,职思其忧。好乐无荒,良士休休[13]。

【注释】

〔1〕这是一位士人官吏岁暮述怀的诗。在一年将尽之时,他思及自己的职守,自诫应尽职尽责,不要贪图享乐,要有忧患意识。

〔2〕蟋蟀在堂:蟋蟀秋天时在野地,天气冷后则躲入房屋里来,此表示已是寒冬。

〔3〕聿(yù 玉):同"曰",语助词。莫:同"暮"。岁暮,指年终。

〔4〕除:过去,过完。毛《传》:"除,去也。"

〔5〕无已:不停,没完没了。大:太。康:安逸享乐。太康,过于享乐。

〔6〕职:常。俞氏《平议》:"《尔雅》职有二训:一曰常也,一曰主也。职思,职当训为常,犹曰常思其居耳。"居:所居的地位、职务。

〔7〕瞿瞿(jù 巨):警惕的样子。

〔8〕迈:远去,指光阴流逝。

〔9〕外:职守以外的事。

〔10〕蹶蹶(jué决,古音一读 guì 贵):敏捷做事的样子。闻一多《风诗类钞》:"蹶蹶,跳起貌,言敏疾也。"

〔11〕役车:一种载重的车子。孔《疏》:"收纳禾稼亦用此车,故役车休息,是农事毕,无事也。"

〔12〕慆(tāo 滔):"滔"的借字。滔滔,奔流不止。

〔13〕休休:坦适心安的样子。朱氏《集传》:"休休,安闲之貌。乐而有节,不至于淫,所以安也。"

山　有　枢[1]

山有枢,隰有榆[2]。子有衣裳,弗曳弗娄[3]。子有车马,弗驰弗驱[4]。宛其死矣[5],他人是愉[6]。

山有栲[7],隰有杻[8]。子有廷内[9],弗洒弗埽[10]。子有钟鼓,弗鼓弗考[11]。宛其死矣,他人是保[12]。

山有漆[13],隰有栗。子有酒食,何不日鼓瑟[14]?且以喜乐[15],且以永日[16]。宛其死矣,他人入室。

【注释】

〔1〕这是一首讽刺悭吝者的诗,说他们徒拥有美食、华服、车马、住宅,却舍不得享用,如若死后,还不是归于他人。全诗用四"有"字和八"弗"字,充分嘲笑了这种贪婪而又吝啬的可笑情况。枢(shū 书):刺榆,榆树的一种。

〔2〕隰(xí 席):湿洼地。

〔3〕弗:不。曳(yè 夜):拖于身后。娄:同"搂",撩于手上。曳、搂,都指服用、穿衣服。

〔4〕驰、驱:均指驾车马疾行。

〔5〕宛:宛然,如若。

〔6〕他人是愉:高兴了他人。

〔7〕栲(kǎo 考):山樗,俗名臭椿树。

〔8〕杻(niǔ 纽):木名,质硬可制弓弩。

〔9〕廷内:庭院、内室。闻一多《风诗类钞》:"庭为庭院,内谓堂室。"

〔10〕洒:洒水。埽:同"扫"。句指不舒舒服服住在内。

〔11〕考:同"拷",敲打。句意谓不知奏乐自娱。

〔12〕保:保有,占有。朱氏《集传》:"保,居有也。"

〔13〕漆:漆树。

〔14〕日:每日,天天。鼓瑟:奏乐。

〔15〕且:姑且。

〔16〕永日:指消遣岁月。永,长。

扬 之 水[1]

扬之水,白石凿凿[2]。素衣朱襮[3],从子于沃[4]。既见君子,云何不乐[5]?

扬之水,白石皓皓[6]。素衣朱绣[7],从子于鹄[8]。既见君子,云何其忧[9]?

扬之水,白石粼粼[10]。我闻有命[11],不敢以告人[12]。

【注释】

〔1〕这是一首女子投奔所爱之人的诗。以白石激水,比喻路多险阻,相从不易。接着写会面的喜悦心情,并庆幸命运成全了他们,但也怕人察觉。扬:激扬。

〔2〕凿凿:鲜明的样子。

〔3〕素衣:白色衣服。朱襮(bó博):红色衣领。毛《传》:"襮,领也。"

〔4〕从:跟从,投奔。子:你,指女子情人。沃:曲沃,地名,晋国的城邑,在今山西省。

〔5〕云何:犹为何。

〔6〕皓皓(hào浩):洁白的样子。

〔7〕朱绣:绣着红色彩纹。

〔8〕鹄(gǔ鼓):曲沃所属的一个地方。

〔9〕云何其忧:还有什么可忧呢?

〔10〕粼粼:水清澈白石历历可见的样子。

〔11〕有命:指对方对她的召唤,令她来相聚。

〔12〕不敢以告人:指怕走漏消息,让别人知晓。

椒 聊〔1〕

椒聊之实,蕃衍盈升〔2〕。彼其之子〔3〕,硕大无朋〔4〕。椒聊且〔5〕,远条且〔6〕。

椒聊之实,蕃衍盈匊〔7〕。彼其之子,硕大且笃〔8〕。椒聊且,远条且。

【注释】

〔1〕这是一首祝愿女子婚后多子多孙,使家族繁衍兴旺的诗。大约

是婚礼上的贺诗。椒:花椒,又称山椒,多子,味香,可做佐料。聊:丛聚的样子。闻一多《风诗类钞》:"草木实聚生成丛,古语叫做聊,今语叫做嘟噜。"

〔2〕蕃:繁盛。衍:指衍续后代。盈升:装满一升。此用花椒多子,喻人之子孙众多,繁衍不绝。

〔3〕之子:这位女子,指受贺的新婚女子。

〔4〕硕大:指身体高大强健。无朋:无可比者。

〔5〕且(jū居):叹词。高亨《诗经今注》:"且犹哉,语气词。"

〔6〕远条:枝条远伸。树茂枝长,谓结子必多。

〔7〕匊(jū掬):同"掬",双手捧物。

〔8〕笃:厚重。指体格健壮、浑厚,多子之相。

绸　　缪[1]

绸缪束薪[2],三星在天[3]。今夕何夕[4]?见此良人[5]。子兮子兮,如此良人何![6]

绸缪束刍[7],三星在隅[8]。今夕何夕?见此邂逅[9]。子兮子兮,如此邂逅何!

绸缪束楚[10],三星在户[11]。今夕何夕?见此粲者[12]。子兮子兮,如此粲者何!

【注释】

〔1〕这是一首贺新婚,闹洞房的诗。风趣活泼,带有戏谑的性质。绸缪(móu谋):犹缠绵,紧紧捆缚的意思。

〔2〕束薪:与"束刍"、"束楚",皆是用紧束柴草比喻夫妇相合,情意缠绵,同居不离。

〔3〕三星:即参(shēn 伸)星、心宿三星,猎户座腰带。在天:高挂中天,古人观星来测时,由星的位置的移动,测知时间的不同。

〔4〕今夕何夕:惊喜之词,谓今夕美好,不同于寻常。

〔5〕良人:好人,心爱的人。

〔6〕如此良人何:表示面对良人,喜出望外,不知怎样才好。

〔7〕刍(chú 除):喂牲畜的草。清郝懿行《诗问》:"刈草也。"指割下的草。

〔8〕隅:角隅,角落。指星移至天空的一角。

〔9〕邂逅(xiè hòu 械候):相遇。此以指所遇之人。

〔10〕楚:荆条。

〔11〕在户:直照门户,指三星位置移动得更低。

〔12〕粲者:美人。朱氏《集传》:"粲,美也。"

杕　杜〔1〕

有杕之杜,其叶湑湑〔2〕。独行踽踽〔3〕,岂无他人?不如我同父。嗟行之人〔4〕,胡不比焉〔5〕?人无兄弟,胡不佽焉〔6〕?

有杕之杜,其叶菁菁〔7〕。独行睘睘〔8〕,岂无他人?不如我同姓。嗟行之人,胡不比焉?人无兄弟,胡不佽焉?

【注释】

〔1〕这是失去兄弟亲情者自伤孤独无助的诗。诗中说他流落在外,备受冷落,得不到别人的同情和救助。杕(dì弟):孤生独特的样子。杜:

杜梨,又称赤梨,棠梨。诗中以孤生的杜梨,比喻自己处境孤独无靠。

〔2〕湑湑(xǔ许):茂盛的样子。

〔3〕踽踽(jǔ举):孤零零独行的样子。

〔4〕"嗟行"句:感叹我这整日奔波路途、在外流浪的人。

〔5〕胡:何。比:辅助。郑《笺》:"比,辅也。"这句是说,为何没有一个相从相助的人?

〔6〕佽(cì次):救济资助。毛《传》:"佽,助也。"

〔7〕菁菁(jīng京):树叶青绿茂盛的样子。

〔8〕睘睘(qióng琼):同"茕茕",孤独的样子。朱氏《集传》:"睘睘,无所依貌。"

羔　　裘[1]

羔裘豹袪[2],自我人居居[3]。岂无他人?维子之故[4]。

羔裘豹褎[5],自我人究究[6]。岂无他人?维子之好[7]。

【注释】

〔1〕这是一首女子谴责男子傲慢不逊的诗。她说只是因为顾念相好过的旧情,才未肯离开他。诗有表白自己的苦心衷肠,并劝其改正态度的意思。

〔2〕袪(qū区):袖口。豹袪,用豹皮饰袖口。

〔3〕自:对于。人:那人。居居:同"倨倨",倨傲的样子。

〔4〕"维子"句:只因顾念与你有旧情。郑《笺》:"岂无他人可归往乎?我不去者,乃念子故旧之人也。"

〔5〕袖(xiù 袖):同"袖"。此指袖口。

〔6〕究究:当读为"仇仇",傲慢,不可亲近。《尔雅·释训》:"仇仇,傲也。"

〔7〕好:旧好,相好过。

鸨　　羽[1]

肃肃鸨羽[2],集于苞栩[3]。王事靡盬[4],不能蓺稷黍[5]。父母何怙[6]?悠悠苍天,曷其有所[7]?

肃肃鸨翼,集于苞棘[8]。王事靡盬,不能蓺黍稷。父母何食?悠悠苍天,曷其有极[9]?

肃肃鸨行[10],集于苞桑。王事靡盬,不能蓺稻粱。父母何尝[11]?悠悠苍天,曷其有常[12]?

【注释】

〔1〕这首诗写征人远行,久役不归,家里田园荒芜,父母无人奉养,哀告无所,怨极而呼天。是一首催人泪下的悲歌。鸨(bǎo 保):鸟名,似雁而大,俗名野雁。

〔2〕肃肃:鸟扇动翅膀的响声。

〔3〕集:鸟停落在树上。苞:丛生、茂密。栩(xǔ 许):柞树。鸨雁栖于平沙,而不惯于停落在树上。这里用鸨止于树丛,不能稳居安息,比喻征人离家行役,不得其所。

〔4〕王事:官府差事。靡:无,没有。盬(gǔ 古):休止。马氏《通释》:"盬者,息也。"这句是说,官差没完没了。

137

〔5〕 蓺(yì义):同"藝",即艺,种植。稷:粟,谷子,去皮称小米。黍:高粱。此泛指庄稼。
〔6〕 怙(hù户):依靠,凭恃。毛《传》:"怙,恃也。"
〔7〕 曷:同"何"。所:处所,安居的地方。
〔8〕 棘(jí及):酸枣树。
〔9〕 极:中止,尽头。
〔10〕 行:行列。马氏《通释》:"鸨行,犹雁行也。雁之飞有行列而鸨似之。"一说行,犹羽。
〔11〕 尝:食。何尝,吃什么。
〔12〕 常:正常,指安居乐业的正常生活。

无　　衣[1]

岂曰无衣,七兮[2]。不如子之衣[3],安且吉兮[4]!

岂曰无衣,六兮。不如子之衣,安且燠兮[5]!

【注释】
〔1〕 这是一首感念赠衣之情的诗。衣服虽多,但不如友人(或恋人)送我的好,赞衣重情,诗短意长。
〔2〕 岂曰:难道说。七:指七件衣服,形容衣服多,下章"六"同。
〔3〕 子:你。子之衣,你缝制的或你馈赠的衣服。
〔4〕 安:安适,舒服。吉:善,美好。
〔5〕 燠(yù玉):温暖。毛《传》:"燠,暖也。"

有杕之杜[1]

有杕之杜,生于道左[2]。彼君子兮,噬肯适我[3]?中

138

心好之[4],曷饮食之[5]?

有杕之杜,生于道周[6]。彼君子兮,噬肯来游[7]?中心好之,曷饮食之?

【注释】

〔1〕这首诗写招意中人来相聚游乐,共饮食。用孤立道旁的树自喻,诉说自己的孤独和寂寞。杕(dì弟):孤零零的样子。杜:赤棠树。《说文》:"牡曰棠,牝曰杜。"故杜当为女子自喻。

〔2〕道左:道路东边。古人以东为左。

〔3〕噬(shì视):通"逝",发语词。适:往,到。肯适我,肯到我这里来吗?

〔4〕中心:心中。好:喜爱。这句是说,内心深爱着他。

〔5〕曷:何,为何。此谓何时来共饮食。

〔6〕道周:道路的拐弯曲折处。毛《传》:"周,曲也。"

〔7〕游:游乐。

葛　　生[1]

葛生蒙楚[2],蔹蔓于野[3]。予美亡此[4],谁与?独处[5]。

葛生蒙棘[6],蔹蔓于域[7]。予美亡此,谁与?独息。

角枕粲兮[8],锦衾烂兮[9]。予美亡此,谁与?独旦[10]。

139

夏之日,冬之夜[11]。百岁之后[12],归于其居[13]。

冬之夜,夏之日。百岁之后,归于其室。

【注释】

〔1〕这是一首悼念亡夫的诗。丈夫长眠荒野,自己过着孤独无依的生活。哀思难忘,岁月难熬,只望百岁之后,同归一穴,共眠于地下。至情流露,哀婉感人,为后世悼亡诗之祖。葛:葛藤,蔓生植物。

〔2〕蒙:覆盖。楚:荆条,灌木。

〔3〕蔹(liǎn 敛):蔓生植物。蔓:作动词用,指蔓延伸生长。

〔4〕予美:指其丈夫,犹言我的好人,我可爱的人。亡:去,离开。此:指人世间。

〔5〕与:相与,即相从为伴的意思。独处:独住。指丈夫死后,自己孤独无依,只能孤单一人居处。

〔6〕棘:野生灌木,指酸枣树等多刺植物。

〔7〕域:指墓地。《广雅·释丘》:"茔、域,葬地也。"

〔8〕角枕:古时用的方枕。粲:华美鲜明。

〔9〕锦衾(qīn 钦):彩色花纹的被褥。烂:灿烂,华美。枕、衾,此皆指装殓死者的用物,女子想到丈夫葬时的情景。

〔10〕独旦:独卧达旦。

〔11〕夏之日:夏季的白天。冬之夜:冬天的夜晚。夏季昼长,冬季夜长,两句言岁月难挨。

〔12〕百岁之后:即死后,对死亡的讳饰之词。

〔13〕居:实指墓穴。下"室"字同。郑《笺》:"居,坟墓也。室,犹墓圹。"

采 苓[1]

采苓采苓,首阳之巅[2]。人之为言[3],苟亦无信[4]。

舍旃舍旃[5],苟亦无然[6]。人之为言,胡得焉[7]?

采苦采苦[8],首阳之下。人之为言,苟亦无与[9]。
舍旃舍旃,苟亦无然。人之为言,胡得焉?

采葑采葑[10],首阳之东。人之为言,苟亦无从[11]。
舍旃舍旃,苟亦无然。人之为言,胡得焉?

【注释】

〔1〕这是劝告人不要听信谗言、假话的诗。全诗重章叠句,反复劝说,谆谆之意,溢于言表。苓:即甘草。

〔2〕首阳:山名,在今山西境内。巅:山顶。

〔3〕为:假借为"伪",假话。

〔4〕苟:确实。亦:语助词。信:诚信。

〔5〕旃(zhān 瞻):之、焉合声,语助词。舍之焉,弃而不理会它(指假话)吧。

〔6〕无然:勿然,勿相信为真。

〔7〕胡得:何所得。指假言无实,令人无所得。

〔8〕苦:又名荼,即苦菜。

〔9〕与:认可,相信。

〔10〕葑(fēng 封):芜菁,又名蔓菁,即芥菜。

〔11〕从:听从,信从。

秦 风

车　邻[1]

有车邻邻,有马白颠[2]。未见君子[3],寺人之令[4]。

阪有漆,隰有栗[5]。既见君子,并坐鼓瑟。"今者不乐,逝者其耋[6]!"

阪有桑,隰有杨。既见君子,并坐鼓簧[7]。"今者不乐,逝者其亡[8]!"

【注释】

〔1〕这是喜与朋友相会,感叹人生苦短,表示应当及时行乐的诗。邻邻:指车轮声。

〔2〕白颠:指马头顶上长白色毛。

〔3〕君子:古时对男子的美称、尊称。这里指作诗者的友人。

〔4〕寺人:侍人。王氏《集疏》:"寺、侍古字通。"之令:是令。这里是说,为了与好友相见,命令侍人驾马备车去迎接。

〔5〕阪(bǎn 板):土坡。漆:漆树。隰(xí 席):低湿的地方。栗(lì 力):栗树。两句比喻互得其所,相宜相乐。

〔6〕逝者:指时光逝去。耋(dié 迭):古称八十岁为"耋"。此说光阴易逝,很快就会衰老。

〔7〕簧(huáng 黄):本指乐器中的铜舌,此代称笙等吹奏乐器。

〔8〕亡:死亡。

驷䮵[1]

驷䮵孔阜[2],六辔在手[3]。公之媚子[4],从公于狩。

奉时辰牡[5],辰牡孔硕[6]。公曰左之[7],舍拔则获[8]。

游于北园[9],四马既闲[10]。輶车鸾镳[11],载猃歇骄[12]。

【注释】

〔1〕这首诗叙写一位贵族领着爱子去狩猎,从出发到射兽,到归来,简要生动地写出了全过程。驷(sì 四):四匹马。䮵(tiě 铁):铁黑色的马。

〔2〕孔:很,非常。阜(fù 富):肥壮。

〔3〕六辔(pèi 佩):六根缰绳。周制,四马驾车,内两马称服马,各一辔;外两马称骖马,各两辔(便于左右牵引),故四马而六辔。手:指御者(驾车人)之手。

〔4〕媚子:爱子。

〔5〕奉:供奉,供给。古代设有专司王公贵族打猎的猎官称"虞人",他们按时令在苑囿中放置兽类,供猎者作为猎物。时:是,这个。辰:借为麎(chén 辰),大鹿。牡:雄兽。

〔6〕孔硕:很肥大。

〔7〕左之:指令御者驾车绕到兽的左侧。

〔8〕舍:放开。拔:同"栝",箭括。闻一多《风诗类钞》:"栝,矢末衔弦处,一曰括。栝与弦会,放矢则栝离弦,故曰舍栝。"获:获得,指猎取到

143

野兽。箭发则命中,表示善射。

〔9〕北园:贵族修建的供田猎游乐的园林。这里指猎后在北园游玩。

〔10〕闲:闲暇。既闲,指狩猎后车马显得从容悠闲。

〔11〕辀(yóu由):车,轻车。銮:系在马衔两端的铃。镳(biāo标):马衔(俗称马嚼子)两端,露在马嘴外的部分。

〔12〕猃(xiǎn险):尖嘴巴的猎犬。歇骄:又作"猲獢",短嘴巴的猎犬。这句是说猎毕把猎犬载在车上而归。

小　戎〔1〕

小戎俴收〔2〕,五楘梁辀〔3〕。游环胁驱〔4〕,阴靷鋈续〔5〕。文茵畅毂〔6〕,驾我骐馵〔7〕。言念君子〔8〕,温其如玉〔9〕。在其板屋,乱我心曲〔10〕。

四牡孔阜〔11〕,六辔在手〔12〕。骐駵是中〔13〕,騧骊是骖〔14〕。龙盾之合〔15〕,鋈以觼軜〔16〕。言念君子,温其在邑〔17〕。方何为期〔18〕?胡然我念之〔19〕?

俴驷孔群〔20〕,厹矛鋈镦〔21〕。蒙伐有苑〔22〕,虎韔镂膺〔23〕。交韔二弓〔24〕,竹闭绲縢〔25〕。言念君子,载寝载兴〔26〕。厌厌良人〔27〕,秩秩德音〔28〕。

【注释】

〔1〕丈夫随大军西征,女子怀念他,写了这篇诗。诗中细述车马、器械、军容之盛,又对丈夫百般夸赞,透露出对军威和丈夫德行的自豪感。

当时西戎屡犯秦境,是这篇诗产生的背景,与《秦风·无衣》同属爱国诗篇。戎(róng容):兵车。古代大兵车称大戎或元戎,走在前面,将帅所乘。小兵车称小戎,兵士所乘。

〔2〕俴(jiàn建):浅。收:车轸(zhěn枕),车的厢板,人上下时可放下。

〔3〕楘(mù木):用皮革束扎车辕,保护车辕坚固,亦有装饰作用。孔《疏》:"五楘是辕上之饰。故以五为五束,言以皮革五处束之。"梁辀(zhōu舟):曲辕。古时马车有一辕木,形状弯曲,如屋顶梁木,又像船,故称梁辀。孔《疏》:"辀者,辕也。"严粲《诗缉》:"梁辀者,辀辕如梁也。"

〔4〕游环:马具,皮革制成的套,前后可以移动,故称游环。胁驱:马具,亦为皮革制成。两者均是节制骖马位置的用具。

〔5〕阴:车轼前面的挡板,也称掩轨。靷(yǐn引):马拉车前行的皮带,前端系在马颈上,后端系在车轴上。朱氏《集传》:"阴,掩轨也。轨在轼前而以板横侧掩之;以其阴映此轨,故谓之阴也。靷,以皮二条前系骖马之颈,后系阴板之上也。"鋈(wò沃,古音作wù悟):白铜或银。续:续靷。鋈续是说用白金属制环,装饰在续靷上。郑《笺》:"鋈续,白金饰续靷之环。"

〔6〕文茵(yīn因):虎皮,指车中供坐着用的虎皮垫子。畅:长。毂(gǔ古):车轮中心车轴外的圆木。古制,兵车之毂长三尺二寸。

〔7〕骐:青黑色有花纹的马。馵(zhù住):左腿白色的马。

〔8〕言:语助词,无实义。君子:指女子的丈夫。

〔9〕温:性情温和。如玉:纯洁润泽如玉之高贵华美。

〔10〕板屋:木板修建的房屋。是说出征在外,只能居住在临时简陋的房子里。乱:搅乱。心曲:内心深处。两句关合上文之"言念"。

〔11〕四牡:指驾车的四匹公马。孔阜:十分肥大。

〔12〕六辔在手:参见上一篇《秦风·驷驖》注〔3〕。

〔13〕骝(liú流):同"骝",赤色黑鬃的马。中:中间的马,即服马。朱氏《集传》:"中,两服马也。"

〔14〕騧骊(guā lí瓜离):身白嘴黑的马称騧;黑色马称骊。骖:四马

145

驾车,两旁的马称骖。

〔15〕龙盾:画着龙的盾牌。合:合并在一起。严粲《诗缉》:"合二盾而载之,以为车之前蔽也。"

〔16〕觼(jué决):马具,有舌的环。軜(nà纳):两骖马内侧的缰绳。觼用来系軜,故称觼軜。

〔17〕在邑:指驻扎在外邑。

〔18〕方:将。期:归期。将以何日为归期?

〔19〕胡然:为什么。我念之:我这样想念他。

〔20〕伐驷:挂薄甲的四匹马。毛《传》:"伐驷,四介马也。"郑《笺》:"伐,浅也。谓以薄金为介札。介,甲也。"孔群:很合群。

〔21〕厹(qiú求)矛:三棱形的矛头。镦(duì对):矛柄下边平底的金属套。

〔22〕蒙:庞杂。伐:盾的别名。苑:花纹。这句是说,盾上画满了庞杂的花纹。

〔23〕虎韔(chàng畅):虎皮弓袋。镂:雕刻。膺:系马胸部的带子。朱氏《集传》:"镂膺,镂金以饰马当胸带也。"

〔24〕交韔二弓:将两张弓交插放入弓袋中,其中一只为备用的。朱氏《集传》:"交二弓于韔中,谓颠倒安置之。必二弓,以备坏也。"

〔25〕竹闭:竹制的为防弓变形的器具,又称竹柲(bì必)。绲(gǔn滚):绳子。縢(téng滕):捆。这句谓将竹闭与弓拴捆在一起以保护弓。

〔26〕载寝载兴:睡下又起来,起来又睡下,指不能安稳入睡。

〔27〕厌厌:厌同"恹",安和的样子。良人:好人,亲爱的人。指女子的丈夫。

〔28〕秩秩:有次序的样子。此表示进退合于礼节,很有教养。德音:美好的声誉。

蒹　葭[1]

蒹葭苍苍,白露为霜[2]。所谓伊人[3],在水一方[4]。

溯洄从之[5],道阻且长[6]。溯游从之[7],宛在水中央[8]。

蒹葭萋萋,白露未晞[9]。所谓伊人,在水之湄[10]。溯洄从之,道阻且跻[11]。溯游从之,宛在水中坻[12]。

蒹葭采采[13],白露未已[14]。所谓伊人,在水之涘[15]。溯洄从之,道阻且右[16]。溯游从之,宛在水中沚[17]。

【注释】

〔1〕这首诗写一个男子想追寻所爱的人,但路远水长不能如愿,在痴迷中仿佛看到所爱的人就立在河心小岛上,若隐若现,似有似无,这是由男子的痴情而产生的梦幻。诗中写秋景,写爱情心理均深宛有致。蒹葭(jiān jiā 兼加):芦苇。

〔2〕为霜:凝结成霜。

〔3〕伊人:那人,指男子所爱着的人。

〔4〕一方:另一方,表示隔绝两地。

〔5〕溯洄(sù huí 素回):逆水而上。从:跟从,寻找。

〔6〕阻:险阻难行。长:漫长。

〔7〕溯游:顺水流而下。毛《传》:"顺流而涉曰溯游。"

〔8〕宛:宛然,仿佛,好似。

〔9〕晞(xī 希):干。

〔10〕湄(méi 眉):水岸。孔《疏》:"谓水草之际也。"

〔11〕跻(jī 机):登高,指地势高而难以攀登。

〔12〕坻(chí 池):水中的小块陆地。

〔13〕采采:指芦花白粲粲的样子。

〔14〕未已:未止,不停。

〔15〕涘(sì 寺):水边。

〔16〕右:迂回弯曲。郑《笺》:"右者,言其迂回也。"马氏《通释》:"周人尚左,故《笺》以右为迂回也。"

〔17〕沚(zhǐ 止):水中的小沙滩。

终　　南〔1〕

终南何有?有条有梅〔2〕。君子至止〔3〕,锦衣狐裘。颜如渥丹〔4〕,其君也哉〔5〕!

终南何有?有纪有堂〔6〕。君子至止,黻衣绣裳〔7〕。佩玉将将〔8〕,寿考不忘〔9〕。

【注释】

〔1〕这是秦贵族颂赞秦国国君的诗。终南:终南山,在今陕西境,当时属秦地。

〔2〕条:"梼(tāo 涛)"的借字,山楸树。梅:梅树。

〔3〕君子:指秦君。至止:指到终南山来。止,语气词。

〔4〕渥(wò 卧)丹:形容面色红润。丹,赤色。

〔5〕其君也哉:赞叹真有君王的美仪,像个君王的样子。

〔6〕纪:"杞"之借字,杞柳。堂:"棠"之借字,棠梨树。

〔7〕黻(fú 扶)衣:有黑青花纹的衣服。绣裳:刺绣的下裙。古代衣指上衣,裳指下衣,即裙装。

〔8〕将将(qiāng 羌):同"锵锵",佩玉轻微碰撞声。

〔9〕寿考:长寿。不忘:犹言不已,长久的意思。

黄　　鸟[1]

交交黄鸟[2],止于棘。谁从穆公[3]?子车奄息[4]。维此奄息,百夫之特[5]。临其穴,惴惴其慄[6]。彼苍者天[7],歼我良人[8]!如可赎兮,人百其身[9]!

交交黄鸟,止于桑。谁从穆公?子车仲行。维此仲行,百夫之防[10]。临其穴,惴惴其慄。彼苍者天,歼我良人!如可赎兮,人百其身!

交交黄鸟,止于楚[11]。谁从穆公?子车鍼虎[12]。维此鍼虎,百夫之御[13]。临其穴,惴惴其慄。彼苍者天,歼我良人!如可赎兮,人百其身!

【注释】

〔1〕这是一首哀悼诗。据历史记载,公元前621年,秦穆公死,遗嘱杀一百七十七人为他殉葬,其中包括人民爱戴的"三良",即子车氏三兄弟。人们痛恨这种暴行,痛惜三良之死,而作了这首诗(事见《左传·文公六年》和《史记·秦本纪》)。

〔2〕交交:黄鸟的叫声。

〔3〕从:从死,即殉葬。穆公:春秋时秦君,姓嬴,名任好。

〔4〕子车奄息:连下二章之"仲行"、"鍼虎",即被杀殉葬的"三良"的名字。子车,姓氏。

〔5〕特:杰出。句指百人中的佼佼者。

〔6〕惴惴(zhuì坠):恐惧的样子。慄:战栗,发抖。

〔7〕彼苍者天:苍天在上的意思,怨恨、痛苦之极,呼天相告,以示不平。

〔8〕歼:杀害。良人:好人,指子车氏三人。

〔9〕"如可"二句:言愿拿百人之命赎代其身。

〔10〕防:抵挡。言一人可抵挡百人。

〔11〕楚:荆树,灌木丛,俗名荆条。

〔12〕缄(qián箝):古多用于人名。

〔13〕御:抵御,抵挡。

晨　　风[1]

鴥彼晨风[2],郁彼北林。未见君子,忧心钦钦[3]。如何如何[4]?忘我实多[5]。

山有苞栎[6],隰有六驳[7]。未见君子,忧心靡乐[8]。如何如何?忘我实多。

山有苞棣[9],隰有树檖[10]。未见君子,忧心如醉[11]。如何如何?忘我实多。

【注释】

〔1〕这是女子思念情人的诗。心上人多时没有来了,女子很着急烦恼,担心对方变了心,连呼"如何",语质情深。晨风:鸟名,雉类。

〔2〕鴥(yù玉):鸟飞迅速的样子。

〔3〕钦钦:心中忧愁不止。朱氏《集传》:"钦钦,忧而不忘之貌。"

〔4〕如何:如何是好,怎么办呢?

〔5〕实多:实在太甚。闻一多《诗选与校笺》:"多犹甚也。"这句是说,把我抛到脑后太久了。

〔6〕苞:丛生。栎(lì力):栎树。

〔7〕隰(xí席):低洼地。六:表示多数。驳(bó伯):斑驳,有裂纹。此指梓榆树,其皮青白多斑,故称。

〔8〕靡:无,没有。

〔9〕棣(dì弟):棠棣树,又名棠梨。

〔10〕檖(suì岁):树木名。一名山梨。

〔11〕如醉:因思念之极,如同醉酒一样,神魂颠倒。

无　　衣[1]

岂曰无衣?与子同袍[2]。王于兴师[3],修我戈矛[4],与子同仇[5]!

岂曰无衣?与子同泽[6]。王于兴师,修我矛戟[7],与子偕作[8]!

岂曰无衣?与子同裳[9]。王于兴师,修我甲兵[10],与子偕行[11]!

【注释】

〔1〕这是一首军歌。在西戎犯边时,秦国民众表现出同仇敌忾的爱国热情。无衣:指缺少军衣。

〔2〕子:你,指从军战友。袍:战袍。

〔3〕王:指秦王。兴师:发兵打仗。

151

〔4〕戈、矛:都是长柄兵器。戈,平头而旁枝有锋刃。矛,头尖锐,直锋。
〔5〕同仇:共同对敌人。
〔6〕泽:同"襗(zé 泽)",贴身内衣。
〔7〕戟(jǐ 挤):长柄兵器,有分枝锋刃。
〔8〕偕作:一齐奋起去作战。
〔9〕裳:下裳,指战裙。
〔10〕甲兵:盔甲、兵器。
〔11〕偕行:同行,一同出发,齐赴战场。

渭　　阳[1]

我送舅氏,曰至渭阳。何以赠之[2]?路车乘黄[3]。

我送舅氏,悠悠我思[4]。何以赠之?琼瑰玉佩[5]。

【注释】
〔1〕这是一首送舅父的惜别诗。其所赠物,属贵族、诸侯之物。旧说以为是秦康公为太子时,送其舅父晋重耳的诗。晋重耳归国后,立为晋君,是为晋文公。渭:渭水。阳:水的北面。
〔2〕何以:用什么。
〔3〕路车:诸侯坐的车子。乘(shèng 剩)黄:四匹驾车的黄马。
〔4〕悠悠:思绪深长。
〔5〕琼瑰:美玉。玉佩:古代佩饰。玉石的高下,表示身份不同。

权　　舆[1]

於我乎[2]!夏屋渠渠[3],今也每食无馀。于嗟乎!不承权舆[4]！

於我乎！每食四簋[5]，今也每食不饱[6]。于嗟乎！不承权舆！

【注释】

〔1〕这是一首慨叹生活每下愈况，今不如昔的诗。从他对往昔生活的怀念看，应是一个旧贵族。权舆：开始，当初之时。

〔2〕於(wū 乌)：同呜，叹词。於我乎，即呜呼我，自我哀叹。

〔3〕夏：大。陈氏《传疏》引《方言》云："自关而西秦晋之间，凡物之壮大者皆爱伟之，谓之夏。"屋：具，指馔具，盛食品的器皿。郑《笺》："屋，具也。"马氏《通释》："夏屋为大具，犹《论语》言盛馔。"渠渠：盛多的样子。马氏《通释》："《广雅》：'渠渠，盛也。'夏屋渠渠，正状其礼食大具之盛。"一说夏屋渠渠，指屋宇之大。

〔4〕于：借为"吁"，吁嗟乎，哀叹声。两句喟叹不能继续从前盛况。

〔5〕簋(guǐ 鬼)：古代的食具，圆足，两耳或四耳，方座，带盖。四簋，是说饮食的丰盛多样。

〔6〕不饱：吃不饱，形容每下愈况，比"无馀"更少了。

陈 风

宛　　丘[1]

子之汤兮,宛丘之上兮[2]。洵有情兮,而无望兮[3]。

坎其击鼓[4],宛丘之下。无冬无夏[5],值其鹭羽[6]。

坎其击缶[7],宛丘之道。无冬无夏,值其鹭翿[8]。

【注释】

〔1〕一个男子深情地爱着一个活泼善舞的女子,她的舞姿时呈眼前,使他难忘;但又觉得没有希望得到她,从而唱出这支景慕而无奈的歌。宛丘:四方高中央低平的地方。一说陈国地名。

〔2〕子:你,指所爱的女子。汤:通"荡",摇摆,形容舞姿。两句言女子在宛丘上跳舞。

〔3〕洵(xún 寻):真的,实在是。两句言非常爱她,却没有得到她的希望。

〔4〕坎:坎坎,敲击鼓缶等乐器发出的声音。

〔5〕无冬无夏:指一年到头,言其经常跳舞。或推测女子是当时跳舞祭神的女巫。

〔6〕值:借为"持",手举着。鹭羽:用白鹭羽毛做的舞具。

〔7〕缶(fǒu 否):小口大腹的陶具,又作为敲击乐器。孔《疏》:"缶是瓦器,可以节乐,若今击瓯。又可盛水、盛酒,即今之瓦盆也。"

〔8〕鹭翿(dào 道):舞具,用鹭鸟羽毛编成,若扇形,手持而舞。

东门之枌[1]

东门之枌,宛丘之栩[2]。子仲之子[3],婆娑其下[4]。

穀旦于差[5],南方之原[6]。不绩其麻[7],市也婆娑[8]。

穀旦于逝[9],越以鬷迈[10]。视尔如荍[11],贻我握椒[12]。

【注释】

〔1〕这诗写男女相聚歌舞,相互传情。当属陈地的习俗。枌(fén焚):白榆树。

〔2〕栩(xǔ许):柞树。

〔3〕子仲之子:即子仲氏的女儿。

〔4〕婆娑(suō梭):形容舞姿活泼优美。

〔5〕穀(gǔ谷)旦:吉日良辰。于差:前往。高亨《诗经今注》:"差,读为徂,往也。"

〔6〕原:广平之地。此指歌舞的地方。

〔7〕不绩其麻:绩麻,纺麻,女子之事,此说女子在这天放下手里的活儿。

〔8〕市:集市,此处指聚集到一起。

〔9〕逝:往。

〔10〕越以:犹"于以",有从而的意思。郑《笺》:"越,于。"陈氏《传疏》:"越,读同粤。《尔雅》:'粤,于也。'《采蘩》、《采蘋》、《击鼓》云'于

以'，此云'越以'，皆合二字为发语之词。"翪(zōng宗)：总，汇聚多人。朱氏《集传》："翪，众也。"迈：前往。

〔11〕尔：你。荍(qiáo乔)：草名，一名荆葵，开紫红色花。这是男子对女子的夸赞，说她美似荆葵花儿。

〔12〕贻(yí怡)：赠送。握：一把。椒：花椒，香料。此谓用赠物以表示情意。

衡　　门[1]

衡门之下，可以栖迟[2]。泌之洋洋[3]，可以乐饥[4]。

岂其食鱼[5]，必河之鲂[6]？岂其娶妻，必齐之姜[7]？

岂其食鱼，必河之鲤？岂其娶妻，必宋之子[8]？

【注释】

〔1〕这是一首要人安贫寡欲的诗。诗中宣称只要满足于所有，不嫌居处、饮食简陋，娶妻不求名门大家，就会自安自乐，后世尝以"衡门栖迟"、"泌水乐饥"作为安贫乐道的典故。衡门：即以横木为门。衡，借为"横"。毛《传》："衡门，横木为门，言浅陋也。"

〔2〕栖迟：栖息，居住。

〔3〕泌(bì必)：泉水。洋洋：水盛的样子。

〔4〕乐饥：乐道忘饥。朱氏《集传》："汝水虽不可饱，然亦可以玩乐而忘饥也。"

〔5〕岂其：难道。

〔6〕必：必须，一定要。鲂(fáng防)：一名扁鱼，味美。

〔7〕齐之姜：齐国姜姓之女。指名门贵族。

〔8〕宋之子:宋国子姓之女。宋国商之后,子姓。

东门之池[1]

东门之池,可以沤麻[2]。彼美淑姬[3],可与晤歌[4]。

东门之池,可以沤纻[5]。彼美淑姬,可与晤语[6]。

东门之池,可以沤菅[7]。彼美淑姬,可与晤言。

【注释】

〔1〕这是一首优美的爱情诗。一个男青年倾慕着一位贤淑的姑娘,时刻想与她在一起欢歌共语。池:水池,池塘。

〔2〕沤(òu 怄):长时间浸泡。麻:植物名,浸泡后可以取其纤维织布。

〔3〕彼:那。淑姬:贤惠的姬姓姑娘。

〔4〕晤歌:相对而歌。

〔5〕纻(zhù 注):麻的一种,又称青麻。

〔6〕晤语:与下之"晤言"皆指相对交谈,说些知心话。

〔7〕菅(jiān 兼):菅草,似茅,浸湿后可以搓绳。

东门之杨[1]

东门之杨,其叶牂牂[2]。昏以为期[3],明星煌煌[4]。

东门之杨,其叶肺肺。昏以为期,明星晢晢[5]。

【注释】

〔1〕这是写男女约会的诗。在久候中,夜阑人静,对方仍没有来,候人者只闻风吹树叶之声,但见明星煌煌之光,其焦灼、失望之情,殆可想见。

〔2〕牂牂(zāng 臧):风吹树叶的声音。闻一多《风诗类钞》:"牂牂、肺肺,皆风在叶中之声。"

〔3〕昏以为期:相约黄昏时候会面。

〔4〕煌煌:形容十分明亮。

〔5〕晢晢(zhé 哲):明亮,义同"煌煌"。毛《传》:"晢晢,犹煌煌也。"

墓　　门[1]

墓门有棘[2],斧以斯之[3]。夫也不良[4],国人知之。知而不已[5],谁昔然矣[6]。

墓门有梅,有鸮萃止[7]。夫也不良,歌以讯止[8]。讯予不顾[9],颠倒思予[10]。

【注释】

〔1〕这是一首讽刺诗。从诗中"国人知之"的话看,讽刺的对象当是统治集团人物。墓门:墓道之门。

〔2〕棘:酸枣树,灌木丛,比喻所憎之人。

〔3〕斯:劈砍。毛《传》:"斯,析也。"

〔4〕夫:指示代词,犹"彼",指所讽刺之人。不良:心肠坏。

158

〔5〕不已:指不停止(做坏事)。

〔6〕谁昔:畴昔,往昔。马氏《通释》:"畴、谁一声之转,《尔雅》:'畴,谁也。'"这里有由来已久的意思。然:如此,这样。

〔7〕鸮(xiāo消):猫头鹰。萃(cuì翠):聚集。

〔8〕讯:警告,责问。

〔9〕讯予:"予讯"之倒文。不顾:不理睬。

〔10〕颠倒:狼狈不堪,陷于困境。思予:想到我。犹言等到你倒霉时才会想到我的警告。

防 有 鹊 巢〔1〕

防有鹊巢,邛有旨苕〔2〕。谁侜予美〔3〕,心焉忉忉〔4〕。

中唐有甓〔5〕,邛有旨鹝〔6〕。谁侜予美,心焉惕惕〔7〕。

【注释】

〔1〕这首诗写男女相悦,但有人挑拨女子对男子的关系,从而害得男子忧心忡忡。防:堤防,水坝。朱氏《集传》:"防,人所筑以捍水者。"鹊巢:喜鹊窝。

〔2〕邛(qióng穷):土丘。旨:味美。苕(tiáo条):蔓生植物名,味美可食。

〔3〕侜(zhōu舟):谎言欺骗。毛《传》:"侜,张诳也。"予美:我倾慕之人。

〔4〕焉:语助词。忉忉(dāo刀):忧虑的样子。

〔5〕唐:古时堂前或宗庙门内的大道。中唐,即中庭的道路。甓(pì僻):砖瓦。此指路上铺着砖。

〔6〕鹝(yì益):杂色小草,又名绶草。朱氏《集传》:"鹝,小草,杂色

159

如绶(衣带)。"后写作"韍"。

〔7〕惕惕:担心害怕的样子。

月　　出〔1〕

月出皎兮,佼人僚兮〔2〕。舒窈纠兮〔3〕,劳心悄兮〔4〕!

月出皓兮〔5〕,佼人懰兮〔6〕。舒忧受兮〔7〕,劳心慅兮〔8〕!

月出照兮,佼人燎兮〔9〕。舒夭绍兮,劳心惨兮〔10〕!

【注释】

〔1〕这是一首对月兴怀,静夜思人的诗。望着一轮皎洁的明月,遥想所爱之人的美丽风姿,但又不能与之共度良宵,从而忧从中来,劳心伤怀,不能自已。

〔2〕佼(jiǎo 饺):"姣"的借字。姣人,美人。僚:同"嫽(liáo 聊)",俊美好看。

〔3〕舒:舒缓,形容女子举止从容安闲。窈纠(jiǎo 饺):联绵词并叠韵,形容步态轻盈优美。

〔4〕劳心:忧思之心。悄:暗自忧愁的样子。

〔5〕皓(hào 浩):形容月光明亮。

〔6〕懰(liú 刘):同"嬼",妩媚可爱。

〔7〕忧(yōu 忧)受:意同"窈纠",下"夭绍"亦同。

〔8〕慅(sāo 骚):心神不安的样子。

〔9〕燎:明,形容女子容颜光彩照人。

〔10〕惨(cǎo 草):心中忧愁的样子。

株　　林[1]

胡为乎株林？从夏南[2]。匪适株林,从夏南[3]。

驾我乘马[4],说于株野[5]。乘我乘驹[6],朝食于株[7]。

【注释】

〔1〕这是讽刺陈灵公君臣淫乱,与陈大夫夏御叔妻子夏姬私通的诗。事见《左传·宣公九年、十年》。株:邑名,夏氏的封邑。林:林野。

〔2〕从:追随。夏南:夏姬之子夏征舒,字子南。

〔3〕匪:非,不是。适:往。两句说不是往株林去,而是找夏南,言下之意找夏南只是借口,实为去追寻其母夏姬。

〔4〕乘(shèng 剩):四马一车为一乘。

〔5〕说(yuè 悦):同"悦",指与夏姬寻欢作乐。一说,说(shuì 税),同"税",停留。株野:株邑郊野。

〔6〕乘:乘坐。我:指赶车人,大约即此诗作者。乘驹:四驹一车。驹,小马。

〔7〕朝食:吃早饭。古代常用饥、食隐喻男女情欲之事。

泽　　陂[1]

彼泽之陂,有蒲与荷[2]。有美一人,伤如之何[3]！寤寐无为[4],涕泗滂沱[5]。

161

彼泽之陂,有蒲与蕑[6]。有美一人,硕大且卷[7]。寤寐无为,中心悁悁[8]。

彼泽之陂,有蒲菡萏[9]。有美一人,硕大且俨[10]。寤寐无为,辗转伏枕[11]。

【注释】

〔1〕这首诗写男子热恋着一位美女,又不得亲近,因相思而痛苦忧伤,竟至夜不成眠。泽:水泽,湖泊或池塘。陂(bēi 杯):岸堤。毛《传》:"陂,泽障也。"孔《疏》:"泽障,谓泽畔障水之岸。"

〔2〕蒲:菖蒲,生于水中泽畔的水草。荷:荷花。

〔3〕伤:忧思,思念。郑《笺》:"伤,思也。"

〔4〕寤寐:醒来、睡着,犹言日夜。无为:不知如何是好。

〔5〕涕、泗:眼泪、鼻涕。毛《传》:"自目曰涕,自鼻曰泗。"滂沱:此指热泪涌流不止。

〔6〕蕑(jiān 肩):兰草。

〔7〕硕大:指身材修长。卷(quán 权):通"婘",美好的样子。毛《传》:"卷,好貌。"

〔8〕中心:心中。悁悁(yuān 冤):忧伤的样子。

〔9〕菡萏(hàn dàn 汗旦):荷花的别称。

〔10〕俨(yǎn 眼):端庄的样子。

〔11〕辗转:翻来覆去不能入睡。伏枕:焦躁不宁而伏枕苦思。朱氏《集传》:"辗转伏枕,卧而不寐,思之深且久也。"

桧 风

羔 裘[1]

羔裘逍遥,狐裘以朝[2]。岂不尔思[3]?劳心忉忉[4]。

羔裘翱翔[5],狐裘在堂[6]。岂不尔思?我心忧伤。

羔裘如膏[7],日出有曜[8]。岂不尔思?中心是悼[9]。

【注释】

〔1〕这首诗写一个妇女对于她的丈夫整天忙于官事和在外游乐表示不满,孤独中黯然自伤。羔裘:羊羔皮袍。

〔2〕逍遥:游乐。狐裘:狐皮袍。朝(cháo 巢):上朝。闻一多《诗选与校笺》:"大夫平时穿羔裘,入朝穿狐裘。"

〔3〕岂:难道。不尔思:"不思尔"倒文。尔,你。

〔4〕劳心:忧心。忉忉(dāo 刀):忧思的样子。

〔5〕翱翔:本指鸟飞,此指任情到处游逛。

〔6〕堂:公堂。

〔7〕如膏:润泽光滑如脂膏。

〔8〕曜(yào 耀):同"耀",照耀。陈氏《传疏》:"《传》云'日出照曜,然后见其如膏',此倒句也。"

〔9〕悼:哀伤。

素　　冠[1]

庶见素冠兮[2],棘人栾栾兮[3],劳心慱慱兮[4]。

庶见素衣兮,我心伤悲兮,聊与子同归兮[5]。

庶见素韠兮[6],我心蕴结兮[7],聊与子如一兮[8]。

【注释】

〔1〕这是一首悼念亡夫的诗。丈夫去世了,妻子极度悲伤,恨不得与丈夫同归同去。素冠:白色帽子。与"素衣"、"素韠",均系死者入殓时所穿戴。

〔2〕庶:幸,希冀。这句是说希望最后再看一眼自己的丈夫。

〔3〕棘:通"瘠",瘦。棘人,谓居丧妇人自称。居丧之人,哀痛之极,身体瘦弱不堪。清郝懿行《诗问》:"棘人,丧人也。"栾栾(luán峦):瘦弱的样子。毛《传》:"栾栾,瘠貌。"

〔4〕慱慱(tuán团):哀伤的样子。

〔5〕聊:聊且。子:你,指死者。同归:即同死。

〔6〕韠(bì毕):蔽膝。

〔7〕蕴结:郁结。朱氏《集传》:"蕴结,思之不解也。"

〔8〕如一:相一致,指共死。

隰　有　苌　楚[1]

隰有苌楚,猗傩其枝[2]。夭之沃沃[3],乐子之无知[4]。

隰有苌楚,猗傩其华[5]。夭之沃沃,乐子之无家[6]。

隰有苌楚,猗傩其实。夭之沃沃,乐子之无室。

【注释】

〔1〕这首诗写身处乱世,生活困顿,不堪其苦,反羡慕人不如草木之无知无累。隰(xí席):洼地。苌(cháng尝)楚:植物名,又名羊桃。
〔2〕猗傩(yī nuó衣挪):同"婀娜",柔美多姿。
〔3〕夭:初生青嫩的样子。沃沃:肥厚润泽。
〔4〕乐:羡慕。子:指苌楚。无知:无人的知觉。
〔5〕华:同"花"。
〔6〕无家:与下之"无室"均指无家室之累。

匪　　风[1]

匪风发兮,匪车偈兮[2]。顾瞻周道[3],中心怛兮[4]!

匪风飘兮,匪车嘌兮[5]。顾瞻周道,中心吊兮[6]!

谁能亨鱼[7],溉之釜鬵[8]。谁将西归[9],怀之好音[10]。

【注释】

〔1〕这首诗写一个离乡背井的人,看到大路上驰驱的车马,不由得动起思乡之情,希望遇到一个西去的人,捎封家书给亲人,报告一下他的消息。匪:通"彼",那。

165

〔2〕偈(jié杰):疾驰的样子。朱氏《集传》:"偈,疾驱也。"

〔3〕顾瞻:回头远望。周道:大道。朱氏《集传》:"周道,适周之路也。"

〔4〕怛(dá达):悲伤。

〔5〕嘌(piào漂,古读piāo飘):疾驰貌。毛《传》:"无节度也。"

〔6〕吊:哀伤的样子。

〔7〕亨:"烹"的古字。

〔8〕溉(gài盖):洗涤。釜(fǔ斧):锅。鬵(xún旬):大锅。

〔9〕西归:朱氏《集传》:"归于周也。"

〔10〕怀:携带,捎去。好音:佳音,好消息,即平安家信。

曹　风

蜉　　蝣[1]

蜉蝣之羽,衣裳楚楚[2]。心之忧矣,於我归处[3]。

蜉蝣之翼,采采衣服。心之忧矣,於我归息。

蜉蝣掘阅[4],麻衣如雪[5]。心之忧矣,於我归说[6]。

【注释】

〔1〕这首诗以蜉蝣的朝生暮死,比喻人生苦短,不觉忧从中来,慨叹将来不知所归何处。蜉蝣(fú yóu 浮游):昆虫名,寿命很短,朝生暮死。

〔2〕衣裳:指蜉蝣美丽的翅羽。楚楚:明洁整齐。

〔3〕於:古"乌"字,何,何所。於我,"我於"的倒文,即我将何所的意思。归处:归宿。

〔4〕掘:挖。阅:穴。掘阅,指蜉蝣初生时,破穴而出。郑《笺》:"掘阅,掘地解,谓其始生时也。"

〔5〕麻衣:蜉蝣翅羽上有斑纹,故称其为麻衣。如雪:洁白如雪。

〔6〕说(shuì 税):通"税",止息。郑《笺》:"说,犹舍息也。"

候　　人[1]

彼候人兮,何戈与祋[2]。彼其之子,三百赤芾[3]。

维鹈在梁[4],不濡其翼[5]。彼其之子,不称其服[6]。

维鹈在梁,不濡其咮[7]。彼其之子,不遂其媾[8]。

荟兮蔚兮[9],南山朝隮[10]。婉兮娈兮[11],季女斯饥[12]。

【注释】

〔1〕这是一篇女求男的情诗。一个女子爱上了一位武士,但对方偏不领情,不满足她的要求,害得她情急难捺。一说是刺新贵的诗。候人:古代负责在边境和道路上迎送宾客的官。

〔2〕何:同"荷",背着,肩扛。殳(duì 对):又名殳,武器,由竹或木制成。毛《传》:"殳,殳也。"

〔3〕之子:那个人。赤芾(fú 扶):红皮革制的蔽膝。两句说她所爱的那个人,是三百个穿着赤芾中的一个。

〔4〕鹈(tí 啼):鹈鹕,水鸟。梁:为拦鱼而筑的坝。

〔5〕濡(rú 儒):沾湿。这里用鹈鹕不肯沾湿翅膀下水捕鱼,喻男子不肯向她求爱。

〔6〕服:怀念。朱氏《集传》:"服,犹怀也。"不称其服,与我的怀念不合。

〔7〕咮(zhòu 宙):鸟嘴。

〔8〕遂:遂意,称心。媾(gòu 构):男女交合。

〔9〕荟(huì 汇)、蔚:草木茂盛。

〔10〕朝隮(jī 机):早晨的云气。古代常以此喻女子的春情。

〔11〕婉(wǎn 宛)娈(luán 峦):女子的美态。

〔12〕季女:少女。斯:是,这样。饥:喻情欲不得满足。

鸤 鸠[1]

鸤鸠在桑,其子七兮。淑人君子[2],其仪一兮[3]。其仪一兮,心如结兮[4]。

鸤鸠在桑,其子在梅。淑人君子,其带伊丝[5]。其带伊丝,其弁伊骐[6]。

鸤鸠在桑,其子在棘。淑人君子,其仪不忒[7]。其仪不忒,正是四国[8]。

鸤鸠在桑,其子在榛。淑人君子,正是国人。正是国人,胡不万年[9]。

【注释】

〔1〕这是对当权者的颂赞之歌。鸤(shī 尸)鸠:布谷鸟。古代传说布谷鸟喂子时很平均、公平。

〔2〕淑:善。君子:这里指有才德之人。

〔3〕仪:容止仪表。一:一致,表里如一。

〔4〕结:固结,坚定。朱氏《集传》:"如物固结而不散也。"

〔5〕带:衣带,古代官阶不同而质地和颜色不同。伊:语助词,无实义。丝:素丝制成。

〔6〕弁(biàn 变):皮帽。骐:有花纹的马,此指帽上的杂饰。

〔7〕忒(tè 特):偏差。

〔8〕正:标准,榜样。四国:四方邦国。

〔9〕胡:何。胡不万年,何能不长寿万年?祝颂之词。

下　　泉[1]

冽彼下泉,浸彼苞稂[2]。忾我寤叹[3],念彼周京[4]。

冽彼下泉,浸彼苞萧[5]。忾我寤叹,念彼京周。

冽彼下泉,浸彼苞蓍[6]。忾我寤叹,念彼京师。

芃芃黍苗[7],阴雨膏之[8]。四国有王[9],郇伯劳之[10]。

【注释】

〔1〕这是一首慨叹国乱民困,周道衰微,怀思西周盛世的诗。下泉:地底涌出的泉水。

〔2〕苞:丛生。稂(láng郎):莠草。孔《疏》:"稂是禾之秀而不实者。"

〔3〕忾(xì细):叹息之声。寤:醒来。

〔4〕周京:周之京都,此指西周盛世的明君。郑《笺》:"念周京者,思其先王之明者。"

〔5〕萧:蒿草。

〔6〕蓍(shī师):草名,又名筮草,古代用来占卜。

〔7〕芃芃(péng朋):茂盛的样子。

〔8〕膏:润泽的意思。

〔9〕四国:四方诸侯国。有王:以周天子为王。郑《笺》:"有王,谓朝

聘于天子也。"

〔10〕郇(xún旬)伯:周文王之后,封为郇国(地在今山西临猗县境内)国君。朱氏《集传》:"郇伯,郇侯,文王之后,尝为州伯,治诸侯有功。"劳:慰劳。之:指各邦国。

豳 风

七　　月[1]

七月流火[2],九月授衣[3]。一之日觱发[4],二之日栗烈[5]。无衣无褐,何以卒岁[6]?三之日于耜[7],四之日举趾[8]。同我妇子[9],馌彼南亩[10],田畯至喜[11]。

七月流火,九月授衣。春日载阳[12],有鸣仓庚[13]。女执懿筐[14],遵彼微行[15],爰求柔桑[16]。春日迟迟[17],采蘩祁祁[18]。女心伤悲,殆及公子同归[19]。

七月流火,八月萑苇[20]。蚕月条桑[21],取彼斧斨[22],以伐远扬[23],猗彼女桑[24]。七月鸣鵙[25],八月载绩[26]。载玄载黄[27],我朱孔阳[28],为公子裳。

四月秀葽[29],五月鸣蜩[30]。八月其获[31],十月陨萚[32]。一之日于貉[33],取彼狐狸,为公子裘。二之日其同[34],载缵武功[35]。言私其豵[36],献豜于公[37]。

五月斯螽动股[38],六月莎鸡振羽[39]。七月在野,八月在宇,九月在户[40],十月蟋蟀入我床下。穹窒熏鼠[41],塞向墐户[42]。嗟我妇子[43],曰为改岁[44],入此室处。

六月食郁及薁[45]，七月亨葵及菽[46]。八月剥枣[47]，十月获稻。为此春酒[48]，以介眉寿[49]。七月食瓜，八月断壶[50]，九月叔苴[51]。采荼薪樗[52]，食我农夫[53]。

九月筑场圃[54]，十月纳禾稼[55]。黍稷重穋[56]，禾麻菽麦。嗟我农夫！我稼既同[57]，上入执宫功[58]。昼尔于茅[59]，宵尔索绹[60]。亟其乘屋[61]，其始播百谷[62]。

二之日凿冰冲冲[63]，三之日纳于凌阴[64]。四之日其蚤[65]，献羔祭韭[66]。九月肃霜[67]，十月涤场[68]。朋酒斯飨[69]，曰杀羔羊[70]。跻彼公堂[71]，称彼兕觥[72]，万寿无疆[73]！

【注释】

〔1〕这是一首长篇农事诗，按季节的顺序，叙说了劳动的内容和劳动者的艰辛和悲苦，真实、生动地反映了古代社会生活，是我国古代一首杰出的民间叙事诗。七月：指夏历（今亦称阴历）七月。下文所称四月至十月，均指夏历。

〔2〕流：往下移动。火：星座名，大火星，又名心宿。每年夏历五月的黄昏，这星出现在正南方，方向最正而位置最高。六月以后，就偏西下移，所以这里说"流火"，用以表示夏去秋来。

〔3〕授衣：把制寒衣的活交给妇女去做。闻一多《风诗类钞》："授

衣,授女工使为之。九月丝麻之事已毕,始为冬衣。"

〔4〕一之日:一月的日子。此指周历一月,相当于夏历十一月。夏历比周历晚两个月。下文"二之日"、"三之日"、"四之日",可仿此类推。觱发(bì bō 毕拨):形容寒风劲吹,触物有声。闻一多《风诗类钞》:"觱发,寒风撼物声。"

〔5〕栗烈:即凛冽,寒气袭人。

〔6〕褐(hè 赫):粗麻衣服。卒岁:终岁,度过年终。

〔7〕于:为,从事,指修整。耜(sì 寺):耒耜,翻土用的农具。

〔8〕举趾:举步,指下田耕种。朱氏《集传》:"举趾,举足而耕也。"

〔9〕妇子:老婆、孩子。

〔10〕馌(yè 业):送饭。彼:那。南亩:南边田地,这里指田间。

〔11〕田畯(jùn 俊):管田的农官。毛《传》:"田畯,田大夫也。"至:很,非常。

〔12〕载阳:开始转暖。载,语助词。阳,阳光温暖。

〔13〕仓庚:黄莺。

〔14〕女:指采桑女。执:手提。懿(yì 义)筐:深箩筐。

〔15〕遵:沿着。微行:小道。

〔16〕爰(yuán 元):于是。柔桑:嫩桑叶。

〔17〕迟迟:指春天昼长。

〔18〕蘩(fán 凡):又名白蒿,据说可以煮水洒在蚕卵上,促使蚕早出。明何楷《诗经世本古义》引徐光启语:"蚕之未出者,煮蘩沃之则易出。"祁祁:很多的样子。

〔19〕殆及:将与。公子:贵族少爷。同归:携同一起归于他家。这里写出农家女无人身自由,随时有被贵族公子胁迫而去的遭遇,故说"伤悲"。

〔20〕萑(huán 环)苇:指收芦苇,供做蚕箔用。

〔21〕蚕月:养蚕的月份,指三月。马氏《通释》:"三月为蚕月。"条桑:修剪桑枝。

〔22〕斨(qiāng 枪):方孔斧。

174

〔23〕远扬:指高远上扬的树枝。
〔24〕猗(yǐ以):同"掎",攀拉。女桑:嫩桑。
〔25〕鵙(jú局):伯劳鸟。一说鵙本字作䴅(jú局)。
〔26〕载:语助词。绩:纺织。
〔27〕载:语助词。玄:黑色。黄:黄色。这里均指丝织品所染的颜色。
〔28〕朱:红色。孔:很。阳:鲜丽。
〔29〕秀:生穗。葽(yāo腰):远志草,可入药。
〔30〕蜩(tiáo条):蝉,俗名知了。
〔31〕其:语助词。获:收获。
〔32〕陨(yǔn允):落。萚(tuò唾):落叶。
〔33〕于:为,指猎取。貉(hé河):兽名,形似狐。
〔34〕其同:指会合人众。
〔35〕载:语助词。缵(zuǎn纂):继续。武功:武事,指打猎。这里指大规模围猎。
〔36〕言:语助词。私:私得,个人所有。豵(zōng宗):一岁小猪。这里泛指小兽。
〔37〕献:献出。豜(jiān尖):大兽。公:王公贵族。
〔38〕斯螽(zhōng钟):蝗类昆虫。动股:摩擦大腿。本为振翅发声,古人误认为是两腿相切作声。
〔39〕莎(suō梭)鸡:昆虫名,今名纺织娘。振羽:振翅发声。
〔40〕宇:屋宇。户:门内。此三句皆指蟋蟀,随天气渐寒,而由野外迁入屋宇室内。
〔41〕穹(qióng穷):空隙。窒(zhì至):堵塞。此指鼠洞。熏鼠:燃草木熏赶老鼠。
〔42〕塞:遮堵。向:北面的窗子。毛《传》:"向,北出牖也。"墐(jìn近)户:以泥涂柴门,用以防寒。
〔43〕嗟:哀叹。
〔44〕曰:语助词。改岁:过年。

175

〔45〕郁(yù育):植物名,果如李子。薁(yù玉):野葡萄。

〔46〕亨:同"烹",煮。葵:葵菜。菽(shū叔):豆类。

〔47〕剥(pū扑):打。"攴"(pū扑)的假借字。《说文解字》:"攴,小击也。"枣:枣树果实,酿酒用。

〔48〕春酒:冬天酿酒,春天始食用,故称春酒。

〔49〕介:助,祈求。郑《笺》:"介,助也。"眉寿:高寿。高年老人每有毫眉,故云。

〔50〕断:割下。壶:同"瓠",葫芦。

〔51〕叔:拾取。苴(jū居):麻子。毛《传》:"叔,拾也。苴,麻子也。"

〔52〕荼(tú途):苦菜。薪:柴,这里作动词用,指作薪柴。樗(chū出):臭椿树。

〔53〕食(sì寺):给食,养活。

〔54〕场圃(pǔ朴):打谷场,菜园。陈氏《传疏》:"春夏之圃,至秋冬作场以治谷,是为'筑场圃'。"

〔55〕纳:收入,装进。禾稼:泛指农作物。

〔56〕黍:小米。稷(jì计):高粱。重:同"穜"(tóng童),后熟作物。穋(lù陆):早熟作物。毛《传》:"后熟曰重,先熟曰穋。"

〔57〕既同:已经聚集起来。指已将各种农作物集聚入仓。

〔58〕上:同"尚",还要。执:从事。宫:宫室。功:事。这里指还要为贵族做室内劳役。

〔59〕昼:白天。尔:语助词。于茅:采取茅草。

〔60〕宵:夜晚。索绹(táo桃):搓绳。

〔61〕亟(jí及):急,赶快。乘屋:登屋顶。指修理自己的草房。

〔62〕始:岁始,年初。这里是说又要开始下田播种庄稼了。

〔63〕冲冲:凿冰声。

〔64〕纳:藏入。凌阴:冰室,冰窖。

〔65〕蚤:同"早",指早朝,即下文祭祖。

〔66〕羔:羔羊。韭:韭菜。皆祭祖所用物。古时仲春,有"献羔开冰"祭祖之礼。

〔67〕肃霜:指秋季天气开始清肃而下降寒霜。朱氏《集传》:"肃霜,气肃而霜降也。"

〔68〕涤场:指收完了粮食而打扫场院。

〔69〕朋酒:双樽酒。斯:语助词。飨:同"享",享用。

〔70〕曰:发语词。

〔71〕跻(jī 基):登上。公堂:公众聚会场所。

〔72〕称:举。兕(sì 四):犀牛。觥(gōng 工):酒器。这里指用犀牛角制的酒杯。

〔73〕万寿无疆:高寿无边,祝颂词。

鸱　　鸮[1]

鸱鸮鸱鸮,既取我子,无毁我室[2]。恩斯勤斯[3],鬻子之闵斯[4]!

迨天之未阴雨[5],彻彼桑土[6],绸缪牖户[7]。今女下民[8],或敢侮予[9]?

予手拮据[10],予所捋荼[11],予所蓄租[12],予口卒瘏[13],曰予未有室家[14]!

予羽谯谯[15],予尾翛翛[16],予室翘翘[17],风雨所漂摇[18],予维音哓哓[19]!

【注释】

〔1〕这是一首禽言诗,借禽鸟的悲鸣自叙遭遇,表现被强暴者欺凌

的忧愤。全诗连用十个"予"字,一句一呼,涕泣而道,如闻其声。鸱鸮(chī xiāo 吃消):猫头鹰。古人认为是猛禽恶鸟,这里用以代指强暴者。

〔2〕室:此指鸟巢。

〔3〕恩:恩爱。勤:殷勤,辛辛苦苦。两"斯"字均为语助词。

〔4〕鬻(yù 玉):借为"育",养育。子:指雏鸟。闵(mǐn 敏):怜悯,疼爱。

〔5〕迨(dài 代):趁着。

〔6〕彻:取。马氏《通释》:"彻与撤通。《广雅》:'撤,取也。'"桑土:桑树根和泥土,筑巢用。

〔7〕绸缪(móu 谋):缠缚。牖(yǒu 友)户:本指窗门,此指巢穴洞口。此句谓把巢室洞口束牢。

〔8〕女:汝,你。下民:树下人。

〔9〕或敢侮予:谁再敢来欺侮我。

〔10〕拮据:手口并作,犹忙乱劳苦。

〔11〕捋(luō 罗阴平):自上向下勒取。荼:荼茅,一种开白花的茅草,垫巢用。

〔12〕蓄:积聚。租:同"苴"(jū 居),茅草。

〔13〕卒:同"悴",过度劳累。瘏(tú 途):生病。

〔14〕曰:发语词。未有室家:是说巢还没有营造好。

〔15〕谯谯(qiáo 乔):羽毛脱落稀疏的样子。

〔16〕翛翛(xiāo 消):羽毛残破的样子。

〔17〕翘翘(qiáo 乔):形容巢摇摇欲坠的样子。

〔18〕漂:雨水冲击。摇:风吹摇动。

〔19〕哓哓(xiāo 消):因惊恐而发出的哀叫声。毛《传》:"哓哓,惧也。"

东　　山[1]

我徂东山,慆慆不归[2]。我来自东,零雨其濛[3]。我东曰归,我心西悲[4]。制彼裳衣[5],勿士行枚[6]。蜎蜎者蠋[7],烝在桑野[8]。敦彼独宿[9],亦在车下。

我徂东山,慆慆不归。我来自东,零雨其濛。果臝之实[10],亦施于宇[11]。伊威在室[12],蠨蛸在户[13]。町畽鹿场[14],熠燿宵行[15]。不可畏也[16]?伊可怀也[17]。

我徂东山,慆慆不归。我来自东,零雨其濛。鹳鸣于垤[18],妇叹于室[19]。洒扫穹窒[20],我征聿至[21]。有敦瓜苦[22],烝在栗薪[23]。自我不见,于今三年。

我徂东山,慆慆不归。我来自东,零雨其濛。仓庚于飞[24],熠燿其羽[25]。之子于归[26],皇驳其马[27]。亲结其缡[28],九十其仪[29]。其新孔嘉[30],其旧如之何[31]?

【注释】

〔1〕这是一首长期征战的士卒,在归途中抒发思乡之情的诗。他想象久别的家园和与妻子即将重逢时的种种情景,表达了对和平生活的渴望。东山:指东去作战的地方。

〔2〕慆慆:同"滔滔",形容日子长久。

〔3〕零雨:细雨。其濛:即濛濛,形容雨天迷茫的样子。

〔4〕西悲:西向而悲。是说当知道将要西归时,不觉遥望家乡,心中一阵酸楚。这是一种悲喜交集的复杂感情。

〔5〕裳衣:指普通便服,即脱换下军装。

179

〔6〕士:同"事",这里作动词,即从事。行枚:即横枚。古代行军,口中横衔着一根小木棍,以防出声。勿士行枚,是说不再过军旅生活。

〔7〕蜎蜎(yuān渊):蚕类蠕动的样子。蠋(zhú烛):毛虫,色青,形似蚕,大如手指。

〔8〕烝(zhēng征):处在,置。毛《传》:"烝,置也。"一说作"久"解。

〔9〕敦(duì对):本为一种圆形器具,这里形容卷曲成一团。

〔10〕果臝(luǒ裸):蔓生植物,即瓜蒌。

〔11〕施(yì异):蔓延,爬满。宇:屋檐。

〔12〕伊威:土鳖虫。

〔13〕蟏蛸(xiāo shāo消梢):长脚蜘蛛。这里指门上都结了蛛网。

〔14〕町疃(tǐng tuǎn挺团上声):又作町畽,院旁空地。鹿场:野鹿活动的地方。朱氏《集传》:"町畽,舍旁隙地也。无人焉,故鹿以为场也。"

〔15〕熠(yì义)燿:光亮闪烁的样子。燿,同"耀",宵行:即燐火,俗称鬼火。闻一多《风诗类钞》:"宵行,燐火也。"以上六句是想象自己走后家园荒凉的状况。

〔16〕畏:可怕。

〔17〕伊:是。怀:指值得怀念。

〔18〕鹳(guàn灌):水鸟名,似鹤,喜阴雨,食鱼。郑《笺》:"鹳,水鸟也。将阴雨则鸣行者。"垤(dié迭):蚂蚁洞口的小土堆。毛《传》:"垤,蚁冢也。"

〔19〕妇:指作者的妻子。

〔20〕穹窒(qióng zhì穷至):把屋墙上的破洞堵好。这里是说妻子洒扫收拾屋子,准备迎接丈夫。穹,空洞。窒,堵塞。

〔21〕征:征人。聿(yù玉):虚词,有"将"的意思。严粲《诗缉》:"聿者,将遂之辞,实未至也。"我征聿至,我那出征之人就将回来了。这是想象中妻子的言语。

〔22〕有敦:即敦敦,圆圆的样子。苦:借为"瓠"(hù户)。瓜苦。即瓠瓜,也就是葫芦。古代礼俗,结婚时要将瓠瓜剖为两半,夫妻各执一瓢,酌酒漱口,称合卺之礼。故这里提到瓠瓜。

〔23〕烝:用火烤,蒸炊。栗薪:栗木柴堆。一说栗为动词,析,劈。或说堆积。

〔24〕仓庚:黄莺。

〔25〕熠燿其羽:指飞时翅膀闪闪发光。

〔26〕之子:这女子。于归:出嫁。

〔27〕皇:黄色。驳:杂色。

〔28〕亲:指母亲。结:系上。缡(lí 离):蔽膝。古时女子出嫁,由母亲给她亲手系上蔽膝。一说缡为佩巾。

〔29〕九十:九或十,言其多,不是实数。仪:礼仪。朱氏《集传》:"九其仪,十其仪,言仪之多也。"

〔30〕新:指新婚,指女子做新娘时。孔:很,非常。嘉:美好。

〔31〕旧:指婚后多年已成旧人。如之何:变成何样子了?

破　　斧[1]

既破我斧,又缺我斨[2]。周公东征[3],四国是皇[4]。哀我人斯[5],亦孔之将[6]。

既破我斧,又缺我锜[7]。周公东征,四国是吪[8]。哀我人斯,亦孔之嘉。

既破我斧,又缺我銶[9]。周公东征,四国是遒[10]。哀我人斯,亦孔之休。

【注释】

〔1〕这诗是参加周公东征的战士自叙作战之艰苦,并庆幸终获胜利

而生还。

〔2〕缺:缺损,因战争激烈而久战,斧刃为之缺损。斨(qiāng 枪):柄孔是方形的斧。

〔3〕周公:名姬旦,文王之子,武王之弟。东征:武王灭殷后,封纣王之子武庚于殷,派管叔、蔡叔监督。武王死后,成王立,殷、管、蔡、奄四国都背叛了周王朝,周公率兵东征,历时三年,乱平返归。

〔4〕皇:匡,正。毛《传》:"皇,匡也。"陈氏《传疏》:"匡,读如'一匡天下'之匡。《尔雅》:'皇,匡,正也。'"此谓四国叛乱被平。

〔5〕哀:哀叹,可怜。我:我们这些士兵。斯:语助词,无实义。

〔6〕孔:很。将:大,美,光彩。这里既哀叹所历艰险劳苦,又为胜利而归感到庆幸与光彩。下两章"嘉"、"休",义同。

〔7〕锜(qí 奇):古时武器,长柄,两面有刃,形状如铲。

〔8〕吪(é 俄):化,变化,改变了对周王朝背叛的行为。

〔9〕銶(qiú 求):三面有锋的锐武器。

〔10〕遒(qiú 求):坚固。毛《传》:"遒,固也。"孔《疏》:"遒训为聚,亦坚固之义。"此谓巩固了对四国的统治。

伐　　柯[1]

伐柯如何？匪斧不克[2]。取妻如何？匪媒不得。

伐柯伐柯,其则不远[3]。我觏之子[4],笾豆有践[5]。

【注释】

〔1〕这是一首求媒说亲娶妻的诗。《诗经》时代,民间男女婚恋相对自由,但也逐渐受到媒妁之礼的束缚,从这首诗中已可看出。柯:斧柄。此指砍伐新斧柄。

182

〔2〕"伐柯"二句:言不以手中所持的斧柄为榜样则做不成新斧柄。此比喻要遵从既定的礼制去做。

〔3〕则:法则。不远:指不用远处寻求。清吴闿生《诗义会通》:"伐柯者要用柯,其取法不待远求。"

〔4〕觏(gòu购):指遇合,婚媾。之子:是子,这个人,指所欲娶之女子。

〔5〕笾(biān边):竹编食具。豆:木制食具。践:排列成行。毛《传》:"践,行列貌。"此指古时婚礼所规定的陈设。

九　罭〔1〕

九罭之鱼,鳟、鲂〔2〕。我觏之子〔3〕,衮衣绣裳〔4〕。

鸿飞遵渚〔5〕,公归无所〔6〕,於女信处〔7〕。

鸿飞遵陆,公归不复〔8〕,於女信宿〔9〕。

是以有衮衣兮〔10〕,无以我公归兮〔11〕,无使我心悲兮。

【注释】

〔1〕这是一首主人所赋挽留宾客的诗。客人将归,主人恋恋不舍,一再挽留说再住两天。九:虚数,言其多,这里指网眼密而多。罭(yù欲):渔网。

〔2〕鳟(zūn尊)、鲂(fáng房):都是较大的鱼。用细密的网捉大鱼,表示定可留住不会离去。

〔3〕觏(gòu构):遇到,相见。之子:指客人。

183

〔4〕衮(gǔn滚)衣:画着龙纹的上衣。孔《疏》:"画龙于衣为衮衣。"绣裳:五彩绣裙。这是古代贵族穿的一种华贵的服装。

〔5〕鸿:大雁。遵:沿着。渚(zhǔ主):水中小洲。

〔6〕公:指客人。无所:无一定地方。

〔7〕於:古"乌"字,何,何所。於女,"女於"的倒文。参《曹风·蜉蝣》"於我归处"、"於我归息"、"於我归说"。女,汝,你。信:再宿。处:相处。毛《传》:"再宿曰信。"该句犹言与你再相处两天。

〔8〕不复:不返,不归。

〔9〕信宿:再住两夜。

〔10〕是以:因此。是以有衮衣,是说能暂留下来,所以这儿还有穿衮衣的人。

〔11〕无以:勿使,别让。闻一多《风诗类钞》:"以,犹使也。"

狼　　跋〔1〕

狼跋其胡〔2〕,载疐其尾〔3〕。公孙硕肤〔4〕,赤舃几几〔5〕。

狼疐其尾,载跋其胡。公孙硕肤,德音不瑕〔6〕。

【注释】

〔1〕这是一首颂赞一位老年贵族的诗,带有戏谑性质,说他老态龙钟,举步维艰,但是个名声不错的老好人。跋(bá拔):踏,踩。

〔2〕胡:老狼下巴垂悬下来的肉。朱氏《集传》:"胡,颔下悬肉也。"

〔3〕载:又。疐(zhì至):同"踬",颠仆,绊跤。这句用老狼行动不便的样子,形容其人的老态。

〔4〕公孙:当时对贵族的称呼。硕肤:指年老后皮肤松弛。一说,肤

是美的意思。

〔5〕赤舄(xì戏):红色以金为饰的鞋,古代贵族所穿。几几:举步安详。朱氏《集传》:"几几,安重貌。"

〔6〕德音:好名声。瑕(xiá暇):本指玉有斑痕不纯,这里指缺点,疵病。不瑕:无所挑剔。

雅

小 雅

鹿 鸣[1]

呦呦鹿鸣,食野之苹[2]。我有嘉宾[3],鼓瑟吹笙。吹笙鼓簧[4],承筐是将[5]。人之好我[6],示我周行[7]。

呦呦鹿鸣,食野之蒿[8]。我有嘉宾,德音孔昭[9]。视民不恌[10],君子是则是效[11]。我有旨酒[12],嘉宾式燕以敖[13]。

呦呦鹿鸣,食野之芩[14]。我有嘉宾,鼓瑟鼓琴。鼓瑟鼓琴,和乐且湛[15]。我有旨酒,以燕乐嘉宾之心。

【注释】

〔1〕这是国君宴饮群臣宾客的诗。君王礼遇群臣,既享以酒食,又赐以币帛,以换取他们修德爱民,尽忠王室之心。

〔2〕呦呦(yōu 优):鹿的鸣叫声。苹:野生植物,俗称扫帚草。据说鹿觅得食物后,即呼叫同类,一起享用。故两句以鹿鸣起兴,表示诚恳招饮之情。

〔3〕嘉宾:贵宾,指群臣。

〔4〕鼓:鼓动。簧:笙管中发声的舌片。此代指笙等吹奏乐器。

〔5〕承:用手捧举。筐:指盛币、帛礼品的竹器。是:此。将:相送。

〔6〕人:指群臣嘉宾。好我:爱我。

〔7〕示:告诉。周行(háng 杭):大道,引申为治国的道理、途径。

〔8〕蒿:青蒿。有香气。
〔9〕德音:美誉。孔:很,非常。昭:昭著。
〔10〕视:同"示"。郑《笺》:"视,古示字也。""三家《诗》"均作"示"。佻(tiāo佻):同"佻",轻薄,轻浮。
〔11〕则:原则,法则。效:仿效。
〔12〕旨酒:美酒。
〔13〕式:语助词。燕:通"宴",宴饮。敖:同"遨",游玩。
〔14〕芩(qín琴):黄芩,植物名。
〔15〕和乐:和谐快乐。湛(chén沉):深,长久。此有乐而尽兴的意思。

四　　牡[1]

四牡骈骈[2],周道倭迟[3]。岂不怀归?王事靡盬[4],我心伤悲!

四牡骈骈,啴啴骆马[5]。岂不怀归?王事靡盬,不遑启处[6]!

翩翩者鵻[7],载飞载下[8],集于苞栩[9]。王事靡盬,不遑将父[10]!

翩翩者鵻,载飞载止,集于苞杞[11]。王事靡盬,不遑将母!

驾彼四骆[12],载骤骎骎[13]。岂不怀归?是用作歌,将母来谂[14]!

【注释】

〔1〕这是出使在外的官吏,自述奔波劳苦,并怀归思亲的诗。诗用马不停蹄,终日奔跑,写自己的劳顿;用鸟儿犹得栖息,写自己反而不得归,不能回家奉养父母,情凄意切。牡:公马。古时用四马驾车,故说"四牡"。

〔2〕骓骓(fēi非):马行不止而疲惫的样子。《广雅》:"骓骓,疲也。行不止则疲。"

〔3〕周道:大路。倭(wēi威)迟:纡回遥远的样子。朱氏《集传》:"倭迟,回远之貌。"

〔4〕王事:王家差事,官差。靡盬(gǔ古):没有止息,没完没了。

〔5〕啴啴(tān摊):喘息的样子。骆马:白色黑鬣的马。

〔6〕不遑(huáng皇):没有闲暇。启:跪。处:居,坐。古人席地而坐。跪,即双膝着地,上身挺直;坐,则臀部下垂,坐在脚掌上。启处,指休息。

〔7〕雏(zhuī追):鸟名,斑鸠。

〔8〕载:或。

〔9〕集:栖止。苞:茂盛。栩(xǔ许):柞树。

〔10〕将:奉养。

〔11〕杞:树名,杞柳。

〔12〕四骆:四匹黑鬣的白马。

〔13〕骎骎(qīn侵):奔驰的样子。

〔14〕谂(shěn审):思念。

皇皇者华[1]

皇皇者华,於彼原隰[2]。駪駪征夫[3],每怀靡及[4]。

我马维驹[5],六辔如濡[6]。载驰载驱,周爰咨诹[7]。

我马维骐[8],六辔如丝。载驰载驱,周爰咨谋。

我马维骆[9],六辔沃若[10]。载驰载驱,周爰咨度[11]。

我马维骃[12],六辔既均[13]。载驰载驱,周爰咨询[14]。

【注释】

〔1〕这是使臣受派遣去访贤求谋,在路途上作的诗,诗中充满了自信和使命感。皇皇:鲜明的样子。华:同"花"。

〔2〕原:广平之地。隰(xí席):低湿地方。

〔3〕駪駪(shēn申):急促匆忙的样子。征夫:指外出使臣。

〔4〕每:虽。怀:怀思,考虑。靡及:不周到,不成熟。这句是说,虽有所考虑,仍担心完不成使命。

〔5〕驹:小马。

〔6〕辔:缰绳。古代一车驾四匹马,有六条缰绳。濡:润泽、柔软的样子。

〔7〕周:周遍。爰:于。咨:问。诹(zōu邹):谋划。《说文》:"诹,聚谋也。"此谓广为访问求策之意。

〔8〕骐:青色而有黑色圆斑纹的马。《说文》:"骐,马青,骊文如博棋也。"

〔9〕骆:白色黑鬃的马。

〔10〕沃若:柔润的样子。

〔11〕度(duó夺):衡量,斟酌商讨。

〔12〕骃(yīn因):毛色黑白相间色的马。

〔13〕均:协调一致。

〔14〕询:问。

常　　棣[1]

常棣之华,鄂不韡韡[2]。凡今之人[3],莫如兄弟。

死丧之威,兄弟孔怀[4]。原隰裒矣,兄弟求矣[5]。

脊令在原[6],兄弟急难[7]。每有良朋,况也永叹[8]。

兄弟阋于墙[9],外御其务[10]。每有良朋,烝也无戎[11]。

丧乱既平,既安且宁。虽有兄弟,不如友生[12]。

傧尔笾豆[13],饮酒之饫[14]。兄弟既具[15],和乐且孺[16]。

妻子好合,如鼓瑟琴。兄弟既翕[17],和乐且湛[18]。

宜尔室家,乐尔妻帑[19]。是究是图[20],亶其然乎[21]!

【注释】

〔1〕这是一首歌咏兄弟亲情的诗,在家庭宴饮时所唱。诗中用棠棣的花萼相依相聚比喻兄弟之间的亲密;又用与"良朋"的对比,说明手足之情更值得珍视,是一篇动人的兄弟友爱之歌。常:借为"棠"。常棣,即棠棣树。

〔2〕鄂:借为"萼",花萼。不:通"柎",花萼的足。韡韡(wěi 伟):鲜

明的样子。铧,《韩诗》作"炜"。

〔3〕"凡今"句:犹言如今所有的人。

〔4〕威:威胁。孔:很,最。怀:关怀,关切。这二句是说,当受到死亡、丧乱的威胁时,惟有兄弟间最关怀。

〔5〕原隰(xí习):本指平原洼地,此指旷野。裒(póu抔):聚集,此指聚土成坟。求:寻找,此指寻到坟上去祭扫。

〔6〕脊令:即鹡鸰鸟,喜相呼同群而飞。

〔7〕急难:遇难急忙相救。

〔8〕每:虽。况:增加。永叹:长叹。此二句说,遇有急难,朋友仅长叹而已。

〔9〕阋(xì细):争斗。墙:墙内,家中。指兄弟在家不和睦。

〔10〕务:借为"侮"。句指一致对外,同心抵抗外来的侵暴、欺侮。

〔11〕烝:朱氏《集传》以为"发语词"。无戎:不来相助。朱氏《集传》:"戎,助也。"

〔12〕友生:友人。此说平安无事时,反觉兄弟不如朋友亲。

〔13〕傧(bīn宾):陈列。尔:你。笾(biān边):盛水果、干肉的竹制器皿。豆:盛肉菜的木制器皿。

〔14〕饫(yù裕):满足,吃饱喝足。

〔15〕既具:已一齐来到。

〔16〕孺:相亲相爱。

〔17〕翕(xī西):和顺、协调。

〔18〕湛(chén沉):深、长久,有尽兴之意。

〔19〕帑(nú奴):同"孥",子女。

〔20〕究:深思。图:考虑。此谓深虑一下兄弟之间的情义。

〔21〕亶(dǎn胆):诚然,确实。此句是说,难道不正是这样吗!

伐　木[1]

伐木丁丁[2],鸟鸣嘤嘤[3]。出自幽谷,迁于乔木。嘤

194

其鸣矣,求其友声[4]。相彼鸟矣[5],犹求友声。矧伊人矣[6],不求友生?神之听之[7],终和且平。

伐木许许[8],酾酒有藇[9]。既有肥羜[10],以速诸父[11]。宁适不来[12],微我弗顾[13]。於粲洒扫[14],陈馈八簋[15]。既有肥牡[16],以速诸舅[17]。宁适不来,微我有咎[18]。

伐木于阪[19],酾酒有衍[20]。笾豆有践[21],兄弟无远[22]。民之失德[23],干糇以愆[24]。有酒湑我[25],无酒酤我[26]。坎坎鼓我[27],蹲蹲舞我[28]。迨我暇矣[29],饮此湑矣[30]。

【注释】

〔1〕这是一首宴请亲友,歌颂亲情和友谊的诗。诗的开头以伐木和鸟鸣求友起兴,呼唤真挚的友情,有一种自然纯朴的气息。主人热情的邀请,写得委婉而诚恳,丰食美酒,歌舞助兴,又写得热烈感人。因此后世每以"伐木"诗意作为友谊的象征。

〔2〕丁丁(zhēng 争):用刀斧砍伐树木的声音。

〔3〕嘤嘤:指鸟互相应和的叫声。朱氏《集传》:"嘤嘤:鸟声之和也。"

〔4〕求其友声:呼求朋友的声音。

〔5〕相:视,看。

〔6〕矧(shěn 沈):何况。伊人:这个人。

〔7〕神之听之:凝神谛听。

〔8〕许许(hǔ 虎):象声词,指人在用力伐木时发出的呼声。

〔9〕酾(shī 师):滤酒,用草或竹器滤酒,去掉酒糟。有藇(xù 序):即

芎芎,形容酒味甘美。

〔10〕羜(zhù柱):出生五个月的小羊,泛指羊羔。

〔11〕速:召,邀请。诸父:宗族中的男性长辈,叔伯之属。

〔12〕宁:宁可。适:往,去请。这句意思是说,宁可我去请他们,而他们不来。

〔13〕微:不是。顾:顾念。这句是说,绝非我不顾念他们。

〔14〕於(wū乌):感叹词。粲:明净的样子。即干干净净,光亮照人。洒扫:清扫屋宇,洗净用具。

〔15〕陈:陈设。馈(kuì愧):食物。簋(guǐ鬼):古代的食器,宴享、祭祀用。八簋:极言食物的丰盛。

〔16〕牡:这里指公羊羔。

〔17〕诸舅:众异姓长辈。朱氏《集传》:"诸舅,朋友之异姓而尊者也。"

〔18〕咎:过失,指失礼的地方。

〔19〕阪(bǎn板):山坡。

〔20〕衍(yǎn演):溢出,言其酒多。

〔21〕笾(biān边):竹编的食器。豆:一种高脚木制食器。践:陈列整齐有序。毛《传》:"践,行列貌。"

〔22〕无远:勿远,不要疏远。

〔23〕民之失德:人丧失了道德,特指交友之道。

〔24〕干糇(hóu喉):干粮,这里指很普通的食品。愆(qiān千):过失,过错。这里指为一点极平常的事而失和反目。

〔25〕湑(xǔ许):义同"醑",澄滤。这句是说,有酒就滤出来让我喝。

〔26〕酤:同"沽",买酒。这句是说,没有酒就买来给我喝。

〔27〕坎坎:击鼓的声音。鼓我:击鼓给我助兴。

〔28〕蹲蹲(cún存):踩着鼓点儿跳舞的样子。舞我:跳舞给我助兴。一说上四句"我"字为语尾助词。

〔29〕迨(dài待):及,趁着。暇:闲暇。

〔30〕湑:清醇美酒。《玉篇·水部》:"湑,清也。"朱氏《集传》解释

说:"故我于朋友,不计有无,但及闲暇,则饮酒以相乐也。"

天　　保[1]

天保定尔[2],亦孔之固[3]。俾尔单厚[4],何福不除[5]?俾尔多益,以莫不庶[6]。

天保定尔,俾尔戬穀[7]。罄无不宜[8],受天百禄。降尔遐福,维日不足[9]。

天保定尔,以莫不兴[10]。如山如阜,如冈如陵,如川之方至[11],以莫不增。

吉蠲为饎[12],是用孝享[13]。禴祠烝尝[14],于公先王[15]。君曰卜尔[16],万寿无疆。

神之吊矣[17],诒尔多福[18]。民之质矣[19],日用饮食[20]。群黎百姓[21],遍为尔德[22]。

如月之恒[23],如日之升。如南山之寿,不骞不崩[24]。如松柏之茂,无不尔或承[25]。

【注释】

〔1〕这是臣下向周王祝颂的诗。诗中虔诚祈祷上天赐福给君,并用了九个"如"字,精巧设譬,把祝愿之情形象化,增加了诗歌的生动性。后

世每用"天保九如"为祝寿辞,即由此而来。

〔2〕天保定尔:即"天保尔定",上天保佑你的安宁。尔,你,指周王。称王为"尔",此是用上天的口气。

〔3〕亦:语助词。孔:很,非常。固:指国基永固。

〔4〕俾(bǐ比)尔:使你。单:独。厚:富有。

〔5〕除:赐予。马氏《通释》:"何福不除,犹言何福不予。予,与也,授也。"

〔6〕庶:多。莫不庶,没有一样不多。

〔7〕戬(jiǎn简):福。《尔雅·释诂》:"戬,福也。"穀:禄。这句是说,使你福禄兼备。

〔8〕罄(qìng庆):尽,一切。无不宜:无不顺宜。即万事亨通的意思。

〔9〕遐(xiá霞):远。遐福,即永福。维:同"唯",只。两句是说,天天享受福禄,只感时日不足。

〔10〕莫不兴:无不兴旺。

〔11〕如川之方至:像大河正在涌流而来。此形容福禄滔滔不绝,相拥而至。用山川比喻福禄之多而流长。

〔12〕吉:指选择吉日。蠲(juān捐):清洁、干净。指斋戒沐浴洁身。为:治,准备。饎(chì斥):酒食,供祭祀用。

〔13〕是用:用是,用这,指酒食。孝享:祭祀祖先以尽心,故称孝享。

〔14〕禴(yuè月):夏祭。祠:春祭。烝:冬祭。尝:秋祭。

〔15〕"于公"句:指向先公先王献祭。

〔16〕君:先君。这句是公尸传达先君的话。卜尔:赐给你。毛《传》:"卜,予也。"郑《笺》:"君曰卜尔者,尸嘏主人传神辞也。"

〔17〕吊:至,来到。

〔18〕诒:通"贻",给,赐给。

〔19〕质:指生活质朴,要求不多。

〔20〕日用饮食:指维持温饱而已。

〔21〕群黎:众民。百姓:古指贵族。毛《传》:"百姓,百官族姓也。"

〔22〕遍为尔德:普遍感受到你的恩德。

〔23〕恒(gèng亘):又作"緪",弦索,此代指月上弦。上弦月,会随日变满增辉。郑《笺》:"月上弦而就盈。"这里比喻日益兴隆之象。

〔24〕骞(qiān千):亏损。崩:崩坏。此指身体长健无损。

〔25〕或:语助词。承:继承。这句意思是说,后世子孙无不继承你的兴盛基业。

采　　薇〔1〕

采薇采薇,薇亦作止〔2〕。曰归曰归〔3〕,岁亦莫止〔4〕。靡室靡家〔5〕,狁之故〔6〕。不遑启居〔7〕,狁之故。

采薇采薇,薇亦柔止〔8〕。曰归曰归,心亦忧止。忧心烈烈〔9〕,载饥载渴。我戍未定,靡使归聘〔10〕。

采薇采薇,薇亦刚止〔11〕。曰归曰归,岁亦阳止〔12〕。王事靡盬〔13〕,不遑启处。忧心孔疚〔14〕,我行不来〔15〕!

彼尔维何〔16〕?维常之华〔17〕。彼路斯何〔18〕?君子之车〔19〕。戎车既驾〔20〕,四牡业业〔21〕。岂敢定居?一月三捷〔22〕。

驾彼四牡,四牡骙骙〔23〕。君子所依〔24〕,小人所腓〔25〕。四牡翼翼〔26〕,象弭鱼服〔27〕。岂不日戒〔28〕?狁孔棘〔29〕!

199

昔我往矣[30],杨柳依依[31]。今我来思[32],雨雪霏霏[33]。行道迟迟[34],载渴载饥。我心伤悲,莫知我哀[35]!

【注释】

〔1〕这是戍边士卒归途中所唱的歌。这首诗既写士卒在出征和战斗中紧张、饥渴和劳碌的痛苦生活,同时也表达了他们能不顾安危,急国家之难的爱国热情。诗用薇菜的初生、生长、粗老,写历久不归的情景和心情,末章更抚今追昔,借自然景观以托情,全诗感情真挚,凄楚动人。薇(wēi 微):野菜名,就是野豌豆,嫩苗可食。

〔2〕作:初生,刚长芽。止:语助词。

〔3〕曰:说。归:回家。

〔4〕莫:同"暮",指岁暮,年终。这句是说,已经到年终了,仍不能回去。

〔5〕靡室靡家:无室无家。意思是说,远离在外,等于无家。

〔6〕玁狁(xiǎn yǔn 险允):古代居北方的民族,又称北狄。故:缘故。句意谓为抵御北狄侵犯而出征。

〔7〕不遑(huáng 皇):不暇。启居:跪坐,这里指休息。意思是,没有时间安居休息。下"启处"同。

〔8〕柔:柔嫩,正在长大的嫩茎叶。

〔9〕烈烈:原指火势盛大,这里比喻忧心如火烧一样。

〔10〕靡使归聘:没法托使者往回捎音讯。朱氏《集传》:"聘,问也。"

〔11〕刚:坚硬,指薇菜长大,茎叶变硬。

〔12〕阳:指夏历十月,秋天。《尔雅·释天》说:"十月为阳。"句意是,又到了一年的秋天。

〔13〕王事:指王朝派的差事,即服役。靡盬(gǔ 古):没有止息,没完没了。

〔14〕孔疚:非常痛苦。

〔15〕行:出征远行。不来:一直不能归来。一说指出而不返,即不能

生还。

〔16〕尔:同"茶",花朵盛开的样子。《尔雅》:"荣华盛貌。"这句是说,那盛开着的花朵是什么花?

〔17〕维常之华:是常棣之花。华,同"花"。这里喻指下文"君子之车"的华丽。

〔18〕路:同"辂",车高大的样子。这句是说,那高大的车是什么车?

〔19〕君子之车:这里指将帅的车。

〔20〕戎车:战车,兵车。既驾:已经驾好,意思是已经准备开始出征。

〔21〕四牡:四匹驾车的公马。业业:高大强壮的样子。

〔22〕三捷:三次获胜。朱氏《集传》:"捷,胜也。"一说指多次与敌人交战。捷,通"接",指交战。

〔23〕骙骙(kuí奎):马强壮的样子。

〔24〕依:依靠,乘载的意思。

〔25〕小人:指士卒。腓(féi肥):本指腿肚子,这里指士兵随从而动。方氏《原始》:"言此车乃君子所处,小人则从而动也。"

〔26〕翼翼:行列整齐的样子。

〔27〕象弭:用象牙镶嵌弓的两端。鱼服:指用鲨鱼皮制成的箭袋。

〔28〕岂不:怎能不。日:每日,时时刻刻。戒:戒备,警惕。

〔29〕孔:非常。棘:通"急",指敌情非常紧急。

〔30〕昔:昔日出征时。往:前往,去出征。

〔31〕依依:形容春日柳条随风飘拂的样子。

〔32〕来:归来。思:语尾助词。

〔33〕雨:作动词,落,降。雨雪:落雪。霏霏:大雪纷飞的样子。

〔34〕行道迟迟:慢慢地走在归途上。

〔35〕莫知我哀:没人知道我的哀情。

出　　车[1]

我出我车,于彼牧矣[2]。自天子所[3],谓我来矣[4]。

召彼仆夫[5],谓之载矣[6]。王事多难[7],维其棘矣[8]。

我出我车,于彼郊矣[9]。设此旐矣[10],建彼旄矣[11]。彼旟旐斯[12],胡不旆旆[13]?忧心悄悄,仆夫况瘁[14]。

王命南仲[15],往城于方[16]。出车彭彭[17],旂旐央央[18]。天子命我,城彼朔方。赫赫南仲[19],玁狁于襄[20]。

昔我往矣[21],黍稷方华[22]。今我来思[23],雨雪载涂[24]。王事多难,不遑启居[25]。岂不怀归[26]?畏此简书[27]。

喓喓草虫[28],趯趯阜螽[29]。未见君子[30],忧心忡忡[31]。既见君子,我心则降[32]。赫赫南仲,薄伐西戎[33]。

春日迟迟[34],卉木萋萋[35]。仓庚喈喈[36],采蘩祁祁[37]。执讯获丑[38],薄言还归[39]。赫赫南仲,玁狁于夷[40]。

【注释】

〔1〕这是一首征战诗。周宣王时,玁狁犯边,南仲奉命率兵出征,取胜而归。此诗歌颂了南仲的赫赫武功,并形象地叙写了这次出战的全过程。其中插叙了思妇念远的情节,增加了浓重的感情色彩。出:启行。车:指战车。

〔2〕于彼牧矣:往那远郊野外。朱氏《集传》:"牧,郊外也。"

〔3〕所:处所。这句说从天子那里。

〔4〕谓:指下达的口头命令。这句是说,接受出征命令来到这里。

〔5〕仆夫:指御夫,驾车人。这句是说,召集那些御车的士兵。

〔6〕载:装载,指把战车装备起来。

〔7〕王事:王朝的事,即指国事。多难:此指多外患。

〔8〕维:发语词。棘:同"急",紧急。这句是说,形势十分紧急了。

〔9〕郊:郊外。

〔10〕设:设置。旐(zhào兆):古代一种画有龟蛇图案的旗。

〔11〕建:竖起。旄(máo毛):古代一种用牦牛尾装饰旗杆顶端的旗。

〔12〕旟(yú鱼):绘有鸟隼的旗。斯:语气词。

〔13〕胡不:岂不。旆旆(pèi配):形容旗随风飘扬的样子。

〔14〕悄悄:暗自忧愁的样子。况:同"怳",失意的样子,指情绪低沉。瘁(cuì粹):劳苦憔悴。这二句是说,将帅因任重而忧心忡忡,卒夫因恐惧劳顿而憔悴。

〔15〕王:指周王。南仲:宣王时大臣的名字。

〔16〕城:作动词,筑城。方:朔方,北方。这句是说,到北方去筑城设防。

〔17〕彭彭(bāng邦):车马盛多的样子。

〔18〕旂(qí旗):古代一种画有蛟龙的旗。央央:鲜明的样子。

〔19〕赫赫:威名显赫的样子。

〔20〕玁狁(xiǎn yǔn险允):古代北方民族,又称北狄。于:是。襄:通"攘",扫除,驱除。这句是说,把玁狁赶走,扫除掉。

〔21〕昔:昔日,往日。往:指出征。

〔22〕方华:正在开花。华,同"花"。这句是说,出征时黍稷正在开花。约是初夏的时候。

〔23〕思:语尾助词。句谓如今我回来了。

〔24〕雨:作动词。雨雪:下雪。载涂:满途。涂,通"途"。这句是说,大雪盖满了道路。

〔25〕不遑:不暇。启居:安居。

〔26〕岂不怀归:难道我不想回家?

〔27〕畏:畏惧,害怕。简书:写在竹简上的文书,这里指天子的法令。

〔28〕喓喓(yāo腰):虫叫的声音。草虫:指草中昆虫,蝈蝈之类。

203

〔29〕趯趯(tì惕):跳跃的样子。阜螽(zhōng终):蚱蜢。

〔30〕君子:此指丈夫。

〔31〕忡忡(chōng充):犹"冲冲",心情不安的样子。

〔32〕降:下,放下。我心则降,我才放下心来。以上几句,见于《召南·草虫》诗,为思妇之词,此用来表达征夫思妇之间的别情。

〔33〕薄:发语词,有勉励、赶紧的意思。伐:征讨。西戎:周代西北的一个民族。

〔34〕春日:春天的白昼。迟迟:迟缓的样子,指春天白昼变长了。

〔35〕卉木:花草树木。萋萋:茂盛的样子。

〔36〕仓庚:黄莺。喈喈:鸟叫声。

〔37〕蘩(fán烦):白蒿。祁祁:众多的样子。

〔38〕执:捉住。讯:审讯。获:俘获。丑:指敌人,是一种蔑称。

〔39〕薄言:语助词,有赶紧的意思。还归:凯旋回家。

〔40〕于夷:是夷,是平。意思是平定了猃狁。此章仍是设想南仲妻子的思念之情,谓丈夫将功成凯旋。

杕　杜[1]

有杕之杜,有睆其实[2]。王事靡盬[3],继嗣我日[4]。日月阳止[5],女心伤止[6],征夫遑止[7]!

有杕之杜,其叶萋萋[8]。王事靡盬,我心伤悲。卉木萋止,女心悲止,征夫归止!

陟彼北山[9],言采其杞[10]。王事靡盬,忧我父母。檀车幝幝[11],四牡痯痯[12],征夫不远[13]!

匪载匪来[14],忧心孔疚[15]。期逝不至[16]?而多为恤[17]。卜筮偕止[18],会言近止[19],征夫迩止[20]!

【注释】

〔1〕这首思妇诗,写的是一位女子思念远戍在外的丈夫。王事无尽无休,征夫终年服役,逾期不归。妻子只好在家翘首以待,焦急忧伤不止,盼望亲人早些回来。其中前三章的三、四句是代征夫言心事,乃女子设想之词。杕(dì弟):树木孤生的样子。杜:棠梨树。

〔2〕有睆(huǎn缓):即睆睆,形容果实浑圆的样子。实:果实。

〔3〕靡盬(gǔ古):没有止息。

〔4〕继嗣:继续延长。日:指回归之日。

〔5〕日月阳止:日子一天天过去,已到了十月了。郑《笺》:"十月为阳。"止,语助词。

〔6〕女:指征夫的妻子。

〔7〕遑(huáng皇):闲暇。这句是妻子揣测的口气,意谓丈夫也该得空归家了。

〔8〕萋萋(qī妻):茂盛的样子。陈氏《传疏》:"上章为冬,此章为春。诗人历道其所经,此所谓踰时也。"

〔9〕陟(zhì至):登上。

〔10〕言:语助词。杞(qǐ起):枸杞。

〔11〕檀车:檀木作的车。檀木质硬,古人用以作兵车。幝幝(chǎn产):破败的样子。朱氏《集传》:"幝幝,敝貌。"

〔12〕痯痯(guǎn管):疲惫不堪的样子。

〔13〕不远:指归期不远。

〔14〕匪:非。载:装载,装运行李等物。来:归来。朱氏《集传》:"言征夫不装载而来归。"

〔15〕孔疚:非常痛苦。

〔16〕期:指当初约定的归期。逝:已过。

〔17〕而多为恤:即"而恤为多",又使我的忧愁增加了许多。恤,

205

忧愁。

〔18〕卜:用龟甲占卦。筮(shì 誓):用蓍草占卦。偕(xié 鞋):一致,相同。止:语助词。这句是说,卜和筮的结果相同,均为吉兆。

〔19〕会:相会。言:语助词。这句是说,相会的日子已近。

〔20〕迩:近,指挨近,即身旁的意思。这句是说,我的丈夫就要回到身边了吧。方氏《原始》:"始终望归而未归,故作此猜疑无定之词耳。"

鱼　　丽[1]

鱼丽于罶[2],鲿鲨[3]。君子有酒,旨且多[4]。

鱼丽于罶,鲂鳢[5]。君子有酒,多且旨。

鱼丽于罶,鰋鲤[6]。君子有酒,旨且有[7]。

物其多矣,维其嘉矣[8]。

物其旨矣,维其偕矣[9]。

物其有矣,维其时矣[10]。

【注释】

〔1〕宴饮时,宾客夸赞主人的鱼鲜酒美,食物丰盛,作此诗以答谢盛情。丽(lí 离):通"罹",遭遇,落入。

〔2〕罶(liǔ 柳):又称"笱",一种捕鱼的竹器。

〔3〕鲿(cháng 常):又名黄颊鱼,体长而厚。鲨:又名鮀和吹沙,体

206

小,与海中鲨鱼不是一类。

〔4〕旨:醇美。

〔5〕鲂(fáng房):赤尾,又名鳊鱼。鳢(lǐ礼):又名鲩鱼,体圆色黑。

〔6〕鰋(yǎn偃):又名鲇鱼。鲤:鲤鱼。

〔7〕有:多。朱氏《集传》:"有,犹多也。"

〔8〕嘉:善,指味美。

〔9〕偕:齐全,完备。

〔10〕时:应时之品,即时鲜。

南 有 嘉 鱼[1]

南有嘉鱼,烝然罩罩[2]。君子有酒[3],嘉宾式燕以乐[4]。

南有嘉鱼,烝然汕汕[5]。君子有酒,嘉宾式燕以衎[6]。

南有樛木,甘瓠累之[7]。君子有酒,嘉宾式燕绥之[8]。

翩翩者鵻[9],烝然来思[10]。君子有酒,嘉宾式燕又思[11]。

【注释】

〔1〕这是一首设宴款待嘉宾的祝酒歌。诗中极言宴会上的嘉鱼美酒,突出欢乐畅饮的气氛。南:指南方江汉一带。有嘉鱼:指盛产美味的鱼。

〔2〕烝(zhēng争)然:众多的样子。罩:一种在浅水中捕鱼的竹笼。

罩罩,频繁下罩,捕鱼很多。

〔3〕君子:指主人。

〔4〕式:语助词。燕:同"宴",宴饮。

〔5〕汕(shàn讪):一种捕鱼具,又称抄网。这里叠用,是说频繁下网,捕鱼很多。

〔6〕衎(kàn看):欢乐。朱氏《集传》:"衎,乐也。"

〔7〕樛(jiū纠)木:向下弯曲的树。甘瓠(hù户):一种有甜味可食的葫芦,这里指其藤蔓。累:缠绕。这二句是说,甘瓠的藤蔓缠挂在弯曲的樛树上。用以比喻宾主之间亲密的关系。

〔8〕绥(suí随):安,安乐。

〔9〕翩翩:鸟飞得很轻快的样子。雉(zhuī追):鸟名,又叫鹁鸠。

〔10〕思:语助词。下同。

〔11〕又:一次又一次,指多次设宴待客。朱氏《集传》:"既燕而又燕,以见其至诚有加而无已也。"

南 山 有 台〔1〕

南山有台,北山有莱〔2〕。乐只君子〔3〕,邦家之基〔4〕。乐只君子,万寿无期〔5〕!

南山有桑,北山有杨。乐只君子,邦家之光。乐只君子,万寿无疆!

南山有杞,北山有李。乐只君子,民之父母。乐只君子,德音不已〔6〕!

南山有栲[7],北山有杻[8]。乐只君子,遐不眉寿[9]。乐只君子,德音是茂[10]!

南山有枸[11],北山有楰[12]。乐只君子,遐不黄耇[13]。乐只君子,保艾尔后[14]!

【注释】
〔1〕这是一首颂美国家贤臣的诗。诗中夸赞他是邦国基石,民之父母,并祝愿他长寿。台:又名莎草,可以制蓑衣。
〔2〕莱(lái 来):又名藜蒿,嫩叶可食。
〔3〕乐:安乐,快乐。只:语助词。君子:指被祝颂的人。
〔4〕邦家:国家。基:根基,基石。
〔5〕无期:无止期。祝人长寿的颂语。
〔6〕德音:美誉,好的名声。不已:指流传不绝。
〔7〕栲(kǎo 考):木名,又叫山樗。木质坚硬,可作车船。
〔8〕杻(niǔ 纽):木名,又名檍树。
〔9〕遐:通"何"。眉寿:长寿。古人认为眉秀长为长寿之征。这句是说,怎能不长寿。
〔10〕茂:美盛。此指美誉盛传的意思。
〔11〕枸(jǔ 举):木名,枳椇,子实甘美。
〔12〕楰(yú 于):木名,又叫山楸。
〔13〕黄耇(gǒu 苟):发黄而寿高。寿高者头发会由白转黄。
〔14〕保:保佑,庇护。艾:抚养。朱氏《集传》:"艾,养也。"尔后:你的后代子孙。

蓼　　萧[1]

蓼彼萧斯,零露湑兮[2]。既见君子,我心写兮[3]。燕笑语兮[4],是以有誉处兮[5]。

蓼彼萧斯,零露瀼瀼[6]。既见君子,为龙为光[7]。其德不爽[8],寿考不忘[9]。

蓼彼萧斯,零露泥泥[10]。既见君子,孔燕岂弟[11]。宜兄宜弟[12],令德寿岂[13]。

蓼彼萧斯,零露浓浓。既见君子,鞗革冲冲[14]。和鸾雝雝[15],万福攸同[16]。

【注释】

〔1〕这是一首宴饮贵族时的祝颂诗。对贵宾的来临表示荣幸,并祝愿其长寿多福。蓼(lù 路):高大颀长的样子。萧:艾蒿。

〔2〕零:滴落。露:露水。湑(xǔ 许):润泽的样子。

〔3〕写:通"泻",宣泄,指心情畅快。

〔4〕燕:宴乐。

〔5〕是以:因此。誉:通"豫",安乐。方氏《原始》:"誉、豫通。凡诗之'誉'皆言乐也。"处:相处。

〔6〕瀼瀼(ráng 攘):湿漉漉的样子。

〔7〕龙:通"宠"。毛《传》:"龙,宠也。"这句意思是又荣幸又光荣。

〔8〕不爽:不差,指纯正无瑕。

〔9〕不忘:指至老不相忘。

〔10〕泥泥:浓湿的样子。毛《传》:"沾濡也。"

〔11〕孔燕:很欢乐。岂弟:即"恺悌",和乐平易。严粲《诗缉》:"乐易安舒,恬然无惭耻之色。"

〔12〕宜:适合。这句说,称兄称弟都相宜,表示亲如兄弟。

〔13〕令德:美德。寿岂(kǎi凯):寿长而和乐。

〔14〕鞗(tiáo条)革:马笼头上的装饰物。冲冲:甩来甩去的样子。毛《传》:"冲冲,垂饰貌。"

〔15〕和鸾(luán栾):古代车、马上的铃铛。系在车轼上叫"和",在马具上叫"鸾"。雝雝,形容铃声和谐悦耳。

〔16〕攸同:即汇聚在身的意思。

湛　　露[1]

湛湛露斯,匪阳不晞[2]。厌厌夜饮[3],不醉无归。

湛湛露斯,在彼丰草。厌厌夜饮,在宗载考[4]。

湛湛露斯,在彼杞棘。显允君子[5],莫不令德[6]。

其桐其椅[7],其实离离[8]。岂弟君子[9],莫不令仪[10]。

【注释】

〔1〕这是一首夜宴诗。请来的是同宗族的老者,诗中以草木果实喻宗族兴旺,并称颂老者们无不具有美德令仪。湛(zhàn站)露:指露水浓重。

〔2〕不晞(xī希):不干。

〔3〕厌:通"餍",饱足之意。

〔4〕在宗:同宗族(同姓)之内。载:语助词。考:老,指前辈老人。一说考,成,指成同宗夜宴之礼。

〔5〕显:光明。允:诚信,指品德高尚。

〔6〕莫不令德:无不有美德。
〔7〕桐:梧桐。椅(yī医):木名,又叫山桐子。
〔8〕离离:果实累累的样子。
〔9〕岂弟:即"恺悌",和乐、平易近人。
〔10〕令仪:美仪,美好的仪容举止。

彤　　弓[1]

彤弓弨兮[2],受言藏之[3]。我有嘉宾[4],中心贶之[5]。钟鼓既设,一朝飨之[6]。

彤弓弨兮,受言载之[7]。我有嘉宾,中心喜之。钟鼓既设,一朝右之[8]。

彤弓弨兮,受言櫜之[9]。我有嘉宾,中心好之。钟鼓既设,一朝酬之[10]。

【注释】

〔1〕这是周天子宴饮有功诸侯的诗。诗中写周王赐彤弓给各诸侯,实际上是代表授予征伐之权,以保卫王室。为了避免用字重复,诗中分别用了一些意近而字异的词汇,表现出修辞、炼字方面的技巧。彤弓:朱红色的弓。古代佩弓是按颜色分等级的。《荀子·大略》:"天子雕弓,诸侯彤弓,大夫黑弓。"

〔2〕弨(chāo超):放松弓弦的样子。毛《传》:"弨,弛貌。"

〔3〕受:指接受赏赐。言:语助词,有"而"意。藏之:珍藏起来。

〔4〕我:周天子自称。

〔5〕 中心:心中。贶(kuàng 况):颁赏。郑《笺》:"贶,赐也。"
〔6〕 一朝:犹言就在这一天。飨:宴享,设宴款待。
〔7〕 载:装载,指装上车带回去。郑《笺》:"出载之车也。"
〔8〕 右:通"侑",劝进酒食。
〔9〕 櫜(gāo 高):箭袋,作动词,指放入袋中。
〔10〕 酬:这里指劝酒表示酬谢。

菁菁者莪〔1〕

菁菁者莪,在彼中阿〔2〕。既见君子〔3〕,乐且有仪〔4〕。

菁菁者莪,在彼中沚〔5〕。既见君子,我心则喜。

菁菁者莪,在彼中陵〔6〕。既见君子,锡我百朋〔7〕。

泛泛杨舟〔8〕,载沉载浮〔9〕。既见君子,我心则休〔10〕。

【注释】

〔1〕 这是一首迎宾曲。喜逢嘉宾,表示自己的欢乐之情。菁菁(jīng 京):草木茂盛的样子。莪(é 俄):蒿草的一种,又称萝蒿。

〔2〕 中阿:即阿中。阿,山的幽曲处。

〔3〕 君子:古时对男子的美称。这里指宾客。

〔4〕 有仪:指举止得体,美好。

〔5〕 沚(zhǐ 止):水中小洲。

〔6〕 陵:丘陵。

〔7〕 锡:赐。百朋:古人用贝壳作货币,五枚为一串,两串称一朋。

王国维《观堂集林·说珏朋》:"古制贝玉皆五枚一系,二系一朋。"

〔8〕泛泛:漂浮的样子。杨舟:杨木船。

〔9〕载:且,又。载沉载浮,比喻心神不定。

〔10〕休:休止安定。此指心踏实下来。

六　　月[1]

六月栖栖,戎车既饬[2]。四牡骙骙[3],载是常服[4]。狁孔炽[5],我是用急[6]。王于出征[7],以匡王国[8]。

比物四骊[9],闲之维则[10]。维此六月[11],既成我服[12]。我服既成,于三十里[13]。王于出征,以佐天子[14]。

四牡修广[15],其大有颙[16]。薄伐狁[17],以奏肤公[18]。有严有翼[19],共武之服[20]。共武之服,以定王国。

狁匪茹[21],整居焦获[22]。侵镐及方[23],至于泾阳[24]。织文鸟章[25],白旆央央[26]。元戎十乘[27],以先启行[28]。

戎车既安,如轾如轩[29]。四牡既佶[30],既佶且闲。薄伐狁,至于大原[31]。文武吉甫[32],万邦为宪[33]。

吉甫燕喜[34]，既多受祉[35]。"来归自镐，我行永久。"饮御诸友[36]，炰鳖脍鲤[37]。侯谁在矣[38]，张仲孝友[39]。

【注释】

〔1〕周宣王时,北狄狁族侵扰中原,周王派尹吉甫率兵出征,大获全胜。这是在庆功宴上所唱的颂赞诗。六月:指出征的月份。

〔2〕戎车:兵车。饬(chì 赤):修整,即准备好。

〔3〕四牡:驾车的四匹公马。骙骙(kuí 奎):马强壮有力的样子。

〔4〕载:装载。常服:指兵士作战时穿的军服。毛《传》:"服,戎服也。"一说指车上旗帜等物。

〔5〕狁(xiǎn yǔn 险允):亦作猃狁,古时西北地区的民族,当时称北狄,亦即秦汉后所称的匈奴族。孔:甚,很。炽:盛,气焰嚣张。

〔6〕是:语助词。用:因此。急:紧急,危急。

〔7〕王:指周宣王。这句是说奉王命出征。

〔8〕匡:扶正,这里指救助,拯救。

〔9〕比物:指将相同毛色的马配比在一起。骊:黑色马。

〔10〕闲:通"娴",熟练。则:法则,这里指驯马的规则。这句是说,经过训练的马,动作娴熟合于标准。

〔11〕维:语助词,无实义。

〔12〕服:军服。句谓军服已置备齐整。

〔13〕于:往。三十里:谓日行军三十里。朱氏《集传》:"师行日三十里。"

〔14〕佐:辅佐。天子:指周王。

〔15〕修广:高大。

〔16〕颙(yóng 庸阳平):大头大脑的样子。

〔17〕薄:语助词,有迫近的意思。

〔18〕奏:完成。肤:大。公:通"功",战功。

〔19〕有严:即严严,威严的样子。有翼:即翼翼,齐整的样子。这里

215

指出征将士的军容体貌。

〔20〕共:共同。武:指出征打仗。服:事。

〔21〕匪茹:指敌人势力很强盛。匪,同"非"。茹,柔弱。

〔22〕整居:全盘占据。焦获:古代泽薮名。《尔雅·释地》:"周有焦获。"郭璞注:"今扶风池阳县瓠中是也。"这里指玁狁已占据周地。

〔23〕镐(hào 浩):周地名。方:朔方,周地名。

〔24〕泾阳:泾水之北。

〔25〕织:通"帜",旗帜。文:通"纹",花纹。鸟:指军旗上所绘之鸢隼。章:图案花纹。

〔26〕白旆(pèi 配):白色旌旗。央央:鲜明的样子。

〔27〕元戎:大型兵车。乘(shèng 剩):古代四马驾一车,称一乘。

〔28〕启行:开道,犹言冲锋在前。

〔29〕轾(zhì 至):车向前低的样子。轩:车向后仰的样子。这里指车在行进时俯仰自如。

〔30〕佶(jí 吉):健壮的样子。郑《笺》:"佶,健壮貌。"

〔31〕大原:地名。在今甘肃省境内。

〔32〕文武:能文能武,文武双全。吉甫:尹吉甫,周室大臣,这次出征的统帅。

〔33〕万邦:万国,指四方诸侯国。宪:法,榜样。

〔34〕燕:即宴饮。指凯旋后设宴庆功。

〔35〕祉:福。这里指周王对他的厚赐。

〔36〕饮御:陪饮的人。

〔37〕炰:同"炮",烹煮。脍(kuài 快):切细。

〔38〕侯:发语词,无实义。这句是说宴会上的贵宾有谁呢?

〔39〕张仲:周名臣。孝友:毛《传》:"善父母为孝,善兄弟为友。"这句是说,参加宴会的张仲,具有孝友的美德。

采　　芑[1]

薄言采芑,于彼新田,于此菑亩[2]。方叔涖止[3],其车三千^[4],师干之试^[5]。方叔率止^[6],乘其四骐^[7],四骐翼翼^[8]。路车有奭^[9],簟笰鱼服^[10],钩膺鞗革^[11]。

薄言采芑,于彼新田,于此中乡^[12]。方叔涖止,其车三千,旂旐央央^[13]。方叔率止,约軝错衡^[14],八鸾玱玱^[15]。服其命服^[16],朱芾斯皇^[17],有玱葱珩^[18]。

鴥彼飞隼^[19],其飞戾天^[20],亦集爰止^[21]。方叔涖止,其车三千,师干之试。方叔率止,钲人伐鼓^[22],陈师鞠旅^[23]。显允方叔^[24],伐鼓渊渊^[25],振旅阗阗^[26]。

蠢尔蛮荆^[27],大邦为仇^[28]。方叔元老^[29],克壮其犹^[30]。方叔率止,执讯获丑^[31]。戎车啴啴^[32],啴啴焞焞^[33],如霆如雷^[34]。显允方叔,征伐玁狁^[35],蛮荆来威^[36]。

【注释】

〔1〕这是一首记写周宣王派老臣方叔南征的诗。诗中盛赞了方叔治军的雄才大略和威慑荆蛮(楚)的战功。芑(qǐ起):野菜名。

〔2〕于:在。新田:新垦两年的田。菑(zī资):初垦的田地。《尔雅·释地》:"田一岁曰菑,二岁曰新田。"此谓为准备南征,垦田种植以供军需。

〔3〕方叔:周宣王卿士,南征的统帅。涖(lì立):同"莅",来临。

〔4〕车:兵车。三千:夸言其多,非实数。

〔5〕师:众,指众将士。干:盾牌,泛指武器。试:操练。朱氏《集

217

传》:"试,肄习也。言众且练也。"这句是说,众将士都进行武器操练。

〔6〕率:率领。止:语气词。

〔7〕骐(qí其):青黑色的良马。

〔8〕翼翼:整齐的样子。朱氏《集传》:"翼翼,顺序貌。"

〔9〕路车:大车。这里指将帅乘的车辆。奭(shì势):朱红色。

〔10〕簟茀(diàn fú电拂):竹制的精美车帘。鱼服:鲨鱼皮制的箭袋。

〔11〕钩膺:铜制的马胸前的饰具。鞗(tiáo条)革:马笼头。

〔12〕中乡:即乡中,乡间。

〔13〕旂:画有蛟龙的旗帜。旐(zhāo昭):画有龟蛇的旗。央央:鲜明的样子。

〔14〕约:缠束。軝(qí其):车毂(gǔ谷),此指用皮革缠裹车毂。错:花纹。衡:车辕前端的横木。此指车辕上绘有花纹。

〔15〕鸾:车铃。玱玱(qiāng枪):形容铃声叮当清脆的声音。

〔16〕服:动词,服用,穿。命服:君王按品级赐的官服。

〔17〕朱芾(fú弗):红色蔽膝。皇:辉煌。

〔18〕有玱:即"玱玱"。葱:葱绿色。珩(héng恒):玉佩两端的长方形玉称"珩"。朱氏《集传》:"珩,佩首珩玉也。"

〔19〕鴥(yù玉):鸟快速飞行的样子。隼(sǔn损):鹰类猛禽。

〔20〕戾(lì力):至,高达。

〔21〕集:鸟聚集、降落于树。爰:乃,止。所止之处。

〔22〕钲人:管钲的人。伐鼓:击鼓。犹言钲人击钲,管鼓的人击鼓。毛《传》:"钲也,鼓也,各有人焉。言征人伐鼓,互言尔。"古代军阵,击钲为停止的号令。击鼓,是前进的号令。

〔23〕陈:列队。师、旅:均指军队。鞠:告诫,训话。这句是说,集合起军队,宣示命令。

〔24〕显:显贵。允:诚信。这是对方叔的赞词。

〔25〕渊渊:鼓声。

〔26〕振旅:振作军威,士气旺盛。阗阗(tián田):洪亮的鼓声。朱氏《集传》:"亦鼓声也。"

〔27〕蠢:愚蠢妄动。蛮荆:对荆地人的蔑称。指当时居住在南方荆地的楚族。

〔28〕大邦:周人自称。

〔29〕元老:朝中德高望重的老臣。

〔30〕克:能够。壮:宏大。犹:同"猷",谋略。

〔31〕执:捉住。讯:审讯。获丑:此指俘虏敌军。

〔32〕啴啴(tān 滩):车行的声音。

〔33〕焞焞(tūn 吞):形容车声宏大。毛《传》:"焞焞,盛也。"

〔34〕霆:迅雷,即霹雳。这里形容声势,军威。

〔35〕征伐玁狁:这是说方叔在此以前曾有过的战功。

〔36〕来威:是畏。马氏《通释》:"来,犹是也。威,犹畏也。"这句是说,荆人对周王朝已畏服了。

车　　攻[1]

我车既攻,我马既同[2]。四牡庞庞[3],驾言徂东[4]。

田车既好[5],四牡孔阜[6]。东有甫草[7],驾言行狩[8]。

之子于苗[9],选徒嚣嚣[10]。建旐设旄[11],搏兽于敖[12]。

驾彼四牡,四牡奕奕[13]。赤芾金舄[14],会同有绎[15]。

决拾既佽[16],弓矢既调[17]。射夫既同[18],助我举柴[19]。

四黄既驾[20],两骖不猗[21]。不失其驰[22],舍矢如破[23]。

萧萧马鸣[24],悠悠旆旌[25]。徒御不惊[26],大庖不盈[27]。

之子于征[28],有闻无声[29]。允矣君子[30],展也大成[31]。

【注释】

〔1〕这是一首记写周宣王到东邑洛阳与诸侯会猎的诗。古时田猎兼有练武和炫耀武功、威慑列邦的意义,正可从这首诗中看出。诗描写场面宏大而言简意赅。攻:坚固。朱氏《集传》:"攻,坚。"

〔2〕同:整齐,齐备。

〔3〕牡:公马。庞庞:肥大强壮的样子。

〔4〕驾:驾上车马。言:语助词。徂(cú 粗阳平):往。东:指东都洛邑。

〔5〕田车:即畋猎用车。

〔6〕孔:甚,十分。阜:高大肥壮。

〔7〕甫:指圃田,地名,在今河南境。草:有草木的地方。

〔8〕狩:冬猎称"狩",这里泛称打猎。

〔9〕之子:那人,指周宣王。于:从事。苗:毛《传》:"夏猎曰苗。"

〔10〕选徒:挑选从猎的兵士步卒。嚣嚣:人声嘈杂。

〔11〕建:树立。旐(zhāo 昭):画有龟蛇的旗帜。旄(máo 毛):竿顶装饰着牦牛尾的旗帜。

〔12〕搏:拼搏、猎取。敖:敖山,地名。

〔13〕奕奕:从容而进的样子。

〔14〕赤芾(fú 弗):红色蔽膝。金舄(xì 戏):金黄色的鞋。二者均是当时贵族服饰。

〔15〕会同:诸侯朝会天子称"会同"。绎:众多,络绎不绝。

〔16〕决:射箭拉弓时套在手指上的扳指,多用象牙或骨制成。拾:又名射韝(gōu 勾),古时射箭时套在臂上的皮制护套。佽(cì 次):便利。

〔17〕调:谐调,指调配好。

〔18〕射夫:弓箭手。同:集聚。

〔19〕举柴:指堆积起柴薪燃烧,以驱赶猎物。

〔20〕黄:指黄色马。

〔21〕骖:四马驾车,两旁的马称骖马。猗:应作"倚"。不倚,整齐不偏。

〔22〕不失其驰:指该奔跑时就奔跑,没有失误。

〔23〕舍矢:发箭。如:而。破:破的,射中目标,这里指射中猎物。

〔24〕萧萧:马嘶鸣声。

〔25〕悠悠:这里指旗帜在风中飘扬。

〔26〕徒:步行者。御:驾车人。不惊:无不机警。

〔27〕大庖:君王的庖厨。不盈:无不盈满,即装满猎物。

〔28〕征:行,指会猎后归来。

〔29〕有闻无声:只听说会猎归来,却无喧哗之声。这里指收猎返归时,秩序井然,纪律严明。

〔30〕允:信,诚实可信。君子:指周宣王。

〔31〕展:确实。郑《笺》:"展,诚也。"大成:指周王会猎大获成功。

吉　　日〔1〕

吉日维戊〔2〕,既伯既祷〔3〕。田车既好,四牡孔阜〔4〕。升彼大阜〔5〕,从其群丑〔6〕。

吉日庚午,既差我马〔7〕。兽之所同〔8〕,麀鹿麌麌〔9〕。漆沮之从〔10〕,天子之所〔11〕。

瞻彼中原,其祁孔有〔12〕。儦儦俟俟〔13〕,或群或友〔14〕。悉率左右〔15〕,以燕天子〔16〕。

221

既张我弓,既挟我矢。发彼小豝〔17〕,殪此大兕〔18〕。以御宾客〔19〕,且以酌醴〔20〕。

【注释】

〔1〕这是一首记写周王田猎的诗。古代祭礼、田猎和宴饮往往连续举行,本篇表现了这个全过程。

〔2〕戊(wù 务):古人以天干、地支纪日,这里指戊辰日。

〔3〕伯:"祃"的假借字。这里是说祭祷马神。《尔雅·释天》:"'既伯既祷',马祭也。"

〔4〕牡:公马。孔阜:十分高大肥壮。

〔5〕阜:土丘。

〔6〕从:追踪。群丑:群兽。

〔7〕差:选派。

〔8〕同:指群兽聚集之处。

〔9〕麀(yōu 优):雌鹿。麌麌(yǔ 雨):形容鹿众多的样子。

〔10〕漆、沮(jū 居):水名,在陕西境。从:率领随从前往。

〔11〕天子之所:周天子选好的田猎处所。

〔12〕祁:广大。孔有:十分多而全(指野兽)。

〔13〕儦儦(biāo 标):野兽奔跑的样子。俟俟:停止或缓步。这里形容野兽众多,或奔或停。

〔14〕群:成群在一起。友:成双捉对在一起。毛《传》:"兽三曰群,二曰友。"

〔15〕悉率左右:率领全体随从或左或右地驱赶野兽。

〔16〕燕:乐。以燕天子,以使天子快乐。

〔17〕发:发矢,射箭。豝(bā 巴):母猪,此指野猪。朱氏《集传》:"豕牝曰豝。"

〔18〕殪(yì 义):致死。兕(sì 寺):古时一种野牛。据考是圣水牛。

〔19〕御:招待,供给。

〔20〕酌:饮。醴(lǐ 礼):甜美的酒。

鸿　　雁[1]

鸿雁于飞,肃肃其羽[2]。之子于征[3],劬劳于野[4]。爰及矜人[5],哀此鳏寡[6]。

鸿雁于飞,集于中泽。之子于垣,百堵皆作[7]。虽则劬劳,其究安宅[8]?

鸿雁于飞,哀鸣嗷嗷[9]。维此哲人[10],谓我劬劳[11];维彼愚人,谓我宣骄[12]。

【注释】

〔1〕这是一首倾诉徭役痛苦和怨愤不平的诗。用哀鸿遍野,形象地比喻离乡背井、成群结队的劳苦征人形象。鸿雁:大雁,栖息水边的候鸟。

〔2〕肃肃:拍翅声。羽:羽翼,翅膀。

〔3〕之子:那些人,指服役者,包括作者自己在内。征:出征,去服役。

〔4〕劬(qú渠)劳:辛苦劳累。野:指在野外劳作。

〔5〕爰:语助词,无实义。及:加给。矜(jīn今)人:苦人。这句是说,劳役都加在可怜的受苦人身上。

〔6〕鳏(guān官):无妻或有妻而分离者。寡:无依无靠者。

〔7〕垣(yuán元):墙,此作动词,指筑墙。堵:墙。作:起,筑起来。

〔8〕究:究竟。安:何,何处。宅:住宅,安身之处。这句是说,究竟哪里是我们安身的地方?

〔9〕嗷嗷(áo熬):通"嗸嗸",哀鸣声。

223

〔10〕维：只有。哲人：明白事理的人。

〔11〕谓：说。

〔12〕宣骄：放纵，傲慢不逊的意思。意谓这些服役的人，不受管束，不肯低头隐忍。

庭　燎[1]

夜如何其？夜未央[2]，庭燎之光。君子至止[3]，鸾声将将[4]。

夜如何其？夜未艾[5]，庭燎晣晣[6]。君子至止，鸾声哕哕[7]。

夜如何其？夜乡晨[8]，庭燎有辉[9]。君子至止，言观其旂[10]。

【注释】

〔1〕这是一首记写周天子早朝的诗。意在表现宣王为政自警，夜不安寝，励精图治的形象。庭燎：宫庭中用以照明的火烛。毛《传》："庭燎，大烛也。"

〔2〕其(jī基)：表疑问的语助词。夜未央：夜未尽，即天尚未明。

〔3〕君子：指上朝的朝臣。止：句尾语气词。

〔4〕鸾声：车铃声。将将：即"锵锵"，叮当作响的铃声。此指朝臣皆乘车马而来。

〔5〕艾：尽。朱氏《集传》："艾，尽也。"

〔6〕晣晣(zhì制)：亦作"晢晢"，微明的样子。

〔7〕哕哕(huì 汇):有节奏的铃声。

〔8〕乡:同"向"。乡晨,天将明。朱氏《集传》:"乡晨,近晓也。"

〔9〕煇(xūn 熏):通"熏",火烛将尽时烟光相杂的样子。朱氏《集传》:"煇,火气也。"

〔10〕言:语助词。旂:画有龙蛇的旗帜。此谓已经能观看到上朝车马的旗子,表示上朝人已至,天已明亮了。

沔　　水〔1〕

沔彼流水,朝宗于海〔2〕。鴥彼飞隼〔3〕,载飞载止〔4〕。嗟我兄弟〔5〕,邦人诸友。莫肯念乱〔6〕,谁无父母〔7〕?

沔彼流水,其流汤汤〔8〕。鴥彼飞隼,载飞载扬〔9〕。念彼不迹〔10〕,载起载行〔11〕。心之忧矣,不可弭忘〔12〕。

鴥彼飞隼,率彼中陵〔13〕。民之讹言〔14〕,宁莫之惩〔15〕?我友敬矣〔16〕,谗言其兴〔17〕。

【注释】

〔1〕这是一首伤时闵乱的诗。作者是位朝臣,他感到社会动荡不安,大乱将至,从而忧心忡忡,并劝诫兄弟友人,提防奸佞谗言的中伤。沔(miǎn 免):流水漫漫,很大很满的样子。毛《传》:"沔,水流满也。"

〔2〕朝宗:本指诸侯朝见天子。这里借指百川所归。

〔3〕鴥(yù 玉):鸟飞迅速的样子。隼(sǔn 损):鹰类猛禽。

〔4〕载:语助词,有"则"、"又"的意思。

〔5〕嗟:哀叹。

225

〔6〕莫肯:不肯。念乱:忧念国事荒乱。

〔7〕谁无父母:哀闵父母将跟着遭难。

〔8〕汤汤(shāng伤):水流浩大。

〔9〕扬:高飞。

〔10〕彼:指当权的坏人。不迹:不跟从前人踪迹而行,意谓不能正道直行。毛《传》:"不迹,不循道也。"

〔11〕载起载行:谓坐立不安,彷徨无主。

〔12〕弭(mǐ米):消除,停止。弭忘:忘不掉。

〔13〕率:沿着。中陵:即陵中。陵,山陵。这里指沿着山陵高飞。

〔14〕讹(é俄)言:胡言乱语,谣言。

〔15〕宁:为什么。惩:制止。朱氏《集传》:"惩,止也。"

〔16〕敬:借为"儆",警戒,警惕。

〔17〕其兴:将要兴起,即谗言大作,会遭中伤的意思。

鹤　　鸣〔1〕

鹤鸣于九皋〔2〕,声闻于野。鱼潜在渊〔3〕,或在于渚〔4〕。乐彼之园〔5〕,爰有树檀〔6〕,其下维萚〔7〕。它山之石〔8〕,可以为错〔9〕。

鹤鸣于九皋,声闻于天。鱼在于渚,或潜在渊。乐彼之园,爰有树檀,其下维榖〔10〕。它山之石,可以攻玉〔11〕。

【注释】

〔1〕这是一首赞赏湖山园林自然景观的诗,最后借石咏怀,富于哲理。旧说或解为规劝宣王求贤才的诗,全诗皆为隐喻。鹤:仙鹤,一种大型涉禽,鸣声嘹亮。

〔2〕九:虚数,说明极其曲折蜿蜒。皋(gāo高):沼泽。方氏《原始》引韩婴曰:"九皋,九折之泽。"

〔3〕潜:深藏。渊:深水潭。

〔4〕渚(zhǔ主):水中小洲。这里指洲边浅水。

〔5〕乐:喜爱。

〔6〕爰:语助词,有"乃"意。树檀:种植的檀树。

〔7〕萚(tuò唾):落叶。

〔8〕它山:别的山。

〔9〕错:借为"厝",磨石,砺石。

〔10〕榖(gǔ谷):木名,又名楮树、构树。

〔11〕攻玉:治玉,雕磨玉石。

祈　父〔1〕

祈父!予王之爪牙〔2〕。胡转予于恤〔3〕?靡所止居〔4〕。

祈父!予王之爪士〔5〕。胡转予于恤?靡所厎止〔6〕。

祈父!亶不聪〔7〕。胡转予于恤?有母之尸饔〔8〕。

【注释】

〔1〕一位周王的卫士,却被主管上司派遣在外,辗转于忧苦之中,不得归乡安居养亲,从而唱出了这首悲愤之歌。祈父:一作"圻(qí棋)父",掌管兵马的官。毛《传》:"祈父,司马也。职掌封圻之兵甲。"

〔2〕王:周王。爪牙:用兽的爪、牙,喻卫士的职责。

〔3〕胡:何,为何。转:辗转,陷入。恤(xù序):忧患。毛《传》:"恤,忧也。"

227

〔4〕靡:无,没有。止居:停息安居的地方。
〔5〕爪士:爪牙之士,卫王的武士。
〔6〕厎(zhǐ纸):止,停息。《尔雅》:"厎,止也。"
〔7〕亶(dǎn胆):诚然,确实。不聪:不明,昏庸。
〔8〕尸:借为"失"。饔(yōng雍):熟食。这句是劝说,有母而无饭吃。马氏《通释》:"尸饔即失饔,谓奉养不能具也。"

白　　驹[1]

皎皎白驹,食我场苗[2]。絷之维之[3],以永今朝[4]。所谓伊人[5],于焉逍遥[6]。

皎皎白驹,食我场藿[7]。絷之维之,以永今夕。所谓伊人,于焉嘉客。

皎皎白驹,贲然来思[8]。尔公尔侯[9],逸豫无期[10]。慎尔优游[11],勉尔遁思[12]。

皎皎白驹,在彼空谷[13]。生刍一束[14],其人如玉[15]。毋金玉尔音[16],而有遐心[17]。

【注释】

〔1〕这是一首盛情留客惜别的诗。前三章表示对客人挽留,末章写客人已离去而仍无限忆念。

〔2〕场:场圃,菜园子。这两句语意双关,既指驹,又指乘驹而来的客。

〔3〕萦(zhí 执):用绳绊住马脚。维:拴住,将马拴在木桩等物上。句意是说,不使客人离去。

〔4〕永:久,指延长。此句是劝说,延长今朝相聚的时间。

〔5〕伊人:这人,指客人。

〔6〕于焉:在此。逍遥:自在游乐的样子。这句是劝说让客人在此游息。

〔7〕藿(huò 获):初生的豆叶。

〔8〕贲(bēn 奔):同"奔",奔驰。思:语助词。

〔9〕公、侯:贵族爵位,这里指来客身份高贵。

〔10〕逸豫:安乐。无期:无尽期。

〔11〕慎:慎重,不要过度的意思。朱氏《集传》:"慎,勿过也。"优游:逍遥自在。

〔12〕勉:通"免",劝止之词。遁思:离去之思。朱氏《集传》:"遁思,犹言去意也。"这句是说别有离去的想法。

〔13〕空谷:深谷。这里是说客人已去,正行在空谷之间。

〔14〕生刍(chú 除):新割的草,即青草。用来喂马。

〔15〕其人:指客人。如玉:品德像玉般纯洁。

〔16〕毋:勿。金玉尔音:像珍惜金玉一样珍惜你的音信,即勿断绝音信的意思。

〔17〕遐心:疏远之心。句意是说,希望走后不要有疏远之心。

黄　　鸟[1]

黄鸟黄鸟,无集于榖[2],无啄我粟。此邦之人,不我肯榖[3]。言旋言归[4],复我邦族[5]。

黄鸟黄鸟,无集于桑,无啄我粱。此邦之人,莫可与明[6]。言旋言归,复我诸兄。

黄鸟黄鸟,无集于栩[7],无啄我黍。此邦之人,不可与处。言旋言归,复我诸父[8]。

【注释】
〔1〕这是一首流亡者的悲歌。他离乡背井到异国谋生,但同样受到欺凌和压榨,于是又思归乡土。黄鸟:黄雀,比喻剥削者、掠夺者。
〔2〕榖(gǔ古):楮树,构树。毛《传》:"榖,恶木也。"
〔3〕不我肯榖:"不肯榖我"的倒文。榖(gǔ谷),善待。毛《传》:"榖,善也。"
〔4〕言:语助词,无实义。旋:回转。归:归去。
〔5〕复:返,回到。邦族:邦国家族。
〔6〕明:晓喻。这句是说,不可同他们讲道理,即有理难明的意思。
〔7〕栩(xǔ许):柞树。
〔8〕诸父:同姓叔、伯等长辈。

我 行 其 野[1]

我行其野,蔽芾其樗[2]。昏姻之故[3],言就尔居[4]。尔不我畜[5],复我邦家[6]。

我行其野,言采其蓫[7]。昏姻之故,言就尔宿。尔不我畜,言归斯复[8]。

我行其野,言采其葍[9]。不思旧姻[10],求尔新特[11]。

成不以富,亦只以异[12]。

【注释】

〔1〕这是一首弃妇诗。女子远嫁他乡,丈夫另有新欢而弃旧,她在回归故家时唱出了这首哀怨、决绝之歌。

〔2〕蔽:遮蔽。芾(fèi费):草木茂盛的样子。欧阳修《诗本义》:"蔽者,蔽风日也。芾,茂盛貌。"樗(chū初):臭椿树。

〔3〕昏:同"婚"。故:缘故。

〔4〕言:语助词,此处有"乃"义。就:相从。这句是说,乃相从到你家居住。

〔5〕我畜:即"畜我",养活我。毛《传》:"畜,养也。"

〔6〕复:返回。邦家:指家乡娘家。

〔7〕蓫(zhú逐):草名,又名羊蹄菜。

〔8〕言、斯:皆语助词。

〔9〕葍(fú福):多年生蔓草,可食。

〔10〕旧姻:旧日婚姻关系,犹言夫妻的情意。

〔11〕特:配偶。朱氏《集传》:"特,匹也。"

〔12〕成:同"诚",诚然,确实。以富:因为富有。异:异心,二心。这二句意思是说,如果因为新人富有,能改善你的生活,我虽被弃,也就认了;但情况并非这样,你只不过是喜新厌旧,见异思迁罢了。

斯　　干[1]

秩秩斯干,幽幽南山[2]。如竹苞矣[3],如松茂矣。兄及弟矣,式相好矣[4],无相犹矣[5]。

似续妣祖[6],筑室百堵[7],西南其户[8]。爰居爰处[9]，爰笑爰语。

约之阁阁[10]，椓之橐橐[11]。风雨攸除[12]，鸟鼠攸去[13]，君子攸芋[14]。

如跂斯翼[15]，如矢斯棘[16]，如鸟斯革[17]，如翚斯飞[18]，君子攸跻[19]。

殖殖其庭[20]，有觉其楹[21]。哙哙其正[22]，哕哕其冥[23]，君子攸宁。

下莞上簟[24]，乃安斯寝。乃寝乃兴[25]，乃占我梦[26]。吉梦维何[27]？维熊维罴[28]，维虺维蛇[29]。

大人占之："维熊维罴，男子之祥；维虺维蛇，女子之祥[30]。"

乃生男子，载寝之床[31]，载衣之裳[32]，载弄之璋[33]。其泣喤喤[34]，朱芾斯皇[35]，室家君王[36]。

乃生女子，载寝之地，载衣之裼[37]，载弄之瓦[38]。无非无仪[39]，唯酒食是议[40]，无父母诒罹[41]。

【注释】
〔1〕这是周王朝宫室落成时的颂赞诗。诗中记写了营筑之状和屋

宇之美,如写整个建筑规模宏大,既牢固又庄重,檐脊高耸,飞动飘逸,呈现出我国古代建筑艺术的壮丽。后半则祝祷宫室主人家族和乐,子孙繁衍,世代兴旺。斯:此。干:古通"涧",山间水流。毛《传》:"干,涧也。"

〔2〕幽幽:深远的样子。南山:指终南山,在周都城镐京以南。

〔3〕苞:茂盛。马氏《通释》:"苞,古通作'葆'。《说文》:葆,草盛也。"

〔4〕式:语助词。相好:和睦相爱。

〔5〕犹:古通"訧",欺诈。《方言》:"訧,诈也。"

〔6〕似:借为"嗣",继。妣(bǐ比)祖:指女男祖先。或指周人始祖姜嫄后稷。朱氏《集传》:"妣先于祖考,协下韵尔。或曰,姜嫄、后稷也。"这句是说,继续始祖所开创的基业。

〔7〕堵(dǔ睹):古代筑墙成室,方丈称堵。百堵,言其宫室面积、规模广大。

〔8〕西南其户:门户有的向西开,有的向南开。西、南,作动词。

〔9〕爰:语助词,有"乃"义。处:住下来。

〔10〕约:捆缚。古代筑墙用版筑法,先立版,盛土,缚牢,然后夯实。阁阁:象声词,形容捆缚木版时的阁阁声。

〔11〕椓(zhuó灼):敲击。橐橐(tuó驼):夯土声。

〔12〕攸:语助词。除:除掉。这句是说,可以不受风吹雨打。

〔13〕去:离去,赶跑。

〔14〕芋:屋宇。王引之《经义述闻》:"芋,当读宇。宇,居也。"

〔15〕跂:通"企",企立,耸立的样子。斯:语助词。翼:端庄的样子。这句是说屋宇端正如人站在那里。

〔16〕棘(jí吉):通"急"。箭飞行急速,则其行笔直,这里形容屋宇坐落整齐。林义光《诗经通解》:"急也。发矢急则行愈直。"

〔17〕革:古通"翱",翅膀。《说文》:"翱,翅也。"这句形容屋宇伸展开来如鸟翅。

〔18〕翚(huī挥):雉鸟,即山鸡。这里形容屋宇如雉鸟彩翅飞翔时那样华丽。

233

〔19〕攸：语助词。跻(jī基)：登。

〔20〕殖殖：平正的样子。庭：庭院。

〔21〕有觉：即觉觉，高大的样子。楹：柱子。毛《传》："有觉,高大也。"

〔22〕哙哙(kuài快)：屋宇宽敞明亮的样子。正：指白天。郑《笺》："正,昼也。"

〔23〕哕哕(huì惠)：深暗的样子。马氏《通释》："哕哕犹昧昧,是状其室之深暗。"冥,夜晚。

〔24〕莞(guān官)：草席。簟(diàn店)：竹席。指床上的铺设。

〔25〕兴：起来。

〔26〕占梦：占卜梦的吉凶。

〔27〕维何：是怎样的。维,是。

〔28〕羆(pí皮)：兽名,似熊而高大。

〔29〕虺(huǐ毁)：蜥蜴类。

〔30〕大人：指占梦官太卜。祥：吉祥的征兆。此章用梦境预卜将生男或生女。

〔31〕载：语助词,有"则"义。

〔32〕衣：作动词,穿。裳：下裙。

〔33〕弄：玩弄。璋：玉器,长条状。

〔34〕喤喤(huáng皇)：洪亮的哭声。

〔35〕朱芾(fú弗)：红色蔽膝。皇：通"煌",辉煌。

〔36〕君：指诸侯国君。王：指天子。此言所生男孩将来都是周室的君或王。

〔37〕裼(tī替)：包婴儿的被子。

〔38〕瓦：古人纺线时使用的陶锤。

〔39〕无非无仪：不要不守礼仪。指长大后不要违背父母、丈夫之命。

〔40〕酒食：指操持酒食之事,所谓女子"主中馈"。是议：所当论的事。

〔41〕诒：通"贻",给与。罹(lí离)：忧愁。这句意指不要因出嫁后有

过失而使父母担忧。

无　　羊[1]

谁谓尔无羊？三百维群[2]。谁谓尔无牛？九十其犉[3]。尔羊来思[4]，其角濈濈[5]。尔牛来思，其耳湿湿[6]。

或降于阿[7]，或饮于池，或寝或讹[8]。尔牧来思，何蓑何笠[9]，或负其餱[10]。三十维物[11]，尔牲则具[12]。

尔牧来思，以薪以蒸[13]，以雌以雄[14]。尔羊来思，矜矜兢兢[15]，不骞不崩[16]。麾之以肱[17]，毕来既升[18]。

牧人乃梦，众维鱼矣[19]，旐维旟矣[20]。大人占之[21]："众维鱼矣，实维丰年；旐维旟矣，室家溱溱[22]。"

【注释】

〔1〕这是一首牧者之歌。牧者自喜牛羊蕃盛，并祈求来年丰收，家室兴旺。诗中写牛羊的动态，牧者的形象，生动逼真。

〔2〕三百：泛指其多。维：为。

〔3〕九十：也泛指其多，犹言上百头。犉（chún 纯）：肥大的牛。《尔雅》："牛七尺为犉。"

〔4〕思：语气词。

〔5〕濈濈（jí 及）：形容群羊在一起羊角聚集的样子。

〔6〕湿湿（qì 泣）：湿润的样子。牛肥壮则耳朵润泽有光。朱氏《集

235

传》:"牛病则耳燥,安则润泽也。"

〔7〕或:有的。降:下来。阿:小丘陵。

〔8〕讹(é鹅):通"吪",动。朱氏《集传》:"讹,动也。"

〔9〕何:通"荷",披戴。蓑:蓑衣。笠:斗笠。

〔10〕负:背着。餱(hóu猴):干粮。

〔11〕三十:泛指多。物:指毛色。郑《笺》:"物,色也。"

〔12〕牲:牺牲,供祭祀用的家畜。具:具备,全备。古代祭祀用牲,毛色要求不同。

〔13〕以:有。蒸:细柴。郑《笺》:"粗曰薪,细曰蒸。"这句是说,牧人放牧时还兼打柴草。

〔14〕雌雄:指捕得鸟兽雉兔等野味,雌雄都有。朱氏《集传》:"雌雄,禽兽也。"

〔15〕矜矜兢兢:形容牧人赶牛羊时小心谨慎的样子。

〔16〕骞(qiān千):亏损,走失。崩:散群,走散。

〔17〕麾:挥。肱(gōng工):臂膀。这里指挥臂驱赶牛羊群。

〔18〕毕:全。既:都。朱氏《集传》:"既,尽也。"升:指进圈。毛《传》:"升,入牢也。"

〔19〕众:"螽"的借字,蝗虫。维:语助词,此有变化之意。古人认为蝗虫化为鱼,为丰年的吉兆。

〔20〕旐(zhào兆):画有龟蛇的旗。旟(yú于):画有鹰隼的旗。旐化为旟,为家室兴旺的吉兆。

〔21〕大人:占卜之官。

〔22〕溱溱(zhēn真):形容子孙众多兴旺。孔《疏》:"室家溱溱,是男女众多之象。"

节　南　山[1]

节彼南山,维石岩岩[2]。赫赫师尹[3],民具尔瞻[4]。忧

236

心如惔[5],不敢戏谈[6]。国既卒斩[7],何用不监[8]?

节彼南山,有实其猗[9]。赫赫师尹,不平谓何[10]！天方荐瘥[11],丧乱弘多[12]。民言无嘉[13],憯莫惩嗟[14]。

尹氏大师,维周之氐[15]。秉国之均[16],四方是维[17]。天子是毗[18],俾民不迷[19]。不吊昊天[20],不宜空我师[21]！

弗躬弗亲[22],庶民弗信[23]。弗问弗仕[24],勿罔君子[25]。式夷式已[26],无小人殆[27]。琐琐姻亚[28],则无膴仕[29]。

昊天不傭[30],降此鞠讻[31]！昊天不惠[32],降此大戾[33]！君子如届[34],俾民心阕[35]。君子如夷,恶怒是违[36]。

不吊昊天,乱靡有定[37]。式月斯生[38],俾民不宁[39]！忧心如酲[40],谁秉国成[41]?不自为政,卒劳百姓[42]。

驾彼四牡,四牡项领[43]。我瞻四方,蹙蹙靡所骋[44]！

方茂尔恶[45],相尔矛矣[46]。既夷既怿[47],如相酬矣[48]。

237

昊天不平,我王不宁[49]!不惩其心,覆怨其正[50]。

家父作诵[51],以究王讻[52]。式讹尔心[53],以畜万邦[54]。

【注释】

〔1〕这是一首周王朝大臣作的怨刺诗。诗中控诉执政者的暴虐以及周王的不明,表现了忧国伤时、直言敢谏的精神。节:山势高峻的样子。南山:镐京以南的终南山。

〔2〕岩岩:山石重叠的样子。

〔3〕赫赫:势位显赫的样子。师:太师,周代三公(太师、太傅、太保)中最尊的官。尹:指尹氏,任太师之职。

〔4〕具:俱。瞻:视,瞧着。这句是说太师尹氏权位烜赫,是人民所关注的对象,人人都看着你。

〔5〕忧心:忧苦之心。惔(tǎn 坦):"炎"的借字,如惔,如火烧。

〔6〕戏谈:随便戏谑谈论。郑《笺》:"畏汝之威,不敢相戏而言语。"

〔7〕国:指周国,周王朝。卒:尽,完了。斩:断绝。这句是说周的国运已将尽了,即亡国在即。

〔8〕何用:何以。不监:不觉察。

〔9〕有实:即实实,布满的样子,指草木多而盛。猗:长,指草木长茂。

〔10〕谓何:还有何可说呢!是说尹氏为政不公平,有目共见,已用不着说了。

〔11〕方:正在。荐:加。瘥(cuó 错阳平):疫病等灾难。

〔12〕丧乱:死丧祸乱。弘多:大而多。

〔13〕民言:百姓的议论。无嘉:没好话。

〔14〕憯(cǎn 惨):曾,乃。惩:惩戒,儆戒。嗟:语尾叹词。这句是说师尹仍不知自我戒惧。

〔15〕氐:同"柢",根柢,根本。言是王朝重臣。

238

〔16〕秉:掌握,执掌。均:同"钧",制陶器模子下的转盘。制陶器的人需要掌握陶钧,比喻治国者运用政柄。

〔17〕维:维系。句意是说全国四方都靠尹氏太师来维系。

〔18〕毗(pí皮):辅佐。郑《笺》:"毗,辅也。"

〔19〕俾:使。迷:指无所适从。

〔20〕不吊:不善,不体恤。昊(hào浩)天:上天。此怨天之词,兼怨责周王。

〔21〕空:困乏。毛《传》:"空,穷也。"师:众民。这句是说不该将困苦加给我们众民。

〔22〕弗躬弗亲:指尹氏不亲身管理国事。

〔23〕弗信:不信从。

〔24〕弗问:不过问,指不过问国政。弗仕:不办理政事。

〔25〕勿:语助词。罔:欺罔,蒙骗。君子:指贤臣。

〔26〕式:语助词,无实义。夷:平除。已:制止。指上述现象得到消除、制止。

〔27〕无:勿。殆:危殆。这句是说不要因小人弄权而使国家陷于险境。

〔28〕琐琐:卑微渺小的样子。姻亚:指亲属,裙带关系。

〔29〕膴(wǔ五):厚。膴仕,高官厚禄。这句意谓不要弄权让无能的亲属享受官禄。

〔30〕不傭:不公平。毛《传》:"傭,均也。"

〔31〕鞫:同"鞠",穷。讻:凶,祸害。鞫讻,穷凶,极大的灾祸。

〔32〕不惠:不仁惠。

〔33〕戾:暴戾,指暴政。

〔34〕届:至,来临。这句设语说,如果由君子来亲临政事。

〔35〕俾:使。阕(què确):止息。这句是说民怨就可以平息了。

〔36〕夷:平。违:远离,去掉。毛《传》:"违,去也。"这句是说君子若无不平,民怨众怒也就没有了。

〔37〕靡:无,没有。定:止。

〔38〕式:语助词。月:"刖"字的省借,扼杀。生:生灵,指民命。月斯生,扼杀众民之命。

〔39〕宁:安宁。

〔40〕酲(chéng 呈):醉酒。

〔41〕秉:执掌。国成:国政的成规,即按常规治国。

〔42〕不自:不亲自。卒:"瘁"的省字,病痛。这二句是说,尹氏不亲理政事,小人专权,致使百姓劳苦疲惫。

〔43〕四牡:四匹公马。项领:马颈粗壮。

〔44〕蹙蹙:局缩不伸。靡:无。骋:驰骋。这句是说用壮马跑不起来,喻贤才不能施展。

〔45〕方茂尔恶:正作恶多端。

〔46〕相尔矛矣:以矛相对。这句是说将遭武力反抗。

〔47〕夷:平,做事公平。怿(yì 义):喜悦。这句是说公平做事百姓就会欢颜相待。

〔48〕酬:劝酒,指如劝酒那样友善。

〔49〕王:指周王。宁:安宁。

〔50〕惩:惩戒。覆:又,反而。这二句是说,不去惩戒自己的邪恶之心,反而怨恨纠正他行为的人。

〔51〕家父:又称嘉父、嘉甫,周大夫,亦即作诗的人。诵:讽诵,作诗讽谏。

〔52〕究:举发,追究。王讻:王左右的凶恶之人,指尹氏。

〔53〕式:语助词。讹:"吪"的借字,动,感动,改变。尔:你,指周王。

〔54〕畜:养。万邦:各诸侯国,即天下。

正　　月[1]

正月繁霜[2],我心忧伤。民之讹言,亦孔之将[3]。念我独兮,忧心京京[4]。哀我小心[5],癙忧以痒[6]。

父母生我,胡俾我瘉[7]?不自我先,不自我后[8]。好言自口,莠言自口[9]。忧心愈愈,是以有侮[10]。

忧心惸惸,念我无禄[11]。民之无辜,并其臣仆[12]。哀我人斯,于何从禄[13]?瞻乌爰止,于谁之屋[14]?

瞻彼中林,侯薪侯蒸[15]。民今方殆,视天梦梦[16]。既克有定,靡人弗胜[17]。有皇上帝,伊谁云憎[18]?

谓山盖卑,为冈为陵[19]。民之讹言,宁莫之惩[20]!召彼故老,讯之占梦[21]。具曰"予圣"[22],谁知乌之雌雄[23]!

谓天盖高,不敢不局。谓地盖厚,不敢不蹐[24]。维号斯言[25],有伦有脊[26]。哀今之人,胡为虺蜴[27]?

瞻彼阪田,有菀其特[28]。天之扤我,如不我克[29]。彼求我则,如不我得[30]。执我仇仇,亦不我力[31]。

心之忧矣,如或结之[32]。今兹之正[33],胡然厉矣[34]?燎之方扬,宁或灭之?赫赫宗周,褒姒灭之[35]!

终其永怀[36],又窘阴雨[37]。其车既载,乃弃尔辅[38]。载输尔载,将伯助予[39]!

241

无弃尔辅,员于尔辐[40]。屡顾尔仆,不输尔载[41]。终踰绝险,曾是不意[42]。

鱼在于沼,亦匪克乐[43]。潜虽伏矣[44],亦孔之炤[45]。忧心惨惨,念国之为虐[46]!

彼有旨酒,又有嘉殽[47]。洽比其邻,昏姻孔云[48]。念我独兮,忧心慇慇[49]。

佌佌彼有屋[50],蔌蔌方有谷[51]。民今之无禄,天夭是椓[52]。哿矣富人,哀此惸独[53]!

【注释】

〔1〕这是一首长篇政治咏怀诗,大约产生于西周末年幽王时期。作者是一位周王朝的官吏。诗中写他生逢乱世,又加天时不正,谣言四起,精神上感到万分压抑、忧惧和痛苦。他既慨叹自己生不逢时,又忧虑国之将亡,于是痛斥时政,揭露幽王信奸佞,宠褒姒,荒淫无道,乃是致乱之由。诗人从感时伤遇,扩及到忧国忧民,除直陈外,还运用许多生动比喻,是我国早期文人政治抒情诗的名篇。正月:"正阳之月"的简称,指周历六月,夏历四月,其时阳气正盛,故称"正阳"。

〔2〕繁霜:多霜,屡降大霜,此乃天时反常现象,古人以为是灾祸将临的凶兆。

〔3〕孔之将:很盛。

〔4〕独:独自一人。京京:忧心不止的样子。毛《传》:"京京,忧不去也。"这二句是说,想到担忧国事的只我一人,就更加心忧不止了。

〔5〕小心:惴惧不安,警惕遭祸的意思。

〔6〕瘋(shǔ 鼠)、痒(yáng 羊):都是病的意思。这句是说,既因忧成

病,病而愈忧,以至痛苦不堪。

〔7〕胡:为何。俾:使。瘉(yù玉):病,痛苦。

〔8〕"不自"二句:言自己生不逢时,忧患之来不先不后,正让我碰上。

〔9〕莠言:恶言,坏话。两句是说好话坏话都可以从口中出来,是人言可畏,反复无常的意思。

〔10〕愈愈:日益加重的意思。有侮:遭人欺侮。两句是说,自己为国事担忧,反被小人视为眼中钉,而遭欺侮。

〔11〕惸惸(qióng穷):忧虑的样子。毛《传》:"惸惸,忧意也。"无禄:无福气,不幸。朱氏《集传》:"无禄,犹言不幸尔。"二句是说心中忧愁痛苦,想到我真是不幸。

〔12〕臣仆:奴仆,奴隶。两句是说,世乱国亡,无罪平民都将被虏,沦为臣仆。朱氏《集传》:"古者以罪人为臣仆,亡国所虏,亦以为臣仆。"

〔13〕斯:语尾词。于何:在何处。从:从仕,做官。禄:俸禄。作者是周士大夫,两句是说因乱亡国后,我也将失官无禄,无以为生了。

〔14〕瞻:看。爰:语助词。止:止息,停落。二句是说,自己将像乌鸦一样,不知落在谁人的屋顶上。表示将无依无靠,无落足之地。

〔15〕中林:林中。侯:维,语助词。薪:粗柴。蒸:细柴。这二句用林中无成材之木,皆是些薪柴,比喻朝中布满无德无用的小人。

〔16〕殆:危殆,指百姓生计艰难,处境危险。梦梦:昏昧不明。朱氏《集传》:"梦梦,不明也。"

〔17〕克:能够。定:平定。靡:无。这两句承上转下,是说小人们把天看成是昏昧无知的,但天终究能主宰一切,小人们终逃不脱天谴。

〔18〕有皇:即皇皇,光明的样子,形容上帝无所不察。伊、云:皆语助词。憎:憎恶。谁憎,憎谁?二句是说,皇皇上帝,所憎何人?言外之意是说上帝能明辨是非善恶,所憎必是那些小人。

〔19〕盖:同"盍",何。卑:低。冈:山脊。陵:大陵。二句是说,高山何尝变低,它不仍然是高大的么!意谓谣言无据。

〔20〕宁:乃。惩:戒止。朱氏《集传》:"惩,止也。"

243

〔21〕召:指周王召见。故老:老臣。讯:问。占梦:掌管占梦的官。

〔22〕具:同"俱"。予圣:自己是圣人,最高明。

〔23〕乌之雌雄:乌鸦的毛色,雌雄无别,喻说故老和占梦官被周王召讯,他们各执己见,很难辨别他们谁是谁非。此写朝中是非纷纭,莫衷一是。

〔24〕盖:"盍"之借字,何,如何。局:或作"跼",弯曲着身子。蹐(jí极):小步走路。这四句是说虽天高地厚,但不敢直身迈大步,喻环境险恶,只能小心委曲做人,时刻自危。

〔25〕维:发语词。号(háo豪):呼叫。斯言:指上面"谓天盖高"等四句话。

〔26〕伦:道理。脊:一作"迹",踪迹。意谓所说既有道理,又是事实。

〔27〕胡为:为何成了。虺(huǐ悔)、蜴(yì易):毒蛇、蜥蜴。虺、蜴见人就逃避,比喻人生活得局促不安,战战兢兢。

〔28〕阪(bǎn板)田:山坡上的田。有菀(wǎn晚):即菀菀,茂盛的样子。特:独特。作者自比是高田中一棵苗壮的苗。

〔29〕扤(wū乌,今读wù务):摇动,摧残折磨。毛《传》:"扤,动也。"如:如恐,惟恐。克:制胜。这二句是说上天要有意摧残我,惟恐不能把我制伏。

〔30〕彼:指周王。则:语尾助词。不我得:"不得我"倒文。二句是说,周王当初求我时,惟恐得不到我。

〔31〕执:掌握,到手。仇仇:坚固、牢固的样子。朱氏《集传》:"及其得之,则又执我坚固如仇雠然,然终亦不能用也。"二句意思是说,既把我牢牢地掌握到手,却又并不重用我。

〔32〕结:绳扣儿,疙瘩。形容忧心郁结之状。

〔33〕正:通"政"。

〔34〕胡然:何以如此。厉:暴厉,残暴。

〔35〕燎:野火。方:正在。扬:旺盛。宁:乃。灭:熄灭。赫赫:兴盛的样子。宗周:周王室。褒姒:西周末幽王的宠妃,因受宠幸,胡作非为,终导致国亡。这四句意思是说,燎原大火,竟可被扑灭;周室虽盛,竟也可

244

亡在褒姒之手,应引以为鉴戒。

〔36〕终:既。永怀:长久忧伤。

〔37〕窘:困窘,窘迫。阴雨:比喻多难。

〔38〕载:装载货物。弃:抛弃。辅:大车两旁的拦板。句中用车喻国,用载喻治国,用辅喻辅佐的贤臣。

〔39〕载:前是语助词,后指所盛载之物。输:堕,掉下来。将:请求。伯:对男子的泛称。这两句连上所言,载物之车,弃辅之后,自然会将物掉下来,那么只有再求人来帮助了。言外之意是说,大祸降临了,才又想起贤者来。

〔40〕员(yún 云):增益,指加粗,加固。辐:车辐。

〔41〕仆:指赶车的人。不输:不落下。载:所载之物。

〔42〕踰:同"逾",越过,度过。绝险:极大的危险,危机。不意:不放在心上。这两句以御车比喻治国,本来险关是可以想法度过的,但执政者却毫不加以考虑。

〔43〕沼:水池。匪:非,不。克:能够。这两句作者以鱼自比。

〔44〕潜虽伏:即"虽潜伏"。潜伏,深藏水底。

〔45〕孔:很。炤:同"昭",明白,显著。

〔46〕慅慅(cǎo 草):深忧不安的样子。虐:黑暗暴虐。这二句说,想到国政的暴虐,则不禁忧虑不安。

〔47〕旨酒:美酒。嘉殽:美味的菜肴。

〔48〕洽:和谐,融洽。比:亲近。邻:同类人。昏姻:指裙带关系。云:周旋。毛《传》:"云,旋也。"孔云,大事周旋。以上二句指当权者既享受美酒佳食,又勾结亲眷,往来周旋,朋比为奸。

〔49〕慇慇(yīn 因):痛心的样子。

〔50〕佌佌(cǐ 此):细小的样子,比喻猥琐小人。

〔51〕蔌蔌(sù 速):卑陋的样子。谷:粮食。

〔52〕无禄:无生活之资。天夭:自然灾害。朱氏《集传》:"夭,祸。"椓(zhuó 酌):打击。

〔53〕哿(gě 舸):快乐。惸(qióng 穷)独:无依无靠的人。这两句将

245

当权者的富有和享乐,与百姓的困苦相对照。

十 月 之 交[1]

十月之交,朔月辛卯[2]。日有食之[3],亦孔之丑[4]。彼月而微[5],此日而微[6]。今此下民,亦孔之哀[7]。

日月告凶,不用其行[8]。四国无政,不用其良[9]。彼月而食,则维其常[10]。此日而食,于何不臧[11]。

爗爗震电[12],不宁不令[13]。百川沸腾[14],山冢崒崩[15]。高岸为谷[16],深谷为陵[17]。哀今之人[18],胡憯莫惩[19]!

皇父卿士[20],番维司徒[21],家伯维宰[22],仲允膳夫[23],棸子内史[24],蹶维趣马[25],楀维师氏[26],艳妻煽方处[27]。

抑此皇父[28],岂曰不时[29]?胡为我作[30],不即我谋[31]?彻我墙屋[32],田卒汙莱[33]。曰:予不戕[34],礼则然矣[35]。

皇父孔圣[36],作都于向[37]。择三有事[38],亶侯多藏[39]。不慭遗一老[40],俾守我王[41]。择有马车[42]，以居徂向[43]。

黾勉从事[44]，不敢告劳[45]。无罪无辜[46]，谗口嚣嚣[47]。下民之孽[48]，匪降自天。噂沓背憎[49]，职竞由人[50]。

悠悠我里[51]，亦孔之痗[52]。四方有羡[53]，我独居忧[54]。民莫不逸[55]，我独不敢休[56]。天命不彻[57]，我不敢效我友自逸[58]。

【注释】

〔1〕周幽王六年(前776)出现一次日蚀，这在古代认为是不祥之兆，是天怨人怒、天下将大乱的表现。一位忧国伤时的朝臣，写了这首指斥昏君佞臣的政治抒情诗。诗中对倒行逆施的皇父等七个用事大臣，做了指名的揭露，表现了诗人疾恶如仇和正直大胆的政治态度。十月：指周历十月，即夏历八月。交：正交十月开头，即刚进入十月的意思。

〔2〕朔月：指月之朔，即初一。辛卯：古人以干支纪日，初一这一天，为辛卯日。

〔3〕食：即"蚀"字。这句是说，辛卯这天发生了日蚀。这是我国历史上关于日蚀的最早记载，与我国现代天文学家推算的结果相合。

〔4〕孔：很。丑：凶恶。句意是说，这是种很凶恶的征兆。

〔5〕彼：那次。微：昏暗无光，指月蚀。

〔6〕此：这次。日微：指日蚀。

〔7〕下民：天下百姓。哀：可悲，指将遭祸殃，陷于悲惨境地。

〔8〕告凶：预示凶兆。不用：不由，不遵循。行(háng杭)：常轨，正道。二句是说日月以其异常做出警告。

〔9〕四国：四方，意指全国，全天下。无政：政治无序，混乱。良：贤

良。这二句是说,政治混乱乃是不任用贤良来治国的缘故。

〔10〕则维:乃是。常:平常。二句意思是说,月蚀的发生是常事。

〔11〕于何:奈何。臧:善。不臧,大不吉利。

〔12〕爗爗(yè 夜):电光闪闪的样子。同"烨烨"。震电:旧注多以为指雷霆闪电,但由下文看,应指地震前发出的地声和地光。

〔13〕不令:不善,不是好兆头,指下文将发生的巨大地震之灾。

〔14〕百川:众河流。沸腾:翻腾激荡如沸水。

〔15〕山冢(zhǒng 肿):山顶。崒(zú 族)崩:碎裂崩塌。

〔16〕高岸为谷:高岸塌陷变为深谷。

〔17〕深谷为陵:深谷隆起变为丘陵。

〔18〕哀:可叹。今之人:指今之当权者,即诗下章所说皇父等人。

〔19〕胡憯(cǎn 惨):何曾。惩:警戒。这句是说,当权者为何不曾引起警戒?即以天灾示警为戒,终止其胡作非为。

〔20〕皇父:人名。卿士:官名,掌管朝政。

〔21〕番(pó 婆):是姓氏。司徒:官名,掌管国家的土地和人民。

〔22〕家伯:人名。宰:官名,掌管王室内部事务。

〔23〕仲允:人名。膳夫:掌管王的饮食。

〔24〕棸(zōu 邹)子:人名。内史:掌管爵禄、赏罚等。

〔25〕蹶(guì 贵):姓氏。趣马:官名,掌管王的马匹。

〔26〕楀(jǔ 举):姓氏。师氏:官名,掌管监察之职。

〔27〕艳妻:美妻,指受幽王宠幸的褒姒。煽:炽盛,指正得势,气焰嚣张。方处:并处,指与上述七人勾结在一起,同居高位,把持国政。

〔28〕抑:叹词,同"噫"。郑《笺》:"抑之言噫。噫是皇父,疾而呼之。"

〔29〕岂曰:难道说。不时:不使民以时,即役使人民不在农闲的时候。朱氏《集传》:"时,农隙之时也。"这句的意思是说,皇父作为一个执政者,难道说不知道役民以时的道理?

〔30〕胡为:为何,为什么。我作:派遣我去做事。

〔31〕即:就。这句是说,不前来跟我商量。

248

〔32〕彻:同"撤",拆毁。

〔33〕卒:完全。汙:积水。莱:长草。句意是说,使我的田地荒芜。大约是皇父曾派遣诗人做某事,诗人有异议,而受到这样的惩处。

〔34〕戕(qiāng腔):残害。这句是皇父的话,说不是我要加害你。

〔35〕礼:礼法,制度。然:如此。这句是说,按照礼法才这样做的。这是皇父借礼压人,文过饰非之词。

〔36〕孔圣:很圣明,讽刺语,反话。

〔37〕作:修建。都:指封邑中的都城。向:地名。朱氏《集传》:"向,地名,在京畿之内。"

〔38〕择:选用。有事:有司。这句是说,皇父选用了三个大臣。毛《传》:"有事,有司,国之三卿。"

〔39〕亶(dǎn胆):的确,实在。侯:是。多藏:有很多财货,即富有。句意谓都是些贪婪的赃官。

〔40〕不憖(yìn印):不肯。遗一老:留用一个元老大臣。

〔41〕俾:使。守:守护,辅佐。我王:我周天子。

〔42〕有车马:指有车有马的富人,贵族。

〔43〕以居徂向:即"徂向以居"。徂,往,到。郑《笺》:"以往居于向也。"这句是说,迁往新都向地去居住。

〔44〕黾(mǐn敏):努力,竭尽全力。从事:办事,为王朝效力。

〔45〕告劳:诉说劳苦。

〔46〕辜(gū姑):过失,罪过。

〔47〕谗口:指进谗言,说坏话的人。嚣嚣:众口喧嚷的样子。

〔48〕孽:灾难。

〔49〕噂(zǔn尊上声)沓:当面谈笑。背憎:背后憎恨。郑《笺》:"噂噂沓沓,相对谈语,背则相憎逐。"

〔50〕职竞:专力争做。由人:指由谗人所为。

〔51〕悠悠:忧思漫长的样子。里:《尔雅》引作"悝",忧思。

〔52〕瘒(mèi妹):心病。这句是说,我忧思不止,以至成为严重的心病。

249

〔53〕四方:四方之人。羡:富裕。毛《传》:"羡,馀也。"
〔54〕居忧:陷于忧苦之中。
〔55〕逸:安逸,舒适快乐。
〔56〕休:休息。
〔57〕不彻:不公平。朱氏《集传》:"彻,均也。"
〔58〕效:效法。我友:指诗人的同僚。这句是说,我不敢仿效我的朋僚那样自求安逸。

雨 无 正[1]

浩浩昊天,不骏其德[2]。降丧饥馑[3],斩伐四国[4]。旻天疾威[5],弗虑弗图[6]。舍彼有罪,既伏其辜;若此无罪,沦胥以铺[7]。

周宗既灭[8],靡所止戾[9]。正大夫离居[10],莫知我勩[11]。三事大夫[12],莫肯夙夜[13];邦君诸侯[14],莫肯朝夕[15]。庶曰式臧,覆出为恶[16]。

如何昊天[17],辟言不信[18]。如彼行迈,则靡所臻[19]。凡百君子[20],各敬尔身[21]。胡不相畏[22],不畏于天[23]?

戎成不退[24],饥成不遂[25]。曾我暬御[26],憯憯日瘁[27]。凡百君子,莫肯用讯[28]。听言则答,谮言则退[29]。

哀哉不能言[30]！匪舌是出[31]，维躬是瘁[32]。哿矣能言[33]！巧言如流，俾躬处休[34]！

维曰于仕，孔棘且殆[35]。云不可使，得罪于天子；亦云可使，怨及朋友[36]。

谓尔迁于王都[37]，曰予未有室家[38]。鼠思泣血[39]，无言不疾[40]。昔尔出居[41]，谁从作尔室[42]？

【注释】

〔1〕这是一首政治讽刺诗，写于西周末年。诗人是周王侍臣，目睹了当时的天灾人祸，内忧外患，对幽王的昏暗暴虐，小人的弄权误国进行了揭露，并如实地反映了国破后的混乱局面，为西周之亡唱出了这首无可奈何的挽歌。按宋本《韩诗》，此诗开头有"雨无其极，伤我稼穑"二句，当为本篇诗题所本，《毛诗》佚。说见朱熹《诗集传》，可备参考。

〔2〕不骏其德：即"其德不骏"。骏，长。即天之德不恒长久远的意思。

〔3〕丧：死丧。饥馑：指谷菜不收的荒年。毛《传》："谷不熟曰饥，蔬不熟曰馑。"

〔4〕斩伐四国：残害四方的诸侯国。

〔5〕旻(mín民)天：苍天。疾威：暴虐。

〔6〕弗虑弗图：指不为下民着想。

〔7〕"舍彼"四句：言上天放过有罪之人，而使无罪之人陷于灾难。既，尽，全。伏，隐瞒。辜，罪过。沦胥，相继陷入。朱氏《集传》："沦，陷；胥，相也。"铺，通"痡"，病。

〔8〕周宗既灭：指西戎攻破镐京。

〔9〕靡所止戾(lì力)：无处可定居。朱氏《集传》："戾，定也。"

〔10〕正大夫：上大夫，朝中六官之长。离居：离开住处，逃往他方。

251

〔11〕勩(yì义):劳苦。这句是说,没人知晓我的劳苦。

〔12〕三事大夫:指周王朝的三公大夫。

〔13〕莫肯夙夜:不肯日夜为国事操劳。

〔14〕邦君诸侯:各诸侯国的君主。

〔15〕莫肯朝夕:不肯朝暮勤理国政。

〔16〕庶:幸,希望。曰:语助词。式:用。臧:善,好。两句是说本希望他们能做些好事。但他们反而更加作恶行使暴政。

〔17〕如何:如何是好的意思。

〔18〕辟:法,法度。朱氏《集传》:"辟,法。"辟言,指合乎法度的正确的话。不信:不听信。

〔19〕"如彼"二句:设譬言好像所行虽远,却无法到达要去的地方。

〔20〕凡百君子:指群臣百官。

〔21〕敬:恭谨。尔身:你们自身。即应自爱的意思。

〔22〕胡不相畏:为何不相戒惧?

〔23〕不畏于天:难道也不畏于天吗?

〔24〕戎:兵,指兵祸。成:已形成,就是战乱已经发生。不退:不消歇。

〔25〕饥成:饥荒已形成。不遂:不能安生。

〔26〕曾:何,为何。暬(xiè泄)御:侍御,近侍。暬,同"亵"。

〔27〕憯憯(cǎn惨):忧伤的样子。朱氏《集传》:"憯憯,忧貌。"日瘁(cuì粹):一天天忧劳成疾。

〔28〕讯:告。句言对周王不肯直言相告。

〔29〕答:对答。朱氏《集传》:"亦答之而已,不敢尽言也。"潛言:逸言。退:回避。二句指群臣中有些人只抱着明哲保身的态度。

〔30〕不能言:不善于说话。郑《笺》:"不能言,言之拙也。"

〔31〕匪:不是。出:通"拙"。句言并不是我的舌头拙笨,不善于说话。

〔32〕维:语助词。躬:自身。瘁:忧病。句意是,说出话会自身受害。

〔33〕哿(gě舸):毛《传》:"可也。"

252

〔34〕巧言:乖巧谀媚的话。如流:像流水一样不绝。俾(bǐ比):使。躬:自身。两句是说小人以巧言使自己处于安乐之地。

〔35〕维:语助词。曰:说。于仕:做官。孔:很。棘:通"急"。两句言做官的处境是促迫而危险的。

〔36〕"云不"四句:谓直言得罪天子,曲言招怨于友人。意思是在朝中为官进退两难。

〔37〕迁于王朝:指迁往洛邑新都。这是诗人劝说离居众臣追随平王东迁。

〔38〕曰:说。指离居人的回答。予未有室家:是说那里没有我的住宅。

〔39〕鼠:通"癙"(shǔ鼠),忧病。思:语助词。泣血:泪尽继以血,形容极度伤痛。

〔40〕无言不疾:言每一句话都是痛心疾首之言。

〔41〕昔尔出居:当初你们离开王都居往别处。

〔42〕谁从作尔室:谁跟从你们去,为你们筑造房屋呢?这句是驳斥离居者,以没有住宅为托词,不肯迁都。

小　　旻[1]

旻天疾威,敷于下土[2]。谋犹回遹[3],何日斯沮[4]?谋臧不从[5],不臧覆用[6]。我视谋犹[7],亦孔之邛[8]。

潝潝訿訿[9],亦孔之哀。谋之其臧,则具是违。谋之不臧,则具是依[10]。我视谋犹,伊于胡底[11]!

我龟既厌[12],不我告犹[13]。谋夫孔多,是用不集[14]。发言盈庭,谁敢执其咎[15]?如匪行迈谋[16],是用不得于道[17]。

哀哉为犹[18],匪先民是程[19],匪大犹是经[20]。维迩言是听[21],维迩言是争。如彼筑室于道谋,是用不溃于成[22]。

国虽靡止[23],或圣或否[24]。民虽靡膴[25],或哲或谋[26],或肃或艾[27]。如彼泉流[28],无沦胥以败[29]。

不敢暴虎[30],不敢冯河[31]。人知其一,莫知其他。战战兢兢,如临深渊,如履薄冰[32]。

【注释】

〔1〕这是一首政治讽谕诗。周幽王昏庸无道,任用非人,策谋多误,使国家危在旦夕。诗人对此深怀忧虑和恐惧,并希望能纠正这种严重局势。但一切已难力争,失望之馀,只好兀自战战兢兢地过日子。诗篇名称《小旻》,据朱熹称,是为了与《大雅》中的《召旻》相区别。

〔2〕疾威:暴虐。敷:布,普降。两句是说,老天施威暴虐,普降灾难于大地。

〔3〕谋犹:谋略,谋划。这里指经谋划而做出的政策法令。回遹(yù玉):邪僻不正。

〔4〕沮(jǔ举):止。这句是说,不知哪天才能终止。

〔5〕谋臧:就是"臧谋",好的策谋。不从:不采用。

〔6〕不臧:不善,不好的策谋。覆用:反而采用。

〔7〕我视谋犹:我看王朝施行的策谋。

〔8〕邛(qióng穷):病,弊端。

〔9〕潝潝(xì 细):互相附合。朱氏《集传》:"潝潝,相合也。"訿訿(zǐ 子):互相诽谤。朱氏《集传》:"訿訿,相诋也。"

〔10〕具:俱,完全。违:违背。依:依从。以上四句是说,谋略是好的,却违而不用;谋略不正确,却依照执行。

〔11〕伊:语助词。于:往。胡:何,何处。厎(dǐ 底):至。郑《笺》:"厎,至也。"这句是说,不知道要把国家弄到什么境地。

〔12〕我龟:我用龟甲占卜。既厌:神龟已经厌烦。意思是占卜次数太多了。朱氏《集传》:"卜筮数则渎而龟厌之。"

〔13〕不我告犹:即"不告我犹",毛《传》:"犹,道也。"不再告诉我凶吉之道。

〔14〕是用:因此。不集:意见不能集中。两句是说谋士多,不能拿出一致意见。

〔15〕"发言"二句:言发议论者盈满朝廷,但无人敢担当过错。咎,过错。

〔16〕如匪行迈:如同不去远行。谋:这里指空谋划远行之事。

〔17〕不得于道:不能走过一定的路程。意思是没有任何结果。

〔18〕为犹:作这样的谋划。

〔19〕先民:指古代贤人。程:本义是度量的标准,这里作动词,取法的意思。这句是说,不把古代先贤作为取法的标准。

〔20〕大犹:大道。陈氏《传疏》:"犹训道,大犹,大道也。"经:行,遵循。

〔21〕维:惟,只。迩言:指无关治国宏旨的浅近薄识之言。

〔22〕筑室:盖房子。于道谋:跟道路上的行人谋议。不溃:不遂,不能达到。成:成功。两句言筑室谋于路人,歧说不一,肯定盖不成。

〔23〕靡止:孔《疏》:"犹言狭小无所居止。"此指国土狭小。

〔24〕或圣或否:有圣贤的人,有不是圣贤的人。

〔25〕靡:不。妩(wǔ 舞):美。不妩,指素质不好。

〔26〕或哲或谋:有明哲的人,有善于谋划的人。

〔27〕肃:指严肃,品德端庄的人。艾:通"乂",治。指有治事才干

255

的人。

〔28〕如彼泉流:像那泉水流泻而去。指国事日非,虽有上述各种人才,也将无法挽回。

〔29〕沦:沦没,陷入。胥:相。这句是说,无不率相陷于失败。

〔30〕暴虎:空手搏虎。朱氏《集传》:"徒搏曰暴。"

〔31〕冯(píng平)河:徒步过河。连上句,意思是说因担心危险而不敢去做。

〔32〕"战战"三句:言政局动荡,危机四伏,故深表戒惧。

小　　宛[1]

宛彼鸣鸠,翰飞戾天[2]。我心忧伤,念昔先人[3]。明发不寐[4],有怀二人[5]。

人之齐圣[6],饮酒温克[7]。彼昏不知[8],壹醉日富[9]。各敬尔仪[10],天命不又[11]。

中原有菽[12],庶民采之[13]。螟蛉有子,蜾蠃负之[14]。教诲尔子,式穀似之[15]。

题彼脊令[16],载飞载鸣[17]。我日斯迈[18],而月斯征[19]。夙兴夜寐[20],毋忝尔所生[21]。

交交桑扈[22],率场啄粟[23]。哀我填寡[24],宜岸宜狱[25]。握粟出卜[26],自何能穀[27]?

温温恭人[28],如集于木[29]。惴惴小心[30],如临于谷[31]。战战兢兢,如履薄冰[32]。

【注释】

〔1〕这是一首兄弟间相悯相诫的诗。诗人遭逢乱世,对社会的黑暗险恶不满,故而告诫自己的弟弟要谨慎处事。诗中明显地表现出诗人悯时伤乱,忧生惧祸的心态。宛(wǎn晚):小的样子。

〔2〕翰飞:高飞。戾天:至天,上摩云天。

〔3〕先人:祖先。

〔4〕明发:指天已放亮。不寐:睡不着。句言彻夜难眠。

〔5〕有怀二人:怀念父母二人。朱氏《集传》:"二人,父母也。"

〔6〕齐圣:正派而明智。

〔7〕温克:能够保持温文恭谨。

〔8〕彼昏不知:那昏庸无知之辈。

〔9〕壹醉:一经醉酒。日富:整日放纵骄恣,夸耀富有。郑《笺》:"饮酒一醉,自谓日益富,夸淫自恣,以财骄人。"

〔10〕敬:指敬重。仪:仪容举止。

〔11〕不又:去而不可复得的意思。毛《传》:"又,复也。"

〔12〕中原:原野中。菽:大豆。

〔13〕庶民:众民。

〔14〕螟蛉:桑树上螟蛾的幼虫。蜾蠃:一种细腰的土蜂。负之:指背负螟蛉。土蜂捕螟蛉来喂自己的幼虫,古人误以为是土蜂代养螟蛉为子。两句用蜾蠃养子,引起下文的"教诲尔子"。

〔15〕式:发语词。榖:善,指善道。似之:像你。这句是说,用善德教子,使他像你。

〔16〕题:借为"睇",谛视,细看。脊令:鸟名,即鹡鸰。

〔17〕载飞载鸣:边飞边鸣叫。

〔18〕我日斯迈:我天天在远行。

〔19〕而:尔,你。月斯征:月月在奔波。

〔20〕夙兴夜寐：早起晚睡，指日夜服役奔波。
〔21〕毋忝：不要有愧于。毋，一作"无"。尔所生：你的生身父母。
〔22〕交交：往来飞翔的样子。桑扈：鸟名。
〔23〕率：相率，相继不断的意思。场：打谷场。啄粟：啄食谷子。
〔24〕填：通"殄（tiǎn 腆）"，病苦。寡：孤寡无依。
〔25〕宜：乃。岸：通"犴（àn 岸）"，牢狱。狱：讼事，二字义同，都指遭到诉讼的牢狱之灾。
〔26〕握粟出卜：意思是拿着米作为报酬，出去问卜。
〔27〕自何：从何，怎么。能穀：能得吉利。这是卜问之词。
〔28〕温温：秉性温和的样子。恭：恭谨。
〔29〕如集于木：如同栖息在树上的鸟，即恐惧不小心坠下来的意思。
〔30〕惴惴（zhuì 坠）：恐惧不安的样子。
〔31〕临：临近。谷：深谷。
〔32〕履：踩，踏。

小　弁[1]

弁彼鸒斯，归飞提提[2]。民莫不穀[3]，我独于罹[4]。
何辜于天[5]？我罪伊何[6]？心之忧矣，云如之何[7]？

踧踧周道[8]，鞫为茂草[9]。我心忧伤，惄焉如捣[10]。
假寐永叹[11]，维忧用老[12]。心之忧矣，疢如疾首[13]。

维桑与梓[14]，必恭敬止[15]。靡瞻匪父[16]，靡依匪母[17]。不属于毛[18]？不离于里[19]？天之生我，我辰安在[20]？

菀彼柳斯[21]，鸣蜩嘒嘒[22]。有漼者渊[23]，萑苇淠淠[24]。譬彼舟流[25]，不知所届[26]。心之忧矣，不遑假寐[27]。

鹿斯之奔[28]，维足伎伎[29]。雉之朝雊[30]，尚求其雌[31]。譬彼坏木[32]，疾用无枝[33]。心之忧矣，宁莫之知[34]。

相彼投兔[35]，尚或先之[36]。行有死人[37]，尚或墐之[38]。君子秉心[39]，维其忍之[40]。心之忧矣，涕既陨之[41]。

君子信谗，如或酬之[42]。君子不惠[43]，不舒究之[44]。伐木掎矣，析薪扡矣[45]。舍彼有罪[46]，予之佗矣[47]。

莫高匪山，莫浚匪泉[48]。君子无易由言，耳属于垣[49]。无逝我梁[50]，无发我笱[51]。我躬不阅[52]，遑恤我后[53]？

【注释】

〔1〕这是一篇被逐者的哀音。诗中说"君子"听信了谗言，加罪于己，以至蒙冤被逐，怨情莫伸。诗人既自伤命运不济，又埋怨"君子"居心冷酷，有忧深情重，依恋不舍之意。一说为弃妇词，一说是兄弟被逐。弁(pán 盘)：通"昪"，快活的样子。

〔2〕鸒(yù 预)：乌鸦。斯：语助词。归：回巢。提提：悠闲的样子。朱氏《集传》："提提，群飞安闲之貌。"两句反喻自己被逐无家，命不如鸟。

〔3〕民莫不穀:别人生活无不幸福美好。穀,善。

〔4〕独:唯独。罹(lí离):遭逢忧患。

〔5〕辜:罪,冒犯。这句是说,我对于天有什么冒犯的地方?这是反诘语气。

〔6〕伊:是。这句是说,我的罪过是什么?

〔7〕云:发语词。如之何:如何是好。

〔8〕踧踧(dí敌):道路平坦的样子。毛《传》:"踧踧,平易也。"周道:大道。

〔9〕鞫(jū居):当作"鞠",生满。《尔雅·释言》:"鞠,生也。"茂草:茂盛的野草。

〔10〕惄(nì逆)焉:忧思、难过的样子。如捣:好像用杵捣心一样难受。

〔11〕假寐:和衣而卧,打盹儿。

〔12〕维:发语词。用老:因而衰老。句言由于忧愁过多而容颜早衰。

〔13〕疢(chèn趁)如:即疢然,病苦的样子。如,形容词词尾。疾首:头痛。

〔14〕维:语助词。桑、梓(zǐ子):皆树名。这两种树古人常栽于庭中,以供后人养蚕、作器具之用。故古人又用"桑梓"喻家园、故乡。

〔15〕止:之,代指桑、梓。这句意思是说,因父母所栽,所以一定敬重这些树。

〔16〕靡:不,没有。瞻:敬仰。匪:非,不。这里用两个否定词,表示肯定。句意是说没有儿子不敬仰父亲的。

〔17〕靡依匪母:没有儿子不依恋母亲的。

〔18〕属(zhǔ主):连着。毛:指肌肤毛发,外在形体。这句表示反问,难道我不连着父母的肌肤?

〔19〕离:通"丽",附着,附属。里:和毛相对,指内在气血,心腹。这句意思是,难道我不附着父母的气血心腹?

〔20〕辰:时辰,这里指时运。安在:何在,在什么地方?这二句埋怨天之生我,而又生不逢时。

〔21〕菀(wǎn宛):茂盛的样子。斯:语气词。

〔22〕蜩(tiáo条):蝉。嘒嘒(huì慧):蝉鸣声。

〔23〕有漼(cuǐ璀):即漼漼,水深的样子。渊:深潭,这里指苇塘。

〔24〕萑(huán环):荻。苇:芦苇。淠淠(pì僻):茂盛的样子。后周沈重《毛诗义疏》:"《鲁》说曰:淠淠,茂也。"

〔25〕譬彼舟流:好像那小船随水漂流。

〔26〕届:至,止。

〔27〕不遑:无暇,顾不上。这句是说,连打个盹儿都办不到,形容忧愁更重了。

〔28〕奔:奔跑,指觅群。

〔29〕维:语助词。伎伎(qí其):疾速奔跑的样子。马氏《通释》:"伎伎,实速行之貌。"

〔30〕雉(zhì至):山鸡。朝雊(gòu够):山鸡早晨鸣叫。

〔31〕尚求其雌:尚且寻求它的雌性配偶。

〔32〕坏木:伤病的树。

〔33〕疾:即用疾,因为伤病。无枝:没有枝条。这里用"枝"谐音"知",双关词。

〔34〕宁:乃。莫之知:即"莫知之",指没人知道我心忧。

〔35〕相彼:看那。投兔:投到网里的兔子。

〔36〕尚:尚且。或:有人。先之:开网放掉它。马氏《通释》:"先之,即开其所塞也。"

〔37〕行:路上。

〔38〕墐(jìn近):掩埋。

〔39〕君子:指在位的掌权者。秉心:持心,居心。

〔40〕维其:何其,有多么。忍:残忍,狠心。

〔41〕涕:眼泪。陨(yǔn允):落。

〔42〕如或:好像有人。酬:敬酒。这句是说,就如同有人向他敬酒一样乐于接受。

〔43〕惠:爱心,同情心。

〔44〕舒究:仔细慢慢地考察。

〔45〕掎(jǐ己):牵引,拉引。析薪:劈木柴。杝(chǐ齿):顺着木材的纹理往下劈。这二句比喻听言、做事要顺乎情合乎理。

〔46〕舍:抛开,放过。有罪:真正有罪者。

〔47〕予之佗:即"佗之于予"。佗(tuó驼),加给。朱氏《集传》:"佗,加也。"指加罪在我的身上。

〔48〕匪:非,不是。浚(jùn俊):深。这二句用山高、水深,比喻做人应该严峻、深沉。

〔49〕易:轻易、轻率。由言:随口而言。属(zhǔ主):附着,贴近。垣(yuán元):墙。这二句意思是说,君子切勿轻率地乱说,倘若墙外有窃听的人,就会成为他们利用来献媚或进谗的资料。胡承珙《毛诗后笺》:"君子苟轻其言,耳属者必将迎合风旨,而交构其间矣。"

〔50〕无逝:不要去。梁:鱼梁,为拦水捕鱼而设的堤坝。

〔51〕无发:不要乱动。笱(gǒu苟):捕鱼的竹篓,口细肚大,鱼游进去出不来。

〔52〕我躬不阅:即"不阅我躬"。不阅,不为人所容。躬,身。

〔53〕遑:何。恤:忧虑,顾及。后:今后的事。按:"无逝"以下四句,又见于《邶风·谷风》。彼表示弃妇不能见容,此借以表示自己遭谗被逐,情如弃妇一般。

巧　　言[1]

悠悠昊天,曰父母且[2]。无罪无辜,乱如此幠[3]。昊天已威[4],予慎无罪[5]。昊天泰幠[6],予慎无辜。

乱之初生,僭始既涵[7]。乱之又生,君子信谗。君子如怒[8],乱庶遄沮[9]。君子如祉[10],乱庶遄已[11]。

君子屡盟[12],乱是用长[13]。君子信盗[14],乱是用暴[15]。盗言孔甘[16],乱是用馂[17]。匪其止共[18],维王之邛[19]。

奕奕寝庙[20],君子作之[21]。秩秩大猷[22],圣人莫之[23]。他人有心[24],予忖度之[25]。跃跃毚兔[26],遇犬获之[27]。

荏染柔木,君子树之[28]。往来行言[29],心焉数之[30]。蛇蛇硕言[31],出自口矣。巧言如簧[32],颜之厚矣[33]。

彼何人斯[34]?居河之麋[35]。无拳无勇[36],职为乱阶[37]。既微且尰[38],尔勇伊何[39]?为犹将多[40],尔居徒几何[41]?

【注释】

〔1〕这是一首政治讽刺诗,讽刺那些朝中佞臣,无他本领,只知耍阴谋,花言巧语地用谗言害人,而周王又偏信任他们,致使国政混乱不堪。诗人对周王不能明察,感到惋惜,而对巧言者表现出极为深恶痛绝的态度。

〔2〕悠悠:远大的样子。昊天:苍天。曰:维,是。且(jū居):语气词。这二句是情急无奈的呼告语,意思是说上天本是下民的父,下民的母啊!

〔3〕幠(hū忽):本义为覆盖,引申为大。幠,一作憮。这句是说,却遭到这样的大乱!

〔4〕已威:甚威,施威太甚,即太暴虐。

〔5〕慎:诚然,确实。毛《传》:"慎,诚也。"

〔6〕泰幠:大幠,指太大的祸乱。郑《笺》:"已、泰,皆言甚也。"

〔7〕僭(jiàn箭):通"譖(zèn怎去声)",指进谗言。涵:容纳,宽容。这句是说,从宽容谗言开始。

〔8〕如怒:如果怒责那些进谗言的人。

〔9〕庶:差不多。遄沮(chuán jǔ船举):很快被制止。

〔10〕祉(zhǐ止):福。句意是说,如果当初慎重行事自求多福的话。

〔11〕已:止,止住。

〔12〕屡盟:多次结盟,指与谗人勾结。

〔13〕用:是以、因此。长:延长,延续。

〔14〕信盗:相信如盗贼一样的谗人。

〔15〕暴:猛烈。

〔16〕盗言:指谗人说的害人的话。孔:很。甘:甜美动听。

〔17〕餤(dàn淡):同"啖",本来是进食的意思,这里引申为增多、加剧的意思。

〔18〕匪:非,没有。止:指阻止祸乱。共:共同。这句是说,当初没有共同阻止祸乱发生。

〔19〕王:王朝。邛(qióng穷):病,指祸患。这句是说终于酿成王朝大祸。

〔20〕奕奕:高大的样子。寝庙:宗庙。

〔21〕作:兴建。

〔22〕秩秩:宏大、宏伟的样子。大猷(yóu由):大谋,指治国方略。

〔23〕莫:通"谟",谋划的意思。毛《传》:"莫,谋也。"

〔24〕有心:有什么想法。

〔25〕忖度:揣度,指推测而知道。

〔26〕跃跃:跳跃的样子。毚(chán谗)兔:狡兔。朱氏《集传》:"毚,狡也。"

〔27〕获:擒获,捉住。指兔被犬捉住。此喻指小人终会受惩罚。

〔28〕荏(rěn忍)染:柔弱的样子。树:植,栽。两句有君子喜欢听柔顺之言的意思。

〔29〕往来行言:指传来传去的流言蜚语。

〔30〕数:算计。这句的意思是说,小人在心中总盘算着如何进谗。

〔31〕蛇蛇(yí夷):弯弯曲曲,即委婉的意思。硕言:骗人的大话。

〔32〕巧言:花言巧语。如簧:像那笙簧一样动听。

〔33〕颜之厚:即厚颜无耻的意思。

〔34〕彼何人斯:那是些什么样的人啊!

〔35〕麋:借为"湄",水边。

〔36〕无拳无勇:无力无勇。即无能之辈的意思。

〔37〕职:专主。乱阶:祸乱之阶,祸乱的由来,即专门导致祸乱的意思。

〔38〕微:指小腿湿疹之类。尰(zhǒng肿):脚肿。这句意思是说,毛病很多,惹人嫌恶。

〔39〕尔勇伊何:你的勇力表现在何处?

〔40〕为犹:指制造的阴谋诡计。将多:大而多。毛《传》:"将,大也。"

〔41〕居:陈氏《传疏》:"居,读为'其',语助词。"徒:徒众,指同伙。几何:有多少?意指很多。

何　人　斯[1]

彼何人斯?其心孔艰[2]。胡逝我梁[3],不入我门?伊谁云从[4]?维暴之云[5]。

二人从行[6],谁为此祸[7]?胡逝我梁,不入唁我[8]?始者不如今[9],云不我可[10]。

265

彼何人斯？胡逝我陈[11]？我闻其声，不见其身[12]。不愧于人，不畏于天[13]？

彼何人斯？其为飘风[14]。胡不自北？胡不自南？胡逝我梁？祇搅我心。

尔之安行[15]，亦不遑舍[16]。尔之亟行，遑脂尔车[17]？壹者之来[18]，云何其盱[19]。

尔还而入[20]，我心易也[21]。还而不入，否难知也[22]。壹者之来，俾我祇也[23]。

伯氏吹埙，仲氏吹篪[24]。及尔如贯[25]，谅不我知[26]。出此三物[27]，以诅尔斯[28]。

为鬼为蜮[29]，则不可得[30]。有靦面目[31]，视人罔极[32]。作此好歌[33]，以极反侧[34]。

【注释】

〔1〕这是一女子怀念和埋怨旧日情人的诗。诗中写二人曾经过往密切，后来却过门不入。诗人既指责对方不念旧情，反复无常，又作歌好言相劝，希望恢复旧好。

〔2〕孔：非常。艰：艰深难测。

〔3〕胡：为什么。逝：到，走过。梁：桥梁，或鱼梁，捕鱼的坝。

〔4〕伊谁云从：他听从了谁的话？云，说。这里指挑拨的话。

〔5〕维暴之云：说起话来这样粗暴。

〔6〕从行:相从而行,此指一起相处。

〔7〕祸:祸患,此指反目不再来往。

〔8〕唁(yàn燕):慰问。

〔9〕始者:昔者,过去。不如今:不像今天,意思是说今天对我不像过去那么好了。

〔10〕云:语气词。不我可:即"不可我",不跟我要好。

〔11〕陈:堂前的通道,由堂下至大门的这一段。

〔12〕身:身影。

〔13〕不愧:不感到羞愧。不畏:不畏惧。这二句是说,你在人前不羞愧,难道也不畏惧天吗?

〔14〕飘风:旋风。

〔15〕安行:平稳而行,即慢走缓行。

〔16〕不遑:无暇。舍:停息。

〔17〕亟行:即急行,快走。脂:作动词,指给车轴上加油,使其润滑。两句意思是说,你只顾急行,连停下来给车加油的时间都没有吗?

〔18〕壹者:前次,往日。来:此指来而不入门。

〔19〕云:语助词。盱(xū虚):通"吁",忧伤。

〔20〕尔还而入:你返回来进入家门。

〔21〕易:平,和悦。

〔22〕否:此指不入门来。难知:指难以知道你的用心。

〔23〕俾:使。祇:借为"疧(qí其)",病。

〔24〕伯氏:老大。埙(xūn勋):古代陶制的一种吹奏乐器。仲氏:老二。篪(chí池):古代竹制乐器。这二句是说,我与你相应相和情如兄弟。

〔25〕及尔:同你。如贯:像贯穿在一起。

〔26〕谅不我知:即"谅不知我"。谅,诚然。朱氏《集传》:"谅,诚。"不知我,不理解我。

〔27〕三物:就是盟诅用的牺牲,指鸡、犬、豕。

〔28〕诅:盟誓,对天发誓。这句是说,和你对神盟誓。

〔29〕蜮:传说中一种能含沙射影暗害人的妖邪。

〔30〕不可得：即不得见。

〔31〕靦(tiǎn 舔)：面目可见的样子。意思是你的面目昭然可见。

〔32〕视：通"示"，表现出。罔极：没有准则。这句意思是说，你作为一个有面目的人，却又表现得多变无常，令人莫测。

〔33〕好歌：表达善意的歌。

〔34〕极：深究，此有纠正的意思。反侧：反复无常。朱氏《集传》："反侧，反复不正直也。"

巷　　伯[1]

萋兮斐兮，成是贝锦[2]。彼谮人者[3]，亦已大甚[4]！

哆兮侈兮[5]，成是南箕[6]。彼谮人者，谁适与谋[7]？

缉缉翩翩[8]，谋欲谮人[9]。慎尔言也[10]，谓尔不信[11]。

捷捷幡幡[12]，谋欲谮言。岂不尔受[13]？既其女迁[14]。

骄人好好[15]，劳人草草[16]。苍天苍天！视彼骄人，矜此劳人[17]。

彼谮人者，谁适与谋？取彼谮人，投畀豺虎[18]！豺虎不食，投畀有北[19]！有北不受[20]，投畀有昊[21]！

杨园之道,猗于亩丘[22]。寺人孟子[23],作为此诗。凡百君子[24],敬而听之。

【注释】

〔1〕这是一首政治抒情诗。诗人光明磊落地自道其名,公开表明了自己对谗巧奸人深恶痛绝的态度。其坚持正义的批判精神以及痛快淋漓的表达方式使这首诗对后世产生很大影响。巷伯:官名,掌管宫内道路。

〔2〕萋(qī妻)、斐(fěi匪):都是形容花纹交错的样子。毛《传》:"萋、斐,文章相错也。"成是:构成这。贝锦:有贝壳花纹的锦缎。此二句喻谗佞迷惑人的花言巧语。

〔3〕谮(zèn怎去声)人:进谗言的奸人。

〔4〕大甚:太厉害、猖狂。

〔5〕哆(chǐ齿):张开嘴的样子。侈(chǐ齿):张大。这句是说,把嘴巴张得大大的。

〔6〕南箕(jī基):南天的箕星宿,共四星,其排列成梯形,似张大口的簸箕,因此古人认为箕星主宰人间口舌是非。这里用来比喻谗人。

〔7〕适(dí弟):主,专。朱氏《集传》:"适,主也。"谁适与谋,谁专与他共谋。

〔8〕缉缉(jī积):形容附耳私语时唧唧咕咕的声音。翩翩:急急忙忙,往来串通的样子。

〔9〕谋欲谮人:谋划想要谗害人。

〔10〕慎:小心慎重。尔:指谗人。

〔11〕谓尔不信:人们会说,你的话不足信。

〔12〕捷捷:口舌便捷,能言善辩的样子。幡幡(fān帆):反复煽动的样子。

〔13〕受:接受,指听信谗言。

〔14〕既:既而,不久。迁:离去。这句意思是说,人们会很快知道受骗而避开你。

〔15〕骄人:指骄横的谗人。好好:志得意满的样子。

〔16〕劳人:忧劳之人。草草:假借为"慅慅"(cǎo 草),忧愁苦闷的样子。

〔17〕视:察看,指审察骄人的罪过。矜(jīn 今):可怜。两句是呼告苍天的话。

〔18〕投畀(bì 闭):投给。毛《传》:"畀,予也。"

〔19〕有北:指极北方的荒漠之地。

〔20〕不受:不收留。表示谗佞人是共所厌恶的。

〔21〕有昊:即苍天。这句是说,交付上天去处治。

〔22〕杨园:园名,或因种植杨树而称杨园。猗(yī 衣):依,连接。亩丘:有田亩的高丘。二句是指诗人往来吟哦创作此诗的地方。

〔23〕寺人:宫内侍御小臣。孟子:寺人之名,即此诗的作者。

〔24〕凡:所有的。百:代指多数。君子:指朝官。

谷　风〔1〕

习习谷风,维风及雨〔2〕。将恐将惧〔3〕,维予与女〔4〕。将安将乐,女转弃予。

习习谷风,维风及颓〔5〕。将恐将惧,寘予于怀〔6〕。将安将乐,弃予如遗。

习习谷风,维山崔嵬。无草不死,无木不萎。忘我大德,思我小怨。

【注释】

〔1〕这是一首弃妇诗。诗中反复以"谷风"起兴,用经风经雨比喻曾

经共过大患难。不料日子过好了,丈夫却变了心,把自己遗弃了。她指斥丈夫忘大德而记小怨,太无情义。三章复沓,感情逐步加深。谷风:山谷中的大风。

〔2〕维:发语词。风及雨:连风带雨。比喻生活中出现的大变故。

〔3〕将:又。这句是说,在那担惊受怕的日子里。

〔4〕女:同"汝",你。

〔5〕颓:指摧毁性的暴风。

〔6〕寘(zhì置):放。这句是说,把我保护在怀里。

蓼　莪[1]

蓼蓼者莪,匪莪伊蒿[2]。哀哀父母,生我劬劳[3]!

蓼蓼者莪,匪莪伊蔚[4]。哀哀父母,生我劳瘁[5]!

瓶之罄矣,维罍之耻[6]。鲜民之生[7],不如死之久矣[8]!无父何怙[9]?无母何恃[10]?出则衔恤[11],入则靡至[12]。

父兮生我,母兮鞠我[13]。拊我蓄我[14],长我育我[15],顾我复我[16],出入腹我[17]。欲报之德,昊天罔极[18]?

南山烈烈[19],飘风发发[20]。民莫不穀[21],我独何害[22]!南山律律[23],飘风弗弗[24]。民莫不穀,我独不卒[25]!

271

【注释】

〔1〕这是一首儿子哀痛和悼念父母的诗。诗人深情地回忆起父母的种种养育之恩,而自己却未能报答万一,心中悲苦,从而呼天落泪,诗中连下九个"我",述说父母对自己的鞠育之劳。蓼(lù 路):长大的样子。莪(é 俄):莪蒿。因茎抱根而生,又称抱娘蒿。

〔2〕匪:不是。伊:是。蒿:指一般的青蒿。这里用不是莪蒿而是青蒿为喻,表示自己长大后,辜负了父母的期望,有自责的意思。

〔3〕哀哀:可怜可叹。劬(qú 渠)劳:辛苦劳累。

〔4〕蔚:牡蒿,蒿的一种。喻义同上。

〔5〕劳瘁(cuì 粹):因劳累过度而成病。

〔6〕罄(qìng 庆):尽,空。罍(léi 雷):古代青铜器,盛酒或水。较瓶为大。两句言小瓶空空的,罍自然也什么都没有。比喻儿子无力赡养父母,使父母缺衣少食,备尝艰辛耻辱。

〔7〕鲜民:指失去父母的孤子。毛《传》:"鲜,寡。"马氏《通释》:"孤、寡一声之转,寡民犹言孤子。"生:活着。

〔8〕不如死之久矣:不如早点儿死了好。

〔9〕怙(hù 户):依靠。何怙,依靠谁呢?

〔10〕恃:同"怙"。

〔11〕衔恤:含忧,怀着忧伤。

〔12〕入:指入家门。靡至:无至,如未归家一样,言没有着落。

〔13〕鞠(jū 居):养育。

〔14〕拊(fǔ 甫):抚爱。畜(xù 绪):通"慉",喜爱。

〔15〕长、育:皆为哺养长大的意思。

〔16〕顾:看顾。复:借为"覆",庇护的意思。

〔17〕腹:指搂抱在怀里。

〔18〕昊天:苍天。罔极:无极,没有准则。两句言苍天太不公正,使父母早丧,不得报养育之恩,心中憾恨之极。

〔19〕烈烈:高大而险峻的样子。

〔20〕飘风:暴风。发发:大风呼啸的声音。

〔21〕穀:善,这里指善待、赡养。这句意思是说,人人没有不赡养父母的。

〔22〕我独何害:惟独我为何竟遭这样的祸害。害,指失去父母。

〔23〕律律:突兀高耸的样子。

〔24〕弗弗(fú扶):大风声。

〔25〕不卒:不得终养父母。朱氏《集传》:"卒,终也。言终养也。"

大　　东[1]

有饛簋飧,有捄棘匕[2]。周道如砥[3],其直如矢[4]。君子所履[5],小人所视[6]。睠言顾之[7],潸焉出涕[8]。

小东大东[9],杼柚其空[10]。纠纠葛屦,可以履霜[11]？佻佻公子[12],行彼周行[13]。既往既来[14],使我心疚[15]。

有冽氿泉[16],无浸获薪[17]。契契寤叹[18],哀我惮人[19]。薪是获薪,尚可载也[20]。哀我惮人,亦可息也。

东人之子,职劳不来[21]。西人之子[22],粲粲衣服[23]。舟人之子[24],熊罴是裘[25]。私人之子[26],百僚是试[27]。

或以其酒[28],不以其浆[29]。鞙鞙佩璲[30],不以其长[31]。维天有汉[32],监亦有光[33]。跂彼织女[34],终

273

日七襄[35]。

虽则七襄,不成报章[36]。睆彼牵牛[37],不以服箱[38]。东有启明[39],西有长庚[40]。有捄天毕[41],载施之行[42]。

维南有箕[43],不可以簸扬[44]。维北有斗[45],不可以挹酒浆[46]。维南有箕,载翕其舌[47]。维北有斗,西柄之揭[48]。

【注释】

〔1〕这首怨诗是名篇,描写了当时东、西方人之间的苦乐悬殊和劳逸不均。它诉说了西方周贵族对东方各国人民的无止境的掠夺。诗以巧妙的构思,丰富的想象,生动的对比和象征等手法,抒发了诗人的怨恨和不满,在内容和艺术表现上均独具一格。

〔2〕有饛(méng 萌):即饛饛,食物盈满的样子。簋(guǐ 轨):古代一种食器。飧(sūn 孙):熟食。这里是说,簋中装着满满的食物。有捄(qiú 求):即捄捄,长而弯曲的样子。棘匕(jí bǐ 急比):用酸枣木制成的勺。这二句写食物本已很多,但还用长勺不停地舀,比喻周贵族的贪心和掠夺。

〔3〕砥(dǐ 底):磨刀石。这里形容大道平坦。

〔4〕如矢:形容道路像箭一样直。

〔5〕君子:指西周贵族官员。履:行走。

〔6〕小人:指东国的平民。视:注视,指看在眼里。

〔7〕睠(juàn 眷)言:眷然,眷恋的样子。顾:反顾。这里指舍不得周人从周道上往西运送东人的财货。

〔8〕潸(shān 山):流泪的样子。涕:眼泪。此写望而生悲。

〔9〕小东大东:指东方的大小诸侯国。

〔10〕杼(zhù柱):织布机上的梭子。柚(zhú竹):织布机上的卷布的大轴。通"轴"。这句是说,织布机上的布帛都被搜刮一空了。

〔11〕纠纠:绳索缠绕的样子。葛屦(jù巨):葛麻编制成的草鞋。可以:何以,怎能。履(lǚ吕):动词,踩。这里写东民的贫穷痛苦。

〔12〕佻佻(tiāo挑):轻狂而安逸的样子。朱氏《集传》:"佻,轻薄不耐劳苦之貌。"公子:指周的贵族子弟。

〔13〕行彼周行(háng杭):行走在那大道上。

〔14〕既往既来:又往又来,川流不息。

〔15〕疚(jiù救):忧伤。

〔16〕有洌(liè列):即洌洌,寒凉冰冷的样子。氿(guǐ轨)泉:指从侧面涌出的泉水。

〔17〕无浸(jìn近):不要浸泡。获薪:已砍下来的柴薪。此比喻东人遭受摧残。

〔18〕契契(qì气):忧愁痛苦的样子。寤叹:不寐而叹,就是愁苦得睡不着觉而叹息不止。

〔19〕哀叹。惮(dàn旦)人:疲病劳苦的人。

〔20〕薪:动词,烧,这里指可供燃烧的薪柴。是:这。获薪:指砍下的柴薪。尚可载也:还可以把它用车载走。二句用移走柴薪,比喻下面所说劳苦之人,也将避开去休息一下。

〔21〕职劳:专门从事劳役。来:通"勑"(lài赖)或"赉",慰劳。这里指却无人来慰劳。

〔22〕西人:指西周王朝贵族。

〔23〕粲粲:形容衣服鲜明华丽的样子。

〔24〕舟人:指供西人役使的船夫。毛《传》:"舟人,舟楫之人。"

〔25〕罴(pí皮):兽名,似熊而体大,俗称人熊。这里指穿着用熊罴皮做成的皮衣。

〔26〕私人:指西周贵族家的私家奴隶。

〔27〕百僚:各种官位。试:任用。句意是说,连西人的舟人、家奴都十分富有、飞黄腾达。

275

〔28〕或：有的人。以其酒：饮用那美酒，指西人。

〔29〕不以其浆：不用其薄酒，意思是有的人连薄酒也喝不上。指东人。

〔30〕鞙鞙（xuān 宣）：形容玉佩的绶带长长的样子。璲（suì 隧）：瑞玉名。这句是说，有的人佩带的是宝玉。

〔31〕不以其长：不用其长佩带。长，指长佩带，是用杂碎小玉缀成的不值钱不贵重的佩带物。这句是说，有人连长佩也带不起。

〔32〕维：发语词。汉：云汉，即天空的银河。

〔33〕监：同"鉴"，这里有照的意思。两句是说天河也有光可照人。

〔34〕跂（qí 其）：通"歧"，分歧，分叉。织女：指织女三星，分立成三角状。

〔35〕终日：一整天，从朝到暮。七襄：七次变更位置，即一天的自卯至酉共七个时辰中，织女星每一个时辰移位一次。

〔36〕报：反复往来的意思。章：花纹，指布帛。织布时是梭子引线经纬交织而成布帛。织女星一天七次移动，只向西而不回来向东，不能反复，因此空有织女其名，而织不成布。

〔37〕睆（huǎn 缓）：星光明亮的样子。牵牛：牵牛星。

〔38〕服：驾。箱：车箱。这里代指车。这句是说，牵牛星空有牵牛之名，而不能用来驾车载物。

〔39〕启明：启明星，即金星，又名太白星。太阳出来之前在东方出现，故名。

〔40〕长庚：长庚星，也是金星别名。傍晚落日之后出现在西方，故名。古人误认为启明与长庚是二星。

〔41〕毕：星宿名，共八星，形状像古代捕兔用的毕网。

〔42〕载：则。施：张设。行（háng 杭）：道路。指把网张设在道路上。

〔43〕维：语助词。箕：星宿名，共八星，排列成簸箕状。

〔44〕不可以簸扬：不能用来簸扬谷糠。

〔45〕斗：北斗星，共七星，排列成斗形。斗是古代用来舀物的器具。

〔46〕挹（yì 义）：取，舀取。按：以上十二句，乃借上天星辰的有名无

276

实,谴责周王室的官员尸位素餐,徒有虚名。

〔47〕载:乃。翕(xī吸):向内缩,指用力吸取的样子。这里是说箕星的形状口大底小,状如缩舌吸引,有吞噬的样子。

〔48〕西柄:斗柄指向西方。揭:上扬,高举。这句是说,斗星的斗柄向西方高举,有向东挹取的样子。以上四句暗示西方周人向东方贪心不止地掠夺财物。

四　月[1]

四月维夏,六月徂暑[2]。先祖匪人[3],胡宁忍予[4]?

秋日凄凄[5],百卉具腓[6]。乱离瘼矣[7],爰其适归[8]?

冬日烈烈[9],飘风发发[10]。民莫不穀[11],我独何害[12]?

山有嘉卉[13],侯栗侯梅[14]。废为残贼[15],莫知其尤[16]!

相彼泉水[17],载清载浊[18]。我日构祸[19],曷云能穀[20]?

滔滔江汉[21],南国之纪[22]。尽瘁以仕[23],宁莫我有[24]?

匪鹑匪鸢[25],翰飞戾天[26]。匪鳣匪鲔[27],潜逃于渊。

山有蕨薇[28],隰有杞桋[29]。君子作歌[30],维以告哀[31]!

【注释】

〔1〕这是一个无过而受害的士大夫,在行役南国的途中所作的咏怀诗。诗中借景抒情,蕴含了伤时畏祸、欲逃无所的种种复杂的内心活动。

〔2〕徂:到。徂暑,已到了盛暑季节。

〔3〕先祖:即祖先。匪:非。这句是说,我的祖先不是别家人。意思是理应顾念自己的子孙后代。

〔4〕胡宁:何乃,为什么如此。忍予:忍心对待我。

〔5〕凄凄:形容凉风。

〔6〕百卉(huì 惠):指各种花草。具:同"俱",皆。腓(féi 肥):枯萎,凋残。毛《传》:"腓,病也。"

〔7〕离:借为"罹",遭受。瘼(mò 末):疾苦。这句是说,由于朝政混乱使我遭此病苦。

〔8〕爰:何。适:往。爰其适归,归往何处?意思是说,令人无处可逃避。

〔9〕烈烈:同"洌洌",寒风劲吹的样子。

〔10〕飘风:暴风。发发:狂风呼啸声。

〔11〕榖:善,此指生活好。这句是说,人人生活都没什么不好。

〔12〕我独何害:我为什么偏偏受到祸殃。

〔13〕嘉卉:美好的草木。

〔14〕侯:同"维",是。栗、梅:均为树名,果实可食。

〔15〕废:大。毛《传》:"废,大也。"残贼:残害,此用树木被人大为摧残,比喻自己受害。

〔16〕尤:过失。莫知其尤,意思是,不知道有什么过失。自喻无过而

受害。

〔17〕相彼:看那。

〔18〕载清载浊:有时清有时浊。

〔19〕日:天天。构祸:遭祸。

〔20〕曷:何。云:语助词。能穀:能善,能好。这句是说,什么时候能有好日子过?

〔21〕滔滔:滚滚而来的样子。江汉:指长江、汉水。

〔22〕南国:指南方各条河流。纪:纲纪,总汇的意思。

〔23〕尽瘁:尽心竭力不怕病苦。仕:任职,从事王事。

〔24〕宁:乃。有:通"友",亲善、善待。这句是说,乃竟不善待我。

〔25〕匪:非。鹑(tuán团):老雕。鸢(yuān冤):鹞鹰。两种猛禽均善飞。这句是说,我不是老雕,不是鹞鹰。

〔26〕翰飞:高飞。戾(lì力)天:至天。

〔27〕鳣(zhān毡):又名鳇鱼。鲔(wěi委):又名鲟鱼。渊:深渊。此是羡慕鸟、鱼可逃,而自己却无处可逃。

〔28〕蕨薇:蕨菜和薇菜。

〔29〕隰(xí习):低洼的地方。杞:枸杞。椐(yí移):树名。

〔30〕君子:作者的自称。

〔31〕告哀:诉说悲哀。

北　　山[1]

陟彼北山,言采其杞[2]。偕偕士子[3],朝夕从事。王事靡盬[4],忧我父母[5]。

溥天之下,莫非王土[6]。率土之滨,莫非王臣[7]。大夫不均[8],我从事独贤[9]。

279

四牡彭彭,王事傍傍[10]。嘉我未老,鲜我方将[11]。旅力方刚[12],经营四方[13]。

或燕燕居息[14],或尽瘁事国[15]。或息偃在床[16],或不已于行[17]。

或不知叫号[18],或惨惨劬劳[19]。或栖迟偃仰[20],或王事鞅掌[21]。

或湛乐饮酒[22],或惨惨畏咎[23]。或出入风议[24],或靡事不为[25]。

【注释】

〔1〕这是一首周王朝下层官吏述说自己的痛苦与不平的诗。他为王事四方奔波,艰苦备尝,连父母也无法侍奉。但那些大吏宠臣,却安然过着优裕安闲的生活。全诗连用十二个"或"字,将劳逸对举,有力地表现了怨愤难平的心情。北山:泛指北方之山,非实称。

〔2〕杞:枸杞,子可食,入药。两句用登山采杞,兴起从事的辛劳。

〔3〕偕偕:强壮的样子。《说文》:"偕,强也。"士子:诗人自称。

〔4〕靡盬:无止境,没完没了。

〔5〕忧我父母:不能侍奉父母,而忧念不止。

〔6〕溥:同"普",全,整个。莫非:莫不是,全部皆是的意思。

〔7〕率:自。土:土地,领土。滨:水边。古人相信大地四周环海,此犹言四海之内。王臣:王的臣民。

〔8〕大夫:高层官吏,指当政者。不均:不公平。

〔9〕独贤:唯独我最劳苦。毛《传》:"贤,劳也。"

〔10〕傍傍:紧急繁忙的样子。毛《传》:"傍傍然,不得已也。"

〔11〕嘉:夸奖。鲜:称美之词。郑《笺》:"嘉、鲜,皆善也。"将:壮。毛《传》:"将,壮也。"两句是说夸我不老,赞美我方壮,所以屡派给我王差。

〔12〕旅:通"膂"。膂力,力气。刚:强健。

〔13〕经营:往来奔走劳作。

〔14〕或:有的人。燕燕:安逸的样子。居息:居家休息。

〔15〕瘁:劳。尽瘁,竭尽身心,不留馀力。

〔16〕偃:卧。

〔17〕行(háng 杭):道路。这句是说,在路上奔走不停。

〔18〕叫号:呼喊哭叫。这句是说,那些深居安逸者不知人间有痛苦之事,哀伤之声。

〔19〕惨惨:忧虑不安的样子。劬劳:辛苦操劳。

〔20〕栖迟:居息。偃仰:仰卧,舒服而卧,自在的样子。

〔21〕靸掌:忙乱的样子。陈氏《传疏》:"靸掌,叠韵连绵字。靸掌失容,犹言仓皇失据耳。"

〔22〕湛(dān 丹)乐:沉醉于享乐。

〔23〕咎:罪责。

〔24〕风议:空发议论。

〔25〕靡事不为:无事不做,犹言为公家什么都得去干,万分劳苦。

无 将 大 车[1]

无将大车,祇自尘兮[2]。无思百忧[3],祇自疷兮[4]。

无将大车,维尘冥冥[5]。无思百忧,不出于颎[6]。

无将大车,维尘雝兮[7]。无思百忧,祇自重兮[8]。

【注释】

〔1〕诗人感时伤乱,百忧并集,咏诗以自遣。将:用手推车。郑《笺》:"将,犹扶进也。"大车:用牲畜拉的载重之车。

〔2〕尘:作动词,招致尘土。此比喻无济于事,徒惹麻烦。

〔3〕百忧:多忧,忧事多端。

〔4〕疧(qí 其):因忧成病。

〔5〕维:发语词。冥冥:昏暗,形容尘土蒙蒙的样子。

〔6〕颎(jiǒng窘):光。不出于颎,意谓心中不亮堂。毛《传》:"颎,光也。"郑《笺》:"思众小事以为忧,使人蔽阇不得出于光明之道。"

〔7〕雝(yōng 拥):同"壅",堵塞。

〔8〕重:沉重。

小　明[1]

明明上天,照临下土[2]。我征徂西[3],至于艽野[4]。二月初吉,载离寒暑[5]。心之忧矣,其毒大苦[6]!念彼共人[7],涕零如雨。岂不怀归?畏此罪罟[8]!

昔我往矣,日月方除[9]。曷云其还[10]?岁聿云莫[11]。念我独兮,我事孔庶[12]。心之忧矣,惮我不暇[13]。念彼共人,睠睠怀顾[14]!岂不怀归?畏此谴怒!

昔我往矣,日月方奥[15]。曷云其还?政事愈蹙[16]。岁聿云莫,采萧获菽[17]。心之忧矣,自诒伊戚[18]!念彼共人,兴言出宿[19]。岂不怀归?畏此反覆[20]!

嗟尔君子,无恒安处[21]！靖共尔位[22],正直是与[23]。神之听之[24],式穀以女[25]。

嗟尔君子,无恒安息！靖共尔位,好是正直[26]。神之听之,介尔景福[27]。

【注释】

〔1〕一个久役在外的官员,欲归不得,唱出了这首忧时、念友、怀归之歌。

〔2〕照临下土:以高视下,察照人间。这句是说上天是察照一切的,联系下文,则意谓独不见我的苦处。

〔3〕征:出征,行役。徂:往。西:西方,周时西部边境,常受外族入侵,多有边患。

〔4〕芃(qiú求)野:荒远之地。朱氏《集传》:"芃野,地名,盖荒远之地也。"

〔5〕初吉:初一(取郑《笺》说)。载:则。离:经历。寒暑:表示寒暑交替,指一年。

〔6〕毒:指药毒。这句是说,心中如有药毒般苦。郑《笺》:"忧之甚,心中如有药毒也。"

〔7〕共:通"恭",恭人,崇敬的人,指后文的"君子",诗人的友人。

〔8〕罪罟(gǔ古):法网。

〔9〕除:除旧,指除旧岁迎新年。

〔10〕曷:何时。云:语助词。

〔11〕聿:语助词。莫:通"暮",指年底。

〔12〕孔庶:很多。

〔13〕惮我不暇:"我惮不暇"之倒装句。惮(dàn旦),通"瘅",劳。不暇,不得休闲。

〔14〕睠睠:即眷眷,依恋不舍的样子。

〔15〕奥:通"燠"(yù玉),暖。

〔16〕蹙(cù促):急促,紧急。

〔17〕萧:香蒿。菽:大豆。

〔18〕诒:通"贻",留下。伊:是,此。戚:凄苦忧伤。

〔19〕兴:起来。言:语助词。出宿:该睡而不成眠,走出户外。朱氏《集传》:"至于不能安寝,而出宿于外也。"

〔20〕反覆:指随意加罪。郑《笺》:"反覆,谓不以正罪见罪。"

〔21〕恒:常。处:居处。句谓不要总贪安逸。

〔22〕靖共:《韩诗外传》作"靖恭",恭谨。尔位:你的本职,职位。

〔23〕与:亲近。这句是说,要与正直人相亲近。

〔24〕听之:听从你的祈求。

〔25〕式:乃。穀:善,此指福禄。朱氏《集传》:"穀,禄也。"女:通"汝"。意谓赐福禄给你。

〔26〕好:喜爱。

〔27〕介:助,赐给。景福:大福。

鼓　　钟[1]

鼓钟将将,淮水汤汤[2]。忧心且伤。淑人君子[3],怀允不忘[4]。

鼓钟喈喈[5],淮水湝湝[6]。忧心且悲。淑人君子,其德不回[7]。

鼓钟伐鼛[8],淮有三洲[9]。忧心且妯[10]。淑人君子,其德不犹[11]。

鼓钟钦钦[12],鼓瑟鼓琴[13]。笙磬同音[14]。以雅以南[15],以籥不僭[16]。

【注释】

〔1〕这是一首伤今思古的咏怀诗。在一场鼓钟奏乐、琴瑟并作的盛会上,诗人缅怀起古圣先贤的德业懿行,引起盛世不再的感伤。旧说以为是刺幽王之作,无据。但作者的忧伤,是由对现实的不满引起,这是可以推知的。鼓:动词。鼓钟,敲钟。

〔2〕将将:即"锵锵",形容钟声清亮悦耳。淮水:淮河,源出河南,流经安徽、江苏,入洪泽湖。汤汤(shāng伤):水盛流急的样子。此指盛会在淮水上举行。

〔3〕淑:贤德。郑《笺》:"淑,善也。"

〔4〕怀:思念。允:信,确实。不忘:令人难忘。

〔5〕喈喈(jiē皆):形容钟声和谐悦耳。

〔6〕湝湝(jiē皆):大水流淌的样子。

〔7〕回:邪曲。不回,正直不阿。

〔8〕伐:敲击。鼛(gāo高):大鼓。

〔9〕洲:水中陆地,小岛。

〔10〕妯(chōu抽):悲悼、伤痛。郑《笺》:"妯之言悼也。"

〔11〕犹:欺诈。不犹,诚实无欺。《广雅》:"犹,欺也。"

〔12〕钦钦:形容钟声悠远。

〔13〕鼓:动词,弹奏。瑟、琴:均古代弦乐器。

〔14〕笙:古代带簧的管乐器。磬(qìng庆):古代的打击乐器。同音:音声相配相合。

〔15〕以:为,演奏。雅:雅乐,京师附近乐调。南:南国的乐调。一说雅、南,均为乐器名。

〔16〕籥(yuè岳):乐器名,乐舞名。朱氏《集传》:"籥,籥舞也。"僭(jiàn件):乱。不僭,舞姿协调,队列井然不乱。

285

楚　　茨[1]

楚楚者茨,言抽其棘[2]。自昔何为[3]？我艺黍稷[4]。我黍与与[5],我稷翼翼[6]。我仓既盈[7],我庾维亿[8]。以为酒食[9],以享以祀[10],以妥以侑[11],以介景福[12]。

济济跄跄[13],絜尔牛羊[14],以往烝尝[15]。或剥或亨,或肆或将[16]。祝祭于祊[17],祀事孔明[18]。先祖是皇[19],神保是飨[20]。孝孙有庆[21],报以介福[22],万寿无疆！

执爨踖踖[23],为俎孔硕[24]。或燔或炙[25],君妇莫莫[26],为豆孔庶[27]。为宾为客[28],献酬交错[29]。礼仪卒度[30],笑语卒获[31]。神保是格[32],报以介福,万寿攸酢[33]！

我孔熯矣[34],式礼莫愆[35]。工祝致告[36],徂赉孝孙[37]。苾芬孝祀[38],神嗜饮食[39]。卜尔百福,如幾如式[40]。既齐既稷,既匡既敕[41]。永锡尔极[42],时万时亿[43]！

礼仪既备,钟鼓既戒[44]。孝孙徂位[45],工祝致告。神具醉止[46]，皇尸载起[47]。钟鼓送尸，神保聿归[48]。诸宰君妇[49]，废彻不迟[50]。诸父兄弟[51]，备言燕私[52]。

乐具入奏[53]，以绥后禄[54]。尔殽既将[55]，莫怨具庆[56]。既醉既饱，小大稽首[57]。神嗜饮食，使君寿考。孔惠孔时，维其尽之[58]。子子孙孙，勿替引之[59]！

【注释】

〔1〕这是周贵族喜获大丰收后，祭享先祖祈求福禄寿考的诗。诗描写了整个祭祀典礼的全过程。首先写农作物丰收，仓满囷盈的景象；次写祭品的丰盛，礼仪的明备周全，气氛的肃穆隆重；再其次写神灵享祭，工祝致告，降以大福；最后祭毕撤俎，家族宴会，向主祭者周王庆贺，愿子孙孙永继不废。诗虽长而层次分明，承接有序，辞气典重而古茂生动。楚：楚楚，丛生茂密的样子。茨（cí词）：蒺藜。

〔2〕言：语助词。抽：除掉，拔去。毛《传》："抽，除也。"棘：刺。二句谓种庄稼前，先清理杂草。

〔3〕昔：昔日，从前。何为：为什么这样做。

〔4〕艺：种植。黍稷：泛指各种农作物。

〔5〕与与：株株相连，生长茂密的样子。

〔6〕翼翼：形容禾苗叶子伸展摆动的样子。

〔7〕仓：粮仓。盈：满。

〔8〕庾（yǔ雨）：粮囤。亿：十万。郑《笺》："十万为亿。"此形容数量之多。

〔9〕以为酒食：用它（指粮谷）来酿酒和做成食品。

〔10〕以享以祭：作为献神祭祖的祭品。

〔11〕妥：安坐。毛《传》："妥，安坐也。"侑（yòu又）：劝食劝酒。古代

287

祭礼,以人扮神,称"尸"。这里指请神尸安坐在受祭的座位上,并向其劝食劝饮。

〔12〕介:助。郑《笺》:"介,助也。"景福:洪福,大福。这句意思是说,以助我大福,亦即赐予大福。

〔13〕济济:庄严恭敬的样子。跄跄(qiāng枪):行走有节奏的样子。毛《传》:"济济跄跄,言有容也。"郑《笺》:"有容,言威仪敬慎也。"

〔14〕絜:同"洁",作动词,洗净。这句是说,将你们准备献祭的牛羊洗干净。

〔15〕往:送往。烝尝:郑《笺》:"冬祭曰烝,秋祭曰尝。"

〔16〕剥:此指剥掉供祭礼用的牛羊之皮。亨:同"烹",煮熟。肆:摆设。将:奉上。朱氏《集传》:"将,奉持而进之也。"两句写准备祭品。

〔17〕祝:工祝,古代祭典上掌管祝祷和司仪的神职人员。祊(bēng崩):宗庙门内设祭的地方。

〔18〕孔明:很周全完备。朱氏《集传》:"明犹备也。"

〔19〕皇:读为"迋(wàng旺)",归来,指归来受享(用高亨说,见《诗经今注》)。

〔20〕神保:先祖的神灵。飨:享受祭祀。

〔21〕孝孙:后代嫡孙,此指典礼的主祭人。有庆:获得赏赐。郑《笺》:"庆,赐也。"

〔22〕报:酬报。指先祖神飨祭后给以回报。介福:大福。

〔23〕执爨(cuàn窜):司厨,掌灶的人。朱氏《集传》:"爨,灶也。"踖踖(jí及):恭谨而敏捷的样子。朱氏《集传》:"踖踖,敬也。"

〔24〕俎(zǔ阻):古代礼器,供盛祭祀的牛羊用。孔硕:很大。

〔25〕燔(fán烦):烧肉。炙(zhì至):烤肉。

〔26〕君妇:主妇,主祭者周王之妻。莫莫:假借为"慔(mù暮)",勤勉的样子。《说文》:"慔,勉也。"

〔27〕豆:古代盛食物的一种高足盘。孔庶:很多。朱氏《集传》:"庶,多也。"

〔28〕宾、客:指参加祭礼的助祭者。

〔29〕献:敬酒。酬:回敬酒。交错:交相往来。

〔30〕卒:尽。度:法度、礼数。此指礼仪都很合于规范。

〔31〕卒获:都守规矩,恰到好处。朱氏《集传》:"获,得其宜也。"

〔32〕格:至,降临。毛《传》:"格,来。"朱氏《集传》:"格,来酢报也。"这句是说,神灵自天降临来酬报祭祀的人。

〔33〕攸:是。酢(zuò坐):本指回敬酒,这里指酬报、回报的意思。毛《传》:"酢,报也。"二句是说,神赏赐大福和长寿以回报祭祀者。

〔34〕孔:甚,很。熯(hàn汉):恭敬。毛《传》:"熯,敬也。"孔氏《正义》:"言我孝子甚能恭敬矣。"

〔35〕式:语首助词。礼:指礼仪。愆(qiān千):差失。此指祭礼虔诚,无失误。

〔36〕工祝:指祝官,即太祝。致告:传告。指传达神的旨意。

〔37〕徂(cú):往。赉(lài赖):赏赐,赐予。

〔38〕苾(bì毕)芬:形容祭品的香气很浓。孝祀:即享祀,神灵来享受祭祀。

〔39〕嗜:喜好。这句是说,神灵喜好用这些祭品。

〔40〕卜:赐予。郑《笺》:"卜,予也。"尔:指祭祀的孝孙。百福:即多福。幾(jī机):"期"的借字。式:法式,法规。二句是说,神将按期照例赐下多种福禄。

〔41〕齐:齐肃庄重。稷:通"即",急速、敏捷。毛《传》:"稷,疾。"匡:正,端正。敕:通"饬",严正。二句皆指祭祀者的虔诚恭敬。

〔42〕锡:赐。极:至,善。这里指福。

〔43〕时:是。万、亿:都指极多。

〔44〕戒:准备好。陈氏《传疏》:"戒,亦备也。"

〔45〕徂位:往位,指祭祀之事结束后,主人回到最初的位置上。郑《笺》:"以祭礼毕,孝孙往位,堂下西面位也。"

〔46〕具:都。止:语助词。这句是说,众神灵已享用了祭品,已酒足饭饱了。

〔47〕皇:伟大。尸:古代祭祀时扮成受祭者的人。载:则,于是。

289

〔48〕钟鼓:指钟鼓齐奏。送尸:送走皇尸。聿:乃,于是。归:回去。二句是说,钟鼓齐鸣奏乐,送走皇尸,就像看见神灵也归回一样。

〔49〕诸宰:各位掌管王室内务的家臣。

〔50〕废:去掉。彻:通"撤",撤去。不迟:不迟延,很快。这句是说,把席上的祭品都很快撤去。

〔51〕诸父兄弟:指同姓的各位父老兄弟。

〔52〕备:全,全体。言:语助词。燕私:指祭祀之后的亲属私宴。

〔53〕乐:指乐工。具入:即俱入。指都进入后殿。奏:演奏。

〔54〕绥:安。禄:福。这句是说,以安享祭祀后的福禄。

〔55〕殽(yáo肴):菜肴。将:味美。

〔56〕莫怨:无怨,指彼此和睦无怨隙。具庆:俱庆,都欢庆。

〔57〕小大:年幼者和年长者。稽首:叩首,跪拜礼。

〔58〕"孔惠"二句:言顺乎理,合乎时,做到了礼仪所要求的一切。

〔59〕勿替:不要废止。引:长久。这句是说,祭祖之礼要永行不废,世代继续下去。

信　南　山[1]

信彼南山,维禹甸之[2]。畇畇原隰[3],曾孙田之[4]。我疆我理[5],南东其亩[6]。

上天同云,雨雪雰雰[7]。益之以霢霂[8],既优既渥[9]。既霑既足[10],生我百谷。

疆埸翼翼[11],黍稷彧彧[12]。曾孙之穑[13],以为酒食[14]。畀我尸宾[15],寿考万年[16]。

中田有庐[17],疆埸有瓜。是剥是菹[18],献之皇祖。曾孙寿考,受天之祜[19]。

祭以清酒,从以骍牡[20],享于祖考。执其鸾刀[21],以启其毛[22],取其血膋[23]。

是烝是享[24],苾苾芬芬[25]。祀事孔明[26],先祖是皇[27]。报以介福[28],万寿无疆。

【注释】

〔1〕这是一首烝祭(冬日祭典)的乐歌。诗首言农事(垦殖土田,天时宜人,年景丰收),再转入备祀、祭祀场面,表达了丰收的喜悦和对祭事的郑重、虔诚。信:通"伸",延伸,形容山势起伏绵延。南山:指终南山。

〔2〕维:是。甸(diàn店):治理。毛《传》:"甸,治也。"古代传说,大禹治水,曾整治山河。

〔3〕畇畇(yún云):形容开垦土地使之平整。毛《传》:"畇畇,垦辟貌。"原:高平之地。隰(xí席):低湿的沼泽地。

〔4〕曾孙:即孝孙,主祭者周王对祖神的自称。田:作动词,垦殖为田亩。

〔5〕疆、理:指规划地界,整治田垄。

〔6〕南东其亩:或南或东,纵横交错,开成田亩。

〔7〕同云:指阴云密布。雨雪:下雪。雨,作动词。雰雰:形容雪花飘落的样子。也作"纷纷"。

〔8〕益:加,增加。霢霂(mài mù脉木):细雨淋淋的样子。这句是说,更加上春天及时而降的小雨。

〔9〕既:已。优:指雨水丰足。渥(wò握):润湿。

〔10〕霑(zhān沾):浸湿。足:充足、充沛。

291

〔11〕场(yì易):田间的界限。翼翼:整整齐齐的样子。朱氏《集传》:"整饬貌。"

〔12〕彧彧(yù玉):同"郁郁",形容长得茂盛。

〔13〕穑(sè色):收获谷物。

〔14〕以为:即拿谷物来做。

〔15〕畀(bì币):给,给与。尸:祭祀时装扮为神主的人。宾:来宾,指助祭的人。

〔16〕寿考:指高寿、长寿。

〔17〕中田:田中。庐:草屋。

〔18〕剥:剖开。菹(zū租):腌制。

〔19〕祜(hù户):福。指赐福。

〔20〕从:跟着。骍(xīng星)牡:赤黄色的公牛。这二句是说,先用清酒祭祀,紧接着再祭献上牺牲公牛。

〔21〕鸾刀:带铃的刀。

〔22〕启:指剥开。其毛:指牺牲的毛皮。

〔23〕膋(liáo聊):牛的脂膏。孔《疏》:"膋,肠间脂也。"

〔24〕烝:进献。《尔雅·释诂下》:"烝,进也。"

〔25〕苾苾(bì必)芬芬:形容祭品的味美香浓。

〔26〕孔明:非常周全、完备。

〔27〕皇:读为"廷(wàng旺)",归。指祖神归来受享。

〔28〕报:酬报,回报。介福:大福。

甫　　田[1]

倬彼甫田,岁取十千[2]。我取其陈[3],食我农人[4]。自古有年[5]。今适南亩[6],或耘或耔[7],黍稷薿薿[8]。攸介攸止[9],烝我髦士[10]。

以我齐明[11],与我牺羊[12],以社以方[13]。我田既臧[14],农夫之庆[15]。琴瑟击鼓[16],以御田祖[17]。以祈甘雨[18],以介我稷黍[19],以穀我士女[20]。

曾孙来止[21],以其妇子[22],馌彼南亩[23],田畯至喜[24]。攘其左右[25],尝其旨否[26]。禾易长亩[27],终善且有[28]。曾孙不怒,农夫克敏[29]。

曾孙之稼[30],如茨如梁[31]。曾孙之庾[32],如坻如京[33]。乃求千斯仓[34],乃求万斯箱[35]。黍稷稻粱,农夫之庆。报以介福[36],万寿无疆。

【注释】

〔1〕这是一首周代农奴主贵族祈年祭神的乐歌。诗中歌唱田地的广阔,农夫的劳动,祭土地神、农神的盛况,最后祝祷粮食丰收,福寿无边。此诗反映了周代农业社会的礼俗和农奴主役使农奴的状况。甫田:大田。

〔2〕倬(zhuō 拙):显著,大。岁取十千:每年获取十千石的粮谷,意思是说收获很多。

〔3〕陈:指陈旧的粮谷。朱氏《集传》:"陈,旧粟也。"

〔4〕食(sì 四):养活,给人饭吃。

〔5〕自古有年:从古到今永远是丰年。五谷熟曰"年"。

〔6〕适:往。南亩:泛指田亩,田地。

〔7〕耘:除草。籽(zǐ 子):给禾苗培土。

〔8〕薿薿(nǐ 你):茂盛的样子。

〔9〕攸:语助词。介:读为"愒",休息。止:与"介"同义。

〔10〕烝(zhēng 争):进,召进,召之前来。髦(máo 毛)士:英俊的男子。这里指农奴主的下属。

293

〔11〕以我:用我。齐明:盛满,这里指祭器中的谷物。毛《传》:"器实曰齐,在器曰盛。"明,通"盛"。

〔12〕与我:和我的。牺羊:纯色的用来祭祀的羊。朱氏《集传》:"牺羊,纯色之羊也。"

〔13〕社:社神,即土地之神。方:四方之神。这句是说,用来祭祀社神和四方之神。

〔14〕臧:善,好。既臧,指已经种好。

〔15〕庆:福。

〔16〕琴瑟:指弹琴奏瑟。

〔17〕御:迎接。田祖:指农神。

〔18〕甘雨:好雨,适时而降的雨。

〔19〕介:助。这句是说,祭神以助我的黍稷生长得好。

〔20〕穀:养。士女:男女庶民。

〔21〕曾孙:周人对祖先神灵自称曾孙,即孝孙的意思。此指农奴主。来:来到田间。止:语助词。

〔22〕妇子:农夫的妻和子。

〔23〕馌(yè夜):送饭。

〔24〕田畯(jùn俊):田官,管农事的官。至喜:甚喜,很高兴。

〔25〕攘:让。左右:指左右的随从。

〔26〕尝其旨否:品尝酒食是否好吃。

〔27〕禾:禾苗。易:通"施",伸展。俞樾《群经平议》:"易当读为施,古施易二字通用。"长亩:长满田亩。毛《传》:"长亩,竟亩也。"

〔28〕终善且有:既好又多。终,既。

〔29〕克:能够。敏:勤快。

〔30〕稼:这里指谷物。

〔31〕如茨(cí词)如梁:堆积到屋顶,如房梁那么高。茨,茅草屋顶。朱氏《集传》:"茨,屋盖也。"

〔32〕庾(yǔ雨):堆在露天场地上的粮囤。

〔33〕坻(chí池):水中高地。京:高丘。毛《传》:"京,高丘也。"

〔34〕斯:语助词,下句同。仓:粮仓。

〔35〕箱:车箱。

〔36〕介福:大福。这句意思是说,社神、田祖等神灵报给田主以大福。

大　　田[1]

大田多稼,既种既戒[2],既备乃事[3]。以我覃耜[4],俶载南亩[5],播厥百谷[6]。既庭且硕[7],曾孙是若[8]。

既方既皂[9],既坚既好[10],不稂不莠[11]。去其螟螣[12],及其蟊贼[13],无害我田稚[14]。田祖有神[15],秉畀炎火[16]。

有渰萋萋[17],兴雨祁祁[18]。雨我公田[19],遂及我私[20]。彼有不获稚[21],此有不敛穧[22]。彼有遗秉[23],此有滞穗[24],伊寡妇之利[25]。

曾孙来止,以其妇子,馌彼南亩,田畯至喜[26]。来方禋祀[27],以其骍黑[28],与其黍稷[29]。以享以祀[30],以介景福[31]。

【注释】

〔1〕这是一首农事诗。既详细描写了方春始种,夏耘除害,秋成收获的各种农业劳动情况,又叙述了祭神祈年活动的场面。大田:广大的

295

农田。

〔2〕种(zhǒng 肿):选种。戒:通"械",指修理农具。朱氏《集传》:"种,择其种也。""戒,饬其具也。"

〔3〕既备:指已备齐了种子、农具。乃事:这些事。

〔4〕以我:用我的。覃(yǎn 眼):通"剡",锐利。耜(sì 四):翻土用的农具,古代的一种犁。

〔5〕俶(chù 矗):开始。载:从事劳作,指耕地翻土。南亩:泛指农田。

〔6〕播:播种。厥:其。百谷:各种庄稼。

〔7〕庭:借为"挺",指挺直。毛《传》:"庭,直也。"硕:大。此形容禾苗长得挺拔粗壮。

〔8〕曾孙:孝孙,主祭人周王对其祖先神灵的自称。若:顺应。朱氏《集传》:"若,顺也。"这句是说,顺应曾孙的心意。

〔9〕方:通"房",指谷粒含苞。皂:籽粒刚长成。朱氏《集传》:"实未坚称皂。"

〔10〕坚:指籽粒的外壳变坚硬。好:完好,指饱满。

〔11〕稂(láng 郎):指谷物生穗但不结籽。莠(yǒu 有):长得很像谷子的杂草。

〔12〕螟(míng 冥)、螣(tè 特):吃庄稼的害虫。毛《传》:"食心曰螟,食叶曰螣。"

〔13〕蟊(máo 矛)、贼:也是吃庄稼的害虫。毛《传》:"食根曰蟊,食节曰贼。"

〔14〕稚:指嫩禾,幼苗。

〔15〕田祖:农神。有神:有灵。

〔16〕秉:持,拿。畀(bì 毕):付与,投入。炎火:烈火。此指烧死害虫之火。古人治虫,用的方法是,夜间在田边举火,加以诱杀。

〔17〕有渰(yǎn 眼):即渰渰,阴云兴起的样子。萋萋(qī 妻):盛多。

〔18〕兴雨:作雨,即下雨。祁祁:徐徐,细雨不停的样子。毛《传》:"祁祁,徐也。"

〔19〕雨:动词,下雨。公田:由农奴出劳役代耕的农奴主的田。

〔20〕私:指私田。

〔21〕不获稚:尚未收获的晚熟庄稼。

〔22〕不敛:尚未敛起来。穧(jì记):指捆好的禾把。朱氏《集传》:"穧,束也。"

〔23〕遗秉:失落的禾把。

〔24〕滞穗:遗留在田里的禾穗。

〔25〕伊:是。寡妇:这里指穷苦无依无靠的妇女。利:好处。句意是说,寡妇们可以拾取来充饥。

〔26〕"曾孙"四句:已见于《甫田》,可参其注。

〔27〕方:祭名,作动词,即祭祀四方之神。禋(yīn因)祀:指祭天的仪式。

〔28〕骍(xīng星):枣红色的牛。黑:黑色的猪、羊。毛《传》:"黑,羊、豕也。"

〔29〕黍稷(jì季):皆为谷类。

〔30〕以享以祀:用来献祭。

〔31〕介:祈求。景福:大福。

瞻彼洛矣[1]

瞻彼洛矣,维水泱泱[2]。君子至止[3],福禄如茨[4]。韎韐有奭[5],以作六师[6]。

瞻彼洛矣,维水泱泱。君子至止,鞸琫有珌[7]。君子万年[8],保其家室[9]。

瞻彼洛矣,维水泱泱。君子至止,福禄既同[10]。君子万年,保其家邦[11]。

【注释】

〔1〕这首诗写周王以戎装东临洛邑,号令六军,会同诸侯。诗赞美周天子福禄双全,威武高贵,并祝他长寿,永保家邦。瞻:看,视。洛:指洛水,在周的东都。

〔2〕维水:其水,它的水。泱泱(yāng央):形容水又深又广。

〔3〕君子:此指周王。至:到来,驾临。止:语气词。

〔4〕茨(cí词):草屋顶盖,比喻积厚。

〔5〕韎韐(mèi gé妹格):染色的蔽膝。奭(shì式):通"赩",赤红色。

〔6〕作:兴,指号令、统率。六师:指六军。古代天子统领六军。

〔7〕鞞(bǐ比):刀鞘。琫(běng甭上声):指刀鞘上部的装饰,称上饰。珌(bì必):指刀鞘末端的装饰,称下饰。天子用玉,诸侯用金。有:又。这句是说,刀鞘有玉琫又有玉珌,极言其华美高贵。

〔8〕万年:指长寿。

〔9〕家室:此指家族王位。

〔10〕既同:已齐备,即福、禄同享有。

〔11〕家邦:国家。

裳 裳 者 华[1]

裳裳者华,其叶湑兮[2]。我觏之子[3],我心写兮[4]。我心写兮,是以有誉处兮[5]。

裳裳者华,芸其黄矣[6]。我觏之子,维其有章矣[7]。维其有章矣,是以有庆矣[8]。

裳裳者华,或黄或白。我觏之子,乘其四骆[9]。乘其四骆,六辔沃若[10]。

左之左之,君子宜之[11]。右之右之,君子有之[12]。维其有之,是以似之[13]。

【注释】
〔1〕这是迎赞宾客的诗,主客都是贵族人物。裳裳:鲜丽的样子。华:花。
〔2〕湑(xǔ许):繁盛的样子。
〔3〕觏:见,相会。之子:此人,指贵宾。
〔4〕写:同"泻",宣泄,心情舒畅。
〔5〕誉:通"豫",安乐。处:居处。誉处,情悦身安的意思。
〔6〕芸:深黄色。参第327页《苕之华》注〔2〕。
〔7〕章:文采,指有才华,懂礼乐,知法度等。
〔8〕庆:吉祥喜庆。
〔9〕四骆:古代通常用四马驾车。骆,指黑鬣黑尾的白马。
〔10〕六辔:六根缰绳。沃若:润泽有光的样子。
〔11〕左之:与下句的"右之",指左辅右弼,皆为辅佐的人。宜:合宜,合适。
〔12〕有:获得帮助的意思。
〔13〕似:借为"嗣",指继承先祖德业。

桑 扈[1]

交交桑扈,有莺其羽[2]。君子乐胥[3],受天之祜[4]。

交交桑扈,有莺其领[5]。君子乐胥,万邦之屏[6]。

之屏之翰[7],百辟为宪[8]。不戢不难[9]?受福不那[10]?

兕觥其觩[11],旨酒思柔[12]。彼交匪敖[13],万福来求[14]。

【注释】

〔1〕这是周贵族宴会上的祝颂诗,受祝颂的对象,是位王朝重臣。首二章用桑扈鸟比兴,增加了文采与和乐气氛。

〔2〕有莺:即莺莺,有文采的样子。朱氏《集传》:"莺然,有文章也。"

〔3〕胥:语气词,犹"兮"字。

〔4〕祜(hù 户):福。

〔5〕领:颈,脖子。

〔6〕万邦:万国,指天下。屏:屏障。这句是说,为天下万邦所依重。

〔7〕之:是。陈氏《传疏》:"之,犹是也。"翰:骨干。

〔8〕百辟:各诸侯王。为宪:做榜样。朱氏《集传》:"宪,法也。言其所统之诸侯,皆以之为法也。"

〔9〕不:通"丕",大、甚,为加重语气词。戢(jí集):借为"濈"(jí急),和平。难:借为"戁"(nǎn 赧),恭敬。从马氏《通释》之说。

〔10〕不那:即丕那。朱氏《集传》:"那,多也。"

〔11〕兕觥(gōng 工):犀牛角制作的酒杯。觩(qiú 求):兽角弯曲的样子。

〔12〕旨酒:美酒。思:语助词。柔:口味柔和。

〔13〕彼:通"匪",不。交:借为"姣",侮慢。《广雅》:"姣,侮也。"敖:借为傲,倨傲。

〔14〕求:通"逑",聚。《说文》:"逑,敛聚也。"这句是说,万福同来聚集。

鸳　　鸯[1]

鸳鸯于飞,毕之罗之[2]。君子万年,福禄宜之[3]。

鸳鸯在梁[4],戢其左翼[5]。君子万年,宜其遐福[6]。

乘马在厩[7],摧之秣之[8]。君子万年,福禄艾之[9]。

乘马在厩,秣之摧之。君子万年,福禄绥之[10]。

【注释】

〔1〕这是一首贵族婚礼上的祝颂诗。以鸳鸯喻婚配,以秣马写亲迎,并祝愿福禄绵长。鸳鸯:水鸟,雌雄不离。

〔2〕毕:长柄小网。朱氏《集传》:"毕,小网长柄者也。"罗:网罗,一种大网。

〔3〕宜:安享。

〔4〕梁:鱼梁,拦鱼的水坝。

〔5〕戢(jí集):收敛。鸳鸯眠时,把嘴夹在左翅内,是一种安睡时的姿态。

〔6〕遐(xiá侠)福:永福。郑《笺》:"遐,远也。远,犹久也。"

〔7〕乘马:古时四马拉一车,称一乘。厩(jiù救):马棚。

〔8〕摧(cuò错):通"莝",铡草喂马。秣(mò末):以谷物喂马。毛《传》:"秣,粟也。"

〔9〕艾(yì义):助养。毛《传》:"艾,养也。"

〔10〕绥(suí隋):安。

頍　弁[1]

有頍者弁,实维伊何[2]?尔酒既旨[3],尔殽既嘉[4]。岂伊异人[5]?兄弟匪他[6]。茑与女萝,施于松柏[7]。未见君子,忧心奕奕[8]。既见君子,庶几说怿[9]。

有頍者弁,实维何期[10]?尔酒既旨,尔殽既时[11]。岂伊异人?兄弟具来。茑与女萝,施于松上。未见君子,忧心怲怲[12]。既见君子,庶几有臧[13]。

有頍者弁,实维在首[14]。尔酒既旨,尔殽既阜[15]。岂伊异人?兄弟甥舅[16]。如彼雨雪[17],先集维霰[18]。死丧无日,无几相见。乐酒今夕[19],君子维宴[20]。

【注释】

〔1〕这首诗写一个豪富贵族招客宴饮作乐。赴宴者作出这首诗,表示对这位贵族的依附。诗中宣扬了及时行乐的思想。頍(kuǐ跬):昂首戴帽的样子。《说文》:"頍,举头也。"陈氏《传疏》:"非形容皮弁之貌,乃形容其戴弁之貌。"弁(biàn变):贵族喜戴的圆顶礼帽,用白鹿皮制成。

〔2〕伊:语助词。何:何人,谁。

〔3〕尔:你,指请客的主人。旨:甘美。

〔4〕殽(yáo摇):用鱼肉做的荤菜。嘉:佳美。

〔5〕岂:岂是,难道。异人:指外人。

〔6〕匪:非。匪他,不是其他人,别人。

〔7〕茑(niǎo鸟):茑萝,蔓生植物。女萝:又名菟丝。施(yí移):蔓

延。此用茑与女萝攀附寄生于松柏大树,喻对主人的仰赖依附。

〔8〕奕奕(yì 亦):心神不安的样子。

〔9〕庶几,差不多。说:通"悦"。怿(yì 义):欢快。悦怿,喜悦欢快。

〔10〕何期(jī 基):犹"伊何"。期,语末助词,无实义。

〔11〕时:朱氏《集传》:"善也。"

〔12〕恘恘(bǐng 丙):忧愁深重的样子。毛《传》:"恘恘,忧盛满也。"

〔13〕臧(zāng 脏):善,好处,指厚赐。

〔14〕在首:戴在头上。

〔15〕阜:多,丰盛。郑《笺》:"阜,犹多也。"

〔16〕甥舅:泛指异姓亲族。

〔17〕雨:作动词,降,下。

〔18〕霰(xiàn 线):小雪珠。此用先降霰,后必有雪,比喻人年老了,死必将至。

〔19〕乐酒今夕:趁今晚相聚欢乐痛饮。

〔20〕宴:享乐。

车　　舝[1]

间关车之舝兮[2],思娈季女逝兮[3]。匪饥匪渴[4],德音来括[5]。虽无好友[6]?式燕且喜[7]。

依彼平林[8],有集维鷮[9]。辰彼硕女[10],令德来教[11]。式燕且誉[12],好尔无射[13]。

虽无旨酒?式饮庶几[14]。虽无嘉殽?式食庶几。虽无德与女[15]?式歌且舞。

303

陟彼高冈[16]，析其柞薪[17]。析其柞薪，其叶湑兮[18]。鲜我觏尔[19]，我心写兮[20]。

高山仰止，景行行止[21]。四牡骓骓[22]，六辔如琴[23]。觏尔新昏[24]，以慰我心。

【注释】

〔1〕这是一首迎亲曲。诗写一个小伙子驾车去迎娶自己心爱的人，随着迎亲车轮的滚动，他压抑不住满心的喜悦和兴奋，他想到新娘的美貌和贤淑，新婚结合的甜蜜，从而加快了车行的速度，感情真实，活泼动人。辖(xiá霞)：同"辖"，指车轴两头的铁键。

〔2〕间关：毛《传》："设辖貌。"朱氏《集传》："设辖声也。"

〔3〕思：思慕。娈(luán栾)：美丽。季女：少女。逝：往。指前往迎娶。

〔4〕匪饥匪渴：不饥不渴。此以饥渴隐喻男女之事。这句的意思是说，新娘马上可以迎回来成婚，不再饥渴。

〔5〕德音：美誉，好名声。这里指季女。来括(huó活)：来相会，指成亲。朱氏《集传》："括，会也。"这句是说，与有美誉的季女来相会成亲。

〔6〕虽无：岂无。《广雅·释诂》："虽，岂也。"第三章三处"虽无"，亦同此义。好友：好伴侣，指好配偶。

〔7〕式：语助词。燕且喜：既安乐又喜庆。

〔8〕依：依依，茂盛的样子。平林：平原上的树林。

〔9〕有：语助词。集：栖息。维：语助词。鹨(jiāo骄)：长尾的雉，就是野鸡。此句以比喻季女还在父母家。

〔10〕辰：时，正当年，指年轻。硕女：美女。

〔11〕令德：美德。来：是。教：教诲。这句是说，季女在父母家受到良好的德行教育。

〔12〕誉：通"豫"，欢乐。

〔13〕好(hào浩)尔:喜爱你。无射(yì易):不厌。

〔14〕式:语助词。庶几:希望。这句意思是希望畅饮结婚的喜酒。

〔15〕德:惠德,恩爱。与女:给予你。

〔16〕陟(zhì至):登上。

〔17〕析:砍伐。柞薪:柞树的柴薪。析薪,喻婚娶。古时以薪扎成火把去迎亲。

〔18〕湑(xǔ许):茂盛。朱氏《集传》:"湑,盛也。"

〔19〕鲜:此指新婚美好。郑《笺》:"鲜,善。"觏尔:与你相见。一说即"媾尔",与你结合。

〔20〕写:同"泻",畅快。

〔21〕仰止:仰望。止:语助词。景行(háng杭):大道。行:行走。二句指前去迎亲景况,兼有仰慕对方,快速前行的意思。

〔22〕四牡:四匹驾车的公马。骓骓(fēi非):马跑不停的样子。

〔23〕六辔:六条马缰绳。如琴:像琴弦一样。此指缰绳有节奏地颤动。

〔24〕昏:同"婚"。

青　　蝇[1]

营营青蝇,止于樊[2]。岂弟君子[3],无信谗言!

营营青蝇,止于棘[4]。谗人罔极[5],交乱四国[6]。

营营青蝇,止于榛[7]。谗人罔极,构我二人[8]。

【注释】

〔1〕这是一首斥责谗人误国害人,劝诫当政者勿轻信谗言的诗。用

青蝇比喻龌龊可厌的谗佞小人,毕见厌恶之情。青蝇:青头苍蝇。

〔2〕止:停留。樊:篱笆。

〔3〕岂弟:同"恺悌(kǎi tì 凯替)",和气平易。

〔4〕棘:酸枣树,亦泛指带刺灌木。

〔5〕罔极:无极,无原则,无定准,即反复无常。

〔6〕交:俱。四国:四方诸国。此谓遍扰天下。

〔7〕榛(zhēn 珍):榛树,灌木。

〔8〕构:陷害,构织罪名。二人:指作者自己和听信谗言者。朱氏《集传》:"己与听者二人。"

宾之初筵[1]

宾之初筵,左右秩秩[2]。笾豆有楚[3],殽核维旅[4]。酒既和旨[5],饮酒孔偕[6]。钟鼓既设,举酬逸逸[7]。大侯既抗[8],弓矢斯张[9]。射夫既同[10],献尔发功[11]。发彼有的[12],以祈尔爵[13]。

籥舞笙鼓[14],乐既和奏。烝衎烈祖[15],以洽百礼[16]。百礼既至[17],有壬有林[18]。锡尔纯嘏[19],子孙其湛[20]。其湛曰乐[21],各奏尔能[22]。宾载手仇[23],室人入又[24]。酌彼康爵[25],以奏尔时[26]。

宾之初筵,温温其恭[27]。其未醉止,威仪反反[28]。曰既醉止,威仪幡幡[29]。舍其坐迁[30],屡舞僊僊[31]。其未醉止,威仪抑抑[32]。曰既醉止,威仪怭怭[33]。是曰既醉,不知其秩[34]。

宾既醉止,载号载呶[35]。乱我笾豆[36],屡舞僛僛[37]。是曰既醉,不知其邮[38]。侧弁之俄[39],屡舞傞傞[40]。既醉而出,并受其福[41]。醉而不出,是谓伐德[42]。饮酒孔嘉[43],维其令仪[44]。

凡此饮酒,或醉或否[45]。既立之监[46],或佐之史[47]。彼醉不臧[48],不醉反耻[49]。式勿从谓[50],无俾大怠[51]。匪言勿言[52],匪由勿语[53]。由醉之言[54],俾出童羖[55]。三爵不识[56],矧敢多又[57]?

【注释】

〔1〕这是一首讽刺贵族酗酒失仪、败德的诗。诗中写一群贵族,借射礼、祭礼之际,狂欢滥饮,醉后失态,衣冠不整,东倒西歪,吵闹喧嚣,全不顾一点体面。诗有讽刺,有劝谏,其中对醉态人物的刻画,由初醉到大醉,以至丑态百出,可谓穷形尽相,入木三分。筵:筵席。初筵,初入席就座。

〔2〕左右:或坐于左,或坐于右。秩秩:井然有序的样子。朱氏《集传》:"秩秩,有序也。"

〔3〕笾(biān边):一种竹制食具。豆:形似高足盘的食具。有楚:即楚楚,陈列齐整的样子。

〔4〕殽:肉类食品。核:干果类食品。二类分别盛在豆、笾器中。旅:排列成行。

〔5〕和旨:纯正味美。

〔6〕孔:很。偕:亲密欢乐。

〔7〕举酬:举杯敬酒。逸逸:从容有序的样子。王夫之《诗经稗疏》:

307

"逸逸者,缓词也。"

〔8〕大侯:大射的箭靶。古代射礼分大射、宾射、燕射,所用靶不同。抗:举起。毛《传》:"抗,举也。"

〔9〕斯:乃。张:指张弓搭箭,准备射出。

〔10〕射夫:指众射手。同:排齐。

〔11〕献:表现。发:发矢,射箭。功:功力,本领。

〔12〕有的:射中靶心。

〔13〕祈:求,希望。尔爵:指射中后罚对方饮酒。

〔14〕籥(yuè月):一种古乐器。籥舞,执籥而舞,古代属于文舞。笙鼓:吹笙敲鼓。这句是说,应和着笙鼓声跳起文舞。

〔15〕烝:进献。衎(kàn瞰):娱悦。朱氏《集传》:"衎,乐也。"烈祖:有光辉功业的祖先。这句是说,进献乐舞以娱悦祖先神灵。

〔16〕洽:配合。百礼:各种礼仪。

〔17〕至:周全的意思。

〔18〕壬:大,指礼仪的规模、场面宏大。林:众多,指礼仪繁多。

〔19〕锡:赐。纯嘏(gǔ古):大福。

〔20〕湛(chén陈):欢乐。

〔21〕曰:语助词。这句是说,都获得欢乐。

〔22〕奏:献。能:技能,指射礼上射箭的技巧才能。

〔23〕载:则。手:选取。毛《传》:"手,取也。"仇:匹偶,这里指比赛射箭的对手。

〔24〕室人:主人。入:加入。又:通"侑"。《说文》:"侑,偶也。"这句是说,宾客配对比赛,主人也加入进来,配对儿比赛。

〔25〕酌:斟酒。康爵:大杯。

〔26〕奏:指进酒。时:指射中者。毛《传》:"时,中者也。"这句意思是说,用大杯斟酒交给射中者,以表庆贺。

〔27〕温温:温和有礼的样子。

〔28〕反反:庄重、谨慎的样子。毛《传》:"反反,言重慎也。"

〔29〕幡幡(fān帆):举止轻浮的样子。

〔30〕舍:舍弃。坐:同"座",座位。迁:移往他处。这句是说,离开座位到处乱走动。

〔31〕屡:屡次。僊僊(xiān 仙):形容舞态轻浮的样子。

〔32〕抑抑:自我约束而慎重、严谨的样子。

〔33〕怭怭(bì 必):轻狂亵慢的样子。

〔34〕秩:秩序,规矩。

〔35〕载:则。号(háo 豪):呼号,大声叫嚷。呶(náo 挠):喧闹。

〔36〕乱:搅乱,弄乱。

〔37〕僛僛(qī 欺):倾倒歪斜的样子。

〔38〕邮:通"尤",过失。

〔39〕侧弁(biàn 变):歪戴帽子。俄:倾斜的样子。郑《笺》:"俄,倾貌。"

〔40〕傞傞(suō 梭):醉后舞个不停的样子。毛《传》:"傞傞,不止也。"

〔41〕出:离去。并:一并,普遍。二句是说,喝醉酒的人能主动离去,对大家都有好处,即普得安宁的意思。

〔42〕伐德:败坏美德。

〔43〕孔嘉:很美好。

〔44〕令仪:美仪,指遵礼有节。

〔45〕否:不是,没有。这句是说有的醉了有的没醉。

〔46〕监:酒监,负责监察酒宴上醉酒失礼的人。

〔47〕佐:辅佐。史:酒史,负责酒宴事务的人。朱氏《集传》:"监、史,司正之属。燕礼乡射,恐有懈倦失礼者,立司正以监之,察仪法也。"

〔48〕不臧:不善。这句是说,那些喝醉酒的人不知好歹。

〔49〕不醉反耻:反以喝酒不醉为耻。

〔50〕式:发语词。勿从谓:指切勿听从他们的酒后昏话。

〔51〕俾:使。大怠:严重懈怠失礼。

〔52〕"匪言"句:谓不该说的话就不要说。

〔53〕"匪由"句:没来由的话本不该讲。

〔54〕由:从。这句是说,从喝醉酒者口中讲出的话。

〔55〕童:指无角。羖(gǔ 古):黑色公羊。朱氏《集传》:"童羖,无角之羖,必无之物也。"公羊本有角,醉酒后使他说出秃头无角公羊的事,以此比喻醉酒人一派胡言妄语。

〔56〕三爵:三杯。不识:不知。这句是说,三杯酒下肚就昏昏然神志不清了。

〔57〕矧(shěn 审):何况,怎么。又:通"侑",劝酒。这句是说,怎敢再多劝饮呢?

鱼　　藻〔1〕

鱼在?在藻〔2〕。有颁其首〔3〕。王在?在镐〔4〕。岂乐饮酒〔5〕。

鱼在?在藻。有莘其尾〔6〕。王在?在镐。饮酒乐岂。

鱼在?在藻。依于其蒲〔7〕。王在?在镐。有那其居〔8〕。

【注释】

〔1〕这是宴饮时诸侯赞美和祝福周天子的诗。通俗、活泼,近于"风"诗。

〔2〕鱼在在藻:此为自问、自答句。

〔3〕有颁(fén 坟):即颁颁,头大的样子。毛《传》:"颁,大首貌。"

〔4〕王在在镐:亦为自问自答句。犹言周王在何处,居住在镐京。镐(hào 浩),西周都城。

〔5〕岂(kǎi 凯):同"恺",欢乐。
〔6〕莘(shēn 申):长长的样子。
〔7〕依:靠近,依傍。蒲:水生植物,叶长。
〔8〕有那(nuó 挪):即那那,安闲的样子。《郑笺》:"那,安貌。"

采　　菽[1]

采菽采菽,筐之筥之[2]。君子来朝[3],何锡予之[4]?虽无予之[5]?路车乘马[6]。又何予之?玄衮及黼[7]。

觱沸槛泉[8],言采其芹[9]。君子来朝,言观其旂[10]。其旂淠淠[11],鸾声嘒嘒[12]。载骖载驷[13],君子所届[14]。

赤芾在股[15],邪幅在下[16]。彼交匪纾[17],天子所予[18]。乐只君子[19],天子命之[20]。乐只君子,福禄申之[21]。

维柞之枝[22],其叶蓬蓬[23]。乐只君子,殿天子之邦[24]。乐只君子,万福攸同[25]。平平左右[26],亦是率从[27]。

泛泛杨舟[28],绋纚维之[29]。乐只君子,天子葵之[30]。乐只君子,福禄膍之[31]。优哉游哉[32],亦是戾矣[33]。

311

【注释】

〔1〕这是周天子朝会诸侯时所奏的乐歌。内容写周王对来朝者的厚赏和祝福。菽(shū叔):大豆。

〔2〕筐:竹器,方形。筥(jǔ举):竹器,圆形。

〔3〕君子:指诸侯。朝:朝会,晋谒周王。

〔4〕锡:赐。予:给予。句谓用什么赏赐给他们呢?

〔5〕虽无予之:虽说没有什么给他们。这是赠礼时的谦词。

〔6〕路车:亦作辂车。古代诸侯乘的车。乘(shèng圣)马:古代四马驾车称一乘。

〔7〕玄:黑色。衮(gǔn滚):绣以卷龙花纹的上衣。黼(fǔ甫):绣有斧形花纹的下裳。都是古代贵族所穿用的礼服。

〔8〕觱(bì必)沸:泉水涌出像沸水有声的样子。槛:借为"滥",泛滥四溢。

〔9〕言:语助词。芹:水芹,一种水草,可食。

〔10〕旂(qí旗):画有蛟龙的一种旗帜。

〔11〕淠淠(pèi配):飘动的样子。

〔12〕鸾:车铃。嘒嘒(huì惠):铃声。

〔13〕载:语助词。骖(cān餐):三马驾一车。驷:四马驾一车。

〔14〕届:至,来到。

〔15〕芾(fú弗):蔽膝。诸侯用赤色。股:大腿。古人蔽膝置于大腿前过膝。

〔16〕邪幅:古人缠腿的布,即裹腿。

〔17〕彼:通"匪",不。交:借为"绞",急切。紓:缓慢。此形容诸侯不急不缓的风度。

〔18〕天子所予:是说上述的服饰均天子所赐。

〔19〕只:语气词。

〔20〕命之:下命颁赏他们。

〔21〕申:重复。此指一再赐福加禄给他们。

〔22〕维:词助词。柞(zuò作):柞树,又称栎树。

〔23〕蓬蓬:茂密的样子。

〔24〕殿:镇抚。毛《传》:"殿,镇也。"邦:邦国。此谓替天子守土。

〔25〕攸(yōu忧):所。同:聚。

〔26〕平平:《韩诗》作"便便"。《尔雅》:"便便,辩也。"《广雅·释诂》:"辩,慧也。"平平即明慧之意。左右:指诸侯辅臣。

〔27〕率:遵循。率从,顺从的意思。

〔28〕泛泛:漂浮的样子。杨舟:杨木舟。

〔29〕绋缡(lí离):绳索。维之:将舟系住。

〔30〕葵(kuí奎):"揆"的假字,度量。朱氏《集传》:"葵,揆也。揆,犹度也。"此谓天子考较诸侯的才德。

〔31〕膍(pí皮):丰厚,指厚赐诸侯。

〔32〕优:闲暇,悠闲自得。

〔33〕戾(lì力):《广雅·释诂》:"戾,善也。"亦是戾矣,也是很好(用高亨说,见《诗经今注》)。

角　　弓[1]

骍骍角弓,翩其反矣[2]。兄弟昏姻[3],无胥远矣[4]。尔之远矣,民胥然矣[5]。尔之教矣,民胥效矣[6]。

此令兄弟[7],绰绰有裕[8]。不令兄弟,交相为瘉[9]。

民之无良[10],相怨一方[11]。受爵不让[12],至于己斯亡[13]。

老马反为驹[14],不顾其后[15]。如食宜饐,如酌孔取[16]。

毋教猱升木,如涂涂附[17]。君子有徽猷[18],小人与属[19]。

雨雪瀌瀌[20],见晛曰消[21]。莫肯下遗[22],式居娄骄[23]。

雨雪浮浮[24],见晛曰流[25]。如蛮如髦[26],我是用忧[27]。

【注释】

〔1〕这首诗的内容是讽谏王室贵族不要骨肉相疏、兄弟相怨,否则其严重后果将是人们的上行下效,造成内乱。因此诗人告诫他们,要和睦相处,为下民做出榜样。角弓:两端用牛角镶嵌装饰的弓。

〔2〕骍骍(xīng星):形容弓弦调和得松紧得宜的样子。翩其:即翩然。弓拉紧的时候,两端向内而曲,放松时,两端向外放开。此指松弦。两句用来比喻兄弟之间的关系。

〔3〕昏姻:即婚姻,这里指亲戚。

〔4〕胥:互相。郑《笺》:"胥,相也。"远:疏远。

〔5〕"尔之"二句:你们如果疏远,人们就都会如此了。

〔6〕教:施教。二句谓只有以身作则施行教化,才能做人们的榜样。

〔7〕令:善,指友善,和好。

〔8〕绰绰(chuò辍):本指衣服宽舒的样子,此指兄弟间宽容和睦。裕:宽裕,指互相容纳。

〔9〕瘉(yù玉):病。此句指互相诉病残害。

〔10〕无良:不善良。

〔11〕相怨一方:互相怨恨对方。

〔12〕受爵:受爵禄。不让:不谦让。

〔13〕斯:这样。亡:通"忘",指善忘。这句意思是,曾怨别人不让自己,至于临到自己身上,就这样善忘,也不让人了。

〔14〕老马反为驹:老马反而自以为是少壮的马驹。比喻无自知之明。

〔15〕不顾其后:不顾念以后的事。

〔16〕饫(yù裕):饱。指过饱。意思是,应该量腹而食。酌:饮酒。孔取:多取。意思是总想多喝。两句比喻"不顾其后"的贪心。

〔17〕毋:不要。猱(náo挠):猿猴的一种。升木:爬树。这句是说,不要教猿猴去爬树。意思是这是它的本性,本不用教。涂:指抹泥。涂附,指再涂则容易附着。这两句是比喻人按其本性来说,是容易从善的。

〔18〕君子:指在上的统治者。徽:善。猷:谋略,方法。这句是说,君子如果用善美的方法来诱导。

〔19〕小人:指下层民众。与属(zhǔ主):就会随从依附。

〔20〕雨雪:下雪。瀌瀌(biāo标):雪很大的样子。

〔21〕晛(xiàn现):即日晛,太阳的热气。毛《传》:"晛,日气也。"这句是说,见太阳的热气就消融了。

〔22〕下遗:加给下面之人的意思。

〔23〕式:发语词。居:安于。娄:借为"屡",常常。句谓高位之人常安于自骄。意即骄纵者必不能长久。

〔24〕浮浮:同"瀌瀌"。

〔25〕流:指消融成水。

〔26〕蛮:指南方的部族。髦(máo毛):西夷的别名。这两个部族在周代不开化,受周人歧视。此句指责周竟沦为蛮、夷一样。

〔27〕我是用忧:我因此而忧愁。

315

菀　　柳[1]

有菀者柳,不尚息焉[2]。上帝甚蹈[3],无自瘵焉[4]。俾予靖之,后予极焉[5]!

有菀者柳,不尚愒焉[6]。上帝甚蹈,无自瘵焉[7]。俾予靖之,后予迈焉[8]!

有鸟高飞,亦傅于天[9]。彼人之心,于何其臻[10]?曷予靖之,居以凶矜[11]!

【注释】

〔1〕这首诗写周大臣怨刺周王对他先用后逐,赏罚不公。菀(yù遇):枯萎。马氏《通释》:"菀,枯病也。"菀,又作茂盛讲,则音wǎn。

〔2〕不尚:不可。此句谓枯柳不能遮阴,不可止息。喻周王不可依靠。

〔3〕上帝:亦双关指周王。蹈:《韩诗外传》引作"悷",借为"滔",水大横流,指无道。

〔4〕瘵(nì逆):病。《广雅·释诂》:"瘵,病也。"此句是说,不要自招祸患。意有悔在昏君下做官的意思。

〔5〕俾:使。靖:治理。极:借为"椷",惩罚。二句是说:当初用我治理国政,后来又处罚我。朱氏《集传》:"极,求之尽也。"

〔6〕愒(qì气):休息。

〔7〕瘵(zhài债):病,祸咎。

〔8〕迈:远行,指被逐远离朝廷。

316

〔9〕傅:至,到。郑《笺》:"傅、臻,皆至也。"

〔10〕彼人:指周王。臻:至。两句谓周王的心不着边际,难测所至。

〔11〕曷:何。为什么。凶矜:凶险。两句谓为何令我从政治理国事,又要我处于凶恶危险境地?

都　人　士[1]

彼都人士,狐裘黄黄[2]。其容不改[3],出言有章[4]。行归于周[5],万民所望[6]。

彼都人士,台笠缁撮[7]。彼君子女[8],绸直如发[9]。我不见兮,我心不说[10]。

彼都人士,充耳琇实[11]。彼君子女,谓之尹吉[12]。我不见兮,我心苑结[13]。

彼都人士,垂带而厉[14]。彼君子女,卷发如虿[15]。我不见兮,言从之迈[16]。

匪伊垂之[17],带则有馀[18]。匪伊卷之[19],发则有旟[20]。我不见兮,云何盱矣[21]!

【注释】

〔1〕这是送别贵族人士和贵族女子返归京都的诗。诗中盛赞他们的衣着和举止。特别是对女子的装束打扮之美,作了生动描绘,并表现出

317

依依别情。都:京都。

〔2〕狐裘:指身穿狐狸皮袍。黄黄:形容毛色黄亮的样子。

〔3〕容:容止,仪容举止。不改:不改常态,即容态自如。

〔4〕出言有章:谈吐有文采。

〔5〕行归:行将返回。于周:到周的京都。

〔6〕望:景慕,仰望。

〔7〕台笠:用台草作的笠。台,通"苔",又名沙草。缁(zī资)撮:黑色的系带。

〔8〕君子女:贵族之女。

〔9〕绸直如发:即"发如绸直"的倒文。意思是说,美发如绸丝一样密直。

〔10〕说:通"悦",愉悦。

〔11〕充耳:古冠垂于耳旁的装饰物,用玉或美石制成。琇(xiù秀):美石。实:指美石坚实,质地上品。

〔12〕尹吉:指尹氏、姞(jí吉)氏,均贵族大姓,此指君子女出身极高贵。

〔13〕菀(yù郁)结:郁结,忧郁成结,即忧闷。

〔14〕垂带:下垂的衣带。厉:垂而有馀,喻其长。毛《传》:"厉,垂带之貌。"

〔15〕虿(chài柴去声):蝎子。尾部曲而上翘。此用来形容女子卷发高高翘起的样子。

〔16〕言:语助词。从之迈:愿跟着她远行。形容君子女极美而有吸引力。

〔17〕匪:彼。伊:语助词。垂之:佩带下垂。

〔18〕有馀:形容衣带极长。

〔19〕卷:指卷发。

〔20〕旟(yú于):高高扬起的样子。毛《传》:"旟,扬也。"

〔21〕云:语助词。何:多么。盱(xū需):忧伤的样子。

采　　绿[1]

终朝采绿,不盈一匊[2]。予发曲局[3],薄言归沐[4]。

终朝采蓝[5],不盈一襜[6]。五日为期,六日不詹[7]。

之子于狩[8],言韔其弓[9]。之子于钓,言纶之绳[10]。

其钓维何[11]?维鲂及鱮[12]。维鲂及鱮,薄言观者[13]!

【注释】

〔1〕这是一首思妇诗。写一个女子无心采绿,无心打扮,怨恨丈夫逾期不归;转而又想如果丈夫回来了,自己会陪他打猎、钓鱼,充分表现出一个痴情女子的心态。绿:菉,草名,可以作染料。

〔2〕不盈一匊:不满一捧。匊(jū居),掬,捧。采绿是极容易的事,但是整个早上采了不满一捧,足见这女子一心思念丈夫,无心采绿。

〔3〕曲局:指头发卷曲蓬乱。

〔4〕薄言:语助词,有赶忙的意思。归:回家。沐:洗发,梳洗。

〔5〕蓝:草名,可作染料。

〔6〕襜(chān搀):衣前的围裙。

〔7〕詹(zhān沾):至。两句是说,约好五天,至今已六天了,还未到来。

〔8〕之子:那个人,指丈夫。于狩:去打猎。

〔9〕言:语助词。韔(chàng唱):弓箭袋。这里作动词,指帮助丈夫

把弓装入弓箭袋。

〔10〕纶(lún 伦):丝绳。这里作动词,指帮助丈夫把钓鱼的丝绳理好。

〔11〕其钓维何:那钓起的是什么鱼呀。

〔12〕鲂(fáng 房):鳊鱼。鱮(xù 序):鲢鱼。

〔13〕观者:观之。这句是说,快来看那些鱼啊。表示惊喜。

黍　苗[1]

芃芃黍苗[2],阴雨膏之[3]。悠悠南行,召伯劳之[4]。

我任我辇[5],我车我牛[6]。我行既集[7],盖云归哉[8]。

我徒我御[9],我师我旅[10]。我行既集,盖云归处[11]。

肃肃谢功[12],召伯营之[13]。烈烈征师[14],召伯成之[15]。

原隰既平[16],泉流既清。召伯有成[17],王心则宁[18]。

【注释】

〔1〕周宣王时,召伯率领役夫去营建谢邑。这首诗是任务完成时随从们在归途所唱,既赞颂召伯的功劳,又表现出功成回归时的喜悦。风格活泼轻快,有风诗的特点。

〔2〕芃芃(péng 蓬):繁茂丛生的样子。

〔3〕膏(gào 告):滋润。

〔4〕召伯:召穆公虎。

〔5〕任:负荷,背物。辇(niǎn 捻):用人力推挽的车。这句是谓在我的随从队伍中,有的人背物,有的人推车。

〔6〕车、牛:此作动词,指有的人扶车,有的人牵牛。

〔7〕行:行役,指建谢邑这件事。既集:已经完成。郑《笺》:"集,犹成也。"

〔8〕盖:盍,何不。云:语气词。这句是说,何不回家呢。

〔9〕徒:步行。御:驾车。

〔10〕师:古代五旅一师。旅:五百人一旅。这句谓编队而行。

〔11〕归处:回家安居。

〔12〕肃肃:快速的样子。谢功:建谢邑的功。这句是说,迅速建成谢邑。

〔13〕营:经营建设。

〔14〕烈烈:威武的样子。征师:行役的师旅。

〔15〕成:指组织、统率。

〔16〕原:广平之地。隰(xí 席):低洼地。既平:已治平,即治理完成。

〔17〕有成:大功告成。

〔18〕王心则宁:周王从而感到心安。

隰 桑[1]

隰桑有阿,其叶有难[2]。既见君子[3],其乐如何[4]?

隰桑有阿,其叶有沃[5]。既见君子,云何不乐?

隰桑有阿,其叶有幽[6]。既见君子,德音孔胶[7]。

心乎爱矣,遐不谓矣[8]!中心藏之,何日忘之!

【注释】

〔1〕这是一首短小优美的爱情诗。一个女子爱着一个男子,相逢时有说有笑,但对他的爱意又羞于表达,只有埋藏在心底,苦受折磨。隰(xí席)桑:长在低湿地方的桑树。

〔2〕有难(nuó挪):即"有娜",与前句之"有阿"并为婀娜多姿之意。

〔3〕君子:此指女子的情侣。

〔4〕其乐如何:该是如何的快乐。

〔5〕沃:肥厚润泽的样子。

〔6〕幽:黑黝黝的颜色。形容桑叶黑绿壮茂。

〔7〕德音:好听的话。这里指亲密的情话。孔:很。胶:融洽,亲密。毛《传》:"胶,固也。"

〔8〕遐:何。朱氏《集传》:"遐,与何同。"谓:说出来。

白　　华[1]

白华菅兮,白茅束兮[2]。之子之远[3],俾我独兮[4]。

英英白云[5],露彼菅茅[6]。天步艰难[7],之子不犹[8]。

滮池北流[9],浸彼稻田。啸歌伤怀[10],念彼硕人[11]。

樵彼桑薪,卬烘于煁[12]。维彼硕人,实劳我心[13]。

鼓钟于宫,声闻于外[14]。念子懆懆[15],视我迈迈[16]。

有鹙在梁,有鹤在林[17]。维彼硕人,实劳我心。

鸳鸯在梁,戢其左翼[18]。之子无良[19],二三其德[20]。

有扁斯石,履之卑兮[21]。之子之远,俾我疷兮[22]。

【注释】

〔1〕这是一首失恋女子抒发幽怨愁苦的诗歌。诗回忆往事,指斥男子无义寡情,倾吐了无限哀思。设喻隐约迷离,哀婉动人。

〔2〕菅(jiān肩):草名,多年生,开白花。白茅:草名,茎叶可以作绳索。两句比喻二人曾亲密相处。

〔3〕之子:那个人,指女子的情侣。之远:往远方去。

〔4〕俾(bǐ比):使。独:孤独。

〔5〕英英:形容白云轻盈洁白的样子。朱氏《集传》:"英英,轻明貌。"

〔6〕露:作动词,降落。这句用露水浸润菅茅,比喻男子对她的抚爱。

〔7〕天步:时运。艰难:不顺利。

〔8〕不犹:不共图谋。即不是一条心。

〔9〕滮(biāo标)池:古水名,在今陕西西安市西北。

〔10〕啸:蹙口出声。伤怀:伤心。

〔11〕念:怀念。硕人:高大而美丽的人儿,指其情侣。

〔12〕樵(qiáo桥):砍伐。桑薪:桑木柴。卬(áng昂):我。烘:烧火。煁(shén神):灶。两句以燃烧桑薪比喻男女爱情的热烈,是女子对过去生活的追忆。

〔13〕劳:牵念。

〔14〕鼓:敲击。闻:传布。两句以钟声传布比喻家事为外人知晓。

〔15〕懆懆(cǎo草):忧愁不安的样子。

323

〔16〕视我:对待我。迈迈:疏远的样子。朱氏《集传》:"迈迈,不顾也。"

〔17〕鹙(qiū 秋):水鸟名,又称秃鹙,食鱼。梁:为捉鱼而拦的坝。两句以鹙、鹤的得其所,反衬自己处境不幸。

〔18〕戢(jí 集):收敛。鸳鸯把嘴斜插在左边的翅膀中,双双栖息。此反衬自己的孤凄可哀。

〔19〕无良:没有良心。

〔20〕二三其德:三心二意,反复无常。

〔21〕有扁:即扁扁,扁平的样子。履:踩踏。卑:低下。两句以扁石被践踏比喻弱者被欺压。

〔22〕俾:使。疧(qí 其):忧思成病。毛《传》:"疧,病也。"

绵　　蛮[1]

绵蛮黄鸟,止于丘阿[2]。道之云远,我劳如何! 饮之食之,教之诲之。命彼后车[3],谓之载之[4]。

绵蛮黄鸟,止于丘隅。岂敢惮行[5],畏不能趋[6]。饮之食之,教之诲之。命彼后车,谓之载之。

绵蛮黄鸟,止于丘侧。岂敢惮行,畏不能极[7]。饮之食之,教之诲之。命彼后车,谓之载之。

【注释】

〔1〕这是一首役夫诉说行役之苦的诗歌。诗中以黄鸟不远飞起兴,反衬自己远行的劳苦。接着想象有人来为他解决饥渴、劳顿之苦,实际更

见其可悲无奈的心情。绵蛮:鸟叫声。

〔2〕丘阿:山丘弯曲的地方。下章"丘隅"义同。

〔3〕后车:指副车,随从的车。

〔4〕谓之:叫他。此"之",指从车的驾车人。载之:载着我。

〔5〕惮(dàn旦)行:害怕行役。朱氏《集传》:"惮,畏也。"

〔6〕畏不能趋:只怕行走不快。朱氏《集传》:"趋,疾行也。"

〔7〕极:终点。这句是说,只怕不能到达目的地。

瓠　　叶[1]

幡幡瓠叶,采之亨之[2]。君子有酒,酌言尝之[3]。

有兔斯首[4],炮之燔之[5]。君子有酒,酌言献之[6]。

有兔斯首,燔之炙之[7]。君子有酒,酌言酢之[8]。

有兔斯首,燔之炮之。君子有酒,酌言酬之[9]。

【注释】

〔1〕这是宴饮宾客劝酒的诗。瓠(hù户):瓠瓜,即葫芦,可食。

〔2〕幡幡(fān番):风吹翻动的样子。亨:同"烹",煮熟。

〔3〕酌:斟酒。言:语助词。尝:品尝。

〔4〕斯:语助词。首:数量副词,犹言一只。朱氏《集传》:"有兔斯首,一兔也;犹数鱼以尾也。"

〔5〕炮(páo庖):带毛包上泥煨熟。燔(fán凡):烤熟。毛《传》:"毛曰炮,加火曰燔。"

〔6〕献:进献。朱氏《集传》:"献之于宾也。"

〔7〕炙(zhì治):挂起肉熏烤。
〔8〕酢(zuò坐):回敬酒。
〔9〕酬:劝酒。古代宴饮,先由主人献酒,客人回敬,主人再劝酒,称"一献之礼"。

渐渐之石[1]

渐渐之石,维其高矣。山川悠远,维其劳矣[2]。武人东征[3],不遑朝矣[4]。

渐渐之石,维其卒矣[5]。山川悠远,曷其没矣[6]?武人东征,不遑出矣[7]。

有豕白蹢,烝涉波矣[8]。月离于毕[9],俾滂沱矣[10]。武人东征,不遑他矣[11]。

【注释】

〔1〕这是一首兵役诗。诗人着力描写将士们行军的艰险劳苦,作战的危险紧张,最后说,无暇他顾,表现出悲壮之情。渐渐:通"巉巉",形容山石高峻的样子。

〔2〕劳:指行军劳苦。

〔3〕武人:指将士。东征:出征东方。

〔4〕不遑:不暇。朝(zhāo招):早晨。句谓从没有过一个早晨的闲暇。

〔5〕卒:借为"崒"(zú族),山石高险的样子。

〔6〕曷:何。没:穷尽。这句是说,什么时候才能走到头儿。

〔7〕出:出险。即不计能否生还的意思。

〔8〕豕:猪。白蹢(dí 敌):白色的蹄子。烝:众多。涉波:渡河。二句写群豕渡河。古人认为群猪过河,是将要下雨的征兆。

〔9〕离:借为"罹",遭遇。毕:星宿名。繁体作畢。毕星形状如兔网。这句是说,月亮被毕星所掩盖。古人认为这也是下雨的征兆。孔《疏》:"月离历于毕之阴星,在天为将雨之候。"朱氏《集传》:"豕涉波,月离毕,将雨之验也。"

〔10〕俾:使,使得。滂沱:大雨的样子。

〔11〕他:其他。二句谓冒雨前行,无暇他顾。

苕 之 华 [1]

苕之华,芸其黄矣[2]。心之忧矣,维其伤矣!

苕之华,其叶青青。知我如此,不如无生!

牂羊坟首[3],三星在罶[4]。人可以食[5],鲜可以饱[6]。

【注释】

〔1〕这是大灾之年饥民自伤命运的诗。诗人感伤人不如花,生不如死,并以羊瘦、鱼尽,形容饥荒的严重。苕(tiáo 条):藤本植物,一名凌霄花。华:即花。

〔2〕芸(yún 云):花深黄色。清王引之《经义述闻》:"芸其黄矣,言其盛,非言其衰也。"此用花的繁茂,反衬自己的困顿忧伤。

〔3〕牂(zāng 赃)羊:母羊。坟:大。母羊本身大头小,今因饥饿身体变瘦,反而显得头大。

〔4〕三星:即参星。罶(liǔ 柳):捕鱼竹器。朱氏《集传》:"罶,笱也。

罶中无鱼而水静,但见三星之光而已。"

〔5〕人可以食:谓人即使可以勉强得到些食物。

〔6〕鲜:少。此句言很少能够吃饱。朱氏《集传》:"言饥馑之馀,百物凋耗如此,苟且得食足矣,岂可望其饱哉!"

何草不黄[1]

何草不黄?何日不行[2]?何人不将[3]?经营四方[4]。

何草不玄[5]?何人不矜[6]?哀我征夫[7],独为匪民[8]?

匪兕匪虎[9],率彼旷野[10]。哀我征夫,朝夕不暇。

有芃者狐[11],率彼幽草[12]。有栈之车[13],行彼周道[14]。

【注释】

〔1〕这是一首征夫诗。诗以野草的枯萎喻征人的劳苦憔悴,说他们像野兽一样,经年奔走在外,被驱来赶去,过着非人的生活,怨恨统治者根本不把他们当人看待,情词激愤。何草不黄:犹言无草不枯萎。

〔2〕行:奔走。

〔3〕将:朱氏《集传》:"亦行也。"句言无人能免于行役。

〔4〕经营四方:往来劳碌走遍四面八方。

〔5〕玄:赤黑色,这里形容草枯烂的颜色。

〔6〕矜(jīn今):通"鳏"(guān关),无妻之人。这里指不能成家,过

正常人的生活。

〔7〕哀我征夫:可怜我这个征夫。

〔8〕独:唯独。匪民:非人,不被当人看。

〔9〕匪:非。兕(sì 四):犀牛。

〔10〕率:循着,沿着。

〔11〕有芃(péng 蓬):即芃芃,蓬松的样子。这里形容狐狸的尾毛。

〔12〕幽草:深草,密草丛。

〔13〕有栈(zhàn 站):即栈栈,高高的样子。车:指役车。

〔14〕周道:大道。

大　雅

文　王[1]

文王在上,於昭于天[2]！周虽旧邦[3],其命维新[4]。有周不显[5],帝命不时[6]。文王陟降[7],在帝左右。

亹亹文王[8],令闻不已[9]。陈锡哉周[10],侯文王孙子[11]。文王孙子,本支百世[12]。凡周之士[13],不显亦世[14]。

世之不显,厥犹翼翼[15]。思皇多士[16],生此王国[17]。王国克生[18],维周之桢[19]。济济多士[20],文王以宁。

穆穆文王[21],於缉熙敬止[22]。假哉天命[23]！有商孙子[24]。商之孙子,其丽不亿[25]。上帝既命[26],侯于周服[27]。

侯服于周,天命靡常[28]。殷士肤敏[29],裸将于京[30]。厥作裸将,常服黼冔[31]。王之荩臣[32],无念尔祖[33]？

无念尔祖,聿修厥德[34]。永言配命[35],自求多福[36]。殷之未丧师[37],克配上帝[38]。宜鉴于殷[39],骏命不易[40]。

命之不易,无遏尔躬[41]。宣昭义问[42],有虞殷自天[43]。上天之载[44],无声无臭[45]。仪刑文王[46],万邦作孚[47]。

【注释】

〔1〕这是一首歌颂周文王的诗。诗中对文王"受命作周"充满了颂美的激情,又带有勉励告诫的语气。因此后人多认为是周公颂美文王并告诫成王的诗,其中心内容是"敬天法祖",并以殷亡为鉴。诗中句式上下衔接,起落相承,是后世"蝉联格"(亦称"顶真格")修辞法的滥觞。文王:姓姬,名昌。是季历之子,武王姬发之父,在周执政约五十年,虽未得灭商,但天下归心,已取了天下的三分之二,被周的后人看作开国之君。

〔2〕於(wū乌):语气词,表赞叹。昭:明。二句谓周文王死后升天,光明显耀于天上。

〔3〕旧邦:古老的邦国。相传周始祖后稷发明农业,后传至太王迁岐开始定居建国,到文王时已有悠久历史,故称旧邦。

〔4〕命:受天之命。新:新兴,指代商建立新的王国。

〔5〕有:发语词。不显:显耀。不,通"丕",大的意思。

〔6〕帝:天帝。不:与上句同,通"丕"。丕时,正当其时的意思。

〔7〕陟:升。降:下。这里有上下往来的意思。

〔8〕亹亹(wěi伟):勤勉自强的样子。

〔9〕令闻:美好的声誉。不已:不止,永世留传。

〔10〕陈:同"申",重复。锡:赐给。陈锡,指厚赐。哉:通"在",于省吾《诗经新证》:"'陈锡哉周',应读作'陈锡在周'。'在'犹'于'也。谓申锡于周也。"

〔11〕侯:语助词,同"维"。孙子:指子孙后代。

〔12〕本:本宗。支:支庶。百世:百世不衰的意思。

〔13〕士:指臣子。

〔14〕亦世:奕世,就是累世,世世代代。句意是说周的臣子世代显贵。

〔15〕厥:其,指周的臣子。犹:同"猷",谋,指谋划。翼翼:形容忠敬勤勉的样子。

〔16〕思:语助词。皇:美,形容俊美贤能。多士:指众多的士。

〔17〕生:生长,出现。王国:指周文王的国家。

〔18〕克:能。克生,指周文王的国家能够生长出很多贤士。

〔19〕维:是。桢(zhēn 珍):本指墙柱。这里指周王朝的支柱、骨干。

〔20〕济济:形容众多而美好的样子。

〔21〕穆穆:形容仪表端庄肃穆的样子。

〔22〕於(wū 乌):叹美词。缉熙:光明。止:语气词。此指周文王光明正大,行止恭谨。

〔23〕假:大。

〔24〕"有商"句:意思是说,天命也曾保佑过商,使其子孙繁衍。但现已改易,命周为王。见下文。

〔25〕丽:数目。毛《传》:"丽,数也。"不亿:周代称十万为亿,这里形容非常多。朱氏《集传》:"不亿,不止于亿也。"

〔26〕既命:已经降命。

〔27〕侯于周服:乃臣服于周。侯,语助词,乃。

〔28〕靡常:无常,没有一定,指会有变迁。这句用天命可以变换改易,说明周之代殷的合理性。

〔29〕殷士:指殷朝归服过来的故臣、后人。肤:读为"薄"。《方言》:"薄,勉也。"薄敏,敏勉努力。(用高亨说,见《诗经今注》)

〔30〕将裸:"裸将"的倒文。将,举行。毛《传》:"将,行也。"裸(guàn 贯),古代的一种祭礼,称"灌鬯礼"。王在祭祀时,在神主面前用玉制的酒器盛酒,再把酒洒在白茅上,表示神在饮酒。京:周京师。

〔31〕常服:经常穿。黼(fǔ 府):黼裳,指有黑白相间花纹的殷商礼服。冔(xǔ 许):殷商礼帽。以上用殷人参加周京的典礼,表示殷人对周的臣服。

〔32〕王:指成王。荩(jìn 浸)臣:忠臣。这里说成王之臣,实际也委婉地在告诫成王。

〔33〕"无念"句：岂能不念你们的祖先。朱氏《集传》："无念，犹言岂得无念也。"尔祖：指文王。

〔34〕聿：发语词。这句是说，不忘祖先就要修德。

〔35〕永：常，长。言：语助词。配命：配合天命。

〔36〕"自求"句：自我求取盛多的福。这里有要自强的意思。

〔37〕师：众。丧师，指丧失群众，即失去人心。

〔38〕克配：能配合上帝之命。

〔39〕宜：应该。鉴：镜子。这里指应以殷亡为鉴戒，吸取教训。

〔40〕骏（jùn 峻）命：大命，天命。不易：不容易。指周人得受天之大命来之不易。

〔41〕遏：遏止，断绝。这句是说，不要在你身上断绝了天命。

〔42〕宣：宣扬。昭：明。义问：好名誉。孔《疏》："问，声闻也。"这里是说要宣扬光大你的美誉。

〔43〕有：又。虞：度，审察。这句意思是说，要从殷人的灭亡揣度天意。

〔44〕载：事，行事。

〔45〕臭（xiù 袖）：气味，气息。这句是说天道无声无息，难知难识。

〔46〕仪刑：效法。

〔47〕万邦：指各诸侯国。孚：信，指心悦诚服。

大　　明[1]

明明在下，赫赫在上[2]。天难忱斯[3]，不易维王[4]。天位殷适[5]，使不挟四方[6]。

挚仲氏任[7]，自彼殷商。来嫁于周，曰嫔于京[8]。乃及王季[9]，维德之行[10]。大任有身[11]，生此文王。

维此文王,小心翼翼。昭事上帝[12],聿怀多福[13]。厥德不回[14],以受方国[15]。

天监在下[16],有命既集[17]。文王初载[18],天作之合[19]。在洽之阳[20],在渭之涘[21]。文王嘉止[22],大邦有子[23]。

大邦有子,倪天之妹[24]。文定厥祥[25],亲迎于渭。造舟为梁[26],不显其光[27]。

有命自天[28],命此文王,于周于京。缵女维莘[29],长子维行[30],笃生武王[31]。保右命尔[32],燮伐大商[33]。

殷商之旅[34],其会如林[35]。矢于牧野[36]:"维予侯兴[37]。上帝临女[38],无贰尔心[39]。"

牧野洋洋[40],檀车煌煌[41],驷𫘪彭彭[42]。维师尚父[43],时维鹰扬[44]。凉彼武王[45],肆伐大商[46],会朝清明[47]。

【注释】

〔1〕这是追述周王朝开国历史的一篇史诗。诗歌叙述了王季与太任、文王与太姒的结婚生子以及武王灭商的胜利,内容十分丰富,特别是诗中对著名的牧野之战的描写,气势宏大,堪称是一幅古战图。

〔2〕明明:形容文王光明辉煌的样子。在下:指光照人间。此把周文王神化,故有天上地下之分。赫赫:光明显赫的样子。

〔3〕忱(chén沉):相信。斯:语气词。这句是说天道无常,实在是难测难信的。

〔4〕不易维王:即"维王不易"。维,为。句言保持王位不容易。

〔5〕天位:天子之位。殷适(dí敌):殷的嫡传,这里指殷纣王。适,同"嫡"。

〔6〕挟(jiā夹):拥有。这句是说使他不能再统治四方之国。

〔7〕挚(zhì至):古代国名,在殷的王畿之内。仲氏:次女。任:挚国的姓。这句是说,挚国任姓的次女。

〔8〕曰:语助词。嫔(pín贫):妇。京:指周京。这句是说,在周的京邑作了新妇。

〔9〕乃:于是。及:与。王季:太王之子,文王之父。这句是说,于是任氏女与王季成为夫妇。

〔10〕维:唯,只。行:实行。

〔11〕大任:即太任,周人对仲任的尊称。有身:怀有身孕。

〔12〕昭:明,指心地光明。事:服事,侍奉。

〔13〕聿:语助词。怀:招来。

〔14〕不回:指不违背。

〔15〕受:接受,指享有王位。方国:四方之国,此指统治四方之国。

〔16〕天监在下:上天监察下土。

〔17〕有命:指天命。既:已。集:止,指降临。这句是说天命又降临在文王身上。

〔18〕初载:初始,指刚成年。

〔19〕天作:上天作成。合:匹配。此指上天就使他和太姒结为夫妻。

〔20〕洽(hé合):古水名,发源于陕西合阳县北。阳:水的北边。

〔21〕渭:渭水。涘(sì寺):水滨。

〔22〕嘉:嘉礼,指婚礼。止:语气词。这句是说文王将要举办婚礼。

〔23〕大邦:大国,指莘国。子:女子。指莘国国君之女太姒。

〔24〕倪(qiàn欠):譬如,好比。天之妹:上天之女,形容其尊贵。妹,古代对少女的称呼。

〔25〕文定厥祥:指占得吉祥之日,举行纳聘之礼。

〔26〕梁:桥。句意为制作船只,搭上木板成为浮桥。

〔27〕不显其光:形容婚礼的盛大、辉煌。不,通"丕",大。

〔28〕自天:从天而降。

〔29〕缵(zuǎn纂):假借为"孉",美好。马氏《通释》:"缵女为好女,犹言淑女、硕女、静女,皆美德之称。"莘(shēn身):古国名,姒姓。这句是说,莘国有好女。

〔30〕长子:就是长女,指太姒。行:指出嫁。

〔31〕笃:厚,是说蒙上天的厚恩,生育了武王。

〔32〕保右:即保佑。尔:你,指武王。

〔33〕燮(xiè谢):会合。指联合各诸侯国。

〔34〕旅:军旅,军队。

〔35〕如林:形容人数众多。

〔36〕矢:誓师。牧野:地名,今河南省淇县南。武王伐商最后决战的地方。

〔37〕予:我,指周朝。侯:乃。兴:振兴,兴盛。

〔38〕临:临视,看顾。女:汝,指周军的将士。

〔39〕无:不要。贰:二心。以上三句为誓词。

〔40〕洋洋:形容十分宽广的样子。

〔41〕檀车:檀木作的战车。因檀木坚硬,作车子坚固。煌煌:鲜明的样子。

〔42〕驷騵(yuán元):四匹白肚的骏马。彭彭:高大强壮的样子。

〔43〕维:语助词。师:太师,官名。尚父:对吕尚的尊称。吕尚,姜姓,先封于吕,从其封地为姓,故称吕尚,又称姜太公,号太公望。是文王四友之一,辅佐武王伐纣有大功,称"师尚父"。

〔44〕时:是。维:为。鹰扬:如雄鹰展翅,形容尚父进军的迅速威猛。

〔45〕凉:辅佐,协助。毛《传》:"凉,佐也。"

〔46〕肆:纵兵。
〔47〕会朝:会战至黎明。清明:天下清明,指荡平殷商,澄清天下。

绵[1]

绵绵瓜瓞。民之初生[2],自土沮漆[3]。古公亶父[4],陶复陶穴[5],未有家室[6]。

古公亶父,来朝走马[7]。率西水浒[8],至于岐下[9]。爰及姜女[10],聿来胥宇[11]。

周原膴膴[12],堇荼如饴[13]。爰始爰谋[14],爰契我龟[15]。曰止曰时[16],筑室于兹[17]。

迺慰迺止[18],迺左迺右[19],迺疆迺理[20],迺宣迺亩[21]。自西徂东[22],周爰执事[23]。

乃召司空[24],乃召司徒[25],俾立室家[26]。其绳则直[27],缩版以载[28],作庙翼翼[29]。

捄之陾陾[30],度之薨薨[31]。筑之登登[32],削屡冯冯[33]。百堵皆兴[34],鼛鼓弗胜[35]。

迺立皋门[36],皋门有伉[37]。迺立应门[38],应门将将[39]。迺立冢土[40],戎丑攸行[41]。

肆不殄厥愠[42],亦不陨厥问[43]。柞棫拔矣[44],行道兑矣[45]。混夷駾矣[46],维其喙矣[47]。

虞芮质厥成[48],文王蹶厥生[49]。予曰有疏附[50],予曰有先后[51],予曰有奔奏[52],予曰有御侮[53]。

【注释】

〔1〕这是颂美周族祖先古公亶父迁岐创业的史诗。相传他曾率周族人由豳迁到岐山南的周原,并定居于此,周族因而走向繁盛,因此古公亶父的迁岐之功一直受到周族后人的赞美。诗中写营建宗庙、宫室的情景,气氛热烈,摹声绘形,宛然在目。

〔2〕绵绵:绵延不绝的样子。瓜:大瓜。瓞(dié迭):小瓜。民:指周人。初生:指周族初兴。两句以瓜的蔓生而绵延不绝,比喻周族的子孙众多,延续不断。

〔3〕土:田(《尔雅》),此作动词用,耕种。沮:沮水,古水名。漆:古水名,今陕西彬州市西北。这句是说周人最初耕种生活在沮水、漆水流域。

〔4〕古公亶(dǎn胆)父:公刘的十世孙,周文王的祖父,又称太王。古公,是尊称,犹言先公远祖。

〔5〕陶:掏,掘土。复:即"窐",从旁掏洞。穴:从地面向地下掏洞。朱骏声《说文通训定声》:"凡直穿曰穴,旁穿曰窐。"此指古代半土穴式的供人居住的土室。

〔6〕"未有"句:指只是掏穴而居,尚未建筑正式的房舍。

〔7〕来朝:清早。走马:驱马快跑。指天刚放亮就启程赶路。

〔8〕率:循,沿着。西:指邠邑以西。水:沮水、漆水。浒:水边。这句是说古公沿着邠西漆水岸边而迁徙。

338

〔9〕岐下:岐山之下。岐山在今陕西岐县东北。

〔10〕爰:于是。及:与。姜女:姜姓之女。指古公的妻子太姜。

〔11〕聿:语助词。胥:相看,察视。宇:屋宇。这里是说修建宫室之前察看地势,也称"相宅",依地势选择建房的地址。

〔12〕周原:指岐山以南名"周"的平原,土地肥沃,周族依此发迹并得名。膴膴(wǔ武):形容土地肥美的样子。

〔13〕堇(jǐn谨):一种苦味的野菜。荼(tú途):又名苦菜。饴(yí姨):饴糖,麦芽糖。这句夸张地形容周原土地之肥美,连苦菜都甜美如饴。

〔14〕始:指开始计议。谋:谋划。

〔15〕契:凿刻。古人用龟甲占卜,先在龟甲上钻小孔,用火烧灼,看出现的裂纹形状断定凶吉。

〔16〕曰:指龟兆所显示的内容。止:居住。时:借为"是",此。郑《笺》:"可以止居于是。"

〔17〕于兹:在此。

〔18〕廼:"乃"的古字。慰:安心。这句是说,于是安心在此地定居。

〔19〕左、右:指安排居民或左或右地住下来。

〔20〕疆:划分地界。理:治理农田。

〔21〕宣:泄,指泄导沟洫。亩:作动词用,指整治田亩。

〔22〕自西徂东:从西到东。

〔23〕周:普遍,周遍的意思。执事:指从事劳作。

〔24〕司空:古代掌管营造事务的官吏。

〔25〕司徒:古代掌管土地、劳役、徒隶之类事务的官吏。

〔26〕俾:使。立:建立。室家:初至时掏穴而居,此则指建筑正式的宫室房舍。

〔27〕绳:指施工用的墨绳。这句说筑墙时先用绳墨取直。

〔28〕缩:束,捆缚。版:古代筑墙时用来夹土的木版。载:同"栽",竖立。

〔29〕庙:指宗庙,用来祭祀祖先的宫室。翼翼:庄严恭敬的样子。

339

〔30〕捄(jū居):指敛土、盛土的动作。陾陾(réng仍):众多貌。

〔31〕度(duó夺):指投土的动作。筑墙时向筑版内填土。薨薨(hōng轰):形容填土的声音。

〔32〕筑:捣土,使之坚固。登登:捣土声。

〔33〕削:削平。屡(lóu娄):同"偻",指土墙隆起的地方。冯冯(píng平):形容削土的声音。

〔34〕百堵(dǔ赌):百堵墙,形容众多。兴:修建起来。

〔35〕鼛(gāo高):古代大鼓名,径长一丈二尺,鼓声宏大。弗胜:超不过。这句形容工地上场面热烈,众人筑墙声音极大,超过了大鼓的声响。

〔36〕皋门:指王都的郭门。

〔37〕伉(kàng炕):形容皋门高大的样子。

〔38〕应门:王宫正门。毛《传》:"王之正门曰应门。"

〔39〕将将(qiāng枪):形容庄严高大的样子。

〔40〕冢(zhǒng肿)土:大土丘。指大社,土地神的神坛。

〔41〕戎:大。丑:众多。毛《传》:"丑,众也。"朱氏《集志》:"戎丑,大众也。"攸:所。行:往祭,指前往祭社神。

〔42〕肆:表承接的语气词,有"从古到今"之意。殄(tiǎn忝):消除,灭绝。愠(yùn运):怒,怨恨。这句是说,自周先祖直到文王都未能消灭怨敌夷狄。

〔43〕陨:损失。问:通"闻",指名声、声誉。这句承上句表示转折,意为但也并未损伤周王朝的声誉。

〔44〕柞(zuò作)、棫(yù域):都是灌木的名称。拔:拔除。

〔45〕兑(duì对):通畅。这句是说道路变得畅通无阻。毛《传》:"兑,成蹊也。"

〔46〕混夷:又作"昆夷",古民族的名称。駾(tuì退):突奔,仓皇逃跑。毛《传》:"駾,突。"

〔47〕维:语气词。喙(huì汇):疲惫困顿。毛《传》:"喙,困也。"

〔48〕虞、芮(ruì锐):皆古国名,同是姬姓,文王时建的诸侯国。质:成,结成。成:平,讲和。毛《传》:"质,成也。成,平也。"这句是说虞、芮两

国相约和好。

〔49〕蹶（guì贵）：动，感动。厥：其，指虞、芮两国君。生：同"性"，指善性。句意谓文王之德感动了他们的善性。

〔50〕予：我们，周人自称。曰：语助词。疏附：又称"胥附"，率下亲上，使疏者亲附之臣。

〔51〕先后：指前后左右的辅佐之臣。

〔52〕奔奏：指奔赴四方广为喻德之臣。毛《传》："喻德宣誉曰奔奏。"

〔53〕御侮：指捍卫国土，安邦定国之臣。以上四句是说：文王有盛德，并有各种贤臣司职辅佐，故周人绵延兴旺。

棫　　朴〔1〕

芃芃棫朴，薪之槱之〔2〕。济济辟王〔3〕，左右趣之〔4〕。

济济辟王，左右奉璋〔5〕。奉璋峨峨〔6〕，髦士攸宜〔7〕。

淠彼泾舟〔8〕，烝徒楫之〔9〕。周王于迈〔10〕，六师及之〔11〕。

倬彼云汉〔12〕，为章于天〔13〕。周王寿考〔14〕，遐不作人〔15〕？

追琢其章，金玉其相〔16〕。勉勉我王，纲纪四方〔17〕。

【注释】

〔1〕这是一首颂美诗。诗中写周文王伐崇之前举行祭天典礼，群臣毕至，个个威仪堂堂。出征时，六师追随，良臣围绕，尽是金相玉质的贤

才,称赞这都是文王精心培育的结果。棫(yù 域):木名,即白桵(ruǐ 蕊)。朴:树木丛生。

〔2〕薪:用作动词,砍为薪柴。槱(yóu 犹):堆积木柴以备燃烧。此指古时燔柴祭天仪式。

〔3〕济济:庄重的样子。辟王:指文王。

〔4〕左右:指身旁近臣。趣:同"趋",指奔赴助祭。

〔5〕奉:两手捧着。璋(zhāng 章):古代一种玉器。

〔6〕峨峨:此指助祭者盛服端庄的样子。

〔7〕髦(máo 毛)士:俊秀之士,指英才,周王的臣属。攸:所。宜:适合,指举止均合于法度。

〔8〕淠(pì 譬):船顺流而行的样子。泾:水名。

〔9〕烝徒:众人,指船夫。楫:船桨。此处作动词,指划船。

〔10〕于:往。迈:远行。这里指周文王出征伐崇之事。

〔11〕六师:六军,即指全军。古代天子统六军。及之:随从文王。

〔12〕倬(zhuō 桌):大而明的样子。云汉:银河。

〔13〕为章:成章。指银河横空,构成天空灿烂辉煌的文采。比喻周王朝人才之盛。

〔14〕寿考:指高寿,长寿。

〔15〕遐(xiá 狭):通"何"。作人:指培养人才。

〔16〕追:"雕"的借字。琢:刻。毛《传》:"追,雕也。金曰雕,玉曰琢。"章:即"璋",玉璋。金、玉:指璋具有金、玉的美质。相:本质。二句比喻培养出的人才,既文采焕发,又有可贵之质,文质彬彬,内外皆美。

〔17〕勉勉:形容勤勉不倦,努力不懈的样子。纲纪:本指网绳,作动词用,指统治,治理。这二句谓文王勤于政事,能够董理天下四方。

旱　　麓〔1〕

瞻彼旱麓,榛楛济济〔2〕。岂弟君子〔3〕,干禄岂弟〔4〕。

瑟彼玉瓒[5],黄流在中[6]。岂弟君子,福禄攸降[7]。

鸢飞戾天,鱼跃于渊[8]。岂弟君子,遐不作人[9]?

清酒既载[10],骍牡既备[11]。以享以祀[12],以介景福[13]。

瑟彼柞棫[14],民所燎矣[15]。岂弟君子,神所劳矣[16]。

莫莫葛藟,施于条枚[17]。岂弟君子,求福不回[18]。

【注释】

〔1〕本篇内容与上篇相似,亦颂美文王培养重用贤才事,不过其中祭祀求福的意味更重些。多用比兴手法,体制颇近《国风》。旱:山名,在今汉中地区。麓(lù 鹿):山脚。

〔2〕榛(zhēn 真):一种丛生灌木。楛(hù 户):荆类树木。榛楛连举,指灌木丛生。济济:众多的样子。

〔3〕岂弟(kǎi tì 凯替):即"恺悌",平和近人,含有对人充满仁心爱意的意思。君子:指周文王。

〔4〕干禄:祈求福禄。

〔5〕瑟:洁净鲜明的样子。郑《笺》:"瑟,洁鲜貌。"玉瓒(zàn 赞):就是圭瓒,古代以圭为柄的灌酒器,类似玉勺。

〔6〕黄流:秬酒,因盛在黄金勺中,金色映照,故称黄流。这句用以勺注酒,比喻天降福禄。

〔7〕攸:是。

〔8〕鸢(yuān 冤):一种猛禽,又称鹞鹰。戾:至。渊:深渊,深水。两句比喻人才各得其用的盛世气象。

〔9〕遐(xiá 狭):通"何"。这句是说,怎能不培育出众多人才。

343

〔10〕既载:已装满酒樽。

〔11〕骍(xīng星)牡:赤色的公牛。周人尚赤,祭祀时用红色的公牛。既备:已经齐备。

〔12〕享:献祭,上供。

〔13〕以介景福:祈求赐给洪福。

〔14〕瑟:形容众多的样子。朱氏《集传》:"瑟,茂密貌。"柞、棫(yù玉):均木名,燃以祭神。

〔15〕燎:燃烧。

〔16〕劳:劳来,指来赐福佑。郑《笺》:"劳来,犹言佑助。"

〔17〕莫莫:茂密的样子。葛藟(lěi垒):葛藤,一种蔓生植物。施(yì易):蔓延。条:树枝。枚:树干。两句用藤攀大树,比喻凭靠先祖的德业。

〔18〕不回:不改,就是不违背先祖之道。

思　齐[1]

思齐大任[2],文王之母。思媚周姜,京室之妇[3]。大姒嗣徽音[4],则百斯男[5]。

惠于宗公[6],神罔时怨[7],神罔时恫[8]。刑于寡妻,至于兄弟,以御于家邦[9]。

雝雝在宫[10],肃肃在庙[11]。不显亦临[12],无射亦保[13]。肆戎疾不殄,烈假不瑕[14]。不闻亦式[15],不谏亦入[16]。

肆成人有德[17],小子有造[18]。古之人无斁[19],誉髦

344

斯士[20]。

【注释】

〔1〕诗颂文王之德,但角度比较特殊。先从颂扬圣母贤妃入笔,歌颂了太任、太姜、太姒的美德,点出文王之有"圣德"的原因。后人认为是一首歌颂文王齐家、治国的诗。思:语首助词。齐(zhāi摘):通"斋",端庄、肃敬。

〔2〕大任:就是太任,王季的妻子,文王的母亲。

〔3〕媚:和悦柔顺,充满爱意。毛《传》:"媚,爱也。"周姜:就是太姜,太王之妃,王季的母亲,文王的祖母。京室:王室。妇:贵妇。

〔4〕大姒(sì四):就是太姒,文王之妃。嗣:继承。徽:美。音:指德音美誉。这句是说太姒继承了太任、太姜的美德声誉。

〔5〕百斯男:极言生子之多。百,泛指多,不是实指。

〔6〕惠:爱,这里指顺从。郑《笺》:"惠,顺也。"宗公:宗庙中的列祖先公。

〔7〕神:指先公的神灵。罔:无。时:所。马氏《通释》:"时,所也。"怨:怨尤,不满。

〔8〕恫(tōng通):难过,伤痛。

〔9〕刑:同"型",示范。寡妻:国君妻子的谦称。以:而。御:治理。三句是说,文王成为妻子的榜样,再推广至兄弟之间,更推及治理整个家邦。

〔10〕雝雝:同雍雍,和睦貌。

〔11〕肃肃:恭敬貌。庙:宗庙。

〔12〕不:同"丕",大。显:明。亦:以。临:临视,指省察民事。

〔13〕无射(yì易):不厌倦。陆氏《释文》:"射,厌也。"保:指保民。

〔14〕肆:语助词,这里有所以的意思。戎疾:大难。朱氏《集传》:"戎,大也。疾,犹难也。"不殄(tiǎn舔):不绝。烈:指辉煌的功业。假:广大。毛《传》:"烈,业;假,大也。"瑕:瑕疵,指缺点、过失。二句是说,故大难(指被囚羑里、西戎入侵等)虽然不绝,而其功业亦光大无缺。

〔15〕不闻:前所未闻的事。式:法度。此谓虽处理无前例的事,也能合于法度。

〔16〕谏:诤谏。此句谓虽无谏劝者,亦能入于善境,做出美善的事。

〔17〕成人:成年之人。有德:有好品德。

〔18〕小子:未成年之人。有造:有造就,指能上进而有成。

〔19〕古之人:此指文王。无斁(yì 易):不已。闻一多《风诗类钞》:"无斁,谓无已时也。"这里是说文王总是积极造就人才不止。

〔20〕誉:美名。髦斯士:就是髦士,英俊之士。这句是说,使众多的英俊之士享誉于世。

皇　　矣[1]

皇矣上帝,临下有赫[2]。监观四方[3],求民之莫[4]。维此二国[5],其政不获[6]。维彼四国[7],爰究爰度[8]。上帝耆之[9],憎其式廓[10]。乃眷西顾[11],此维与宅[12]。

作之屏之[13],其菑其翳[14]。修之平之[15],其灌其栵[16]。启之辟之[17],其柽其椐[18]。攘之剔之[19],其檿其柘[20]。帝迁明德[21],串夷载路[22]。天立厥配[23],受命既固[24]。

帝省其山[25],柞棫斯拔[26],松柏斯兑[27]。帝作邦作对[28],自大伯王季[29]。维此王季,因心则友[30],则友其兄[31],则笃其庆[32]。载锡之光[33],受禄无丧[34]，奄有四方[35]。

维此王季，帝度其心[36]，貊其德音[37]。其德克明[38]，克明克类[39]，克长克君[40]。王此大邦[41]，克顺克比[42]。比于文王[43]，其德靡悔[44]。既受帝祉[45]，施于孙子[46]。

帝谓文王[47]："无然畔援[48]，无然歆羡[49]，诞先登于岸。"[50]密人不恭[51]，敢距大邦[52]，侵阮徂共[53]。王赫斯怒[54]，爰整其旅[55]，以按徂旅[56]。以笃于周祜[57]，以对于天下[58]。

依其在京[59]，侵自阮疆[60]。陟我高冈[61]，无矢我陵，我陵我阿；无饮我泉，我泉我池[62]。度其鲜原[63]，居岐之阳[64]，在渭之将[65]。万邦之方，下民之王[66]。

帝谓文王："予怀明德[67]，不大声以色[68]，不长夏以革[69]。不识不知[70]，顺帝之则[71]。"帝谓文王："询尔仇方，同尔兄弟[72]，以尔钩援[73]，与尔临冲[74]，以伐崇墉[75]。"

临冲闲闲[76]，崇墉言言[77]。执讯连连[78]，攸馘安安[79]。是类是禡[80]，是致是附[81]，四方以无侮[82]。临冲茀茀[83]，崇墉仡仡[84]。是伐是肆[85]，是绝是

347

忽〔86〕。四方以无拂〔87〕。

【注释】

〔1〕这是追述周族开国武功的史诗,重点写文王伐崇伐密的战绩。这两场战争的胜利,为周人代殷奠定了基础。诗中颂美文王的武功,也追述到周先祖太王辟草莱、拓岐山的创业艰苦和王季兄弟相让的仁爱,从而说明周族的兴盛乃是世世修德,一贯秉承天意的结果。诗中对文王伐崇攻墉的场面描写,气氛紧张,声势夺人,绘声绘色。皇:光明伟大。

〔2〕临下:自上视下,即观察天下。有赫:即赫赫,威严而明察一切的样子。

〔3〕监观:监视、视察。

〔4〕求:寻访、探察。莫:通"瘼",疾苦。

〔5〕二国:应为"上国"。此时殷君为王,别国为诸侯,故称殷为上国。

〔6〕不获:不善,不得民心。

〔7〕四国:指四方之国。

〔8〕爰(yuán 元):乃,于是。究:考虑,谋划。度(duó 夺):估计,揣度。此句说上帝乃推究思虑四方之国,谁可受天命来代替。

〔9〕耆(zhǐ 纸):致。朱氏《集传》:"或曰,耆,致也。"句意谓上帝之所欲致者。

〔10〕憎:"增"的假借,增大,扩大。其:指周。式:语助词。廓:疆域。

〔11〕眷(juàn 倦):眷然,关怀爱惜的意思。西顾:顾视西方的岐周。

〔12〕此:指岐周之地。与:赐给。宅:居住地。

〔13〕作:指拔起。屏:除去。之:指下文枯木。

〔14〕其:彼,那些。菑(zī 自):指死去还没倒的枯树。翳:通"殪",指死去倒地的树木。

〔15〕修:修剪。平:削平。指使下述灌木疏密得宜。

〔16〕灌:灌木,丛生的小树。栵(li 力):指砍伐后从老树桩上再生的树木。王氏《释词》:"栵,斩而复生之木。"

〔17〕启、辟:均指经砍伐、芟除,开辟出空地。

〔18〕柽(chēng撑):木名,河柳。椐(jū居):木名,又称灵寿树,树多肿节,可以作老人手杖,故称。

〔19〕攘(rǎng嚷):排除。剔:剔除。

〔20〕檿(yǎn掩):山桑。柘(zhè蔗):黄桑。以上八句是叙述太王筚路蓝缕,开拓基业的艰辛。

〔21〕迁:迁往。有改换的意思。明德:有明德之君,指太王。这句是说,上帝改换天命给明德之君太王。

〔22〕串夷:即混夷,又名西戎。载路:指败逃。

〔23〕天立厥配:立君配天,古人认为君王乃天之子,能配合天意。这句是说上天立了可配天的君王。

〔24〕受命:接受天命。固:指王位巩固。

〔25〕省(xǐng醒):察看。山:指周所定居的岐山。

〔26〕柞、棫(yù域):均树名。拔:拔除。

〔27〕兑(duì对):挺直高大的样子。

〔28〕作邦:建立周国。作对:指兴国后配以明君。毛《传》:"对,配也。"

〔29〕大伯:即太伯,是太王古公亶父的长子。王季:是太王少子季历。《史记·周本纪》记载长子太伯,次子仲雍,友爱其弟,让位给季历(王季)。其兄二人逃往南方,作了吴的开国之君。

〔30〕因心:本心,生来之心。朱氏《集传》:"因心,非勉强也。"这句是说,王季生性即有友爱之心。

〔31〕则友其兄:言王季友爱其兄,故兄能让位给他。

〔32〕笃:厚,增加。句言王季增添了周族的福庆。

〔33〕载:乃。锡:赐。这句是说,上帝乃赐给王季无限光荣。

〔34〕禄:福禄。无丧:无失、无已之意。

〔35〕奄(yǎn掩):覆盖,尽有。四方:指四方的臣民。

〔36〕度(duó夺):测知。心:指善心。

〔37〕貊(mò陌):通"漠",广布。德音:美誉。

349

〔38〕克明:能明察是非。

〔39〕克类:能分辨善恶的类别。

〔40〕克长(zhǎng掌):能为师长,教诲不倦。克君:能为君王。毛《传》:"教诲不倦曰长,赏伐刑威曰君。"

〔41〕王(wàng旺):作动词,做君王。大邦:指周。

〔42〕克顺:能使民顺服。克比:能使民亲附。

〔43〕比于文王:亲附文王,紧从文王的意思。

〔44〕靡悔:无悔。

〔45〕帝祉:上帝赐给的大福。

〔46〕施(yì易):延续,传至。孙子:即子子孙孙。

〔47〕谓:说。这是假托上帝的口气说话。

〔48〕无:同"毋",不要。然:这样。畔援:即盘桓,徘徊不前。

〔49〕歆羡:贪求和企羡,即贪心务得的意思。

〔50〕诞:发语词。先登于岸:先占据高位,指有利的地位。

〔51〕密:古国名,又称密须氏,姞姓。不恭:不恭敬,不顺从。

〔52〕距:同"拒",抗拒。大邦:大国,指周。

〔53〕阮、共:周的属国。句言密人侵犯周的属国阮国,并进军共国。

〔54〕王:指周文王。赫斯怒:勃然大怒。

〔55〕爰:于是。旅:军队。

〔56〕按(è遏):阻止住。毛《传》:"按,止也。"徂旅:指密人开往阮、共的军队。

〔57〕周:周遍,指周及其属国(包括阮、共)。祜(hù户):福。

〔58〕对:对答,即报答。

〔59〕依:通"殷",形容士兵壮盛的样子。京:指周京之地。

〔60〕侵:进入。句言周兵进入阮境,阻止密人占领阮地。

〔61〕陟(zhì智):登上。冈:山冈。此指站在高处宣布。

〔62〕无矢:不要陈兵。毛《传》:"矢,陈也。"陵:山陵。阿:山曲处。以上四句是警告密人的话。

〔63〕度:度量,估计。鲜:通"巘",小山。原:平原。陈氏《传疏》:

"鲜谓山之小者,原谓地之平者。"

〔64〕居岐之阳:指驻军在岐山的南面。

〔65〕渭之将:渭水的旁边。毛《传》:"将,侧也。"

〔66〕方:法则,榜样。王:君王。这二句是说,从此周邦成了万邦的榜样,天下百姓的君王。

〔67〕予:我,假设上帝自称。怀:眷顾。明德:指文王的美德。下面四句即明德的内容。

〔68〕大声以色:即疾言厉色。

〔69〕夏:指夏楚,又称扑刑,打板子。革:鞭革之刑。这句是说不依恃扑刑和鞭刑,即宽刑罚。

〔70〕不识不知:有顺其自然,不自作主张的意思。

〔71〕则:法则。句指遵从上帝的旨意行事。

〔72〕询:问,指商议。仇:匹。方:邦国。仇方,指盟国。同:协同一致。弟兄:指同姓的兄弟之国。两句是说,有事要同盟国商量,与兄弟之国步调一致。

〔73〕钩援:古代一种攻城的器械。

〔74〕临冲:指临车、冲车。古代两种攻城战车。临车从上攻,冲车从旁攻。

〔75〕以伐崇墉:用来攻打崇国的城邑。墉(yōng 拥),城。

〔76〕闲闲:形容战车缓缓前行的样子。

〔77〕言言:形容崇城高大的样子。毛《传》:"言言,高大也。"

〔78〕执:捉住,俘获。讯:俘虏。连连:指不断俘获敌人。

〔79〕攸:语首助词。馘(guó 国):指割下所杀敌人左耳,用以计功。

〔80〕是:于是。类:通"禷",出征时祭天典礼。祃(mà 骂):在所征服的地方祭天。《礼记·王制》:"天子将出,类乎上帝,祃于所征之地。"

〔81〕致:招致,招抚。附:归附。

〔82〕侮:侮慢,侵侮。此句是说,天下各国再无敢侮慢我者。

〔83〕茀茀(fú 扶):强盛的样子。

〔84〕仡仡(yì 义):高耸的样子。

351

〔85〕伐：攻伐。肆：纵兵。
〔86〕绝：灭绝。忽：消灭。毛《传》："忽，灭也。"
〔87〕拂：违抗，抗衡。这句是说，从此天下各国再无敢违抗我者。

灵　　台[1]

经始灵台，经之营之[2]。庶民攻之[3]，不日成之[4]。经始勿亟[5]，庶民子来[6]。

王在灵囿[7]，麀鹿攸伏[8]。麀鹿濯濯[9]，白鸟翯翯[10]。王在灵沼[11]，於牣鱼跃[12]。

虡业维枞[13]，贲鼓维镛[14]。於论鼓钟[15]，於乐辟廱[16]。

於论鼓钟，於乐辟廱。鼍鼓逢逢[17]，矇瞍奏公[18]。

【注释】

〔1〕这是一首颂德诗。写文王兴建灵台、灵囿、灵沼而庶民相助的情景。又以祥和欢乐的笔调描写了文王畅游灵台的盛况，鸟兽温顺，鱼跃逍遥，各随其性，鸣鼓奏乐，其乐陶陶，一片升平气象。因而这首诗曾被后人美化为文王"与民偕乐"之诗。灵台：高台。"灵"为美辞。
〔2〕经：测量。毛《传》："经，度之也。"营：营造。
〔3〕庶民：民众。攻：治，这里指全力修造。
〔4〕不日：不数日，没有多久。
〔5〕勿亟：不急迫。这里有不急迫扰民的意思。

352

〔6〕子来:指如儿子乐于为父母效劳那样,自愿前来建筑灵台。郑《笺》:"众民各以子成父事而来攻之。"

〔7〕囿(yòu 又):圈养鸟兽的园林。

〔8〕麀(yōu 优):母鹿。鹿:指公鹿。攸:语助词。伏:不惊动,形容鹿温顺不怕人。

〔9〕濯濯:形容肥硕而毛有光亮的样子。

〔10〕白鸟:指白鹤、白鹭之类。翯翯(hè 鹤):形容羽毛洁白的样子。

〔11〕沼:池沼。

〔12〕於(wū 乌):语气词,表叹美,下同。牣(rèn 刃):满,指不胜其多。

〔13〕虡(jù 巨):古代悬挂钟、磬的木架。业:是木架上的横板。枞(cōng 匆):是指"崇牙"。即业上悬挂钟、磬的地方。毛《传》:"枞,崇牙也。"孔《疏》:"以彩色为大牙,其状隆然,谓之崇牙。"

〔14〕贲(fén 坟):大。镛(yōng 庸):大钟。

〔15〕论:借为"伦",次序,此形容奏乐节奏井然有序。

〔16〕辟廱(yōng 拥):又作辟雍,西周天子所设大学,圆如璧,围以水池。汉代是太学的别称。

〔17〕鼍(tuó 驼)鼓:鳄鱼皮蒙制的鼓。逢逢:象声词,形容鼓声。

〔18〕矇(méng 萌)、瞍(sǒu 叟):盲人。有眼珠而失明叫矇,无眼珠的盲人叫瞍。古代多用盲人为乐工。奏公:奏乐于公庭。公,或作"功",是功成作乐的意思。

下　　武[1]

下武维周,世有哲王[2]。三后在天[3],王配于京[4]。

王配于京,世德作求[5]。永言配命[6],成王之孚[7]。

成王之孚,下土之式[8]。永言孝思[9],孝思维则[10]。

媚兹一人[11],应侯顺德[12]。永言孝思,昭哉嗣服[13]。

昭兹来许[14],绳其祖武[15]。於万斯年[16],受天之祜[17]。

受天之祜,四方来贺[18]。於万斯年,不遐有佐[19]?

【注释】

〔1〕这是一首颂美周武王的诗。诗中称赞唯有周人能上承祖业,世有明君。在位的武王,能紧踵先王步武,上应天命,下配祖德,而统有天下。最后祝颂后继有人,国运万年。每章之间,句式蝉连,上递下接,绵延不绝,增强了诗歌表现力。下武:先人留下的足迹。武,步武,足迹。此指遗德。

〔2〕世:世世代代。哲王:圣智之王。

〔3〕三后:就是三王,指太王、王季、文王。

〔4〕王:指武王。配:能配合天命。京:周都镐京。

〔5〕世德:世世代代传下来的先王之德。求:借为"逑",匹配。这句的意思是说武王继承先王的世传之德,能匹配祖宗三王。

〔6〕永:永远。言:语助词。配命:配合天命。

〔7〕孚:信。郑《笺》:"孚,信也。"这句是说建立起武王的威信。

〔8〕下土:天下。式:法式,榜样。

〔9〕孝思:孝心。

〔10〕维则:谓以孝心为行动的准则。

〔11〕媚:爱。兹:此。一人:指武王。这句是说,武王独受天下人的爱戴。

〔12〕应:顺应,遵行。侯:语助词。顺:顺先王之心。德:美德。孔《疏》:"顺其先王之心,成其祖考之德。"

〔13〕昭:明。嗣:继续。陈氏《传疏》:"嗣服,犹言缵绪也。"此谓后继有人的意思。

〔14〕昭兹:即"昭哉"。兹,"三家诗"作"哉"。朱氏《集传》:"兹、哉声相近,古盖通用也。"来:后世。许:通"御"。来御,后世御天下的人,指武王。

〔15〕"绳其"句:言继续循着先祖的步武前行。

〔16〕於(wū乌):语气词,表赞叹。万斯年:即万年。

〔17〕祜:福。

〔18〕贺:朝贺。

〔19〕遐:通"何"。不遐,何不。佐:辅佐。意思是说周朝怎能不有贤良之臣来辅佐。

文 王 有 声[1]

文王有声,遹骏有声[2]。遹求厥宁[3],遹观厥成[4]。文王烝哉[5]!

文王受命,有此武功。既伐于崇[6],作邑于丰[7]。文王烝哉!

筑城伊淢[8],作丰伊匹[9]。匪棘其欲[10],遹追来孝[11]。王后烝哉[12]!

王公伊濯[13],维丰之垣[14]。四方攸同[15],王后维翰[16]。王后烝哉!

丰水东注[17]，维禹之绩[18]。四方攸同，皇王维辟[19]。皇王烝哉！

镐京辟廱[20]，自西自东，自南自北，无思不服[21]。皇王烝哉！

考卜维王，宅是镐京[22]。维龟正之[23]，武王成之[24]。武王烝哉！

丰水有芑，武王岂不仕[25]？诒厥孙谋[26]，以燕翼子[27]。武王烝哉！

【注释】

〔1〕这首诗颂美文王、武王迁都，使周族发达的丰功伟业。周初文王伐崇后迁都丰，武王伐纣后迁都镐，是周族历史上的两件大事。诗的每章都用感叹句，赞颂之声可闻。全诗描写细腻，富于感情，并有一定的史料价值。有声：有美好的名声。

〔2〕遹（yù玉）：同"聿"，语助词。骏：大。二句是说文王享有极大的美誉。

〔3〕厥（jué决）：其，指天下。宁：安宁，太平。

〔4〕成：成功，指完成大业。

〔5〕烝：盛美。

〔6〕既：已经。崇：古国名。

〔7〕作邑：建造城邑，此指建都。丰：今陕西西安市西北。原在崇国境内，文王灭崇，由岐迁都于此。

〔8〕伊：语助词。淢（xù序）：通"洫"，沟渠。这里指护城河。

〔9〕作丰：建造丰京。匹：相配，相称。这句意思是说在丰邑筑城挖

河,以符合作为都城的规模。

〔10〕匪:非,不是。棘:通"急"。欲:欲望。这句是说,不是急着满足自己的私欲。

〔11〕追:追念。来:语助词。这句是说,乃是出于追念先人的孝思。

〔12〕王后:君王,指文王。

〔13〕公:通"功"。王公,指文王的功业。伊:语助词。濯:显著。

〔14〕维:语助词。垣:城墙。

〔15〕四方攸同:天下四方同心归服。

〔16〕翰:又作"榦",主榦。意思是说,乃天下的统帅。

〔17〕丰水东注:指丰水东流,经丰、镐之东,入渭河,最后流入黄河。

〔18〕禹:大禹。绩:功业,业绩。禹之绩,这乃是大禹治水的功绩。

〔19〕皇王:指武王。此下四章均写武王。武王灭殷正式享有天下,故称皇王。辟:君王。

〔20〕镐京:西周都城。今陕西省西安市西南,丰水东岸。镐京距丰邑约二十五里。辟廱(yōng 拥):天子离宫。此指建镐京,并修建离宫。

〔21〕"无思"句:指天下四方无不臣服。思,语助词,无义。

〔22〕考卜:问卜。宅:居,这里指定都。二句是说,武王为建都镐京,先卜吉凶。

〔23〕龟:龟卜。正:得吉兆而决定下来。朱氏《集传》:"正,决也。"

〔24〕成:完成,兴建成功。

〔25〕芑(qǐ起):杞柳。仕:通"事"。两句是说丰水之滨是地美木茂的好地方,武王怎能无所作为?

〔26〕诒(yí疑):通"贻",留给。这句是说为子孙留下治国的谋略。

〔27〕燕:安。郑《笺》:"燕,安也。"翼:帮助,辅佐。这句是说,使后世子孙能安享其国,受到帮助。

生　　民[1]

厥初生民,时维姜嫄[2]。生民如何?克禋克祀[3],以弗无子[4]。履帝武敏歆[5],攸介攸止[6]。载震载夙[7],载生载育[8],时维后稷[9]。

诞弥厥月[10],先生如达[11],不坼不副[12],无菑无害[13]。以赫厥灵[14]。上帝不宁,不康禋祀,居然生子[15]。

诞寘之隘巷[16],牛羊腓字之[17]。诞寘之平林,会伐平林[18]。诞寘之寒冰,鸟覆翼之[19]。鸟乃去矣,后稷呱矣[20]。实覃实訏[21],厥声载路[22]。

诞实匍匐[23],克岐克嶷[24],以就口食[25]。艺之荏菽[26],荏菽旆旆[27],禾役穟穟[28],麻麦幪幪[29],瓜瓞唪唪[30]。

诞后稷之穑,有相之道[31]。茀厥丰草[32],种之黄茂[33]。实方实苞[34],实种实褎[35],实发实秀[36],实坚实好[37],实颖实栗[38],即有邰家室[39]。

诞降嘉种[40],维秬维秠[41],维穈维芑[42]。恒之秬秠[43],是获是亩[44]。恒之穈芑,是任是负[45],以归肇祀[46]。

诞我祀如何?或舂或揄[47],或簸或蹂[48]。释之叟叟[49],烝之浮浮[50]。载谋载惟[51],取萧祭脂[52]。

取羝以軷[53]，载燔载烈[54]，以兴嗣岁[55]。

卬盛于豆[56]，于豆于登[57]。其香始升，上帝居歆[58]，胡臭亶时[59]！后稷肇祀，庶无罪悔，以迄于今[60]。

【注释】

〔1〕这首带有神话色彩的古老史诗，叙述了周始祖后稷的诞生和发明农业的历史，反映了周人是一个较早从事农业生产的民族。诗中写后稷的灵异，写他的丰功伟绩，实际上是对自己民族勤劳、智慧的歌颂。全诗结构严密，语汇丰富，贯注畅达，富有气势。民：指周民。

〔2〕时维：犹言"这就是"。姜嫄(yuán 原)：周始祖后稷的母亲。

〔3〕克：能够。禋祀(yīn sì 因寺)：祭天祭神之礼。

〔4〕弗：借为"祓(fú 扶)"，通过祭祀除去不祥。句意谓祭祀上帝以求有子。

〔5〕履：践踏。帝：上帝。武：足迹。敏：借为"拇"，足拇趾。《尔雅》："敏，拇也。"郭璞注曰："拇，迹大指处。"歆：同"欣"，欣喜，欣然有所动。

〔6〕攸(yōu 优)：乃，于是。介：通"愒"(qì 泣)：休息。林又光《诗经通解》："介读为愒。《说文》：'愒，息也。'"止：止息。此句是说姜嫄休息下来。

〔7〕载：则。震：同"娠"，怀孕。夙：同"肃"，生活肃谨。

〔8〕生：分娩。育：哺育。

〔9〕后稷：周人始祖，名弃。因他发明农业，故尊称"后稷"。稷(jì 既)，谷类。

〔10〕诞：发语词。弥厥月：指怀孕足月。

〔11〕先生：指生头胎。如：同"而"。达：顺达，指胎儿生得很顺利。

〔12〕坼(chè 彻)：破裂。副(pì 譬)：裂开。此句是说分娩时产门没

有破裂,没有伤害母体。

〔13〕菑:古"灾"字。此句是说母子都平安。

〔14〕赫:显示。厥:其,指后稷。灵:灵异。

〔15〕不宁:不安。引申为不悦。康:安,指安享。居然:惊遽之词(用魏源《诗古微》说)。这三句都是姜嫄疑问之词:莫非上帝心中不悦,不安享我的祭祀吗?姜嫄以为因履迹生子,事属不祥。

〔16〕寘:同"置",弃置。隘巷:狭窄小巷。

〔17〕腓(féi肥):庇护。字:哺乳。

〔18〕会:值,碰上。

〔19〕覆翼:用翅膀覆盖。

〔20〕呱(gū姑):小儿啼哭声。

〔21〕实:同"是",语助词。覃(tán谈):长。訏(xū虚):大。此句是说,后稷哭声气长而声音洪亮。

〔22〕载路:犹言声闻于路。

〔23〕匍匐:伏地爬行。

〔24〕岐:知意,会解人意。嶷(nì逆):能识别事物。毛《传》:"岐,知意也;嶷,识也。"郑《笺》:"其貌嶷嶷然有所别也。"

〔25〕就:趋往。口食:不需人喂养,自能进食。

〔26〕艺:种植。荏(rěn忍)菽:大豆。

〔27〕旆旆(pèi配):枝叶扬起的样子。

〔28〕禾役:借为"禾颖",禾穗。《小尔雅》:"禾穗谓之颖。"穟穟(suì遂):禾苗美好。

〔29〕幪幪(měng猛):茂密的样子。

〔30〕瓞(dié迭):小瓜。唪唪(běng琫):同"菶菶",果实累累的样子。

〔31〕穑(sè瑟):种植庄稼。相:助。道:方法。两句是说,后稷种植庄稼有帮助它们生长的方法。

〔32〕茀(fú弗):拔除。丰草:茂盛的杂草。

〔33〕黄茂:嘉谷。

〔34〕方:始,指刚吐芽。苞:含苞。

〔35〕种(zhǒng 肿):与"肿"义相近,指禾苗肥大粗壮(用孔颖达说)。褎(yòu 又):指禾苗渐渐长高。

〔36〕发:禾茎舒展发育。秀:禾苗吐穗开花。

〔37〕坚:谷粒坚实饱满。好:指谷粒形美色正。

〔38〕颖:禾穗饱满下垂。栗:谷粒繁多。

〔39〕即:就,往。邰(tái 抬):地名,在今陕西省武功县西南。家室:安家定居。此句是说后稷在邰地定居。相传后稷在帝尧时代,因有功于民,封于邰。

〔40〕降:天降,天赐。嘉种:好品种。

〔41〕秬(jù 巨):黑黍。秠(pī 披):孔《疏》:"黑黍之中有二米者,别名为之秠。"

〔42〕穈(mén 门):红苗的谷类。芑(qǐ 起):白苗的谷类。孔《疏》:"维是赤苗之穈,维是白苗之芑。"

〔43〕恒:通"亘",遍,满。此句是说田里种满了秬秠。

〔44〕获:收割。亩:收割后的庄稼堆放在田亩中。

〔45〕任:抱。郑《笺》:"任,犹抱也。"负:背。此句是说把庄稼从田亩中抱负回来。

〔46〕归:指把谷物收回家。肇(zhào 兆):开始。祀:祭祀。

〔47〕或:有的人。舂:舂米。揄(yóu 由):舀取,把舂好的米从臼中舀出。

〔48〕簸:扬去米中的糠皮。蹂:通"揉",揉搓,使米与糠皮分离。

〔49〕释:淘米。叟叟(sōu 搜):淘米声。

〔50〕烝:即蒸。浮浮:蒸煮时热气升腾的样子。

〔51〕谋:商量。惟:思考。

〔52〕萧:香蒿。脂:指牛肠脂。此句是说祭祀时以香蒿与牛肠脂合烧,取其香气。

〔53〕羝(dī 低):公羊。軷(bá 拔):祭祀路神的礼仪。古人在郊祀上帝前,先祭路神。

〔54〕燔(fán凡):烧。这里指把萧、脂放在火上烧。烈:烤,指把羝羊架在火上烤。

〔55〕兴:兴旺。嗣岁:来年。

〔56〕卬(áng昂):我。豆:古代高脚食器。

〔57〕登:食器,似豆而浅。

〔58〕居:安。歆:享。此句是说上帝安然享受祭品。

〔59〕胡:大。臭(xiù秀):气味。胡臭,指浓烈的香气。亶:确实。时:善,好。

〔60〕庶:幸。迄:至。三句是说后稷开始祭祀以来,幸蒙神祐,没有发生获罪于天的过失,直至今天。

行　　苇[1]

敦彼行苇[2],牛羊勿践履。方苞方体[3],维叶泥泥[4]。戚戚兄弟[5],莫远具尔[6]。或肆之筵[7],或授之几[8]。

肆筵设席[9],授几有缉御[10]。或献或酢[11],洗爵奠斝[12]。醓醢以荐[13],或燔或炙[14]。嘉殽脾臄[15],或歌或咢[16]。

敦弓既坚[17],四鍭既钧[18],舍矢既均[19],序宾以贤[20]。敦弓既句[21],既挟四鍭[22]。四鍭如树[23],序宾以不侮[24]。

曾孙维主[25],酒醴维醹[26]。酌以大斗[27],以祈黄耇〔28〕。黄耇台背〔29〕,以引以翼〔30〕。寿考维祺〔31〕,以介景福〔32〕。

【注释】

〔1〕这是一首描写贵族宴饮酬酢的诗。宴饮中有较射,有祈福,也写出了兄弟相亲,尊事长者恭谦礼让的和乐气氛。诗以受保护的丛生嫩苇起兴,比喻家族幸福和睦。行(háng 杭):道路,此指道边。

〔2〕敦:形容芦苇丛生聚集的样子。毛《传》:"敦,聚貌。"

〔3〕方苞:指芦苇刚吐出芽。方体:指芦苇刚长出茎。

〔4〕泥泥:柔嫩的样子。朱氏《集传》:"泥泥,柔泽貌。"

〔5〕戚戚:亲热的样子。朱氏《集传》:"戚戚,亲也。"

〔6〕远:疏远。具:俱,都。尔:同"迩",近。这句是说兄弟之间切莫疏远,都要亲近相处。

〔7〕肆:铺开,陈设。筵:竹席。古人席地而坐,铺竹席以为坐具。

〔8〕授:给予。几:几案,一种低矮的桌子。为年长者设几以为凭依,表示关心和敬重。

〔9〕肆筵设席:在已铺的竹席上,视身份再加铺竹席,称"重席",表示尊重。《礼记·礼器》:"天子之席五重,诸侯之席三重,大夫再重。"

〔10〕缉御:不断有人侍奉。郑《笺》:"缉,犹续也。""御,侍也。"

〔11〕献酢:宴饮开始时,由主人向宾客敬酒叫"献",宾客回敬叫"酢"。此指主宾往来敬酒。

〔12〕爵、斝(jiǎ 甲):皆古代酒器,斝体积大于爵。奠:放置。

〔13〕醓(tǎn 坦):多汁的肉酱。醢(hǎi 海):肉酱。以荐:用来进献。

〔14〕燔(fán 凡):烧肉。炙(zhì 志):烤肉。

〔15〕脾:通"膍(pí 皮)",牛羊的重瓣胃,俗称"百叶"。臄(jué 决):牛舌头。

〔16〕咢(è 噩):只击鼓不歌唱。

〔17〕敦:通"雕",绘有五彩花纹的弓称雕弓。马氏《通释》:"敦、雕双声,故通用。"坚:强劲。

363

〔18〕镞(hóu侯):箭名,箭头用青铜制成。钧:同"均",此指金属箭头轻重合适。

〔19〕舍矢:发弓射箭。既均:皆已射中。朱氏《集传》:"均,皆中也。"

〔20〕序宾以贤:以射礼中的优胜与否来排列宾客的座位次序。贤:贤能,指射中多者。

〔21〕句(gòu构):通"彀",将弓弦拉满。

〔22〕挟:手持。四镞:四箭。这句是说手持弓弦,连发四箭。

〔23〕四镞如树:四矢皆中靶心。树,植。这里指四箭皆牢固植在靶上。

〔24〕不侮:互不轻慢,即互相礼让的意思。

〔25〕曾孙:指宴席的主持人,由宗子、嫡孙之类充当。维主:为主人。

〔26〕醴(lǐ礼):一种甜味酒。醹(rú如):酒味醇厚。

〔27〕酌:斟酒。大斗:用来斟酒的勺状器皿。

〔28〕以祈黄耇(gǒu苟):以求长寿。黄耇,指老者。年老发色由白变黄,故称。

〔29〕台背:驼背。

〔30〕引:引导。翼:辅助,此指互相牵引、搀扶。

〔31〕祺:吉祥。

〔32〕以介景福:以求大福。

既　　醉[1]

既醉以酒,既饱以德[2]。君子万年[3],介尔景福[4]。

既醉以酒,尔殽既将[5]。君子万年,介尔昭明[6]。

昭明有融[7],高朗令终[8]。令终有俶[9],公尸

364

嘉告[10]。

其告维何？笾豆静嘉[11]。朋友攸摄[12]，摄以威仪。

威仪孔时[13]，君子有孝子[14]。孝子不匮[15]，永锡尔类[16]。

其类维何？室家之壸[17]。君子万年，永锡祚胤[18]。

其胤维何？天被尔禄[19]。君子万年，景命有仆[20]。

其仆维何？釐尔女士[21]。釐尔女士，从以孙子[22]。

【注释】

〔1〕这是一首祭祖祝福歌。周王在宗庙祭祖礼仪完成后，照例要举行宴会，参加的人都是助祭的群臣，这时祝官便代表受祭者公尸唱一首传达神意以致祝福的歌。此诗首二章复沓，三章以下皆用问句承前章末句，蝉联成文，活泼紧凑，颇具特色。

〔2〕饱以德：指充分领受了主人的恩惠。朱氏《集传》："德，恩惠也。"

〔3〕君子：指主人，即周王。万年：长寿。

〔4〕介：助，赐给。景福：大福。这句是说，上天赐给你大福。

〔5〕殽：同"肴"，菜肴。将：指味美。

〔6〕昭明：光明，指光明的前程。

〔7〕有融：光辉绵延之意。

〔8〕高朗：崇高光明，指美誉。令终：善终。这句是说，终生都享有美好的名誉。

365

〔9〕有:又。俶(chù 亍):开始。这句承上句,意思是善誉终而复始,永无尽头。

〔10〕公:君。尸:古代祭祀中扮作神灵代为受祭的人。因受祭者是君王,故称"公尸"。嘉告:善言相告。

〔11〕笾(biān 边):竹制食器。豆:木制食器。静嘉:指食物纯美。马氏《通释》:"静,善也。"

〔12〕攸:则。摄:佐助。这里指陪同祭祀。

〔13〕孔时:很善美的意思。马氏《通释》:"时,善也。"

〔14〕有:通"又"。这句是说君子又是位孝子。

〔15〕不匮(kuì 愧):不竭,指子孙后代享受福禄不绝。

〔16〕锡:赐。类:族类。这里是永远使之家族兴旺的意思。

〔17〕壸(kǔn 捆):本指古代宫中的巷,引申为广远,即绵延不绝的意思。

〔18〕祚(zuò 作):指福祉。胤(yìn 印):指后代。即福及子孙的意思。

〔19〕被:覆被,加给。

〔20〕景命:大命,天命。有:是。仆:附,附属。孔《疏》:"以仆御必附于人,故以仆为附。"这句是说,天命是赐附在你身上的。

〔21〕釐(lài 赖):通"赉",赐予,给予的意思。女士:女和男,即男女后代。

〔22〕从:随,延续不断。孙子:即子孙。是子子孙孙,后代蕃盛之意。

凫 鹥[1]

凫鹥在泾,公尸来燕来宁[2]。尔酒既清,尔肴既馨。公尸燕饮,福禄来成[3]。

凫鹥在沙,公尸来燕来宜[4]。尔酒既多,尔殽既嘉。公尸燕饮,福禄来为[5]。

凫鹥在渚,公尸来燕来处[6]。尔酒既湑[7],尔殽伊脯[8]。公尸燕饮,福禄来下。

凫鹥在潨[9],公尸来燕来宗[10]。既燕于宗[11],福禄攸降[12]。公尸燕饮,福禄来崇[13]。

凫鹥在亹[14],公尸来止熏熏[15]。旨酒欣欣[16],燔炙芬芬[17]。公尸燕饮,无有后艰[18]。

【注释】

〔1〕这首承上一首,为绎祭诗。周王在祭祀祖先的第二天,再一次设祭礼,古人把这一祭祀称为"绎祭"。诗用重章叠唱形式,首句起兴,显得生动活泼,有风诗韵味。凫:野鸭。鹥(yī医):鸥鸟。

〔2〕燕:通"宴",指宴饮。宁:安宁。此指心得安慰。

〔3〕成:成全。

〔4〕来宜:应时而至的意思。

〔5〕为:指加于身。

〔6〕处:安处,有安享的意思。

〔7〕湑(xǔ许):酒过滤后叫"湑",形容酒清。

〔8〕脯(fǔ府):肉干。

〔9〕潨(cōng匆):众水交会处,即港汊。

〔10〕宗:尊崇。指受到尊崇、崇敬。

〔11〕宗:此指宗庙。

〔12〕攸:语助词。这句是说,神降下福禄。

〔13〕崇:积聚、重叠之意,言其多。
〔14〕亹(mén 门):指水峡两岸对峙如门的地方。《汉书·地理志》注:"亹者,水流峡,山岸深若门也。"
〔15〕熏熏:与下句误倒,应作"欣欣",欢乐的样子。
〔16〕旨酒:美酒。欣欣:与上句误倒,应作"熏熏",酒气芳香。
〔17〕燔(fán 凡):烧肉。炙(zhì 志):烤肉。芬芬:形容肉的香味。
〔18〕无有后艰:指以后没有什么灾难。严粲《诗缉》:"后艰,犹后患也。"

假　　乐[1]

假乐君子,显显令德[2]。宜民宜人[3],受禄于天。保右命之,自天申之[4]。

干禄百福[5],子孙千亿[6]。穆穆皇皇[7],宜君宜王[8]。不愆不忘[9],率由旧章[10]。

威仪抑抑[11],德音秩秩[12]。无怨无恶[13],率由群匹[14]。受福无疆,四方之纲。

之纲之纪,燕及朋友。百辟卿士[15],媚于天子[16]。不解于位[17],民之攸塈[18]。

【注释】

〔1〕这是一首颂赞诗。一般认为是颂美周成王。诗中赞美成王能从上天那里承受福禄,遵从祖训,重用贤臣,善于安民,因此天下乐仰其

德,表现出爱王之心。假:借为"嘉"。《左传》、《礼记·中庸》俱引作"嘉乐"。这里是颂美、爱悦的意思。

〔2〕显显:光明显耀的样子。令德:美德。

〔3〕宜:有安抚的意思。民:指庶民百姓。人:指群臣百官。这句是说成王善于安抚百姓,使官吏能各得其所。

〔4〕保右:保佑。两句是说上天保佑他而授命为王。

〔5〕"干禄"句:俞樾《群经平议》:"'干'字疑'千'字之误,千禄百福,言福禄之多也。"

〔6〕"子孙"句:极言子孙之多。

〔7〕穆穆:指神态肃穆。皇皇:指仪表堂皇。

〔8〕宜君宜王:宜称君王而统有天下。

〔9〕愆(qiān牵):过失。忘:指疏漏。

〔10〕率:有遵循的意思。旧章:旧有的法度规章,指先王之法。

〔11〕抑抑:严肃的样子。

〔12〕秩秩:谈吐有序的样子。

〔13〕无怨无恶(wù务):指无私怨,无憎恶。

〔14〕群匹:指众多的贤能之人。这句是说能率领众多的贤人,使他们服从己意。郑《笺》:"群臣之贤者,其行能匹偶己之心也。"

〔15〕百辟:指各诸侯。卿士:指朝中群臣。

〔16〕媚于天子:指都爱戴周天子。

〔17〕不解(xiè懈):不懈怠。

〔18〕攸:所。塈(xì戏):息。这句是说天下百姓都得到休养生息。

公　　刘[1]

笃公刘,匪居匪康[2]。乃场乃疆[3],乃积乃仓[4];乃裹餱粮[5],于橐于囊[6],思辑用光[7]。弓矢斯张,干戈戚扬[8],爰方启行[9]。

369

笃公刘,于胥斯原[10]。既庶既繁[11],既顺乃宣[12],而无永叹[13]。陟则在巘[14],复降在原。何以舟之[15]?维玉及瑶[16],鞞琫容刀[17]。

笃公刘,逝彼百泉[18],瞻彼溥原[19]。乃陟南冈,乃觏于京[20]。京师之野,于时处处[21],于时庐旅[22],于时言言[23],于时语语。

笃公刘,于京斯依[24]。跄跄济济[25],俾筵俾几[26]。既登乃依[27]。乃造其曹[28],执豕于牢[29],酌之用匏[30]。食之饮之[31],君之宗之[32]。

笃公刘,既溥既长[33]。既景乃冈[34],相其阴阳[35]。观其流泉,其军三单[36]。度其隰原[37],彻田为粮[38]。度其夕阳[39],豳居允荒[40]。

笃公刘,于豳斯馆[41]。涉渭为乱[42],取厉取锻[43]。止基乃理[44],爰众爰有[45]。夹其皇涧[46],溯其过涧[47]。止旅乃密[48],芮鞫之即[49]。

【注释】

〔1〕这是叙述周族开国历史的诗篇之一。诗中歌咏了周人在远祖公刘的率领下,由邰迁豳(今陕西彬县附近),以及到豳地以后,开垦荒地、营造居室的经过。诗句整练,文意贯注,富有感情。公刘:后稷的曾孙。

〔2〕笃:笃实忠厚。匪:通"非",不。居:安。康:宁。这句是说公刘在邰受戎狄侵扰不能安居。

〔3〕埸(yì亿)、疆:指划定田界。方氏《原始》:"埸,田小界也。疆,田大界也。"此句是说公刘于是整治田地。

〔4〕积:积存谷粮。

〔5〕裹:包起来。餱(hóu侯)粮:干粮。

〔6〕橐(tuó驼):无底的口袋,盛物时扎住两头。囊:有底的口袋。

〔7〕辑:和睦。用:因而。光:光大。朱氏《集传》:"思以辑和其民人而光显其国家。"

〔8〕干:盾。戈:平头戟。戚:斧。扬:举起。

〔9〕爰(yuán元):于是。方:开始。启行:出发。此指开始从邰地迁往豳地。

〔10〕胥:观察。这句是说,察看豳地这块高原。

〔11〕庶、繁:众多的意思,指随公刘迁豳的人很多。

〔12〕顺:和顺,顺心。宣:舒畅。马氏《通释》:"言民心既顺,其情乃宣畅也。"

〔13〕永叹:长叹。此句是说没人会痛苦叹息。

〔14〕陟:登。巘(yǎn演):小山。

〔15〕舟:佩带。马氏《通释》:"舟者,……字通作周,带周于身,故舟得训带。"这句说他身上佩带了什么?

〔16〕瑶:似玉的美石。

〔17〕鞞(bǐng柄):刀鞘。琫(běng绷去声):刀柄上的饰物。容刀:容饰之刀。或说容纳鞘中之刀。

〔18〕逝:往。百泉:地名,因有众多的泉流而得名,在古泾州西三十里,今宁夏固原市东南。

〔19〕溥(pǔ普)原:广阔的平原。

〔20〕觏(gòu构):看。

〔21〕于时:于是。处处:安居。

〔22〕庐旅:借为"旅旅",寄居之意。马氏《通释》:"庐、旅,古同声通用。……旅,寄也。"

〔23〕言言:与下句"语语"指欢声笑语的样子。《广雅》:"言言、语

371

语,喜也。"

〔24〕依:安居。朱氏《集传》:"依,安也。"此句是说公刘定居京师。

〔25〕跄跄(qiāng枪):指步履从容有节的样子。济济:指仪容庄重的样子。郑《笺》:"跄跄、济济,士大夫之威仪也。"

〔26〕俾:使。筵:竹席。古人以席铺地,就席而坐。几:一种小案桌。句指铺席设几。

〔27〕"既登"句:言登席后依几而坐。

〔28〕造:借为"祰"(gào告),告祭。曹:借为"禟"(cáo曹),祭猪神。马氏《通释》:"造者,祰之假借。《说文》:'祰,告祭也。'……曹者,禟之省借。……《玉篇》:'禟,豕祭也。'"此句指在杀猪前先祭猪神。

〔29〕执:捉。豕(shǐ矢):猪。牢:猪圈。此句是说去圈里捉猪杀了做菜肴。

〔30〕酌:斟酒。匏(páo袍):葫芦。葫芦可一剖为二作酒器。

〔31〕食(sì四)之饮之:请他们(众宾客)吃喝。

〔32〕君之:做他们的君主。宗之:做他们的宗族之长。此句是说众人共推公刘做他们的君主和族长。

〔33〕溥:广大。此句是说开垦出的土地宽广辽阔。

〔34〕景:同"影",日影。古人视日影测定方向。冈:山冈。

〔35〕相:视察。阴:山的北面。阳:山的南面。

〔36〕单:通"禅",更番轮流。三单,三军轮流服役,以节省民力。

〔37〕度(duó夺):测量。隰(xí席)原:低湿和高平之地。

〔38〕彻:治,开垦土地。为粮:生产粮食。

〔39〕夕阳:夕阳所照之处,即山的西面。《尔雅》:"山西曰夕阳。"

〔40〕允:确实。荒:大。

〔41〕馆:指建筑房屋。

〔42〕渭:渭水。为:而。乱:横流而渡。朱氏《集传》:"乱,舟之截流横渡者也。"

〔43〕厉:同"砺",磨刀石。锻:借为"碫",石质坚硬的石头。此二石为磨制工具用。

〔44〕止:既。基:基地。理:整治田地。
〔45〕众:指人多。有:指物丰。
〔46〕皇涧:涧名。此句是说人们居住在皇涧两岸。
〔47〕溯:向,面向。过涧:涧名。
〔48〕止:指定居的人。旅:指暂居的人。
〔49〕芮(ruì锐):通"汭",水边向内弯曲处。鞠(jū居):水边向外弯曲处。这里泛指水边。即:就,靠近。此句是说,陆续迁来的人就靠着水边居住。

泂 酌[1]

泂酌彼行潦[2],挹彼注兹[3],可以餴饎[4]。岂弟君子[5],民之父母。

泂酌彼行潦,挹彼注兹,可以濯罍[6]。岂弟君子,民之攸归[7]。

泂酌彼行潦,挹彼注兹,可以濯溉[8]。岂弟君子,民之攸塈[9]。

【注释】

〔1〕这是一首颂美周王的乐歌。诗中用"行潦"有益于人,比喻"君子(周王)"惠及百姓。泂(jiǒng窘):"迥"的假借,远,远处。酌:舀取。泂酌,意谓到远处取水。

〔2〕行潦(lǎo老):道路上的积水。毛《传》:"行潦,流潦也。"行道上有浅的雨水流聚,故云流潦。郑《笺》:"流潦,水之薄者也。"

373

〔3〕挹(yì义):舀取。注:灌入。兹:此。

〔4〕饙(fēn分):同"馈",蒸饭。馏(chì斥,一读xì细):酒食。

〔5〕岂弟:同"恺悌"(kǎi tì凯替),形容和气平易近人。君子:这里指周王。

〔6〕濯(zhuó浊):洗涤。罍(léi雷):金罍,古代的一种青铜器。

〔7〕攸归:所归,归顺。

〔8〕溉:"概"的假借字。古代盛酒的漆器。

〔9〕塈(xì戏,一读jì记):休息。指归附安居。

卷　　阿[1]

有卷者阿,飘风自南[2]。岂弟君子[3],来游来歌,以矢其音[4]。

伴奂尔游矣[5],优游尔休矣[6]。岂弟君子,俾尔弥尔性[7],似先公酋矣[8]。

尔土宇昄章[9],亦孔之厚矣[10]。岂弟君子,俾尔弥尔性,百神尔主矣[11]。

尔受命长矣,茀禄尔康矣[12]。岂弟君子,俾尔弥尔性,纯嘏尔常矣[13]。

有冯有翼[14],有孝有德,以引以翼[15]。岂弟君子,四方为则。

颙颙卬卬[16]，如圭如璋[17]，令闻令望[18]。岂弟君子,四方为纲。

凤凰于飞,翙翙其羽[19]，亦集爰止[20]。蔼蔼王多吉士[21]，维君子使[22]，媚于天子[23]。

凤凰于飞,翙翙其羽,亦傅于天[24]。蔼蔼王多吉人,维君子命[25]，媚于庶人[26]。

凤凰鸣矣,于彼高冈。梧桐生矣[27]，于彼朝阳[28]。菶菶萋萋[29]，雝雝喈喈[30]。

君子之车,既庶且多[31]。君子之马,既闲且驰[32]。矢诗不多,维以遂歌[33]。

【注释】

〔1〕此诗描绘周成王出游卷阿的情景,颂美周成王威仪盛德,贤臣归依,万民爱戴。旧传为召康公所作。卷阿:蜿蜒的山陵。

〔2〕飘风:旋风。

〔3〕岂弟:同"恺悌",和平近人的样子。君子:指周成王。

〔4〕矢:陈。音:指乐歌。

〔5〕伴奂(pàn huàn 判换):盘桓,往来周游。参第453页《周颂·访落》注〔6〕。

〔6〕优游:悠闲自得。休:休息。

〔7〕俾(bǐ比):使。弥:增益。性:即"生",长生永寿的意思(用王国维说。见《观堂集林·论诗书成语书》)。

〔8〕似:通"嗣",有承嗣、继续的意思。先公:指先王,先祖。酋(qiú

求):终。朱氏《集传》:"酋,终也。"这句是说,继承先王的功业并最终完成它。

〔9〕土宇:指国土。昄(bǎn 板):大。章:明。这句是说,国土广大疆界分明。

〔10〕孔:非常。厚:丰厚、富庶。

〔11〕主:"注"的省借,关注。陆氏《释文》:"主,本作注。"这句是说百神都关注、施恩给你。

〔12〕茀(fú 弗):"祓"的借字。郑《笺》:"祓,福也。"康:安康。

〔13〕纯:大。嘏(gǔ 古):指大福。常:犹"长",永远。这句的意思是,你永远享受上天赐给的洪福。

〔14〕冯(píng 凭):充满。翼:隆盛。戴震《毛郑诗考证》:"冯,满也。谓忠诚满于内。翼之言盛也。谓威仪盛于外。"

〔15〕引:引导于前。翼:辅助左右。

〔16〕颙颙(yóng 拥阳平):肃敬貌。卬卬(áng 昂):同"昂昂",气宇轩昂。

〔17〕圭、璋:古代朝臣参拜、祭祀时手捧的一种白玉制礼器。这里用以比喻品德的纯洁高尚。

〔18〕令闻令望:指好的声誉,好的名望。

〔19〕翙翙(huì 惠):鸟振翅声。

〔20〕集、止:鸟停落下来。爰:乃。

〔21〕蔼蔼:众多貌。吉士:对男子的美称,此指贤臣。

〔22〕维:为。君子:指天子。使:役使,任用。

〔23〕媚:爱戴的意思。

〔24〕傅:附,贴近。这句是说凤凰展翅而飞,上摩云天。

〔25〕维君子命:指唯天子之命是从。

〔26〕媚于庶人:指贤臣能亲爱其民。庶人,指民众。

〔27〕梧桐:木名,传说凤凰性高洁,非梧桐之树不栖。

〔28〕朝阳:指山的东面,因被初日所照,故称朝阳。

〔29〕菶菶(péng 朋)、萋萋:都是形容梧桐枝叶茂盛的样子。

〔30〕雝雝(yōng 拥)、喈喈(jiē 皆):形容凤凰和谐的鸣叫声。

〔31〕庶:众多。

〔32〕闲:悠闲,从容不迫的样子。这里指马或慢步或急驰都很自如、协调。

〔33〕矢诗:陈诗。郑《笺》:"矢,陈也。"遂:成,作成。二句意思是说,没有太多的诗来陈献,谨完成此歌以颂君王。

民　　劳〔1〕

民亦劳止,汔可小康〔2〕。惠此中国〔3〕,以绥四方〔4〕。无纵诡随,以谨无良〔5〕。式遏寇虐,憯不畏明〔6〕。柔远能迩〔7〕,以定我王。

民亦劳止,汔可小休。惠此中国,以为民逑〔8〕。无纵诡随,以谨惛怓〔9〕。式遏寇虐,无俾民忧〔10〕。无弃尔劳〔11〕,以为王休〔12〕。

民亦劳止,汔可小息。惠此京师〔13〕,以绥四国。无纵诡随,以谨罔极〔14〕。式遏寇虐,无俾作慝〔15〕。敬慎威仪,以近有德〔16〕。

民亦劳止,汔可小愒〔17〕。惠此中国,俾民忧泄〔18〕。无纵诡随,以谨丑厉〔19〕。式遏寇虐,无俾正败〔20〕。戎虽小子,而式弘大〔21〕。

民亦劳止,汔可小安。惠此中国,国无有残[22]。无纵诡随,以谨缱绻[23]。式遏寇虐,无俾正反[24]。王欲玉女[25],是用大谏[26]。

【注释】

〔1〕这是一首讽谏诗。西周后期的周厉王是个贪暴之君,昏庸无道,任用奸佞,徭役繁重,劳民不止。据传召穆公作此诗谏厉王应防奸除暴,任用贤良,安抚四方,加惠于民。诗中谋国忧民之心可鉴。

〔2〕汔(qì迄):通"乞",乞求。小康:稍安,暂安。两句是说民已十分劳苦,乞望过上稍安的生活。

〔3〕惠:加恩惠。中国:指周王朝直接统治的区域。因四方有各诸侯国,故称周京附近为中国。

〔4〕绥:安抚。四方:指四方诸侯国。

〔5〕无:勿,不要。纵:放纵。诡随:无操守的虚伪人。朱氏《集传》:"不顾是非而妄随人也。"戴震《毛郑诗考证》释此二句曰:"无纵诡曲阿从之人,以谨防其无良也。"

〔6〕式:发语词。遏:制止。寇虐:指从事掠夺的残暴之人。憯(cǎn惨):乃,曾。明:这里指光明正道。两句是说对残暴的人必须遏止,他们竟不畏惧光明之道。即无法无天的意思。

〔7〕柔:怀柔。能:亲善。句谓对远近诸侯国采取怀柔、亲善政策。

〔8〕逑(qiú求):聚集,聚合。毛《传》:"逑,合也。"郑《笺》:"逑,聚也。"民逑,使众民聚合,不四散逃亡。

〔9〕惛怓(hūn náo昏挠):喧哗。这里指乱臣喧扰,拨乱朝政。

〔10〕俾(bǐ比):使。

〔11〕无弃尔劳:谓国王要躬亲政事。

〔12〕为:这里有成就之意。休:指美名、美誉。

〔13〕京师:指镐京,周的国都。

〔14〕罔极:没有准则,反复无常。

〔15〕作慝(tè特):作恶。毛《传》:"慝,恶也。"

〔16〕近:接近,亲近。有德:指有德之人。

〔17〕愒(qì气):与上文"休"、"息"的意思相近。

〔18〕泄:发泄,疏导。这句是说,使人民的忧愤经过泄导而化解。

〔19〕丑厉:指作恶生乱之人。

〔20〕正:通"政",指朝政。败:败坏,废弛。

〔21〕戎:你。与"女(汝)"一声之转。朱氏《集传》:"戎,汝也。"小子:年轻人。这里指周王。式:法式,楷模。两句是说,你虽年少,但楷模作用却很大,所以需要谨慎。

〔22〕残:残害。

〔23〕缱绻(qiǎn quǎn遣犬):原指丝缕纠缠解不开,这里指受小人困扰。朱氏《集传》:"缱绻,小人之固结其君者也。"

〔24〕正:即"政"。反:反覆其道而行,即倒行逆施。

〔25〕玉女:以汝为玉。女,汝,你。朱氏《集传》:"玉,宝爱之意。言王欲以女为玉而宝爱之。"

〔26〕是用:是以,因此。大谏:大力劝谏。

板[1]

上帝板板,下民卒瘅[2]。出话不然[3],为犹不远[4]。靡圣管管[5],不实于亶[6]。犹之未远[7],是用大谏[8]。

天之方难[9],无然宪宪[10]。天之方蹶[11],无然泄泄[12]。辞之辑矣[13],民之洽矣[14]。辞之怿矣[15],民之莫矣[16]。

我虽异事[17],及尔同僚[18]。我即尔谋,听我嚣嚣[19]。我言维服[20],勿以为笑[21]。先民有言:询于刍荛[22]。

天之方虐[23]，无然谑谑。老夫灌灌[24]，小子蹻蹻[25]。匪我言耄[26]，尔用忧谑[27]。多将熇熇[28]，不可救药。

天之方懠[29]，无为夸毗[30]。威仪卒迷[31]，善人载尸[32]。民之方殿屎，则莫我敢葵[33]。丧乱蔑资[34]，曾莫惠我师[35]？

天之牖民[36]，如埙如篪[37]，如璋如圭[38]，如取如携[39]。携无曰益[40]，牖民孔易[41]。民之多辟，无自立辟[42]！

价人维藩[43]，大师维垣[44]，大邦维屏[45]，大宗维翰[46]。怀德维宁[47]，宗子维城[48]。无俾城坏[49]，无独斯畏[50]！

敬天之怒[51]，无敢戏豫[52]。敬天之渝[53]，无敢驰驱[54]。昊天曰明，及尔出王。昊天曰旦，及尔游衍[55]。

【注释】

〔1〕这是一首讽谏诗。传为周厉王时老臣凡伯所作。诗以天怒人怨作为警戒，劝导厉王怀德安民，不要倒行逆施，纵情妄为。诗以旧臣老者的身份，出谋划策，反复比喻，促其猛醒，谆谆之心溢于言表。"幽厉昏而《板》、《荡》怒"（刘勰《文心雕龙·时序》），"板荡"一词遂成后世形容政局不稳，社会动乱的典故，可见其影响深远。板：犹"反"，指违反常道。

〔2〕卒（cuì粹）："瘁"的假借字，劳苦困顿。瘅（dàn旦）：病痛。

〔3〕出话：出言，说话。不然：不对，不合情理。

〔4〕犹：又作"猷"（yóu由），计谋、谋略。郑《笺》："犹，谋也。"这句是说计虑不深，眼光短浅。

〔5〕靡:无。管管:无所依据。这句是说厉王不尊圣敬贤而恣意行事。

〔6〕亶(dǎn胆):诚,信。这句是说不求实际,不讲诚信。

〔7〕犹之未远:意同"为犹不远"。

〔8〕是用:因此。大谏:大力劝谏。

〔9〕天之方难:天正在降下灾难。

〔10〕宪宪:即欣欣,欣喜的样子。这句是说不要这样得意高兴。

〔11〕蹶(guì贵):颠倒失常。

〔12〕泄泄(yì义):多语的样子。这句是说不要多说,出言不慎就要获罪。

〔13〕辞:指王朝宣布的政令,即法令。辑:和,指缓和不苛刻。

〔14〕洽:合,和谐齐心,此即政通人和的意思。

〔15〕怿(yì译):借为殬、斁(dù杜),败坏,指苛政。

〔16〕莫:通"瘼",病。这里指民生疾苦。

〔17〕我:诗人自称。异事:"事异"倒文,所从事职务不相同。朱氏《集传》:"异事,不同职也。"

〔18〕及:与。尔:你们。同僚:同为王臣。

〔19〕嚻嚻:"警警(áo傲)"的假借字,不解人语的样子,即听不进我的话。

〔20〕服:用,指对治国有用可行的忠告。

〔21〕勿以为笑:不要以为是戏言。

〔22〕询:询问,请教。刍(chú锄):原指喂牲畜的草。荛(ráo饶):本指柴草。刍荛,借指樵采之人。这句是说古人曾称要不吝向割草砍柴的人请教,何况是"及尔同僚",作为朝臣的我呢?

〔23〕虐:肆虐,指降灾。

〔24〕老夫:此是诗人自谓。灌灌:犹"款款",恳切的样子。

〔25〕小子:年轻人,此指厉王。蹻蹻(jué决):骄傲无礼的样子。

〔26〕耄(mào冒):古八十岁称耄,即年老之意。这句是说,不是我卖老,摆老资格。

381

〔27〕忧谑:以忧为谑。把本应担忧的事当作儿戏。苏辙《诗集传》:"以忧为戏耳。"

〔28〕熇熇(hè贺):火势猛烈的样子。这句是说众多灾难将如大火燃烧。

〔29〕忯(qí齐):大怒。

〔30〕夸毗(pí皮):指专事逢迎谄媚的软骨头。毛《传》:"夸毗,体柔人也。"

〔31〕威仪卒迷:威仪丧尽。卒,尽、全部。迷,迷失不存。

〔32〕善人:指贤臣。载:则。尸:行尸走肉。形容贤良之人虽生而无所作为。

〔33〕殿屎(xī希):《说文》引作"唸㖧",痛苦呻吟,叹息。则:而。莫我敢葵:即"我莫敢葵"的倒文。葵,同"揆",揣度,揣测。两句是说,民生之苦,已到了令人不敢深思的地步。

〔34〕蔑:无。资:资财。这句是说时逢丧乱,民穷财尽。

〔35〕曾(zēng增):何。惠:爱,施惠。有救助之意。师:指民众。这句是说,为何不救助我民众?

〔36〕牖(yǒu友):通"诱",诱导。这句是说引导民人向善。

〔37〕埙(xūn勋):古代陶制的一种吹奏乐器。篪(chí池):古代竹制的管乐器。二者之音彼吹此和。

〔38〕璋(zhāng章)、圭(guī规):古代的玉制礼器。两者形状不同,但璋是圭形的一半,二璋合并起来则成圭形。所以,这里以璋圭来形容二者相应相合。

〔39〕"如取"句:谓凡人取物携物,物必相从相随。

〔40〕益:借为"隘",阻塞,指遇到困难。这句是说携物不是难事。

〔41〕孔易:很容易。此句是对上文诸多比喻的总结,言诱导民众本是很容易的事。

〔42〕辟(pì僻):借为"僻",邪僻。辟:法。两句是说,下民已多邪僻,上面不要再立些不合理的法去逼迫他们。

〔43〕价(jiè介)人:大人,指朝中大臣官吏。维:为。藩:藩篱。引申

为屏障。

〔44〕大师:大众。垣(yuán元):围墙。

〔45〕大邦:大国,指强大的诸侯国。屏:屏障。

〔46〕大宗:指周王的同姓宗族。翰:借为"干",骨干、栋梁的意思。毛《传》:"翰,干也。"

〔47〕怀德:怀有好的德行。宁:指国家安宁。

〔48〕宗子:指周王之嫡子。

〔49〕无俾(bǐ比):不要使。

〔50〕独:孤独,孤立。斯:是。句意是说,有了臣民宗族为坚固的屏障,就不畏有孤立的危险了。

〔51〕敬:敬畏,即戒惧的意思。

〔52〕戏豫:贪求嬉戏安逸的意思。

〔53〕渝(yú娱):灾变。郑《笺》:"渝,变也。"

〔54〕驰驱:本指策马快跑,这里指任性胡为。

〔55〕明:明察。王:借为"往"。旦:明。游衍(yǎn眼):游逛,即到处走。四句是说,上天明察一切,无时无处不在监察着你,故要知所畏惧。

荡[1]

荡荡上帝[2],下民之辟[3]。疾威上帝[4],其命多辟[5]。天生烝民,其命匪谌[6]。靡不有初[7],鲜克有终[8]。

文王曰咨[9]!咨女殷商[10]。曾是强御[11],曾是掊克[12]。曾是在位,曾是在服[13]。天降慆德[14],女兴是力[15]。

383

文王曰咨！咨女殷商。而秉义类,强御多怼[16]。流言以对[17],寇攘式内[18]。侯作侯祝,靡届靡究[19]。

文王曰咨！咨女殷商。女炰烋于中国[20],敛怨以为德[21]。不明尔德[22],时无背无侧[23]。尔德不明,以无陪无卿[24]。

文王曰咨！咨女殷商。天不湎尔以酒[25],不义从式[26]。既愆尔止[27],靡明靡晦[28]。式号式呼[29],俾昼作夜[30]。

文王曰咨！咨女殷商。如蜩如螗,如沸如羹[31]。小大近丧[32],人尚乎由行[33]。内奰于中国[34],覃及鬼方[35]。

文王曰咨！咨女殷商。匪上帝不时[36],殷不用旧[37]。虽无老成人,尚有典刑[38]。曾是莫听[39],大命以倾[40]。

文王曰咨！咨女殷商。人亦有言:颠沛之揭,枝叶未有害,本实先拨[41]。殷鉴不远,在夏后之世[42]。

【注释】

〔1〕这是召穆公讽谕周厉王的诗。诗中除首章外,均假托文王的口气感叹和斥责商纣王的淫乐无度,荒政误国,警告他应以夏桀为鉴,不要

384

蹈夏亡的覆辙。诗人通过托古讽今的手法,委曲地表达了自己的一片忧国爱君之心,使这首讽谕诗别具一格。

〔2〕荡荡:原为水流汹涌貌,此用以形容骄纵不法,任意胡为的样子。上帝:代指君王。这里影射周厉王。

〔3〕下民之辟(bì 壁):下民之君。毛《传》:"辟,君也。"

〔4〕疾威:暴戾,耍威风。

〔5〕命:指政令。辟(pì 僻):通"僻",多僻,多邪僻不正,即苛政害民的意思。

〔6〕烝民:众民。匪:不。谌(chén 沉):诚信。两句意思是说,上天生养众民,本应引导他们为善,但王命却不讲诚信,欺诈他们,使民无向善之心。

〔7〕靡:无,没有。初:指人之初生的善良本性。

〔8〕鲜:少。克:能够。终:有终。这句是说自始至终保持其本性。

〔9〕文王曰:周文王说。以下各章均假托周文王的口气,责叹商王的无道而灭亡,借以讽谕当政的周厉王。咨(zī 资):叹息之声。

〔10〕女:汝,你。殷商:指殷纣王。

〔11〕曾(zēng 增):乃,竟然。是:如是。强御:强横暴虐。

〔12〕掊(póu 抔):聚集。克:假借为"尅",搜刮。掊克,就是横征暴敛的意思。

〔13〕在服:指当政。服,事,政事。

〔14〕慆德:慢德。即败德的意思。毛《传》:"慆,慢也。"这句是说,上天竟降这等道德败坏的人。按这里指朝中奸佞之臣。

〔15〕兴:兴起。是:这,指上述的恶人,恶行。力:竭力,尽力。这句斥责商王,你起用这样的恶人,又竭力使之恣行无忌。

〔16〕而:同"尔",你。秉:执持,任用。义类:善良的人。怼(duì 队):怨恨。这两句是说,你任用善良的人,那些强暴的人就群生怨恨。

〔17〕"流言"句:谓用流言蜚语对付那些善人。

〔18〕寇攘:寇盗攘夺,指掠夺资财,中饱私囊。式:语助词。内:朝廷内部。

385

〔19〕侯：维，于是。作：借为"诅"，诅咒。祝（zhòu 咒）：通"咒"，也是诅咒的意思。毛《传》："作，祝，诅也。"靡：无，没有。届：至，极。究：穷，终了。两句是说怨谤诅咒之言，没完没了。

〔20〕炰烋（páo xiāo 袍箫）：就是"咆哮"。中国：指西周王畿。

〔21〕敛怨以为德：多行招怨之事而自以为有德。

〔22〕不明尔德：不光大你的德行。

〔23〕时：是，是以。无背：指后无贤臣支持。无侧：指旁无良臣辅佐。

〔24〕陪：辅佐之臣。卿：卿士。

〔25〕湎：沉湎，迷醉。这句是说，上天不让你沉湎于酒。

〔26〕不义：不宜。毛《传》："义，宜也。"从：纵。式：用。这句是说你不应该放纵饮用。

〔27〕愆（qiān 千）：通"愆"，过失，罪过。止：指容止威仪。这句是指因狂饮醉酒而失态。

〔28〕靡明靡晦：没日没夜。指日夜狂饮，酗酒无度。

〔29〕式：乃，又。这句是说又是号叫又是狂呼。形容纵酒后的狂乱之态。

〔30〕俾（bǐ 比）：使。句谓昏天暗日，昼夜不分。

〔31〕蜩（tiáo 条）、螗（táng 唐）：俱是蝉名。沸：开水。羹：菜汤。这两句形容朝政混乱，像蜩、螗一样杂沓喧嚣，如滚开的水和菜汤一样上下沸腾。朱氏《集传》："如蝉鸣，如沸羹，皆乱意也。"

〔32〕丧（sāng 桑）：丧亡，失败。这句是说朝政混乱到不论小事、大事，几乎都办不成。

〔33〕人：指当权者。尚乎：还在。由行：即照行不误。

〔34〕奰（bì 闭）：怒。这句是说对内激怒王畿的民众。

〔35〕覃（tán 谈）：延长，指扩展到。鬼方：古代民族的名称，与上句"中国"对文，泛指远方之国。

〔36〕匪：彼，那。不时：不善。

〔37〕不用旧：废弃旧典，即不遵行先王之法。

〔38〕老成人：指通达事理的老臣。典刑：即典型，指先王传下来的旧

典常规。两句是说,虽无老臣,但旧典尚在,可以依循。

〔39〕曾是莫听:竟然这样不听从先王遗训。

〔40〕大命:这里指国家的命运。倾:倾覆,灭亡。

〔41〕颠沛:颠仆,倾倒。揭:揭起,翘起。本:指树根。拨:绝,断绝。两句意思是说,倒下的树,枝叶即使未损,但树根已经断绝,还是成活不了。此比喻殷商国基已经动摇。

〔42〕鉴:古代一种青铜镜。这里是借鉴的意思。夏后:夏王,指夏桀。这二句是说,殷人应该引以为借鉴的历史教训并不远,就在夏桀这一时代。

抑[1]

抑抑威仪,维德之隅[2]。人亦有言:靡哲不愚[3]。庶人之愚,亦职维疾[4]。哲人之愚,亦维斯戾[5]。

无竞维人[6],四方其训之[7]。有觉德行[8],四国顺之[9]。訏谟定命[10],远犹辰告[11]。敬慎威仪,维民之则[12]。

其在于今[13],兴迷乱于政[14]。颠覆厥德[15],荒湛于酒[16]。女虽湛乐从[17],弗念厥绍[18]。罔敷求先王[19],克共明刑[20]。

肆皇天弗尚[21],如彼泉流,无沦胥以亡[22]。夙兴夜寐[23],洒扫廷内[24],维民之章[25]。修尔车马,弓矢戎兵[26]。用戒戎作[27]，用遏蛮方[28]。

质尔人民，谨尔侯度[29]，用戒不虞[30]。慎尔出话[31]，敬尔威仪，无不柔嘉[32]。白珪之玷[33]，尚可磨也[34]；斯言之玷，不可为也[35]。

无易由言[36]，无曰苟矣[37]。莫扪朕舌，言不可逝矣[38]。无言不雠[39]，无德不报。惠于朋友，庶民小子。子孙绳绳[40]，万民靡不承[41]。

视尔友君子[42]，辑柔尔颜[43]，不遐有愆[44]。相在尔室，尚不愧于屋漏[45]。无曰不显[46]，莫予云觏[47]。神之格思[48]，不可度思[49]，矧可射思[50]。

辟尔为德，俾臧俾嘉[51]。淑慎尔止[52]，不愆于仪[53]。不僭不贼[54]，鲜不为则[55]。投我以桃，报之以李[56]。彼童而角[57]，实虹小子[58]。

荏染柔木，言缗之丝[59]。温温恭人[60]，维德之基[61]。其维哲人，告之话言[62]，顺德之行[63]。其维愚人，覆谓我僭[64]，民各有心[65]。

於乎小子[66]！未知臧否[67]。匪手携之[68]，言示之事[69]。匪面命之[70]，言提其耳[71]。借曰未知，亦既抱子[72]。民之靡盈，谁夙知而莫成[73]？

昊天孔昭,我生靡乐[74]。视尔梦梦[75],我心惨惨[76]。诲尔谆谆[77],听我藐藐[78]。匪用为教[79],覆用为虐[80]。借曰未知,亦聿既耄[81]。

於乎小子!告尔旧止[82]。听用我谋,庶无大悔[83]。天方艰难,曰丧厥国。取譬不远[84],昊天不忒[85]。回遹其德[86],俾民大棘[87]。

【注释】

〔1〕这是《大雅》中较长的一篇讽谕诗,一般认为是卫武公作。平王时卫武公为卿士,相传他持身谨慎,年老时曾作《懿戒》以自儆。"懿",通"抑",即指此诗。从全诗内容看,作者目击时弊,其中有自儆,但更多的是告诫周王。诗中虽有忿言,但用词恳切。后世"耳提面命"、"视尔梦梦"、"听之藐藐"等熟语,即出自本篇。

〔2〕隅:原指棱角,此喻人德行端正。

〔3〕靡哲不愚:没有智者不装糊涂。君王失德败仪,哲人则畏罪装愚。

〔4〕庶人:众人,指普通人,一般人。亦:语助词。职:主要。维:是。疾:患。这二句说,庶人之愚,从根本上说是他们的通病。

〔5〕戾(lì力):乖戾,违反常道。

〔6〕无竞:莫强于。严粲《诗缉》:"无竞者,莫强也。孟子云:'天下莫强焉。'《经》中言'无竞',皆同。"人:这里指贤哲之人。这句意思是说,国家莫强于有贤哲之人。

〔7〕训:借为"顺",顺服。

〔8〕觉:大。郑《笺》:"觉,大也。"

〔9〕四国:四方诸侯国。顺:归顺。

〔10〕讦(xū虚):大,远大。谟(mó磨):谋略。定命:审定法令。这句是说用远大的谋略来确定政令。

〔11〕远犹:远谋、宏图。犹,同"猷"。辰告:及时宣告。这句是说,远大的谋略要及时宣告给民人。

〔12〕维:为,是。则:准则,典范。

〔13〕其:其人,指当政之君。在于今:在当今之世。

〔14〕兴:作。迷乱:混乱。这句是说做出使朝政混乱的事。

〔15〕颠覆:颠倒,败坏。厥:其。德:德性。

〔16〕荒:荒乱,放纵。湛(dān丹):过度逸乐的意思。这句是说,放纵无度地饮酒。

〔17〕女:汝,指周王。虽:通"惟",只。从:放纵。这句的意思是,你只知欢乐无度,放纵自己。

〔18〕弗:不。念:思。绍:继承。这句是说,不考虑继承先王的功业。

〔19〕罔:不。敷求:即广求。这句是说,不去多方求取先王之道。

〔20〕克:能。共:假为"拱",双手合抱,即把握的意思。明刑:明法。

〔21〕肆:语助词,有所以的意思。弗尚:不保佑。

〔22〕"如彼"二句:意思是说,国运就如泉水之流失,君臣切勿相沉沦而败亡。沦胥,相沉沦。

〔23〕夙兴:早起。夜寐:晚睡。

〔24〕廷内:指院落。廷,同"庭",这里比喻勤于国事。

〔25〕维:为,是。章:表率。

〔26〕戎兵:这里指兵器。

〔27〕戒:戒备。戎作:发生战事。

〔28〕遏(tì惕):又作"剔",除,指驱逐。蛮方:指边远异族。

〔29〕质:定。《广雅·释诂》:"质,定也。"谨:谨守。侯度:诸侯的法度。两句是说,要使你的人民安定,你统率的诸侯要谨慎遵守法度。

〔30〕不虞:不测,指意外的变故。

〔31〕出话:发言,说话。

〔32〕柔嘉:指出言和善,容止嘉美。

〔33〕白圭之玷(diàn店):白玉圭上的小疵点。

〔34〕磨:研磨去掉。

〔35〕不可为:不可去除。即无法挽回之意。

〔36〕易:轻易、轻率。由言:顺口乱说。

〔37〕苟:苟且。指不负责任的话。

〔38〕扪(mén 门):按住。朕:我。逝:往。两句是说,没人按住我的舌头,而话一出口,就再收不回来了。即出言应十分谨慎。

〔39〕雠(chóu 仇):对答,应答。孔《疏》:"相对谓之雠。"这句的意思是,没有话说出去是无反响的。

〔40〕绳绳:绵延不绝的样子。这句是说,这样你将子孙世代不绝。

〔41〕靡不承:没有不顺从的。

〔42〕视:看待,对待。友君子:即朋友。"君子"有尊称的意思。

〔43〕辑:和。柔:温和。颜:容颜。句为和颜悦色之意。

〔44〕遐(hé 何):通"何"。愆(qiān 千):过错。这句是说,怎么会有什么过错呢?

〔45〕相:视,看。在尔室:即尔在室,指独处室中。不愧:对得住。屋漏:室的西北角。毛《传》:"西北隅谓之漏。"盖因古时多在室西北角开有天窗,以便阳光射入。二句意思是说,人处独室,还要求无愧对于上天,即不做亏心事的意思。

〔46〕无曰:不要说。不显:即身处隐蔽的意思。

〔47〕觏(gòu 构):看见。莫予云觏,即"莫云觏予"的倒文,与上句一起是说,别说"没人会看见我"。

〔48〕格:至,到的意思。思:语气词。即神明降临。

〔49〕度(duó 夺):揣度,测知。

〔50〕矧(shěn 审):何况,怎么。射(yì 译):厌,厌弃。这句是说,怎么可以厌弃不敬呢?

〔51〕辟:彰明。俾(bǐ 比):使。臧:善。嘉:美。两句是说光大你的德行,使之达到尽善尽美的地步。

〔52〕淑:善,好。止:行为举止。这句是说,要慎重你的举止,保持善美。

〔53〕愆(qiān 千):过失。句意是说,不要损害威仪。

391

〔54〕不僭(jiàn建):行为不越轨。贼:残害。这句是说,没有越轨的行为,又不残害人。

〔55〕鲜(xiǎn显):少。则:准则。此句意思是很少有不为众人所效法,而成为典范的。

〔56〕投:投赠。两句近于《卫风·木瓜》。意思是善来善往,均以好意相酬报。

〔57〕彼:那。童:指无角的小羊。而角:而自以为有角。这句形容自以为是、幼稚无知的人。

〔58〕虹(hòng哄):通"讧",溃败。毛《传》:"虹,溃也。"这句是说,结果遭受溃败的是你小子自己。

〔59〕荏(rěn忍)染:柔弱的样子。言:语首助词。缗(mín民):作动词,安上丝。丝:指琴瑟的弦。两句用柔木加上丝可以制琴,比喻秉性温和是有德的根本。

〔60〕温温:宽厚温顺的样子。恭人:恭谨之人。

〔61〕维:是。基:基本,根本。

〔62〕话言:指善言。

〔63〕顺德之行:循善德之言而行。

〔64〕"覆谓"句:反而说我不诚实。僭,虚假,不诚实。郑《笺》:"僭,不信也。"

〔65〕"民各"句:是说人心各有不同。指上述哲人、愚人之异行而言。

〔66〕於乎:叹词,即"呜呼"。

〔67〕臧:善。否(pǐ匹):不善,恶。这句是说,不知善恶,不辨是非。

〔68〕匪:非,非但。携之:用手牵领着他。

〔69〕言:语助词。示:指示。这句是说,还要指出具体的事给他看。

〔70〕匪面命之:非但当面教诲他。

〔71〕提其耳:指还提着耳朵警醒他。

〔72〕"借曰"二句:你托言自己年幼无知,但实际上已是有儿子的人了。

〔73〕民:人。靡盈:不盈。夙:早。莫:古"暮"字。两句是说,做人要

是不自满,岂有早闻道而晚成才的道理呢?

〔74〕"昊天"二句:上天非常明察,我生来不敢逸乐。孔,甚,很。昭,明。

〔75〕梦梦:昏昏然不明事理的样子。

〔76〕懆懆(cǎo 草):愁苦的样子。

〔77〕谆谆:言词恳切的样子。

〔78〕藐藐:不重视,不在意。

〔79〕匪:不。教:教导,意思是说不把我的话当做有益的教导。

〔80〕虐(xuè 谑):"谑"的假借,戏谑。意思是说,反而作为戏言来看待。

〔81〕聿(yù 欲):语助词。耄(mào 冒):古时八十岁以上称"耄",这里泛指年老。这二句是说,你托言幼稚无知,可你实际已经老大不小了。

〔82〕告:告诫。旧止:指先王礼法。俞氏《平议》:"止,礼也。"

〔83〕庶:庶几,差不多。无大悔:没有大的悔恨。

〔84〕取譬:打比喻,指举证一些事情。不远:不用远求。

〔85〕昊天不忒(tè 特):上天不会有差错。

〔86〕回遹(yù 玉):邪僻。这句是说,是你邪僻败德。

〔87〕棘:通"急",危急,指招致大灾难。

桑 柔〔1〕

菀彼桑柔〔2〕,其下侯旬〔3〕。捋采其刘,瘼此下民〔4〕。不殄心忧〔5〕,仓兄填兮〔6〕。倬彼昊天〔7〕,宁不我矜〔8〕?

四牡骙骙,旟旐有翩〔9〕。乱生不夷〔10〕,靡国不泯〔11〕。民靡有黎〔12〕,具祸以烬〔13〕。於乎有哀〔14〕!国步

393

斯频[15]!

国步蔑资[16],天不我将[17]。靡所止疑[18],云徂何往[19]?君子实维[20],秉心无竞[21]。谁生厉阶,至今为梗[22]?

忧心殷殷,念我土宇[23]。我生不辰[24],逢天僤怒[25]。自西徂东[26],靡所定处[27]。多我觏痻[28],孔棘我圉[29]。

为谋为毖,乱况斯削[30]。告尔忧恤[31],诲尔序爵[32]。谁能执热,逝不以濯[33]?其何能淑[34],载胥及溺[35]!

如彼溯风[36],亦孔之僾[37]。民有肃心[38],荓云不逮[39]。好是稼穑[40],力民代食[41]。稼穑维宝,代食维好。

天降丧乱,灭我立王[42]。降此蟊贼[43],稼穑卒痒[44]。哀恫中国[45],具赘卒荒[46]。靡有旅力[47],以念穹苍[48]。

维此惠君[49],民人所瞻[50]。秉心宣犹[51],考慎其相[52]。维彼不顺[53],自独俾臧[54]。自有肺肠[55],俾民卒狂[56]。

瞻彼中林[57],甡甡其鹿[58]。朋友已谮,不胥以穀[59]。人亦有言:进退维谷[60]。

维此圣人,瞻言百里[61]。维彼愚人,覆狂以喜[62]。匪言不能[63],胡斯畏忌[64]?

维此良人,弗求弗迪[65]。维彼忍心[66],是顾是复[67]。民之贪乱,宁为荼毒[68]。

大风有隧,有空大谷[69]。维此良人,作为式穀[70]。维彼不顺,征以中垢[71]。

大风有隧,贪人败类。听言则对[72],诵言如醉[73]。匪用其良,覆俾我悖[74]。

嗟尔朋友[75],予岂不知而作[76]?如彼飞虫,时亦弋获[77]。既之阴女[78],反予来赫[79]。

民之罔极,职凉善背[80]。为民不利[81],如云不克[82]。民之回遹,职竞用力[83]。

民之未戾[84],职盗为寇[85]。凉曰不可[86],覆背善詈[87]。虽曰匪予,既作尔歌[88]!

【注释】

〔1〕这是一首讽谕诗。全诗十六章,是《诗经》中章数最多的诗。据

传为芮（ruì 瑞）伯（即芮良夫）刺周厉王所作。厉王无道，施行暴政，民不聊生，引起全国性的动乱。诗的开端，以桑树繁荫和凋残作比，慨叹国势的衰败，并以民不堪命、官逼民反来说明大乱的原因，见解大胆而深刻。不久，厉王出奔于彘，结束了西周。此诗正再现了这一段历史。

〔2〕菀（wǎn 晚）：枝叶繁茂的样子。桑柔：桑树枝叶柔嫩。

〔3〕侯：维，是。旬：树荫遍布。毛《传》："旬，阴均也。"此比喻周王朝盛时，荫庇众民。

〔4〕捋（luō 啰）：用手抹取。刘：残，指剥落光秃。瘼（mò 漠）：病苦，忧患。两句说桑叶被捋光而害苦了在下庇荫的人。此比喻周王朝衰败，使众民失去庇护。

〔5〕不殄（tiǎn 舔）：不断。朱氏《集传》："殄，绝也。"

〔6〕仓兄：通"怆怳"（chuàng huàng 怆恍），凄凉冷落，怅恨失意的样子。填：填塞，指滞塞于怀。

〔7〕倬（zhuō 桌）：广大而光明的样子。

〔8〕宁：乃。矜（jīn 今）：哀怜。这句是"宁不矜我"的倒文，乃不怜悯我？

〔9〕四牡：驾车的四匹公马。骙骙（kuí 葵）：马很强壮的样子。旟（yú 于）、旐（zhào 兆）：均为古代的旗帜。旟上画有鸟隼，旐上画有龟蛇。翩：形容旗帜在空中翻飞飘动的样子。二句是写王室贵族们纷纷奔逃。

〔10〕不夷：不平定，不太平。

〔11〕靡：无，没有。泯：借为"怋"，乱。这句是说，没有一国不乱。

〔12〕民靡有黎：靡有黎民的意思。这句是说人口大量减少，人民没有很多了。

〔13〕具：俱，全部。烬（jìn 尽）：灰烬。这句是说，民俱遭祸殃，有如烧馀的灰烬，即民尽遭涂炭的意思。

〔14〕於乎：即"呜呼"，叹声。哀：哀伤。

〔15〕国步：国家的脚步，即国之前途。斯：语助词。频：急蹙，指危急。这句是说，国之前途已万分危急。

〔16〕蔑：无，没有。资：帮助，依靠。

396

〔17〕我将:即"将我"。将,扶助。此句说,天不助我。

〔18〕靡所:无处。疑:通"碍",停止。这句是说,无处可以安身。毛《传》:"疑,定也。"

〔19〕云:语助词。徂:行。这句是说,说走又往哪里去呢?即无处可逃的意思。

〔20〕实:是。维:为,所为,所做。

〔21〕无竞:无争。

〔22〕厉阶:祸患之阶,即祸因,祸端的意思。梗:为害作梗。这二句是说,是谁兴起祸端,至今还在为害作梗?

〔23〕土宇:土地房屋,指家园,故乡。

〔24〕不辰:不时。句言生不逢时。

〔25〕僤(dàn但)怒:大怒、盛怒。

〔26〕自西徂东:从西到东。

〔27〕定处:安定之处。

〔28〕多我:即"我多"倒文。觏:同"遘",遭受。痻(mín民):病苦,患难。句言我多所患难。

〔29〕孔:很。棘:通"急",危急。圉(yǔ雨):指边陲。句言边疆也非常危急。此指夷狄内侵。

〔30〕谋:谋虑。毖(bì敝):戒慎。乱况:祸乱的情况。斯:则。削:削平。这二句是说,在此乱象环生之下,只有谋划得宜,戒慎自儆,才有望削平祸乱。

〔31〕告:告诉,劝说。尔:指周王和当权者。忧恤:忧虑国事,体恤下民。

〔32〕诲:教诲,教导。序爵:计功授爵。序,作动词,排序之意。

〔33〕执:救治。热:炎热。郑《笺》:"执热,即治热,亦即救热。"逝:发语词。濯(zhuó浊):洗涤,引申为水浇。二句是说,除热必用水。喻指处事方法要得当。

〔34〕其:指朝内君臣。何能淑:怎能变好。

〔35〕载:则。胥:相与。及溺:至于沉溺。这里的意思是说,不接受

397

我的劝说,你们只能同归于尽。

〔36〕如彼:像那。溯风:逆风。比喻朝政总是倒行逆施。

〔37〕孔:很,非常。僾(ài爱):气逆,喘不上气来。

〔38〕肃心:向善之心。郑《笺》:"进于善道之心。"

〔39〕荓(pīng乒):使。毛《传》:"荓,使也。"云:语助词。不逮:不及。就是使其达不到目的。

〔40〕好(hào浩):喜好,重视。稼穑:指春种秋收的农事。句言退而从事农耕生产。

〔41〕力民:出力与民共同耕作。代食:以代替靠俸禄吃饭。

〔42〕灭我立王:要灭掉我们所立之王。

〔43〕蟊(máo矛)贼:吃谷物的害虫。

〔44〕卒:尽,终。痒(yáng羊):病,害。这句是说,庄稼都因害虫而尽受病害。

〔45〕哀恫(tōng通):哀痛。中国:指西周王畿之地。

〔46〕具:俱,都。赘(zhuì坠):连属,相接连。荒:饥荒。这句的意思是,京畿与连属之地尽遭饥荒。

〔47〕旅:通"膂"(lǚ旅),膂力,力量。这句是说,没人有力量能遏止灾害。

〔48〕念:感念,祈求。穹苍:指上天。这里指只有感念上天来加以救助。

〔49〕惠君:爱民之君。

〔50〕瞻:仰慕。

〔51〕秉心:持心,存心。宣:明达。犹:谋划,谋略。这句是说,持心公正,通达事理而又有谋略。

〔52〕考慎:审慎考察。相:辅佐之臣。

〔53〕不顺:不顺从民意者。

〔54〕俾:使。臧:善。这句是说,自以为所任用的人都是好的。

〔55〕自有肺肠:指存有私心偏见,自以为是。

〔56〕卒狂:都狂乱起来。

〔57〕瞻：望。中林：即林中。

〔58〕甡甡(shēn 身)：众多的样子。此用群鹿争食，喻人相疑相争。

〔59〕譖(jiàn 荐)：逸言。不胥：不相助。穀：善。此二句是说，朋友间互相攻讦，而不相助以善。

〔60〕进退维谷：进退都是山谷，比喻陷入困境。

〔61〕"维此"二句：意谓只有圣人是有深虑远见的。

〔62〕覆狂：癫狂。喜：沾沾自喜。

〔63〕匪言不能："匪不能言"的倒文，即不是不能说话。

〔64〕胡斯：为何如此。畏忌：害怕忌讳。指圣智者因畏忌而不敢言。

〔65〕弗求弗迪：无所求、无所争的意思。迪，进用，指做官。

〔66〕忍心：指内心残忍，心地不良之人。

〔67〕顾：环顾左右，伺机一逞的意思。复：反复无常，不讲操守。

〔68〕民：指平民百姓。荼：苦菜。毒：毒螫之虫。二句的意思是说，民之作乱，乃是不堪其苦，是由当权者施以暴政所造成的。也就是官逼民反的意思。

〔69〕隧：风势迅疾。有空：形容大谷空旷的样子。两句是说，大谷中必有大风，比喻善者行善，恶者行恶，均是必然。

〔70〕作为：所作所为。穀：善。

〔71〕征：行。中垢(gòu 够)：中多污垢秽行。

〔72〕听言：指听到恭维自己的话。对：对答，首肯之意。

〔73〕诵言：指讽刺劝诫的话。醉：指昏然而不醒悟。

〔74〕悖(bèi 贝)：违理。这句是说，反以我是违理之人。

〔75〕嗟：叹息声。朋友：指同列的众臣，同僚。

〔76〕而：同"尔"。这句是说我难道不知你等的所作所为吗？

〔77〕飞虫：此指飞鸟。弋(yì 易)：本指带丝绳的箭。弋获，指被射获。这里二句意思是说，纵使像那会飞的鸟，也必有被射中的时候，不能永远逃脱惩罚。

〔78〕既：已经。阴：庇护。郑《笺》："阴，覆荫也。"女：汝，你们。这句是说，我已经庇护过你们了，即为你们掩盖不良行为而没有揭发。

〔79〕反予来赫:即"反来赫予",反过来却威胁我、恐吓我。

〔80〕罔极:没有准则。职:主,专门。凉:通"谅",语助词。善背:反复无常。朱氏《集传》:"善背,工为反覆也。"这二句是说,民的行为没有准则,胡为乱来,乃是当权者一贯反复无常造成的。

〔81〕为:作。这句是说,专作对人民不利的事。

〔82〕云:语助词。克:胜。这句意思是说,惟恐不胜,好像还怕做不够。

〔83〕回遹(yù玉):邪僻。职:专门。竞:竞逐,追逐。郑《笺》:"竞,逐也。"用力:用暴力。这二句是说,民所以走上邪路,是当权者竞用暴力相逼的结果。

〔84〕民之未戾:即民之未定。戾,定。

〔85〕职盗为寇:即"职为盗寇",是当权者专门逼他们为盗寇。

〔86〕曰不可:或说不可以这样认为,指上述民不堪命,所以"贪乱"、"不善"等。

〔87〕覆:反而。背:违背。善詈(lì力):大骂。句谓反而违背道德而大骂我。

〔88〕匪予:以我言为非(用姚际恒说,见姚氏《通论》)。这二句是说,虽然你们说我的话不对,我还是为你们作了这首歌。此指作歌进行讽谕劝诫。

云　　汉[1]

倬彼云汉[2],昭回于天[3]。王曰:於乎!何辜今之人[4]?天降丧乱,饥馑荐臻[5]。靡神不举[6],靡爱斯牲[7]。圭璧既卒[8],宁莫我听[9]!

旱既大甚,蕴隆虫虫[10]。不殄禋祀[11],自郊徂宫[12]。上下奠瘗[13],靡神不宗[14]。后稷不克[15],上帝不临[16]。耗斁下土[17],宁丁我躬[18]!

旱既大甚,则不可推[19]。兢兢业业[20],如霆如雷[21]。周余黎民[22],靡有孑遗[23]。昊天上帝[24]!则不我遗[25]。胡不相畏?先祖于摧[26]。

旱既大甚,则不可沮[27]。赫赫炎炎[28],云我无所[29]。大命近止[30],靡瞻靡顾[31]。群公先正[32],则不我助。父母先祖,胡宁忍予[33]?

旱既大甚,涤涤山川[34]。旱魃为虐[35],如惔如焚[36]。我心惮暑[37],忧心如熏。群公先正,则不我闻[38]。昊天上帝!宁俾我遁[39]?

旱既大甚,黾勉畏去[40]。胡宁瘨我以旱[41],憯不知其故[42]。祈年孔夙,方社不莫[43]。昊天上帝!则不我虞[44]。敬恭明神[45],宜无悔怒[46]。

旱既大甚,散无友纪[47]。鞫哉庶正[48]!疚哉冢宰[49]。趣马师氏[50],膳夫左右[51]。靡人不周[52],无不能止[53]。瞻卬昊天[54],云如何里[55]?

瞻卬昊天,有嘒其星[56]。大夫君子,昭假无赢[57]。大命近止,无弃尔成[58]。何求为我[59]?以戾庶正[60]。

401

瞻卬昊天,曷惠其宁〔61〕?

【注释】

〔1〕这首诗真实反映了周宣王时期一次大旱灾的景况。诗歌以周宣王祈天禳灾的口气,描绘了当时严重的旱情:暑热如焚,山荒水枯,饥馑并至,民无孑遗。虽反复祭祖求神而旱象不止,正是一幅古代天灾的写真图。云汉:天河。

〔2〕倬(zhuō桌):浩大而明亮。

〔3〕昭:明亮。回:转,运转。指明亮的天河在天空运转。

〔4〕王:指周宣王。於乎:即"呜呼",叹声。何辜今之人:即"今之人何辜",今天的臣民有什么罪过?

〔5〕饥馑(jǐn紧):谷不熟称饥,蔬不熟为馑,此指灾荒。荐臻:指接连发生。荐,再,又,接连。臻(zhēn珍),至。

〔6〕靡神不举:无神不祭。举,指举行祭祀。

〔7〕爱:吝惜。牲:祭祀用的牛、羊等牲畜。此说不吝惜各种祭祀用的牺牲。

〔8〕圭、璧:两种礼神之玉。既卒:已用尽。

〔9〕宁:乃。莫我听:即"莫听我"。这句是说,竟不肯听我的祈求!

〔10〕蕴:积聚。隆:盛。蕴隆,形容暑气郁积而隆盛。虫虫:热气蒸腾的样子。孔《疏》:"虫虫,热气蒸人之貌。"

〔11〕不殄(tiǎn舔):不断绝。禋(yīn因)祀:古代祭天的仪式。这里泛指祭祀。

〔12〕郊:指郊祭,在郊外祭祀天地。徂:到。宫:指宗庙,即祭祖。

〔13〕上下:指天地。奠瘗(yì意):上祭天为奠,下祭地为瘗。瘗,埋,埋葬。指埋玉于地下以祭地。

〔14〕宗:尊。

〔15〕后稷:周人的始祖。不克:不能,这里指祖先也不能保佑。

〔16〕不临:不降临,即不来看顾的意思。

〔17〕耗:损失,损伤。斁(dù杜):败,败坏。下土:指人间。即人间

402

尽遭摧残的意思。

〔18〕丁:当,遭逢。我:周王自称。躬:自身。这句的意思是,乃让我身当其灾难。

〔19〕推:除去。

〔20〕兢兢业业:形容小心恐惧的样子。

〔21〕如霆如雷:像对雷霆那样畏惧。

〔22〕周馀黎民:周地剩馀下的黎民百姓。

〔23〕孑遗:遗留。这句形容灾害严重,多有死亡,遗留无几。

〔24〕昊天:苍天。这句是呼告语。

〔25〕遗(wèi未):恤问,有关怀的意思。不我遗,即"不遗我",不来恤问我。

〔26〕摧:毁灭。句指先祖之祭将从此而断绝。

〔27〕沮(jǔ举):终止。

〔28〕赫赫炎炎:形容烈日炎炎,如火燃烧的样子。

〔29〕云:语助词。无所:无处。指无处可以躲避。

〔30〕大命:寿命,此指死亡的日期。近:临近。止:语气词。

〔31〕靡瞻靡顾:即不瞻不顾,指上帝诸神不来照看我,顾念我。

〔32〕群公:指先世诸王。先正:指先世士卿贤臣。这里均指他们的在天之灵。

〔33〕"胡宁"句:怎能忍心这样对待我。即不肯救助我的意思。

〔34〕涤涤(dí笛):草木旱死,山秃水尽的样子。

〔35〕旱魃(bá拔):古代传说中的旱神。为虐:肆虐为害。

〔36〕惔(tán谈):火烧。

〔37〕㥄:忧惧,害怕。暑:酷热。

〔38〕闻:王引之《经义述闻》:"犹恤问也。"

〔39〕遁:逃脱。

〔40〕黾(mǐn敏)勉:勉力。畏:可畏,可怕,指旱灾。去:除去。这句是说,努力事神,求除去可怕的旱灾。

〔41〕瘨(diān颠):病,指灾害。

403

〔42〕憯(cǎn惨):曾。郑《笺》:"憯,曾也。"故:缘故。

〔43〕祈年:一种祭礼,向神祈求丰年。孔夙:很早,指早已举行过。方:祭四方之神。社:祭土神。不莫:不暮,不晚。二句意思是说,祭祀及时,从未延误。

〔44〕虞:助,助佑。

〔45〕明神:即神明。这句是说,恭敬地祭祀神明,即上文的"孔夙"、"不莫"。

〔46〕宜无悔怒:应该不致招来神明的悔怒。

〔47〕散:散乱。友:通"有"。这句是说,因饥荒离乱而造成礼法纲纪松弛散乱。

〔48〕鞫(jū居):穷困。庶正:百官之长。

〔49〕疚(jiù旧):忧愁。冢宰:官名,其职位如后世宰相。

〔50〕趣马:掌管马政之官。师氏:指统率军兵之官。

〔51〕膳夫:掌管饮食之官。左右:指王之左右的大夫、士等群臣。

〔52〕靡人:没有人。周:周济,指赈灾。

〔53〕无不能止:没人称自己不能这样做,而最终还是停止不做。此指诸官并不真的尽心尽力。朱氏《集传》:"无不能止,言诸臣无有一人不周救百姓者,无有自言不能,而遂止不为也。"

〔54〕瞻卬:即瞻仰,抬头望。卬,通"仰"。

〔55〕云:发语词。里:通"悝",忧。朱氏《集传》:"里,忧也。"

〔56〕有嘒(huì惠):即嘒嘒,群星闪耀的样子。满天明星正说明天晴无雨。

〔57〕昭:光明。假:至。指神降临。无赢:无爽。这句的意思是,神定会不失信而至。

〔58〕无弃尔成:不要放弃你的前功,指仍要继续举行祈神除灾的祭祀活动。

〔59〕何求为我:谓祈求何止是为我自身的利益。

〔60〕戾:定,安定。毛《传》:"戾,定也。"庶正:泛指庶民百官。

〔61〕曷:何,何时。惠:加惠,施恩。宁:安宁。这句是说,上天何时

404

施恩惠,给我安宁呢?

崧　　高[1]

崧高维岳,骏极于天[2]。维岳降神[3],生甫及申[4]。维申及甫,维周之翰[5]。四国于蕃[6],四方于宣[7]。

亹亹申伯,王缵之事[8]。于邑于谢[9],南国是式[10]。王命召伯[11],定申伯之宅[12]。登是南邦[13],世执其功[14]。

王命申伯,式是南邦。因是谢人[15],以作尔庸[16]。王命召伯,彻申伯土田[17]。王命傅御[18],迁其私人[19]。

申伯之功,召伯是营[20]。有俶其城[21],寝庙既成[22]。既成藐藐[23],王锡申伯[24]。四牡蹻蹻[25],钩膺濯濯[26]。

王遣申伯,路车乘马[27]。我图尔居[28],莫如南土[29]。锡尔介圭[30],以作尔宝[31]。往迒王舅[32],南土是保[33]。

申伯信迈[34],王饯于郿[35]。申伯还南,谢于诚归[36]。王命召伯,彻申伯土疆。以峙其粻[37],式遄其行[38]。

申伯番番[39],既入于谢。徒御啴啴[40],周邦咸喜[41]。戎有良翰[42],不显申伯[43]。王之元舅[44],文武是宪[45]。

申伯之德,柔惠且直[46]。揉此万邦[47],闻于四国。吉甫作诵[48],其诗孔硕[49],其风肆好[50],以赠申伯[51]。

【注释】

〔1〕这是一首颂美诗,是周宣王的大臣尹吉甫送给申伯的。申伯原来是申国之君,后入周为卿士,因贤能被命为牧伯,又扩大了他的封地。受封于谢邑(今河南省南阳市南)。诗中描写了受封建谢邑的经过,赞颂申伯钟四岳之灵气而生,勤勉贤能,是国之栋梁。同时也颂美了宣王选贤授能的明德和封赏功臣的美意。崧(sōng 松):又作"嵩",形容山大而高的样子。崧高,即崇高。

〔2〕岳:特别高大的山,指东岱、南霍、西华、北恒四岳。骏:高大。极:至。这二句说,四岳高大,上摩云天。

〔3〕降神:降下神灵,这里有灵气所钟的意思。

〔4〕生甫及申:降生了甫侯、申伯。

〔5〕翰:借为"幹"。指栋梁之材。

〔6〕四国:四方之国。于:为。蕃:通"藩",即藩篱,屏障,为安全之保障的意思。

〔7〕宣:"垣"的借字,围墙,也是屏障的意思。

〔8〕亹亹(wěi 伟):勤勉不倦的样子。缵(zuǎn 纂):继,指继承。事:指建立功业之事。这二句的意思是,鉴于申伯之勤勉,周王则命他继承其先祖的事业。

〔9〕于:作,兴建。邑:都邑。后"于"字,为"在"的意思。谢:谢地。

〔10〕南国:指南方诸侯国。式:法。这句是说,为南方诸侯国树立榜样。

〔11〕召伯:召穆公,周宣王的大臣。朱氏《集传》说:"召伯,召穆公虎也。"召伯为司空,掌营建之事。

406

〔12〕定:确定。宅:所居处之地,即指谢邑。

〔13〕登:升。南邦:南国。谢邑在周之南。这句是说,申伯由朝臣受封升为南国诸侯王。

〔14〕执:执守。这句是说,世世代代执守其功业,即传之子孙后世之意。

〔15〕因:依靠,使用。谢人:谢地之人。

〔16〕作:兴建。庸:借为"墉",城墙,这里指城邑。

〔17〕彻:治,指测定土地田亩的疆界,以此来定赋税。

〔18〕傅御:官名,是家臣之长。

〔19〕迁其私人:迁移他的家臣到谢邑去。私人,指其家臣。

〔20〕营:经营,办理。这二句是说,迁往谢邑的事,是召公帮助去办好的。

〔21〕俶(chù 触):善。这里指把城修缮好。

〔22〕寝庙:宗庙。

〔23〕奕奕:高广深远的样子。朱氏《集传》:"奕奕,深貌。"

〔24〕锡:赐。所赐者即下文所述之马。

〔25〕蹻蹻(jué 绝):强壮的样子。

〔26〕钩膺:指套在马颈腹上的带饰。濯濯:光泽如洗的样子。

〔27〕路车:又称辂车,古代诸侯乘的大车。乘马:即四马。古代四马为一乘。

〔28〕我:作者代宣王自称。图:谋虑,打算。

〔29〕莫如南土:均不比南方的谢邑更好。

〔30〕锡:赏赐。介圭:即"玠圭",大圭。古代一种玉制的礼器。

〔31〕宝:宝物。因介圭是瑞玉,并是象征身份等级的信物,故被视为宝物。

〔32〕往近(jì 记):去吧。这是敦促他前往封地谢邑。近,语气词。王舅:指申伯,申伯是宣王的大舅。

〔33〕保:保有,犹安守。这句是说,南方谢邑这块土地归你安守。

〔34〕信:诚然,决意。迈:远行。

407

〔35〕饯：饯行，摆酒送行。郿(méi 眉)：古地名，在今陕西省眉县境。

〔36〕谢于诚归：即"诚归于谢"。二句是说，申伯遂决意返归于南方的谢邑。

〔37〕峙(zhì 至)：存储，积聚。粻(zhāng 章)：粮谷。此句是说，备下供前往谢邑时的用粮。

〔38〕式：乃。遄(chuán 船)：速，急忙。此句是说乃急速启程。

〔39〕番番(bō 波)：勇武的样子。毛《传》："番番，勇武貌。"

〔40〕徒：指跟随的步兵。御：车夫。啴啴(tān 贪)：众多的样子。

〔41〕周邦：全邦国，此指谢邑。

〔42〕戎：汝，你。郑《笺》："戎，犹女也。"良翰：好的栋梁之材。

〔43〕不：通"丕"，大。显：显赫。

〔44〕元舅：即大舅。

〔45〕文武：指文武兼备。宪：法式，作动词用，以为榜样的意思。

〔46〕柔惠且直：温和慈惠而正直。

〔47〕揉：亦作"柔"，安抚。万邦：泛指诸国。

〔48〕吉甫：尹吉甫，周宣王大臣。诵：古代诗由乐工演唱称"诵"。

〔49〕孔：很。硕：长而美。这句言诗意深长而优美。

〔50〕其风：曲调。肆好：极好听。古代诗歌是配乐演唱的，故有诗、有曲。

〔51〕赠：赠送，赠别。

烝　　民[1]

天生烝民，有物有则[2]。民之秉彝[3]，好是懿德[4]。天监有周[5]，昭假于下[6]。保兹天子，生仲山甫[7]。

仲山甫之德，柔嘉维则[8]。令仪令色[9]，小心翼翼[10]。

古训是式[11]，威仪是力[12]。天子是若[13]，明命使赋[14]。

王命仲山甫，式是百辟[15]，缵戎祖考[16]，王躬是保[17]。出纳王命[18]，王之喉舌[19]。赋政于外[20]，四方爰发[21]。

肃肃王命[22]，仲山甫将之[23]。邦国若否，仲山甫明之[24]。既明且哲[25]，以保其身[26]。夙夜匪解[27]，以事一人[28]。

人亦有言[29]：柔则茹之，刚则吐之[30]。维仲山甫[31]，柔亦不茹，刚亦不吐。不侮矜寡[32]，不畏强御[33]。

人亦有言：德辅如毛，民鲜克举之[34]。我仪图之[35]：维仲山甫举之，爱莫助之[36]。衮职有阙[37]，维仲山甫补之。

仲山甫出祖[38]，四牡业业[39]，征夫捷捷[40]，每怀靡及[41]！四牡彭彭[42]，八鸾锵锵[43]。王命仲山甫，城彼东方[44]。

四牡骙骙[45]，八鸾喈喈[46]。仲山甫徂齐[47]，式遄其归[48]。吉甫作诵[49]，穆如清风[50]。仲山甫永怀[51]，以慰其心。

【注释】

〔1〕这是一首送别诗，也是一篇颂美诗。是尹吉甫为送仲山甫前往

409

齐地筑城而作。仲山甫即樊仲,曾受封于樊,故为樊侯。周宣王命他在东方齐地筑城,大概出于坐镇东方以平齐乱的目的。诗中描写了仲山甫不平凡的出生,超群的美德,因而周宣王委他以重任。在内政外交方面,仲山甫尽职尽责,忠于王事,纯正明理,成为周王的桢干、重臣。诗人最后表示用此诗以慰其忠心。诗中有一些深刻而富于哲理性的句子,为后世儒家所引用、发挥。烝(zhēng争):众,众多。

〔2〕物:事物。则:法则,常理。

〔3〕秉:秉赋,天生具有的意思。彝:常,这里指常情、常性。

〔4〕好(hào浩):喜好,爱。懿德:美德。

〔5〕监:监视,察看。有周:周王朝。

〔6〕昭:明。假:通"格",至,指神降临。下:下土,指人间。

〔7〕保:保佑。天子:指周宣王。二句是说,上天为保佑这个周宣王,故生下仲山甫来辅佐他。

〔8〕柔嘉:温和善良。维:是。则:这里指为人行事的准则。

〔9〕令:美,善。仪:仪容。色:指面色、表情。这句是说仲山甫仪容端庄,面色和善。

〔10〕小心翼翼:形容人持身谨慎。

〔11〕古训:指古圣先王的训导。式:法式。这句是说,以古训为准则。

〔12〕力:勉力。这句是说,在修其威仪上勤勉不懈。

〔13〕若:顺从。朱氏《集传》:"若,顺也。"

〔14〕明命:指政令。赋:布,宣布,颁布。周王有政令则让他去颁布四方。

〔15〕百辟:百君,指各诸侯。这句是说,要做众诸侯的榜样。

〔16〕缵:继。戎:你。祖考:祖先。这句是说,要上继你先祖的功德事业。

〔17〕王躬:王身,指周王。保:保护。这句是说,保护周王之身的安全。

〔18〕出:指颁布王命。纳:指接受臣属的呈报。

〔19〕王之喉舌:是周王的代言人。

〔20〕赋政:颁布政令。

〔21〕爰:乃,于是。发:指遵照执行。

〔22〕肃肃:严肃、庄重的样子。

〔23〕将:奉行。

〔24〕若:顺。否(pǐ匹):不顺。这二句是说,国事的顺逆,仲山甫都明白于心。

〔25〕明、哲:聪明、睿智。二字义相近。

〔26〕保其身:指严守节操,保全其身。

〔27〕夙夜:从早到晚。匪解:不懈。

〔28〕以事一人:来侍奉天子一人。

〔29〕人亦有言:世人有这样的说法,犹言俗话所说。

〔30〕"柔则"二句:是说软的就吃掉;硬的则吐出。这里指做人欺软怕硬。茹,食,吃。

〔31〕维:惟。唯有。

〔32〕不侮:不欺侮。矜:通"鳏"(guān关),年老无妻的人。寡:年老无夫的人。这里指无依无靠的孤弱者。

〔33〕强御:强横之人。

〔34〕德:道德。輶(yóu犹):古代一种轻便的车。这里借为"轻"的意思。鲜克:少有能。举之:举起它。这二句是说,做个有道德的人虽然不难,但却很少有人愿意去做和能够做到。

〔35〕仪图:揣度,考虑。马氏《通释》:"仪、图同义,度也。"

〔36〕爱:敬爱。莫助之:无需帮助他。这句是说,仲山甫之盛德,令人敬爱,其德之高,已无需再有人帮助。

〔37〕衮(gǔn滚):天子之服,有龙的图案。这里代指天子。职:指职守。有阙:有过失。

〔38〕出祖:出行祭路神。朱氏《集传》:"祖,行祭也。"这里指奉王命上路远行。

〔39〕业业:形容马健壮的样子。

〔40〕征夫:指随行的使臣。捷捷:行动敏捷的样子。

〔41〕每:常。怀:思,虑。靡及:不及,达不到。这句是说,常常担心不能及时达到。

〔42〕彭彭:形容马行走有力的样子。

〔43〕八鸾(luán 峦):八个鸾铃。古代车马佩有鸾铃,即车铃。四马八个鸾铃。锵锵:形容铃声清脆和谐。

〔44〕城彼东方:指在那东方齐邑筑城。城,作动词。

〔45〕骙骙(kuí 葵):马强壮的样子。

〔46〕喈喈(jiē 皆):形容铃声和谐悦耳。

〔47〕徂齐:往齐。往齐邑去。

〔48〕式:助词,表示劝令,有"应"、"当"的意思(见丁树声《诗经"式"字说》)。遄(chuán 船):迅速。句意是盼望仲山甫快些归来。

〔49〕作诵:诵诗作歌。

〔50〕穆:和畅。郑《笺》:"穆,和也。"这句谓歌声和美,如清风沁人心脾,可以抚慰其心。

〔51〕永怀:深怀。意思是仲山甫远行,他的心仍系王室,有所怀思。

韩奕[1]

奕奕梁山,维禹甸之[2],有倬其道[3]。韩侯受命[4],王亲命之[5]:缵戎祖考[6],无废朕命[7]。夙夜匪解[8],虔共尔位[9],朕命不易[10]。榦不庭方[11],以佐戎辟[12]。

四牡奕奕[13],孔修且张[14]。韩侯入觐[15],以其介圭[16],入觐于王。王锡韩侯[17]:淑旂绥章[18],簟茀错衡[19]。玄衮赤舄[20],钩膺镂钖[21]。鞹鞃浅鞹[22]，鞗革金厄[23]。

韩侯出祖[24]，出宿于屠[25]。显父饯之[26]，清酒百壶[27]。其殽维何[28]？炰鳖鲜鱼[29]。其蔌维何[30]？维笋及蒲[31]。其赠维何？乘马路车[32]。笾豆有且[33]，侯氏燕胥[34]。

韩侯取妻，汾王之甥[35]，蹶父之子[36]。韩侯迎止[37]，于蹶之里[38]。百两彭彭[39]，八鸾锵锵[40]，不显其光[41]！诸娣从之[42]，祁祁如云[43]。韩侯顾之[44]，烂其盈门[45]。

蹶父孔武[46]，靡国不到[47]。为韩姞相攸[48]，莫如韩乐[49]。孔乐韩土[50]，川泽訏訏[51]，鲂鱮甫甫[52]，麀鹿噳噳[53]，有熊有罴[54]，有猫有虎。庆既令居[55]，韩姞燕誉[56]。

溥彼韩城[57]，燕师所完[58]。以先祖受命[59]，因时百蛮[60]。王锡韩侯[61]：其追其貊[62]，奄受北国[63]，因以其伯[64]。实墉实壑[65]，实亩实籍[66]。献其貔皮[67]，赤豹黄罴。

【注释】

〔1〕这是一首颂赞韩侯的诗。诗中生动地记叙韩侯初立，入觐朝拜受封赏的盛况和他途经屠地，卿士显父为他饯行的隆重礼仪，并铺叙了他娶贵胄之女为妻的显荣。最后，歌颂韩国的富庶、韩侯的贤能以及雄居北

413

土的国威。这首诗叙述完整,层次分明。前两章古雅,三章清丽,四五章又典丽华艳,诗风颇具变化,而又转换自然,是颂美诗中较出色的一首。此诗多认为是尹吉甫所作。

〔2〕奕奕:高大的样子。梁山:所在地说法不一,多认为是吕梁山。禹:大禹。甸:治理。古代传说,名山大川都曾经过禹的治理。

〔3〕有倬(zhuō桌):即倬倬,宽阔的样子。道:道路。以上用大禹平治洪水,开山辟路,来比况周宣王治平天下,使诸侯来朝的伟功。

〔4〕韩侯受命:韩国国君至周接受王命,此指接受册封。

〔5〕王亲命之:周王当面授命他。下面是授命时讲的话。

〔6〕缵:继承。戎:你。祖考:祖先。这里指继承先祖为诸侯王。

〔7〕废:废弃,指不听从。朕命:我的命令。

〔8〕夙夜:从白天到黑夜。匪解:不要懈怠。

〔9〕虔:诚敬。共:通"恭"恭谨。位:职位。这句是说,要诚敬恭谨地供职。

〔10〕不易:不变。此指对你的册封永远信守不变,即绝不食言的意思。

〔11〕榦(gàn干):正,匡正。庭:通"廷",朝廷。这里指诸侯来王庭朝见。方:四方之国。这句是说,整治那些拒不来朝会的各诸侯国。

〔12〕辟:君王。此是周王自指。这句是说,以辅佐你的君王。

〔13〕四牡奕奕:四匹公马又高又大。

〔14〕孔修:很长。张:旺盛,形容气势昂扬的样子。

〔15〕入觐(jìn近):入朝拜见天子。

〔16〕以其:用那个。介圭:大圭。古代玉制的礼器。

〔17〕锡:赐。

〔18〕淑:美好。旂:画有蛟龙的旗。绥章:文采斐然。

〔19〕簟(diàn店):竹席。茀(fú拂):车篷。错衡:涂有文饰的车辕衡木。毛《传》:"错衡,文衡也。"这里极写车饰华美。

〔20〕玄:黑赤色。衮(gǔn滚):天子及王侯所穿的绣有龙纹的礼服。赤舄(xì戏):天子王公所穿用的红色复底鞋。

〔21〕钩膺:樊缨,套在马胸腹上的带饰,上有铜钩和垂缨。镂(lòu
漏):刻。锡(yáng阳):马额头上的金属装饰物,马行走时作响。

〔22〕鞹(kuò扩):去毛的皮革。鞃(hóng宏):用皮革包束着的车前
横木。浅:指浅毛皮。幭(miè灭):车轼上的覆盖物。

〔23〕鞗(tiáo条)革:马勒,马笼头。金厄:用金装饰的车轭,是套在
马颈上,略如人字形的一种马具。

〔24〕出祖:出行祭祀路神,又称袚祭。

〔25〕宿:住宿。屠:地名,在今陕西省西安市长安区西南。

〔26〕显父:人名,周王的卿士。饯:饯行,设酒筵送别。

〔27〕百壶:形容盛多。

〔28〕殽:同"肴",菜肴。维何:有什么?

〔29〕炰(páo袍):烹煮。

〔30〕蔌(sù速):指蔬菜。

〔31〕笋:竹笋。蒲:水生植物,嫩时可食。

〔32〕乘马:驷马。古代四马一车为一乘。路车:辂车,诸侯所乘的车。

〔33〕笾(biān边):古代装果脯的竹器。豆:一种木制食器,盘状,高
足。且(jū居):众多的样子。

〔34〕侯氏:指韩侯。燕:安乐。胥:语气词,如"兮"。

〔35〕汾王:大王。毛《传》:"汾,大也。"甥:外甥女。

〔36〕蹶父:周的卿士,姞姓,以封地蹶为氏。父,男子的称呼。子:这
里指女儿。

〔37〕迎止:迎娶。止,语助词。

〔38〕于:在。蹶之里:指蹶父所居住的邑里。

〔39〕百两:百辆。极言迎亲车辆之多。彭彭:众多的样子。

〔40〕鸾:鸾铃,即车铃。锵锵:铃声和鸣。

〔41〕不:通"丕",大。不显其光,就是荣耀辉煌。

〔42〕娣:女弟,即妹妹。诸娣,指众陪嫁女。古代长姊出嫁,诸妹和
诸姪随从出嫁为妾媵。

〔43〕祁祁:众多的样子。

〔44〕顾:回头看,此指曲顾之礼。迎亲时,三顾而出,导引其妻上车。毛《传》:"顾之,曲顾导义(仪)也。"

〔45〕烂:灿烂。盈门:满门。

〔46〕孔武:非常勇武。

〔47〕靡:无。

〔48〕韩姞(jí吉):即蹶父之女。姞姓女嫁于韩国,故称韩姞。相:相看,即相女婿。攸:所。这句是说,为女儿韩姞寻看可以出嫁的地方。

〔49〕"莫如"句:没有比韩国更安乐的。

〔50〕韩土:韩国的土地。

〔51〕訏訏(xǔ许):十分广大的样子。

〔52〕鲂、鱮:鳊鱼、鲢鱼。甫甫:大而肥美的样子。

〔53〕麀(yōu优):雌鹿。鹿:指雄鹿。噳噳(yǔ禹):象声词,鹿的鸣叫声。

〔54〕罴(pí皮):大熊。

〔55〕庆:喜庆。令居:佳美的居处。

〔56〕燕:安。誉:通"豫",欢乐。

〔57〕溥(pǔ普):广大。韩城:旧址在今河北固安县南。

〔58〕燕师:燕国的民众。完:筑完,筑成。韩国近燕,曾借燕民之力筑城。

〔59〕以先祖受命:是说韩国从先祖开始即受命于周王,为周的侯伯。

〔60〕因:依靠。时:司,掌管。百蛮:指北方诸部族。

〔61〕王锡韩侯:周王赐封韩侯以疆土。

〔62〕追(duī堆)、貊(mò陌):都是周代北方少数民族的名称。西戎北狄的一族。

〔63〕奄:全,覆盖。奄受,全部为其所有。

〔64〕因以其伯:因此封他为方伯。一方诸侯之长称方伯。

〔65〕实:于是。墉(yōng拥):城墙。壑:深沟,指城壕,护城河。这里作动词,筑城墙,挖壕沟。

〔66〕亩、籍:作动词用,整治田亩,按簿籍收赋税。
〔67〕貔(pí皮):一种豹类猛兽。

江　　汉[1]

江汉浮浮,武夫滔滔[2]。匪安匪游[3],淮夷来求[4]。既出我车,既设我旟[5]。匪安匪舒[6],淮夷来铺[7]。

江汉汤汤[8],武夫洸洸[9]。经营四方,告成于王[10]。四方既平,王国庶定[11]。时靡有争,王心载宁[12]。

江汉之浒[13],王命召虎[14]:式辟四方[15],彻我疆土[16]。匪疚匪棘[17],王国来极[18]。于疆于理[19],至于南海[20]。

王命召虎:来旬来宣[21]。文武受命[22],召公维翰[23]。无曰予小子[24],召公是似[25]。肇敏戎公[26],用锡尔祉[27]。

釐尔圭瓒[28],秬鬯一卣[29]。告于文人[30],锡山土田[31]。于周受命[32],自召祖命[33]。虎拜稽首,天子万年[34]!

虎拜稽首,对扬王休[35]。作召公考[36],天子万寿!明

417

明天子,令闻不已〔37〕,矢其文德,洽此四国〔38〕。

【注释】

〔1〕这是一首颂美诗。诗中颂美召公虎平定淮夷,开拓南疆有功,回朝后受到周宣王的封赏。其中有周王的命辞,也有召公虎对周王的答谢和颂德。此诗与今存的《召伯虎簋铭》记事同,可互相参证。诗或称召虎自作,或称尹吉甫作。江汉:长江,汉水。

〔2〕浮浮、滔滔:四字互讹。参见王引之《经义述闻》。滔滔,水盛的样子。浮浮,形容人众而势盛。陈氏《传疏》:"浮浮,众强貌。"

〔3〕游:游逛。这句是说,不敢自安,不敢闲逛,即不敢懈怠之意。

〔4〕淮夷:指淮水沿岸的夷人。求:诛求,征讨。

〔5〕旟(yú于):画有鸟隼的旗帜。

〔6〕舒:徐缓。匪舒,指进军不敢迟缓。

〔7〕铺:"搏"之借字(用高亨说,见《诗经今注》),进击。

〔8〕汤汤(shāng伤):水势浩大。

〔9〕洸洸(guāng光):威武的样子。

〔10〕告成于王:将取得的成功上告给君王。

〔11〕庶:庶几,差不多。

〔12〕"时靡"二句:这样没有了战争,君王的心才得平静。时,是。载:乃。

〔13〕浒:水岸边。

〔14〕召虎:召穆公之名。陈氏《传疏》:"王命召虎,言王既命召虎平淮夷,而又命其镇抚南国也。"此言召虎再次受命。

〔15〕式:发语词。辟:开辟。这句是说,周王命召穆公向四方开拓边境。

〔16〕彻:治理。疆土:指边境。

〔17〕疚(jiù救):病,灾,指灾害。棘:急。这句的意思是说,要宽政爱民,不要操之过急。

〔18〕来极:是极。极,中,准则。这句是说,四方之国都要以周王朝

为准则,即服从周王朝典章制度。

〔19〕于:乃,于是。疆:划定疆界。理:治理田亩。

〔20〕至于:达于。这句是说,一直延至南海之滨。

〔21〕来:是。旬:通"徇",巡行各地。宣:宣示,宣布。这里指宣布王命。

〔22〕文武受命:先祖文王、武王均受命于天而为王。

〔23〕召公:即召康公奭,姬姓,辅佐武王,封地在召,是召穆公之祖。翰:借为"幹",即国之骨干、栋梁的意思。

〔24〕无曰:不要说。小子:年轻人,宣王自谓。这句是说,不要轻视我还年轻,我也是受天命为王的。

〔25〕似:通"嗣",继承。这句话是宣王训示召虎的。意思是说,你要像先祖召康公那样来辅佐我。

〔26〕肇(zhào 兆):开始。敏:敏捷。戎:汝,你,指召穆公。公:通"功",事功。这句说要早早开始建立你的功业。

〔27〕用:则,那就。锡:赐。祉(zhǐ 止):福。

〔28〕釐(lài 赖):赏赐。见第 366 页《大雅·既醉》注〔21〕。圭瓒(zàn 赞):玉瓒,一种以玉为柄的舀酒、灌酒的器具。

〔29〕秬(jù 巨):黑黍。鬯(chàng 唱):一种香草。古代用这两种东西合起来酿酒,以备祭祀。卣(yǒu 友):古代一种青铜酒器。

〔30〕告:告祭。文人:有文德之人,指周文王。

〔31〕锡山土田:赐给山川土地。此指召康公受册封事。

〔32〕于周:前往岐周。岐山为周人兴起的地方,有最早的宗庙,周王册封礼在此举行,表示不忘祖。

〔33〕自:用。召祖:召康公奭。这句的意思是,完全用你先祖召康公受封时的礼仪。这样做表示隆重和怀旧。

〔34〕虎:召虎。拜:拜谢。稽首:叩头及地。古代一种极恭敬的大礼。天子万年:是召虎受封赏后向王的祝颂语。

〔35〕对:指答谢。扬:颂扬。王休:周王的美德。

〔36〕召公:指召康公。考:考成。毛《传》:"考,成也。"古代将王的策

419

命铸在器物上,以光耀祖先,流传永久。朱氏《集传》:"作康公之庙器,而勒王策命之辞,以考其成。"

〔37〕令闻:美名盛誉。不已:不止,永世流传。

〔38〕矢:《礼记》作"弛",施。文德:与武功相对而言,指礼乐教化。洽:融洽。这二句是说,通过周王的教化,使四方之国都和睦相处。

常　　武[1]

赫赫明明,王命卿士[2]。南仲大祖[3],大师皇父[4]。整我六师[5],以修我戎[6]。既敬既戒[7],惠此南国[8]。

王谓尹氏[9],命程伯休父[10]:左右陈行[11],戒我师旅[12]。率彼淮浦[13],省此徐土[14]。不留不处[15],三事就绪[16]。

赫赫业业[17],有严天子[18]。王舒保作[19],匪绍匪游[20]。徐方绎骚[21],震惊徐方。如雷如霆,徐方震惊。

王奋厥武[22],如震如怒。进厥虎臣[23],阚如虓虎[24]。铺敦淮渍[25],仍执丑虏[26]。截彼淮浦[27],王师之所[28]。

王旅啴啴[29],如飞如翰[30]。如江如汉[31],如山之苞[32]。如川之流[33],绵绵翼翼[34]。不测不克[35],

濯征徐国[36]。

王犹允塞[37]，徐方既来[38]。徐方既同[39]，天子之功。四方既平，徐方来庭[40]。徐方不回[41]，王曰还归[42]。

【注释】

〔1〕这是一首颂美周宣王武功的诗。诗从宣王任命将帅、整饬军旅，将以亲征写起，历叙进军徐方的全过程，最后以徐方归顺，胜利班师回朝作结，写得极有声威气势。诗中以山川江汉为比，极写王师之壮盛，后人评为"兵家精语"。常武：即尚武而不黩武，用兵有常道的意思。

〔2〕卿士：王朝中执政大臣，相当于后世宰相。

〔3〕南仲：人名，周宣王时的卿士，出征时任大将。大：同"太"。太祖，始祖。此指太祖庙。这句是说，宣王在太祖庙宣命南仲为大将。

〔4〕大师：即太师，是位列三公之尊的官职。皇父：人名，周宣王的大臣。这句是说，又命皇父为太师。

〔5〕六师：六军。古代军制，天子统六军。

〔6〕修：修治，准备。戎：指戎车，兵车。

〔7〕既：已。敬：通"儆"，警觉，警惕。戒：戒备。这句是说，已经有所警惕戒备。

〔8〕惠：施加恩惠。南国：南方诸国。这里意思是说，徐国叛乱，扰乱了南方，平徐乱是使南方诸国受其惠。

〔9〕尹氏：掌管王之册命的官员。

〔10〕程伯休父：随宣王出征的军帅之一，命为大司马。程伯，是封在程邑为伯爵。休，是其名。父，对男子的称谓。

〔11〕陈行：列队。

〔12〕戒：训诫，命令。师旅：军队，队伍。

〔13〕率:顺,沿着。淮浦:淮水的岸边。

〔14〕省:巡视,此是对征讨的美称。徐:古国名,故城在今安徽泗县境内。土:疆土。

〔15〕不留不处:指此次伐徐,不留居在那里,平定后即收兵回国。

〔16〕三事:指上述立三人为六军统帅之事。就绪:安排就绪,各尽其职。

〔17〕业业:兢兢业业,勤勉的样子。

〔18〕有:语助词。严:威严,威风凛凛。

〔19〕王:王师,指宣王率领的军队。舒:舒缓。保作:安然而行。这里指镇定自若,有序地前行。

〔20〕匪绍匪游:行军不敢延缓,不敢游逛。绍,迟缓。见郑《笺》。

〔21〕徐方:徐国。绎(yì 义):续,相继。骚:扰动,震动。这句是说,徐国人闻风丧胆,大为骚动。

〔22〕奋:振,扬。厥:其。武:威武。这句是说,王师扬其军威。

〔23〕进:奋进。虎臣:勇武如虎之臣。

〔24〕阚(hǎn 喊):虎怒的样子。虓(xiāo 消):虎大怒的吼声。这句是说,王师如怒吼的猛虎,势不可挡。

〔25〕铺:布,布阵。敦:屯,屯兵。淮濆(fén 坟):淮水边的高岸。

〔26〕仍:就此。执:擒获。丑虏:对俘虏的蔑称。

〔27〕截:切断,削平。这里引申为平定。

〔28〕王师之所:王师驻地,这里指被王师征服的地方。

〔29〕王旅:王师。啴啴(tān 滩):众盛的样子。

〔30〕翰:高飞。这里形容军队行动迅速。

〔31〕江、汉:指长江、汉水。此形容军队如江汉之水浩浩荡荡,势不可挡。

〔32〕苞:通"抱"。这里形容军队驻扎时如众山环抱,不可动摇。

〔33〕如川之流:指军队行动时,如大河奔流,其势迅疾。

〔34〕绵绵:连绵不绝。翼翼:指阵容整齐浩大的样子。

〔35〕测:测度。克:攻克。不克,不可战胜。

〔36〕濯:洗涤,清洗。濯征,彻底征服的意思。

〔37〕犹:通"猷",谋略。允:诚,确实。塞:实,没有漏洞。这句是说,周王的谋略的确恰当无失。

〔38〕既来:已来归顺。

〔39〕同:指征服。

〔40〕来庭:来王庭觐见。

〔41〕不回:不违抗。

〔42〕还归:指得胜后班师回朝。

瞻卬[1]

瞻卬昊天,则不我惠[2]。孔填不宁[3],降此大厉[4]。邦靡有定[5],士民其瘵[6]。蟊贼蟊疾[7],靡有夷届[8]。罪罟不收[9],靡有夷瘳[10]。

人有土田,女反有之[11];人有民人,女覆夺之[12]。此宜无罪[13],女反收之[14];彼宜有罪,女覆说之[15]。

哲夫成城[16],哲妇倾城[17]。懿厥哲妇[18],为枭为鸱[19]。妇有长舌[20],维厉之阶[21]。乱匪降自天,生自妇人。匪教匪诲[22],时维妇寺[23]。

鞫人忮忒[24],谮始竟背[25]。岂曰不极[26]?伊胡为慝[27]?如贾三倍[28],君子是识[29]。妇无公事[30],休其蚕织[31]。

天何以刺[32]？何神不富[33]？舍尔介狄[34]，维予胥忌[35]。不吊不祥[36]，威仪不类[37]。人之云亡[38]，邦国殄瘁[39]。

天之降罔[40]，维其优矣[41]。人之云亡，心之忧矣。天之降罔，维其几矣[42]。人之云亡，心之悲矣。

觱沸槛泉[43]，维其深矣[44]。心之忧矣，宁自今矣[45]？不自我先[46]，不自我后[47]。藐藐昊天[48]，无不克巩[49]。无忝皇祖[50]，式救尔后[51]。

【注释】

〔1〕这是一首讽刺周幽王宠爱褒姒导致纲纪败坏，大乱亡国的诗歌。诗中对周幽王的昏庸无耻，任用奸邪，倒行逆施，斥逐忠良作了较全面深刻的揭露。言辞激愤凄楚，表现了诗人的悲愤之情和忧国忧时的苦衷。瞻卬：仰望。卬，通"仰"。

〔2〕则我不惠：即"则不惠我"的倒文。这是呼告语，说老天无情，不惠爱我。

〔3〕孔：很。填(chén尘)：久。不宁：不安宁。

〔4〕大厉：大的祸乱。

〔5〕邦：邦国，国家。靡：无。定：安定。这句是说，祸乱不已，国家没有一处安定。

〔6〕士民：士子和庶民。瘵(zhài寨)：病，引申为忧患。

〔7〕蟊贼：原指吃庄稼的害虫，这里喻祸国殃民的恶人。蟊疾：蟊虫为害。

〔8〕夷：平。届：终极。这句是说，没有平息，没有尽头。即灾祸连绵，无穷无尽的意思。

424

〔9〕罟(gǔ古):网,指罗织法网来陷害臣民。不收:不收敛。

〔10〕瘳(chōu抽):病愈。这句是说,祸患永无平息和终止之日。

〔11〕女:汝,你。反:反而。有:指侵占。

〔12〕民人:指奴隶、奴仆。两句写掠夺人口。

〔13〕此宜无罪:这人本该无罪。

〔14〕收:收捕。

〔15〕说:通"脱",开脱,赦免。

〔16〕哲夫:有智谋的男子。成城:能立国为王。

〔17〕哲妇:多智谋的女人,这里指幽王的宠妃褒姒。倾城:倾覆国家。

〔18〕懿:叹词,通"噫"。厥:其,那个。

〔19〕枭(xiāo消)、鸱(chī痴):两种猛禽,古人认为是恶鸟,其声主灾凶。

〔20〕长舌:指多言,搬弄是非。

〔21〕维:是。厉:恶,祸乱。阶:阶梯,这里指致乱的根源。

〔22〕匪教匪诲:不听教诲,即不纳言从善。

〔23〕时:是。维:为。妇:指褒姒。寺:指奄人,王身边的内侍。这句是说,王变得昏庸不听善言,就是因为亲近妇人和内侍的缘故。

〔24〕鞫(jū居):鞫问,穷诘。鞫人,指摸人的底。忮(zhì志):害。忒(tè特):变换。这句是说,他们穷诘他人,变换手法害人。

〔25〕谮(zèn怎去声)始:即始谮,先说别人的坏话。竟:终。背:背弃。句意谓最终使君王改变态度,与你反目。

〔26〕岂:难道。曰:语助词。不极:犹言无所不用其极,即不择手段,坏到极点。

〔27〕"伊胡"句:怎么如此作恶多端呢?慝(tè特),恶。

〔28〕贾(gǔ古):坐商开始为贾,这里指做买卖。三倍:泛指获利多。这句是说,他们就像经商一样,利欲熏心,贪心不足。

〔29〕识:知。这句意思是说,凡正人君子对他们的恶迹都看得很清楚。

425

〔30〕妇:指褒姒。公事:内宫之事。马氏《通释》:"此诗公事,当即'宫事'之假借。宫事即蚕事也。"周代有公桑之事,为后宫妃嫔的任务。无公事,指不从事蚕桑织绩一类的女工。

〔31〕休其蚕织:放弃她养蚕织布之事。这里指她不安于职守,来干预朝政。

〔32〕天何以刺:上天为何责备周王?

〔33〕富:通"福",福祐。马氏《通释》:"富、福,古同部通用。"这句是说,神为何不福祐周王?

〔34〕舍:放弃。尔:你。介:大。狄:通"逖",远。介狄,指国家的远谋大计。

〔35〕维:只是。予:我,诗人自称。胥忌:相忌恨。

〔36〕不吊:不善。不祥:不吉祥。指周王行为不善,招致国家出现多种不吉祥之事。

〔37〕威仪不类:指周王不修威仪,不类人君。

〔38〕人:指朝中的贤人、旧臣。云:语气词。亡:无,指或出走,或死去。

〔39〕邦国:国家。殄(tiǎn 舔)、瘁:都指病情深重,这里指行将败灭。

〔40〕罔:网罗。此指普降灾祸。

〔41〕优:宽而大。句谓今人无所逃避的意思。

〔42〕几:危,危险。

〔43〕觱(bì 必)沸:滚滚流出的样子。槛泉:滥泉,泛滥四溢的泉水。

〔44〕维其深矣:它是那么深啊。此用泉水四溢比喻内心忧愁的深重繁多。

〔45〕宁自今矣:难道是从今天才有的吗?

〔46〕不自我先:不在我生之前。

〔47〕不自我后:不在我生之后。此谓生不逢时,正遇到灾乱之世。

〔48〕藐藐:高远的样子。昊天:上天。

〔49〕无不克巩:没有不能巩固的。这里是呼号上天,来保护周的统治。

〔50〕忝:辱没。皇祖:先祖,指文王,武王。

〔51〕式:发语词。救:挽救。尔后:你的子孙后代。末句是诗人最后期望周幽王能改过自新,挽回天意,以使周王朝继续统治下去。

召　　旻〔1〕

旻天疾威,天笃降丧〔2〕。瘨我饥馑〔3〕,民卒流亡〔4〕。我居圉卒荒〔5〕!

天降罪罟〔6〕,蟊贼内讧〔7〕。昏椓靡共〔8〕,溃溃回遹〔9〕,实靖夷我邦〔10〕。

皋皋訿訿〔11〕,曾不知其玷〔12〕。兢兢业业,孔填不宁〔13〕,我位孔贬〔14〕。

如彼岁旱〔15〕,草不溃茂〔16〕。如彼栖苴〔17〕,我相此邦〔18〕,无不溃止〔19〕。

维昔之富不如时〔20〕,维今之疚不如兹〔21〕。彼疏斯粺〔22〕,胡不自替〔23〕?职兄斯引〔24〕。

池之竭矣,不云自频〔25〕?泉之竭矣,不云自中〔26〕?溥斯害矣〔27〕!职兄斯弘〔28〕,不烖我躬〔29〕?

427

昔先王受命[30]，有如召公[31]。日辟国百里[32]，今也日蹙国百里[33]。於乎哀哉[34]！维今之人[35]，不尚有旧[36]！

【注释】

〔1〕这篇从内容和语气上都与上一篇相似，只是这篇重点在讽刺幽王任用小人，放逐贤臣，以致弄得民病国危，灾难连年。诗中首先描写了上天降灾，百姓流亡，哀鸿遍野的惨状，认为这是上天示警，都是由于幽王无道造成的。但对国之将倾，诗人又觉无力挽回，于是今昔对比，哀痛国无开国盛世时召公那样的贤臣，故以"召旻"为题，意思是哀伤天下没有如召公那样的贤臣。旻(mín 民)：昊天，苍天。

〔2〕笃：厚，多。此有严重又频繁的意思。丧：丧乱，死丧祸乱。

〔3〕瘨(diān 颠)：病，痛苦。此用作动词。

〔4〕卒：尽。

〔5〕居：国中。圉(yǔ 语)：边疆。卒荒：尽遭灾荒。

〔6〕罟(gǔ 古)：网。句谓上天降下这刑罪之网。

〔7〕蟊(máo 矛)贼：原指吃庄稼的害虫，这里指害民的昏君佞臣。内讧：内部争斗。

〔8〕昏：昏乱。椓(zhuó 酌)：通"诼"，以谣言、谗言互相加害。靡共：不能正常供职。

〔9〕溃：借作"愦"，混乱，昏愦。回遹(yù 域)：邪僻。这句是说，朝中一片混乱，邪僻横行。

〔10〕实：实在。靖：图谋。夷：夷平，毁灭。这句是说，实在是图谋毁灭我的国家。

〔11〕皋：通"谬"，欺诈诳骗。訿(zǐ 子)：通"訾"，诋毁诽谤。

〔12〕玷(diàn 店)：本指玉上的斑点，这里借指人的缺点，污点。这句是说，却不知自身的缺点过失。

〔13〕孔：很，甚。填(chén 尘)：久。朱氏《集传》："填，久也。"此句谓谨慎勤勉尽心做事者，都长久不得安宁。

428

〔14〕我位:我的职位。孔贬:大遭贬黜。

〔15〕如彼岁旱:如同那大旱之年。

〔16〕溃:乱,形容草随处乱长。这句是说,由于天大旱连最容易生长的野草也不繁茂。

〔17〕栖:指偃伏在地面。苴(chá茶):枯槁的草。

〔18〕我相此邦:我看这个国家。

〔19〕溃:溃乱。止:语气词。这句是说,没有一处不乱糟糟。

〔20〕"维昔"句:往日是那么富裕,从不像时下这样贫困。

〔21〕疚(jiù救):贫病,穷困。这句是说如今贫病之甚是从未有过的。

〔22〕疏:粗糙之米。粺(bài败):精米。这句是说那些该吃粗米的人,现在反而吃精米。喻小人得势。

〔23〕胡:何,为何。替:废退。这句的意思是,小人为何不引咎自退,让位给贤人。

〔24〕职:尚,还在。兄(kuàng矿):同"况",更加。斯:语助词。引:长,延长。这句是说,奸佞小人还身居高位,更加延长这祸乱。

〔25〕频:通"濒",水边。这句是说,池水枯竭,不是从水边开始吗?

〔26〕自中:从泉内。以上比喻国势衰败由外及内,又由内及外。

〔27〕溥斯害矣:遍及内外的灾害啊。溥,通"普",普遍。

〔28〕弘:大。这句是说灾害还在增长扩大。

〔29〕烖:"灾"的本字。不烖我躬,这场灾难怎能不殃及我身?

〔30〕先王:指文王、武王。

〔31〕召公:指召康公奭(shì士)。这句是说,当时有像召公奭那样的贤能之臣来辅佐。

〔32〕"日辟"句:每天开辟国土达百里。

〔33〕蹙(cù促):缩小。这句是说,如今却每天缩小疆土百里。这里指由于异族入侵和诸侯叛离而丧失领土。

〔34〕於(wū乌)乎:即"呜呼",叹词。

〔35〕维:语助词。今之人:此指昏君佞臣。

〔36〕不尚:不尊崇。旧:此指有贤德的老臣。

429

颂

周　颂

清　庙[1]

於穆清庙[2]，肃雝显相[3]。济济多士[4]，秉文之德[5]。对越在天[6]，骏奔走在庙[7]。不显不承[8]，无射于人斯[9]。

【注释】

〔1〕这是周王率群臣祭祀周文王的诗。诗中描写众公侯、文士，敬肃融洽、威仪严正地同来助祭。一起颂扬文王的在天之灵，虔诚地趋奔于庙堂之上。最后写要彰显文王的德业，继承不废，永远供奉。辞清意美，列为《颂》之首篇。

〔2〕清：清明。庙：庙宇。郑《笺》："清庙者，祭有清明之德者之宫也，谓祭文王也；天德清明，文王象焉。"

〔3〕肃：敬肃。雝（yōng 拥）：和谐。同"雍"。显：高贵显赫。相：助祭的公侯。朱氏《集传》："相，助也，谓助祭之公卿诸侯。"

〔4〕济济（jǐ 挤）：威仪整肃的样子。多士：指众多参祭的朝士。

〔5〕秉：执持。文之德：即"文德"，指与武功相对的文事方面的才德。

〔6〕对越：报答称扬。对，报答。越，通"扬"，《尔雅》："越，扬也。"在天：指先王在天之灵。

〔7〕骏：迅速。这句是说急疾奔走趋奉祭事于宗庙。马氏《通释》："庙中奔走以疾为敬。"

〔8〕不：通"丕"，大。显：光耀，发扬。承：继承，此指继者有人，指武王。

〔9〕无射(yì亦):不厌。斯:语气词。这句是说,不受人的厌弃,世代享受崇敬和供奉。

维 天 之 命 [1]

维天之命,於穆不已[2]!於乎不显[3]!文王之德之纯[4]。假以溢我[5],我其收之[6]。骏惠我文王[7],曾孙笃之[8]。

【注释】

〔1〕这是祭告周文王的诗。首先赞颂天命的永恒至美,光耀天下。次颂文王的盛德纯粹不杂。最后郑重表示文王美德沾溉我后人,定要继承、顺从文王之道,子子孙孙笃行不悖。维:通"惟",思念。天之命:即天命,天道。

〔2〕於(wū乌):赞叹词。穆:美好。不已:不止,不息。这句是赞美天道无穷无已。

〔3〕於乎:即"呜呼",赞叹词。不显:即丕显,大显,光明显耀。

〔4〕文王:周文王,周代王业的奠基人。纯:纯粹不杂。朱氏《集传》:"纯,不杂也。"这句是赞美文王的德行纯粹光明。

〔5〕假:嘉,美。溢:满而外流。溢我,沾溉于我的意思。

〔6〕收:受,承受。这句是说我们要承受文王的美德。

〔7〕骏惠:驯顺。马氏《通释》:"惠,顺也。骏,当为驯之假借,驯亦顺也。骏、惠二字平列,皆为顺。"这句是说要遵照顺从文王之道。

〔8〕曾孙:自孙以下均谓曾孙。这里泛指后世子孙。笃:厚,忠诚实践,即笃行不悖。

维　　清[1]

维清缉熙[2],文王之典[3]。肇禋,迄用有成[4],维周之祯[5]。

【注释】

〔1〕这是祭周文王的诗。诗中写文王立下法则,开始举行禋祀,祭祀昊天上帝(古代只有天子才能祭上帝,诸侯不可),至今果然享有了天下,这是周人建国兴邦的祯祥。维:发语词。清:清明。

〔2〕缉熙:光明。

〔3〕典:典章法则。

〔4〕肇(zhào兆):开始。禋(yīn因):祭祀。这句是说由文王始行祭祀。戴震《毛郑诗考正》:"文王之法典,实开始禋祀昊天盛典。"迄:至。用:以。成:成功。此指有天下。陈氏《传疏》:"肇,始;迄,至。文义相对。言文王始行禋祀,至武王伐纣,用能有此成功也。"

〔5〕维:是。祯(zhēn珍):吉祥。

烈　　文[1]

烈文辟公[2],锡兹祉福[3]。惠我无疆,子孙保之[4]。无封靡于尔邦,维王其崇之[5]。念兹戎功,继序其皇之[6]。无竞维人,四方其训之[7]。不显维德,百辟其刑之[8],於乎前王不忘[9]！

【注释】

〔1〕周成王即位亲政,有大功劳的诸侯前来助祭。此是成王在祭典上诫勉众诸侯的诗。诗中劝诫他们在邦域内不要犯大罪,要尊重王室,要牢记前王的大功,并发扬光大,做有德的贤人,这样,四方才会顺服,成为众诸侯的典范。烈:功烈。文:文采,文德。马氏《通释》:"按《周书·谥法解》,有功安民曰烈。烈文二字平列,烈言其功,文言其德也。"

〔2〕辟(bì必)公:诸侯。《尔雅·释诂》:"天子曰辟王,诸侯则曰辟公。"

〔3〕锡:赐。兹:此。祉(zhǐ止):福。这句谓列祖先王将赐下大福。

〔4〕"惠我"二句:惠赐我无尽之福,使子子孙孙永远保有它。

〔5〕无:毋,不要。封靡:大罪。毛《传》:"封,大也。靡,累也。"陈氏《传疏》:"按三家诗以封靡为缗大罪,与毛训同。"维:惟。崇:尊崇。严粲《诗缉》:"当维王室是尊。"这两句是说,不要在你们的邦国造下大罪,一定要尊崇王室。

〔6〕戎功:大功。序:通"绪"。皇:光大。这二句是说,你们应常念此大功,继承先人的功业并发扬光大之。

〔7〕竞:强。无竞,莫强。维:通"为"。人:指贤人。训:顺服。这二句意思是说莫强于成为贤人,四方人们定能顺从你们。

〔8〕不显:大显。不,通"丕"。百辟:众诸侯。刑:通"型",典范,典型。这二句意思是说,光大显扬你们的美德,众诸侯尊你们为典范。

〔9〕於乎:即"呜呼",叹词。

天　　作[1]

天作高山,大王荒之[2]。彼作矣[3],文王康之[4]。彼徂矣岐[5],有夷之行[6]。子孙保之!

【注释】

〔1〕这是祭周太王的诗。周文王的祖父太王率民由豳地迁至岐山,垦荒定居,成为周族的发祥地。嗣后,文王继续经营,万民归顺。末句诫勉后王要永保基业。作:生。

〔2〕大王:太王,指周文王祖父古公亶父。荒:垦荒,杨树达《小学述林》卷六:"垦治芜秽亦谓之荒。古名、动同辞之通例也。"

〔3〕彼:指古公亶父。作:经营,治理。

〔4〕康:通"庚",赓续,继承。杨树达《小学述林》:"康,当读为庚。……《说文》康从庚声,故康、庚二字可通用。……天作高山,大王垦辟其芜秽。彼为之始,而文王赓续治之。"

〔5〕彼:指众民。郑《笺》:"彼,彼万民也。"徂:往,到。岐:岐山。在陕西岐山县东北。句谓众民前往岐山归周。

〔6〕夷之行(háng杭):平坦的道路。

昊天有成命[1]

昊天有成命,二后受之[2]。成王不敢康[3],夙夜基命宥密[4]。於缉熙[5],单厥心[6],肆其靖之[7]。

【注释】

〔1〕这是祭祀周成王的诗。颂赞成王能够继承文王、武王的功业,勤勉治理国家,光大王业,安靖天下。昊(hào浩)天:上天。成命:明命,定命。

〔2〕二后:指文王和武王。毛《传》:"二后,文、武也。"古代天子和诸侯都可以称后。受之:承受天命。

〔3〕成王:名诵,周武王之子。康:安。此句是说成王继承文、武二王的功业,不敢坐享安逸。参453页《访落》注〔8〕。

〔4〕夙夜:从早到晚。基命:奉持天命,即奉持上帝所给的王业(高亨说,见《诗经今注》)。宥:通"有",语助词。密:读作"勉",努力,勤勉。于省吾《泽螺居诗经新证》卷四:"'夙夜基命宥密',应读作'夙夜基命有勉'。"

〔5〕於(wū 乌):感叹词。缉熙:光明。

〔6〕单:笃厚,诚信。毛《传》:"单,厚。"这句是说,能心存诚信。

〔7〕肆:故,所以。靖:安靖,指安定天下。

我　　将[1]

我将我享,维羊维牛[2]。维天其右之[3]。仪式刑文王之典[4],日靖四方[5]。伊嘏文王[6],既右飨之[7]。我其夙夜,畏天之威[8],于时保之[9]。

【注释】

〔1〕这是祭祀上天并兼祀周文王的诗。希望上天和文王的在天之灵,保佑四方安定,威临天下。将:奉献。郑《笺》:"将,犹奉也。"

〔2〕维:语助词。羊、牛:古时祭祀将牛羊置于柴上烤炙,使香气上腾,供上天享用。

〔3〕右:通"佑",佑助,保佑。

〔4〕"仪式"句:仪、式、刑都当效法讲。马氏《通释》:"仪、式、刑皆可训法。"典:典章法规。

〔5〕靖:安定,平定。这句是话,天天谋求安定四方。

〔6〕伊:发语词。嘏(gǔ 古):大,伟大。陈氏《传疏》:"嘏与假同,嘏,大也。"

〔7〕飨(xiǎng 享):指祖先鬼神享用祭品,以降福保佑。

〔8〕夙夜:早晚。畏:敬畏。威:威力。两句是说,从早到晚,敬畏上

天不敢稍懈。

〔9〕于时:于是。保之:保有我们的国家。

时　　迈[1]

时迈其邦,昊天其子之[2]?实右序有周[3]。薄言震之[4],莫不震叠[5]。怀柔百神[6],及河乔岳[7]。允王维后[8],明昭有周[9],式序在位[10]。载戢干戈,载櫜弓矢[11]。我求懿德,肆于时夏[12],允王保之!

【注释】

〔1〕这是周武王灭殷后,巡守四方的乐歌。诗写武王巡守诸侯之国,祭祀山川百神,显示权威,并表示要偃武修文,广播美德。时:按时,以时。迈:行巡。郑《笺》:"时出行其邦国,谓巡守也。"

〔2〕昊天:上天。子之:看作儿子。子,作动词。句谓上天视周武王如同儿子。

〔3〕右:佑助。序:帮助。有:语助词。马氏《通释》:"实右序有周,犹言实佑助有周也。右序二字同义。"

〔4〕薄言:语助词,用于动词前,无实义。震:指以武力威慑。

〔5〕叠:通"慴"(今"慑"字),恐惧,畏服。陈氏《传疏》:"叠者,慴之假借字。《说文》:'慴,惧也。读若叠。'"这句是说,天下无不震恐畏服。

〔6〕怀:来。柔:安抚。百神:指天地山川众神灵。

〔7〕及:至,到。河:黄河。乔岳:高山。

〔8〕允:诚然,确实。王:指武王。维:是。后:君。这句是说武王不愧是天下之君。

〔9〕明昭:光明显著。

〔10〕式:发语词。序:顺序。在位:指在位的诸侯。这句是说按照顺

439

序,封赏在位的诸侯。

〔11〕载:则,于是。戢(jí极):聚敛,收藏。櫜(gāo高):盛弓箭的袋,这里用作动词,指把弓箭装入箭袋中。两句是偃武修文的意思。

〔12〕求:寻求。懿德:美德,此指文治之德。肆:陈,广布,施行。时:是,此。夏:指中国。朱氏《集传》:"夏,中国也。"这二句是说,谋求德治之道,以广施于中国。

执 竞[1]

执竞武王,无竞维烈[2]。不显成康,上帝是皇[3]。自彼成康,奄有四方[4],斤斤其明[5]。钟鼓喤喤[6],磬筦将将[7],降福穰穰[8]。降福简简[9],威仪反反[10]。既醉既饱,福禄来反[11]。

【注释】

〔1〕这是祭祀武王的诗,下及成王、康王,说子孙善继功业,使周成为占有四方的大国。描写了虔诚致祭的场面,敬盼赐福禄给后人。执:制服。竞:强。执竞,用武力慑服强暴(指伐商诛纣)。

〔2〕无竞:莫强。维:是。烈:功业、业绩。此句意谓武王伐纣之功业,没有人能强过他。

〔3〕不:通"丕",大。显:显耀。成康:指周成王和周康王。皇:美。两句言上天嘉美成、康二王。

〔4〕奄有:尽有,占有。

〔5〕斤斤:明察的样子。毛《传》:"斤斤,明察也。"

〔6〕喤喤:形容声音宏大和谐。

〔7〕磬:古代用美石或玉制成的打击乐器。筦(guǎn馆):一种吹奏乐器。将将:同"锵锵",象声词。

〔8〕降福:赐福。穰穰:众多的样子。

〔9〕简简:洪大的样子。

〔10〕威仪:祭祀的礼节仪式。反反:借为"辨辨",指有节有序的样子(高亨说,见《诗经今注》)。

〔11〕"既醉"二句:意谓武王等神灵尽情享用祭品,醉饱后又复来降赐福禄。反,复。

思　　文[1]

思文后稷,克配彼天[2]。立我烝民[3],莫匪尔极[4]。贻我来牟,帝命率育[5]。无此疆尔界[6],陈常于时夏[7]。

【注释】

〔1〕这是祭祀周始祖后稷的诗。颂扬后稷始创农业,养活众民,并推广于全中国。思:助词。文:指有文德。

〔2〕克:能。配天:配享于天,指与上天同享祭祀。

〔3〕立:通"粒"。朱氏《集传》:"立、粒通。"指谷粒,此作动词,谓以种谷物为食。烝民:众民。相传后稷是首创农业的人,故云。

〔4〕匪:非。极:准则。此句说民众种谷无不以你为准则。

〔5〕贻:遗留,留下。来牟:泛指麦类。来,小麦。牟,大麦。率:皆,全。育:养。此二句言上帝命令种植百谷,以养育众民。

〔6〕"无此"句:言不分彼此的疆界,即一视同仁的意思。

〔7〕陈:推行,推广。常:常政,常法。《国语·越语》:"常,典法也。"此指农耕技艺和田亩制度等。时:是。夏:指中国。马氏《通释》:"陈常于时夏,谓陈农政于中夏也。"

441

臣　工[1]

嗟嗟臣工,敬尔在公[2]。王釐尔成[3],来咨来茹[4]。嗟嗟保介[5],维莫之春[6],亦又何求[7]?如何新畬[8]?於皇来牟[9],将受厥明[10]。明昭上帝[11],迄用康年[12]。命我众人[13],庤乃钱镈[14],奄观铚艾[15]。

【注释】

〔1〕周代在始耕、薅田(锄草)、收获时,均要举行农事典礼。这是周王在春天始耕典礼上,督导农事,祈求丰年的诗。诗的后半篇七句,是对丰收的预期之词。吴闿生《诗义会通》引证旧评说:"'於皇'以下,虚拟之词,笔情飞舞。"臣工:指群臣百官。

〔2〕嗟嗟:叹词,敦促告诫的语气。朱氏《集传》:"嗟嗟,重叹以深敕之也。"敬:恭谨。公:公事。这二句是说,你们这些臣公百官们,要恭敬勤谨地为公家做事。

〔3〕釐(lí离,一读 lài 赖):赐,这里有颁布的意思。一说通"赉(lài赖)"。成:成法。朱氏《集传》:"成,成法也。"这里指农耕、农政之法。

〔4〕咨:咨询,有请示的意思。茹:度,用心体察、思量。

〔5〕保介:田官,即田畯。郭沫若《青铜时代·由周代农事诗论到周代社会》:"所谓'保介',……应该就是后来的田畯,也就是田官,介者界之省,保介者保护田界之人。"

〔6〕维:语气词。莫:古"暮"字,莫之春,即暮春,周历的暮春相当于夏历的初春。

〔7〕亦:助词。又:通"有"。求:要求。

〔8〕新:即新田,开垦后两年的田。畬(yú余):已耕三年的田。毛

《传》曰:"田,二岁曰新,三岁曰畬。"这句是说,怎样来耕作新田、旧田?

〔9〕於:赞叹词。皇:美好,这里指麦种饱满。来牟:泛指麦类。来,小麦。牟,大麦。

〔10〕受:得到。厥:其,它的。明:成,指收成。这句是说,今秋将会获得好收成。

〔11〕明昭:光明显赫。

〔12〕迄:至。用:以。康年:指乐岁丰年。这句是说,至终会赐以好年景。

〔13〕众人:指农夫,周代初年从事农业生产的多为奴隶。

〔14〕庤(zhì 至):储备,准备。乃:你们,指众农夫。钱(jiǎn剪):古代起土用的农具,似今之铁锹。镈(bó博):古代锄田除草农具,似今之锄。

〔15〕奄:同,全。铚(zhì质):短镰刀。艾:通"刈(yì义)",收割。这句是说,要普遍检查一下镰刀来收割。

噫　　嘻〔1〕

噫嘻成王,既昭假尔〔2〕。率时农夫〔3〕,播厥百谷〔4〕。骏发尔私〔5〕,终三十里〔6〕。亦服尔耕〔7〕,十千维耦〔8〕。

【注释】

〔1〕这首乐歌写春耕时,祭于周成王之庙,托成王之灵,告诫田官和农夫及时从事耕作。据《竹书纪年》记载:"康王……三年,定乐歌,吉禘于先王,申戒农官告于庙。"则此诗当为康王时作品。此诗涉及农田性质及农事规模等,曾成为研究西周社会的史料而受到重视。噫嘻:赞叹声。

〔2〕既:已。昭:光明,指先王之灵。假:通"格",至,降临。尔:你,指农官。这句是说,成王的在天之灵已降临告诫你们。

〔3〕率:率领。时:是,此,这些。

443

〔4〕播:播种。厥:其,那些。百谷:泛指各种谷物。

〔5〕骏:迅速。发:发动,指动作起来,即开始耕作。尔:指农夫们。私:为"耜"字之误,耜是古代耕地的农具。一说"私",指私田。

〔6〕终:尽,耕完。三十里:指方圆三十里。

〔7〕服:从事。

〔8〕十千:即指万人。耦:二人并耕称"耦"。这句意谓全国农夫都齐力耕作。

振　　鹭[1]

振鹭于飞,于彼西雍[2]。我客戾止[3],亦有斯容[4]。在彼无恶[5],在此无斁[6]。庶几夙夜[7],以永终誉[8]。

【注释】

〔1〕这是周王接待来朝诸侯群臣时所演奏的乐歌。既称赞他们居国能修德而无怨民,又勉励他们要日夜勤于政事,以永葆其美好的声誉。振:指张开翅膀。鹭:白鹭,一种水鸟。

〔2〕西雍(yōng庸):西边的水泽。朱氏《集传》:"雍,泽也。"此暗喻西朝于周。

〔3〕客:宾客,指周王朝的诸侯群臣。戾:至。止:语尾助词,无义。

〔4〕亦:也。斯:此。容:仪容。此句言宾客们也都有此白鹭般高洁仪容。

〔5〕彼:彼地,此指诸侯本国。无恶:没有憎恶怨恨的人。句意谓修政以德,治理得很好。

〔6〕此:此地,指来到周王朝这里。斁(yì亦):厌,无斁,没有人厌弃,即受到接纳和欢迎。

〔7〕庶几:表示希望或可能的意思。夙夜:朝夕,从早到晚。句意谓

希望你们能够朝夕恭谨自勉,勤于政事。

〔8〕永:永久,长久。终:通"众",众多。马氏《通释》:"终与众双声古通用。《后汉书·崔骃传》:'岂可不庶几凤夜,以永众誉。'义本三家诗。《毛诗》作终,即众字之假借。"这句是说,以永享众人对你们的美誉。

丰　　年[1]

丰年多黍多稌,亦有高廪[2],万亿及秭[3]。为酒为醴[4],烝畀祖妣[5]。以洽百礼[6],降福孔皆[7]。

【注释】

〔1〕这是丰收后,周天子在宗庙祭祖的乐歌。既报谢祖先保佑,更祈来年普遍降福。

〔2〕黍:糜子,小米。稌(tú途):稻子。亦:语助词。高廪(lǐn凛):高大的谷仓。廪,谷仓。两句谓丰收之后,粮谷堆满了高大的仓房。

〔3〕亿:古时以十万为亿。秭(zǐ子):古时以十亿为秭。《尔雅·释诂》:"秭,数也。"郭璞注:"今以十亿为秭。"此句意在形容谷物收成之多。

〔4〕醴(lǐ礼):古代一种甜酒,酿制一宿即成。

〔5〕烝(zhēng征):进献,此指奉上祭品。畀(bì闭):给予。郑《笺》:"烝,进;畀,予也。"祖妣(bǐ比):先祖先妣,世代男女祖先。

〔6〕洽:备。朱氏《集传》:"洽,备。"百礼:祭祀百神的各种礼仪无不周到、完备。

〔7〕孔:很,甚。皆:普遍。毛《传》:"皆,遍也。"这句的意思是说,祈求来年更加普遍的赐福。

有　　瞽[1]

有瞽有瞽,在周之庭[2],设业设虡[3]。崇牙树羽[4],应

445

田县鼓[5],鞉磬柷圉[6]。既备乃奏[7],箫管备举[8]。喤喤厥声[9],肃雍和鸣[10],先祖是听。我客戾止[11],永观厥成[12]。

【注释】

〔1〕每年三月,周王在宗庙举行大合乐,即把各种乐器会合一起演奏,以娱悦祖先神灵,群臣也都来观赏。这诗就是为此典礼所作的乐歌。有:语助词。瞽(gǔ古):盲人,古代常以盲人充任乐师。朱氏《集传》:"瞽,乐官无目者也。"

〔2〕庭:指庙,宗庙堂前的平地。

〔3〕设:架设,设置。业:悬挂钟磬的之类乐器的木架横梁上的大板,刻如锯齿状。虡(jù巨):悬挂钟磬的木架的立柱。

〔4〕崇牙:悬挂钟磬的木架上端所刻的锯齿,弯曲高耸,可悬钟磬。树羽:插在崇牙上的彩色羽毛,作装饰用。

〔5〕应:小鼓。田:大鼓。毛《传》:"应,小鞞也;田,大鼓也。"县:古"悬"字。悬鼓,一种可悬挂的鼓。

〔6〕鞉(táo桃):一种有柄有两耳的小摇鼓。磬:玉石制的打击乐器。柷(zhù祝):一种古代打击乐,又名"椌"。《尔雅·释乐》郭璞注:"柷如漆桶,方二尺四寸,深一尺八寸,中有椎柄连底,挏之令左右击。"奏乐时先击柷,表示开始。圉(yǔ语):亦作"敔",形如伏虎,背上刻有二十七锯齿,用木尺划之发声,每当乐章演奏完毕,以击敔表示止乐。

〔7〕既:已。备:齐备。乃:于是。

〔8〕箫、管:竹制的管乐器。古代的箫,多为排箫,用若干小竹管编排而成。《说文》:"箫,参差管乐,像凤之翼。"管:似笛。郑《笺》:"管如笛,并而吹之。"备:全,都。举:起,发动,这里指吹奏。

〔9〕喤喤:形容乐声洪亮。

〔10〕肃雍:形容乐声肃穆和谐。

〔11〕客:指请来参祭的诸侯贵宾。戾:至。止:语助词。

〔12〕永:长。成:指乐曲奏毕。这句是说,一直观赏到乐曲终结。

潜[1]

猗与漆沮[2],潜有多鱼。有鳣有鲔[3],鲦鲿鰋鲤[4]。以享以祀[5],以介景福[6]。

【注释】

〔1〕这是周王用鱼祭祀宗庙的乐歌。取岐周水中鱼,表示不忘本;鱼类多样,表示诚敬。潜:深水中。

〔2〕猗(yī医)与:赞叹词。漆、沮(jū居):岐周的两条水名。漆水,发源于陕西大神山;沮水源出陕西省分水岭。二水会合后流入渭河。

〔3〕鳣(zhān毡):鳇鱼。鲔(wěi委):鲟黄鱼。

〔4〕鲦(tiáo条):白条鱼。鲿(cháng尝):黄颊鱼。鰋(yǎn眼):鲇鱼。

〔5〕享:献,上供。

〔6〕介:通"匄(gài丐)",乞求。景:大。这句是说,以祈求洪福降临。

雝[1]

有来雝雝[2],至止肃肃[3]。相维辟公[4],天子穆穆[5]。於荐广牡[6],相予肆祀[7]。假哉皇考[8]!绥予孝子[9]。宣哲维人[10],文武维后[11]。燕及皇天[12],克昌厥后[13]。绥我眉寿[14],介以繁祉[15]。既右烈考[16],亦右文母[17]。

447

【注释】

〔1〕这是周武王祭祀先父文王、先母太姒时所奏乐歌。《论语·八佾》："以《雍》彻。"此诗为祭礼结束时将要撤掉祭品时所用。雝:即雝雝,和睦的样子。雝,同"雍"。

〔2〕有:语助词。来:指助祭的诸侯到来。

〔3〕至:指到了此地(宗庙)。止:语助词。肃肃:肃穆庄敬的样子。

〔4〕相:助,这里指助祭。维:是。辟公:指诸侯。朱氏《集传》:"辟公,诸侯也。"

〔5〕天子:指周武王。穆穆:仪容端庄肃穆的样子。朱氏《集传》:"穆穆,天子之容也。"

〔6〕於(wū 乌):叹词。荐:进献。广牡:大牲,肥大的雄牲畜。

〔7〕予:周王自指。肆祀:祭名,祭祀时要陈献上全牲,即上句所说的"广牡"。

〔8〕假:伟大。朱氏《集传》:"假,大也。"哉:赞叹词。皇考:对先父的美称,这里指文王。

〔9〕绥:安抚。孝子:武王自称。

〔10〕宣哲:明智。马氏《通释》:"宣,明也。"维:为。此句赞颂文王为人聪明睿智。

〔11〕文武:此指文德武功。维:为。后:君王。此句赞颂文王为王则文武兼备。

〔12〕燕:安。此句言周的安定上及于天,皇天也受享无穷。

〔13〕克:能。昌:昌盛。后:指后代子孙。

〔14〕绥:赐予。林义光《诗经通解》:"绥,读为遗。"眉寿:长寿。

〔15〕介:助。繁祉:多福。

〔16〕既:已。右:通"侑",劝食,此谓敬劝神灵享用祭品。烈:光明。考:先父,指文王。烈考,犹皇考,对先父的颂扬称谓。

〔17〕文母:文德之母,指文王妻太姒,亦即武王之母。

448

载　　见[1]

载见辟王,曰求厥章[2]。龙旂阳阳[3],和铃央央[4]。鞗革有鸧[5],休有烈光[6]。率见昭考[7],以孝以享[8]。以介眉寿[9],永言保之[10],思皇多祜[11]。烈文辟公[12],绥以多福[13],俾缉熙于纯嘏[14]。

【注释】

〔1〕这是诸侯前来朝见周成王,并助祭于武王庙时所奏的乐歌。载见:开始朝见。

〔2〕辟王:犹"君王",此指周成王。曰:句首语助词。厥:其。章:典章制度。两句表示尊周王为共主,统一法令。

〔3〕龙旂:绘有交龙图形的旗。阳阳:文采鲜明的样子。朱氏《集传》:"阳,明也。"

〔4〕和铃:车铃。挂在车轼上的铃称"和",挂在车衡上的铃称铃。央央:形容铃声和谐。

〔5〕鞗(tiáo条)革:辔头。有鸧(qiāng枪):即鸧鸧,玉碰击声。此形容辔头上的饰玉互相撞击所发出的和美声响。

〔6〕休:美。烈光:明亮光辉。

〔7〕率:带领。昭考:此指周武王。古代宗法制度规定,宗庙的排列,始祖的庙居中,其他祖宗依次左右排列,左昭右穆,武王庙在左,故称昭考。

〔8〕孝、享:二字义同,指奉献祭品。马氏《通释》:"二字同义,合言之则为孝享。"

〔9〕介:祈求。眉寿:长寿。

〔10〕言:语助词。这句是说,先王永远保佑后世子孙。

〔11〕思:语助词。皇:此指成王。祜(hù户):福。这句是说,愿君王多多赐福给后代。

〔12〕烈文:指武功文德。烈,功业,业绩。文,文治之才德。辟公:诸侯。

〔13〕绥:安,安享。

〔14〕俾:使。缉熙:光明的样子。纯嘏(gǔ古):大福。郑《笺》:"天子受福曰大嘏。"这句是说,使之一切光明而洪福齐天。

有　　客[1]

有客有客,亦白其马[2]。有萋有且[3],敦琢其旅[4]。有客宿宿,有客信信[5]。言授之絷,以絷其马[6]。薄言追之[7],左右绥之[8]。既有淫威,降福孔夷[9]。

【注释】

〔1〕这是一首送别的乐歌。殷人后裔微子封于宋,带随从来朝见周王。将要回国时,周王作乐表示惜别并祝福。客:贵客,指宋微子,名启,商纣王异母兄。商亡之后,封武庚于宋,以奉殷祀。武庚叛,周公诛之,乃命微子代殷后。

〔2〕亦:语助词。白其马:犹言"其马白",此指微子驾车用的是白马。《礼记·檀弓》:"殷人尚白,戎事乘翰。"郑玄注:"翰,白色马也。"

〔3〕有萋有且(jū居):即萋萋且且,形容随从众多的样子。马氏《通释》:"萋、且双声字,皆以状从者之盛。"

〔4〕敦琢:即"雕琢",此处有选择之意。旅:指同行者。此指伴微子来的众臣。孔《疏》:"敦琢,治玉之名,人而言敦琢,故言选择。……敦、雕古今字。"

〔5〕宿:住一夜。信:住两夜。毛《传》:"一宿曰宿,再宿曰信。"此两

句是表示殷勤留客之意,宿宿、信信,指挽留客人住了好几天。

〔6〕言:语助词。授:给予,交付。絷(zhí 执):绳索;下句"絷"用作动词,"絷其马",言拴住他的马。此两句表示主人一再地挽留客人。

〔7〕薄言:语助词。追:追还。朱氏《集传》:"追之,已去而复还之,爱之无已也。"

〔8〕左右:指周王左右的大臣。绥:安。这句是说,周王派遣亲近大臣,赶去安抚。

〔9〕淫威:指受到天的威惩。淫,大。吴闿生《诗义会通》:"淫威者,犹云奇祸。"此暗喻殷的亡国。孔夷:很大。这二句是说,你已遭亡国之大灾,今后上天即将有大福降给你。此为勉慰之词。

武[1]

於皇武王,无竞维烈[2]。允文文王[3],克开厥后[4]。嗣武受之[5],胜殷遏刘[6],耆定尔功[7]。

【注释】

〔1〕这是表演《大武》舞时的歌诗。歌颂了周武王能继文王之德,诛灭了殷王,立下了伟功。

〔2〕於(wū 乌):赞叹词。皇:大,伟大。竞:强。维,是。烈:功业,业绩。两句指武王克商伐纣之武功。

〔3〕允:确实,诚然。文:指有文德。文王:周文王。

〔4〕克:能。开:开创。厥后:其后,指他的后世子孙的基业。

〔5〕嗣:继。武:周武王。受:承受。

〔6〕遏刘:二字同义,即灭杀,灭绝。马氏《通释》:"'胜殷遏刘',谓胜殷而灭杀之,犹《周语》云'蔑杀其民人'也,遏、刘二字平列。"

〔7〕耆(zhì 治):致,达到。孔《疏》引王肃说:"致定其大功,谓诛纣

以定天下。"

闵予小子[1]

闵予小子,遭家不造[2],嬛嬛在疚[3]。於乎皇考[4]!永世克孝[5]。念兹皇祖[6],陟降庭止[7]。维予小子,夙夜敬止。於乎皇王!继序思不忘[8]。

【注释】

〔1〕周武王伐纣,灭商,建立了周王朝。但开国不久,武王即弃世,其子成王年幼继位,由周公辅政。待年稍长,方才亲政。这首诗是成王亲政时前往祖庙祝告时的用诗。诗中先诉先王去世后的哀痛,再颂先王之美德,并表示继承祖业,绪世不忘的决心。闵:通"悯",怜念。小子:成王祝告时的自称。

〔2〕不造:不吉祥,不幸。这里指遭武王之丧。

〔3〕嬛嬛(qióng 穷):同"茕茕",孤独无依的样子。疚:心伤致病。

〔4〕於乎:同"呜呼",感叹声。皇考:先父,指武王。

〔5〕永世:终生。克孝:能尽孝道。

〔6〕皇祖:指周文王。

〔7〕陟(zhì 至)降:升降,此指文王灵魂时时升降于王庭,以赐福佑。止:语气词。

〔8〕序:同"绪",指功业、王业。思:语助词,犹"兮"字。此句是说,永远不忘承继先王的大业。

访 落[1]

访予落止,率时昭考[2]。於乎悠哉[3],朕未有艾[4]。

将予就之^[5],继犹判涣^[6]。维予小子^[7],未堪家多难^[8]。绍庭上下^[9],陟降厥家^[10]。休矣皇考,以保明其身^[11]。

【注释】

〔1〕这是周武王死后,成王继位时,祭告家庙之诗。在国难中,他表示要咨访群臣,效法武王之道,以保身无忧。访:征询,咨问。落:开始。

〔2〕率:遵循。时:是。昭考:此指武王。参449页《载见》注〔7〕。

〔3〕悠:远。毛《传》:"悠,远。"陈氏《传疏》:"远,读'任重而道远'之远。"

〔4〕朕:我,自称之词。"朕"自秦始皇起才成为皇帝专用。艾:经历,阅历。《尔雅·释诂》:"艾,历也。"此句谓我年尚幼没有阅历。

〔5〕将:扶助。就:因,遵从。之:此指先王的典法。郑《笺》:"女(汝)扶将我就其典法而行之。"此句谓助我能按先王之道办事。

〔6〕继:继承。犹:通"猷",图谋。判涣:大,光大。此谓继承先王的图谋并光大其功业。马氏《通释》:"判涣,叠韵字,当读与《卷阿》诗'伴奂尔游矣'同,伴奂皆大也。……'继犹判涣',言当谋其大也。"

〔7〕小子:成王年幼,故自称小子。

〔8〕堪:承受,担当。多难:多患难,指遭父丧及管、蔡、武庚和"淮夷"之乱。

〔9〕绍:继。庭:通"廷",正直,公正。上下:指升降官吏。

〔10〕陟降:犹"上下"。此句言要公正地提升降免众臣以安定家邦。

〔11〕休:美。皇考:指武王。保:保佑。明:彰显,光大。其身:指成王自身。这二句是说,仰赖武王的休美,来保佑光大我自身。朱氏《集传》:"庶几赖皇考之休,有以保明吾身而已矣。"

敬 之^[1]

敬之敬之,天维显思^[2],命不易哉^[3]!无曰高高在

453

上[4],陟降厥士[5],日监在兹[6]。维予小子[7],不聪敬止[8]。日就月将[9],学有缉熙于光明[10]。佛时仔肩[11],示我显德行[12]。

【注释】

〔1〕这是周成王敬天勉己的箴规诗。虽敬言天命,但也强调要通过"学"来进德,表现出殷周观念上的变迁。敬:敬慎,小心谨慎。

〔2〕显:明显昭著。思:语助词。这句是说,上天显赫明察。

〔3〕命:天命。不易:不容易。这句是说,承受天命实在是不容易啊。

〔4〕"无曰"句:不要说天只是高高在上。

〔5〕陟降:升降,这里指上天在执掌着升黜、赏罚。士:指众卿,士大夫。

〔6〕日:日日,天天。监:监视。兹:此,指下土人间。这句是说,天无日不在监察下土。

〔7〕维:语首助词。予小子:成王自称。

〔8〕不聪敬:自谓不够聪明敬慎,是自谦之辞。止:语助词。

〔9〕就:久。将:长。日就月将,即谓日久月长。马氏《通释》:"谓日久月长,犹言日积月累耳。"

〔10〕缉熙:积渐广大,发扬光大。这句是说,将通过学而渐进光明之境。

〔11〕佛(bì 必):通"弼",辅助。朱氏《集传》:"佛、弼通。"时:是,此。仔肩:重任。这句是说,希望辅佐之臣帮助我挑此重任。

〔12〕示:指示。显:彰显。朱氏《集传》:"又赖群臣辅助我所负荷之任,而示我以显明之德行。"

小　　毖[1]

予其惩,而毖后患[2]。莫予荓蜂[3],自求辛螫[4]。肇允彼桃虫[5]，拚飞维鸟[6]。未堪家多难[7]，予又集于蓼[8]。

【注释】

〔1〕这是周成王的罪己自戒诗。成王轻信流言，放纵管、蔡而遭祸乱。他表示深自痛悔，告于祖庙，意在取得群臣的同情和支持，以救国难。诗取喻贴切，出语恳切，哀音动人。毖(bì闭)：谨慎。

〔2〕予：成王自称。其，语助词。惩：惩戒，警戒。这二句是说，我要自我警戒啊，谨防后来的祸害。"惩前毖后"的成语，即本于此。

〔3〕荓(píng平)：致使。朱氏《集传》："荓，使也。"这句是说，没有谁致使蜂来毒我。

〔4〕辛：辛辣的毒刺。螫：蜂以毒尾刺痛人。这句是说，是自找蜂螫，即咎由自取的意思。

〔5〕肇：始。桃虫：鹪鹩，小鸟名。古人认为鹪鹩能生出雕，雕是一种像鹰一样的巨大猛禽。这里比喻初时不慎，终酿成大祸。

〔6〕拚飞：即翻飞的意思，形容大鸟高空飞翔的样子。朱氏《集传》："拚，飞貌。"

〔7〕未堪：不堪。这句是说，国家已多难不堪了。

〔8〕集：聚集，汇集。蓼(liǎo了)：一种草本植物，味辛又苦。集于蓼，比喻深深陷入苦难境地。

载　芟[1]

载芟载柞，其耕泽泽[2]。千耦其耘[3]，徂隰徂畛[4]。侯主侯伯[5]，侯亚侯旅[6]，侯强侯以[7]。有嗿其馌[8]，思媚其妇[9]，有依其士[10]。有略其耜[11]，俶载南亩[12]。播厥百谷[13]，实函斯活[14]。驿驿其

455

达〔15〕,有厌其杰〔16〕。厌厌其苗〔17〕,绵绵其麃〔18〕。载获济济〔19〕,有实其积〔20〕,万亿及秭〔21〕。为酒为醴〔22〕,烝畀祖妣〔23〕,以洽百礼〔24〕。有飶其香〔25〕,邦家之光〔26〕。有椒其馨〔27〕,胡考之宁〔28〕。匪且有且〔29〕,匪今斯今〔30〕,振古如兹〔31〕。

【注释】

〔1〕这是祭祖祈求丰年的乐歌。古时有"藉田"之礼,即春耕时,帝王临田亲耕以示劝农。此诗叙述了农事生产的场面和过程,是《周颂》的最长篇。载:开始。芟(shān山):除草。

〔2〕柞(zé责):砍伐树木。段玉裁《说文》注:"按,柞可为薪,故引申为凡伐木之称。"泽泽(shì士):通"释释",泥土松散的样子。两句言耕种之始。

〔3〕耦:二人并耕。耘(yún云):除去田地里的草。

〔4〕徂(cú粗阳平):往。隰(xí席):低湿之地。畛(zhěn诊):田间小路。

〔5〕侯:犹"维",语助词。主:家长。伯:长子。

〔6〕亚:次,指仲、叔,即排行第二子、三子。旅:众,指众子弟晚辈。

〔7〕强:指强壮劳力。以:指老弱的人。郭沫若说:"以与强为对文,应读为骀或驸,即是不强的人。"(见《青铜时代·由周代农事诗论到周代社会》)

〔8〕有:语助词。嗿(tǎn坦):吃饭时口张合发出的声音。朱氏《集传》:"众饮食声也。"馌(yè夜):送到田间的饮食。

〔9〕思:语助词。媚:美好。妇:指送饭的农妇。

〔10〕依:爱。郑《笺》:"依,之言爱也。"士:指在田间耕作的男子。这句是说,依恋在男子身旁。

〔11〕畧:锋利。毛《传》:"畧,利也。"耜:古代一种翻土农具,类似今之犁铧。

〔12〕俶(chù 触):始。载:从事。南亩:向阳的田亩。

〔13〕百谷:各种各样的谷物。

〔14〕实:种子。函:含。斯:犹"而"。活:生。此句言种子在土中萌生发芽。

〔15〕驿驿:也作"绎绎",陆续出苗的样子。达:指作物长出地面,即破土而出。

〔16〕厌:此指受气足而长势良好。杰:杰出。指先长出来而又粗壮的禾苗。

〔17〕厌厌:形容禾苗茂盛整齐的样子。苗:此指一般的禾苗。

〔18〕绵绵:接连不断的样子,即一次又一次地。麃(biāo 标):通"穮",除草。陈氏《传疏》:"除草谓之耘,亦谓之穮,《诗》作麃,古文假借字。"

〔19〕获:收获。济济:众多的样子,指所收谷物。

〔20〕实:满。积:堆积。这句是说,谷物堆积得满满的,满仓满囷。

〔21〕亿:古时以十万为亿。秭:十亿为秭。

〔22〕醴:一种甜酒。

〔23〕烝:献。畀(bì 闭):给。祖妣:男女祖先。

〔24〕洽:备。百礼:各种祭祀的礼仪。参445页《丰年》注〔6〕。

〔25〕苾(bì 必):同"苾",有苾,即苾苾,形容香气浓郁的样子。此指酒食祭品放出芳香。

〔26〕邦家:邦国家族。这句是说,祭品丰优,为我们邦家增添荣光。

〔27〕椒:一种芳香植物,这里指用椒泡制的酒散发出的香气。馨:香气远闻。

〔28〕胡考:长寿老人。毛《传》:"胡,寿也。"《诗经》中多用老人身体特征称呼老人,如黄发、台背等。"胡"原指颈下的垂肉。参184页《豳风·狼跋》注〔2〕。人老则颈下肉松弛下垂,故代指老人。之:是。宁:安宁。

〔29〕匪:非,不仅。且(jū 居):此,指获此丰收。这句是说,不仅此地有此大丰收。

457

〔30〕今:今时。这句是说,不仅现在有今天这样的丰收。

〔31〕振古:自古以来。这句是说,长久如此,万古如此,不仅指过去,也有期望今后也如此的意思。

良 耜[1]

畟畟良耜,俶载南亩[2]。播厥百谷,实函斯活[3]。或来瞻女[4],载筐及筥[5],其饟伊黍[6]。其笠伊纠[7],其镈斯赵[8],以薅荼蓼[9]。荼蓼朽止[10],黍稷茂止。获之挃挃[11],积之栗栗[12]。其崇如墉[13],其比如栉[14],以开百室[15]。百室盈止[16],妇子宁止[17]。杀时犉牡[18],有捄其角[19]。以似以续[20],续古之人[21]。

【注释】

〔1〕秋收以后,答谢祖先赐福的典礼称"秋报"。这是周王率群臣举行"秋报"祭礼时的乐歌。耜:古代翻土农具,与犁头类似。

〔2〕畟畟(cè册):深翻土地的样子。俶(chù触):始。载:从事。南亩:指向阳的田亩。

〔3〕实:种子。函:含,此指埋入土中。斯:犹"而"。活:生长发芽。

〔4〕瞻:通"赡",供养。此指送饭食来吃。女:即"汝",你,指在田间耕作的农夫。

〔5〕载:装载。筐、筥(jǔ举):都是竹编容器,筐为方形,筥为圆形。此指送饭用的容器。

〔6〕饟(xiǎng响):同"饷",送给人吃的食物。伊:是。黍:此指小米饭。

〔7〕笠:斗笠。纠:纠结缠绕。此指用绳编织出交错纠结之状。

〔8〕镈(bó博):一种除草松土的农具,似今之锄。赵:锋利。毛

《传》:"赵,刺也"。胡承珙《毛诗后笺》:"《传》训赵为刺者,……盖刺者,锋利之谓。言其镈耨锋利,故可以划草耳。"

〔9〕薅(hāo 蒿):除草。荼(tú 徒):此指野草。蓼:杂草。孔《疏》:"蓼,秽草。"

〔10〕朽:朽烂。止:语气词。

〔11〕挃挃(zhì 至):收割庄稼时发出的声响。毛《传》:"获声也。"

〔12〕积:此指堆积在场上的粮食。栗栗:众多的样子。

〔13〕崇:高。墉:城墙。此句形容堆起的粮食像城墙一样高耸。

〔14〕枇(zhì 至):梳篦。此句形容粮垛排列得像梳篦的齿一样紧密整齐。

〔15〕开:打开。百:非实数,形容其多。室:指存储粮食的仓房。

〔16〕盈:满,充满。

〔17〕妇子:妇女和孩子。宁:安宁,此指农事完毕后的安闲。

〔18〕时:是,这。犉(rún 润阳平):牛长七尺为犉。犉牡,大公牛,用作牺牲。

〔19〕捄(qiú 求):通"觓",双角弯曲的样子。

〔20〕似:通"嗣",与"续"同义。是说祭祀之举年年相续不断。

〔21〕古之人:指先祖。这句是说,继承先祖传统,世世代代举行此祭典,永不废替。

丝 衣[1]

丝衣其紑[2],载弁俅俅[3]。自堂徂基[4],自羊徂牛。鼐鼎及鼒[5],兕觥其觩[6],旨酒思柔[7]。不吴不敖[8],胡考之休[9]。

【注释】

〔1〕古代祭礼,第二天复祭,称为"绎祭"。祭时有"尸"(扮做神主的人)受祭。这是绎祭典礼的乐歌。丝衣:一种祭服。

〔2〕坏(fóu否阳平):洁白鲜明的样子。

〔3〕载:通"戴"。弁(biàn变):古代一种圆顶礼帽。俅俅(qiú求):冠上装饰很美的样子。

〔4〕堂:庙堂。徂:往。基:墙根。

〔5〕鼐(nài耐)、鼎、鼒(zī兹):都是古代食器,也用作礼器,多用青铜制成。鼐,大鼎。鼒,小鼎。

〔6〕兕觥(gōng工):用犀牛角制成的酒杯,也叫角爵。觩(qiú求):兽角弯曲的样子。

〔7〕旨酒:美酒。思:语助词。柔:柔和,此指酒味柔和。此上五句谓察看祭物无不具备而美好。

〔8〕吴:喧哗,大声说话。敖:通"傲",傲慢。

〔9〕胡考:即长寿。休:美。

酌[1]

於铄王师[2],遵养时晦[3]。时纯熙矣[4],是用大介[5]。我龙受之[6],蹻蹻王之造[7]。载用有嗣[8],实维尔公[9],允师[10]。

【注释】

〔1〕这首诗颂美周武王兴师伐纣,澄清天下,建立了千秋功业。诗用语简朴典重,表现出庄严肃穆的气氛。此诗取名《酌》,或称是古代歌舞曲《汋》(又称《勺》)的歌词。

〔2〕於(wū乌):赞叹词。铄(shuò朔):通"烁",辉煌。王师:此指武王的军队。

〔3〕遵养时晦:即"遵时养晦"。遵,遵循。时,时势。养晦,隐蔽自己。意谓待时而动。

〔4〕时:是。纯:大,普遍。熙:光明。这句是说,正是这样使天下光明普照。

〔5〕是用:是以,因此。介:介胄,指用兵伐纣。

〔6〕龙:"宠"字的省借,恩宠。受:承受。这句是说,我周人受上天的恩宠而承受天命。

〔7〕跻跻(jiǎo矫):勇武无畏的样子。王:此指武王。造:所为,指创建功业。这句是说,英勇的武王创建了伟业。

〔8〕载:则,乃。用:用于。有:语助词。嗣:后继者。这句是说,武王的伟业则为后代所继承享用。

〔9〕实:是。维:语助词。尔:你,此指武王。公:事。毛《传》:"公,事也。"这里指事功,即兴师伐纣灭商的事功。这句是说,这都是武王你的功业。

〔10〕允:诚信。郑《笺》:"允,信也。"师:王师。这句是赞美王师的,其句型约同于《小雅·车攻》之"允矣君子"。

桓〔1〕

绥万邦,娄丰年〔2〕。天命匪解〔3〕。桓桓武王〔4〕,保有厥士〔5〕。于以四方〔6〕,克定厥家〔7〕。於昭于天〔8〕,皇以间之〔9〕。

【注释】

〔1〕这是颂美周武王的诗。诗中歌颂武王伐纣灭商以后,受到上天的保佑,屡获丰年,天下太平。

〔2〕绥:安定。万邦:指全天下。娄:读为"屡",屡次、多次。

〔3〕匪:非,不。解:通"懈",懈怠,引申为厌弃。这句是说上天对于周永不厌弃。

461

〔4〕桓桓:威武的样子。

〔5〕厥:其。这句与下句是说:保有其士而用之于四方。

〔6〕以:用,拥有。四方:天下四方。

〔7〕克:能够。家:家邦,指周室的天下。

〔8〕於(wū乌):赞叹词。昭:显耀。

〔9〕皇:君王,这里指武王。间:代替。吴闓生《诗义会通》:"间,代也。言代殷有天下。"

赉〔1〕

文王既勤止,我应受之〔2〕。敷时绎思〔3〕,我徂维求定〔4〕。时周之命〔5〕,於绎思〔6〕!

【注释】

〔1〕这是周武王伐纣灭商后,归祭文王庙的乐歌。表示要继承文王勤勉的好传统,使文王奠基,天命赐予的事业,永远继续下去。诗名"赉(lài赖)",是赐予的意思,大约是取乐章的名称(见朱氏《集传》)。

〔2〕我:此为武王自称。应:当。

〔3〕敷:《左传·昭公十二年》引诗作"铺",传布、宣扬之意。时:是。绎:抽绎,继续不断的意思。思:语助词。这句是说,要广布文王的圣德,永不断绝。

〔4〕徂:往,指出征伐纣。维:同"惟",只是。求定:求得天下的安定。

〔5〕时:是。命:指天命。这句是说,上天将天命加赐给周人。

〔6〕於(wū乌):赞叹词。这句是说,要永远继承下去啊!

般[1]

於皇时周[2]！陟其高山[3]，嶞山乔岳[4]，允犹翕河[5]。敷天之下[6]，裒时之对[7]，时周之命[8]。

【注释】

〔1〕这是周武王伐纣灭商后，巡祭河岳山川的乐歌，表现了普天之下皆归顺于周的欢庆。般：有"还"义，有出巡后胜利还归的意思，用作乐章之名。

〔2〕於：同"鸣"，赞叹词。皇：光明伟大。时周：是周，此周王国。

〔3〕陟：登上。

〔4〕嶞(duò 惰)：小山。乔岳：大山。

〔5〕允：诚然。犹：还有。翕(xī 西)：合，汇合。河：黄河。这句是说，除登山祭祀外，还必然要祭那众川所汇的大河。

〔6〕敷：通"普"。此句指全天下。

〔7〕裒(póu 抔)时：集聚于此，指众诸侯。对：对答，有颂扬、称颂的意思。马氏《通释》："对，当读如'对扬王休'之对。对，犹答也，谓诸侯皆聚于是，以答扬天子之休命也。"

〔8〕时：是。时周之命，即唯周王之命是从的意思。

463

鲁 颂

驷[1]

驷驷牡马,在坰之野[2]。薄言驷者[3],有骄有皇[4]。有骊有黄[5],以车彭彭[6]。思无疆[7],思马斯臧[8]。

驷驷牡马,在坰之野。薄言驷者,有骓有駓[9]。有骍有骐[10],以车伾伾[11]。思无期[12],思马斯才[13]。

驷驷牡马,在坰之野。薄言驷者,有驒有骆[14]。有骝有雒[15],以车绎绎[16]。思无斁[17],思马斯作[18]。

驷驷牡马,在坰之野。薄言驷者,有骃有騢[19],有驔有鱼[20],以车祛祛[21]。思无邪[22],思马斯徂[23]。

【注释】

〔1〕这首诗描绘了一幅壮美的牧马图:在辽阔的牧场上,有着各种毛色的良马,而且匹匹健壮有力。诗中共排列出十六种马,以见鲁国牧马的蕃盛。古代马为国力的表现,因此,这是一首颂美鲁僖公时国势强盛的诗。全诗四章,重叠复唱,体制颇近《风》。驷(jiōng 扃):形容马肥壮的样子。

〔2〕坰(jiōng 扃):远郊外。毛《传》:"坰,远野也。"

〔3〕薄言:语助词,此有迫近察看的意思。

〔4〕骄(yù 遇):两股间有白毛的黑马。皇:黄白色的马。

464

〔5〕骊:纯黑色的马。黄:黄色杂有赤色的马。毛《传》:"纯黑曰骊,黄骍曰黄。"

〔6〕以车:用以驾车。彭彭:强壮有力的样子。

〔7〕思:语助词。下各句同。无疆:无边,形容马力强,能跑很远。

〔8〕斯:这样,如此。臧:美,好。

〔9〕骓(zhuī追):毛色苍白相杂的马。駓(pī批):黄白相杂的马。

〔10〕骍(xīng星):赤黄色马。骐(qí其):青黑色的马。

〔11〕伾伾(pī批):有力气的样子。毛《传》:"伾伾,有力也。"

〔12〕无期:无限期,指久奔不停。

〔13〕才:形容马聪明灵巧。

〔14〕驒(tuó驼):有鳞状黑斑纹的青毛马。骆(luò洛):尾和鬃毛都是黑色的白马。

〔15〕骝(liú留):赤身黑鬃的马。雒(luò洛):黑身白鬃的马。

〔16〕绎绎(yì译):形容马善跑的样子。

〔17〕无斁(yì译):无厌,不倦怠。

〔18〕作:指奋起有神。朱氏《集传》:"作,奋起也。"

〔19〕骃(yīn因):浅黑带白的杂色马。騢(xiá霞):赤白相杂的马。

〔20〕驔(diàn店):指脚胫有长毫的马。鱼:双眼周围有白毛的马。

〔21〕祛祛(qū驱):强健的样子。毛《传》:"祛祛,强健也。"

〔22〕无邪(xié斜,一读 xú徐,又读 yú余):不偏邪,指步子正,体态好。

〔23〕徂:行,指善走,一往无前。

有 驳 [1]

有驳,有驳,驳彼乘黄[2]。夙夜在公[3],在公明明[4]。振振鹭[5],鹭于下[6]。鼓咽咽[7],醉言舞[8]。于胥乐兮[9]!

有驷,有驷,驷彼乘牡[10]。夙夜在公,在公饮酒。振振鹭,鹭于飞。鼓咽咽,醉言归[11]。于胥乐兮!

有驷,有驷,驷彼乘䮾[12]。夙夜在公,在公载燕[13]。自今以始[14],岁其有[15]。君子有穀[16],诒孙子[17]。于胥乐兮!

【注释】

〔1〕这是一首描写鲁国君臣宴饮庆丰年的诗。有歌舞、醉酒的狂欢场面,又有庆丰收,祈丰年,祝吉祥的颂祷。语言二、三、四言相杂,简洁形象,有节奏感。驷(bì 必):肥壮强有力的马。毛《传》:"驷,马肥强貌。"

〔2〕彼:那。乘(shèng 圣):四马驾车称一乘。黄:指黄色杂有赤色的马。句谓驾车的四匹黄马强壮有力。意指乘坐着良马驾的车到公所来。

〔3〕夙夜在公:早晚都在公所。

〔4〕明明:勤勉的样子。陈氏《传疏》:"明明,犹勉勉也。"

〔5〕振振:鸟振翼而飞的样子。鹭:白鹭,水鸟。句中形容舞者手执鹭羽,模仿鹭鸟的姿态舞蹈。

〔6〕鹭于下:舞者表演白鹭翩然下落的样子。

〔7〕咽咽:形容鼓声深沉而有节奏。

〔8〕醉言舞:醉而起舞。

〔9〕于:发语词。胥:相与。指君臣一起醉舞狂欢。

〔10〕牡:指公马。

〔11〕醉言归:大醉而归。

〔12〕䮾(xuān 宣):青黑色的马,又称铁骢马。《尔雅》:"青骊,䮾。"郭璞注:"今之铁骢。"

〔13〕载:则。燕:指宴饮。

〔14〕自今以始:从今年开始。

〔15〕岁:指年年岁岁。其:语助词。有:有年,指丰收。这句是说,祝愿年年都是丰年。

〔16〕君子:指鲁公。穀:善,指福禄。

〔17〕诒:通"贻",遗留。孙子:指子孙后代。

泮　　水[1]

思乐泮水,薄采其芹[2]。鲁侯戾止[3],言观其旂[4]。其旂茷茷[5],鸾声哕哕[6]。无小无大[7],从公于迈[8]。

思乐泮水,薄采其藻[9]。鲁侯戾止,其马蹻蹻[10]。其马蹻蹻,其音昭昭[11]。载色载笑[12],匪怒伊教[13]。

思乐泮水,薄采其茆[14]。鲁侯戾止,在泮饮酒[15]。既饮旨酒[16],永锡难老[17]。顺彼长道[18],屈此群丑[19]。

穆穆鲁侯[20],敬明其德[21]。敬慎威仪,维民之则[22]。允文允武[23],昭假烈祖[24]。靡有不孝[25],自求伊祜[26]。

明明鲁侯[27],克明其德[28]。既作泮宫[29],淮夷攸服[30]。矫矫虎臣[31],在泮献馘[32]。淑问如皋陶[33]。在泮献囚[34]。

济济多士[35],克广德心[36]。桓桓于征[37],狄彼东南[38]。

467

烝烝皇皇[39],不吴不扬[40]。不告于讻[41],在泮献功[42]。

角弓其觩,束矢其搜[43]。戎车孔博[44],徒御无斁[45]。既克淮夷,孔淑不逆[46]。式固尔犹[47],淮夷卒获[48]。

翩彼飞鸮,集于泮林。食我桑黮,怀我好音[49]。憬彼淮夷[50],来献其琛[51]。元龟象齿[52],大赂南金[53]。

【注释】

〔1〕这是一首颂美鲁僖公的诗。内容写鲁在平定淮夷以后,君臣于新建的泮宫庆功祝捷的盛况。诗中盛赞僖公的文德武略,将士的英勇善战,并生动而细致地描写了凯旋献俘的活动,以及淮夷臣服来朝时献礼的情景。泮(pàn 判)水:泮宫之水。

〔2〕薄:语助词,有赶快的意思。芹:水芹。

〔3〕戾:至,到来。止:语助词。

〔4〕言:语助词。观其旂:观看那绘有交龙的旗。

〔5〕茷茷(pèi 佩):通"旆旆",旗帜飘动的样子。朱氏《集传》:"茷茷,飞扬也。"

〔6〕鸾(luán 峦)声:车铃声。哕哕(huì 会):状声词,指铃声和谐。毛《传》:"哕哕,言其声也。"朱氏《集传》:"哕哕,和也。"

〔7〕无:无论。大小:指尊卑。这里指鲁国大大小小的官员。

〔8〕从公于迈:随从鲁侯而行。

〔9〕藻:水藻。

〔10〕跻跻(jiǎo 矫):强壮勇武的样子。

〔11〕音:指鲁侯的语声。昭昭:明快爽朗。

〔12〕载:又。色:指面容,有和颜悦色的意思。朱氏《集传》:"色,和颜色也。"

〔13〕匪怒:不发怒。伊:是。教:教诲。这句是说,他从不发怒,对臣

下总是谆谆教诲。

〔14〕茆（mǎo 卯）:莼菜。

〔15〕泮:指泮宫。

〔16〕旨酒:美酒。

〔17〕锡:赐。难老:不易老,即长寿。

〔18〕顺:陈,陈述。长道:大道。句谓在泮宫中陈述治国安邦的大道。

〔19〕屈:治,服。群丑:指众敌人。

〔20〕穆穆:仪表端庄肃敬。

〔21〕敬:恭谨。明:修明光大。

〔22〕维:是。则:准则,典范。

〔23〕允:信,确实。文:文才。武:武略。

〔24〕昭假:神灵降临。烈祖:指开创基业的先王。这句是说,鲁公祈求祖神降临。

〔25〕孝:孝敬。

〔26〕伊:这。祜（hù 户）:福。这句是说,鲁公能以自己的孝敬求得祖先的福佑。

〔27〕明明:即勉勉,指勤勉治事。马氏《通释》:"明明,即勉勉之假借,谓其在公尽力也。"

〔28〕克:能够。

〔29〕既作泮宫:已兴建了泮宫。

〔30〕淮夷:周时居于淮河岸边的夷族。攸:是。服:降服,归顺。

〔31〕矫矫:勇武的样子。虎臣:勇猛善战之臣。

〔32〕献馘（guó 国）:古代作战,割下所杀敌人的左耳来计数献功。

〔33〕淑:善。问:审讯俘虏。皋陶（yáo 摇）:人名,传说是虞舜的臣子,掌刑狱。这句是说,像皋陶一样善于审讯俘虏。

〔34〕献囚:献俘。

〔35〕济济:众多的样子。士:指有才能的人。

〔36〕克广德心:能够推广美德仁心。

469

〔37〕桓桓(huán环):威武的样子。《尔雅》:"桓桓,威也。"于征:前往征伐。

〔38〕狄:借为"剔",除,治。郑《笺》:"狄当作剔。剔,治也。"东南:指淮夷。这句是说,平定东南方的淮夷。

〔39〕烝烝皇皇:形容归来众将士士气高昂的样子。

〔40〕不吴:不喧闹。郑《笺》:"吴,哗也。"扬:指不因有战功而趾高气扬。

〔41〕告:诉说。不告,指不夸说功劳,即不表功。于:与,和。讻(xiōng凶):争讼,争辩。郑《笺》:"讻,讼也。"此句谓不争功。

〔42〕献功:指向鲁公献上战功。

〔43〕角弓:用兽角镶嵌装饰的弓。觩(qiú求):弓弦放松的样子。毛《传》:"弛貌。"束矢:成捆的矢。搜:聚。这二句是形容胜利归来,弓弛箭束,不再用武了。

〔44〕戎车:兵车。孔博:非常多。

〔45〕徒:徒步之兵。御:驾车之兵。无斁(yì易):不懈怠。

〔46〕孔淑:甚善,十分善美。不逆:不违命。

〔47〕式:语助词。固:坚定。犹:同"猷",谋略。这句是说,坚定执行你的谋略。

〔48〕卒获:终于制服。

〔49〕翩:飞翔的样子。鸮(xiāo消):猫头鹰。桑黮(shèn甚):桑葚。毛《传》:"黮,桑实也。"怀:归,回。这里指回报。好音:好听的叫声。四句以鸮鸟集于泮林,怀我好音比喻淮夷改恶向善,来顺服于鲁国。

〔50〕憬(jǐng景):觉悟。朱氏《集传》:"憬,觉悟也。"

〔51〕琛(chēn嗔):珍宝。

〔52〕元龟:大龟。象齿:象牙。

〔53〕赂:通"璐",大玉。俞氏《平议》:"赂,当读为'璐'。《说文》:'璐,玉也。'"南金:南方之金。

闷　　宫[1]

闷宫有侐[2],实实枚枚[3]。赫赫姜嫄,其德不回[4]。上帝是依[5],无灾无害。弥月不迟[6],是生后稷。降之百福[7]:黍稷重穋[8],稙穉菽麦[9]。奄有下国[10],俾民稼穑[11]。有稷有黍,有稻有秬[12]。奄有下土,缵禹之绪[13]。

后稷之孙,实维大王[14]。居岐之阳[15],实始翦商[16]。至于文武[17],缵大王之绪。致天之届[18],于牧之野[19]。无贰无虞,上帝临女[20]。敦商之旅[21],克咸厥功[22]。王曰叔父[23],建尔元子[24],俾侯于鲁[25]。大启尔宇[26],为周室辅[27]。

乃命鲁公,俾侯于东[28]。锡之山川[29],土田附庸[30]。周公之孙,庄公之子[31]。龙旂承祀[32],六辔耳耳[33]。春秋匪解[34],享祀不忒[35]。皇皇后帝[36],皇祖后稷[37]。享以骍牺[38],是飨是宜[39]。降福既多,周公皇祖,亦其福女[40]。

秋而载尝[41],夏而楅衡[42]。白牡骍刚[43],牺尊将将[44]。毛炰胾羹[45],笾豆大房[46]。万舞洋洋[47],孝孙有庆[48]。俾尔炽而昌[49],俾尔寿而臧[50]。保

471

彼东方，鲁邦是常[51]。不亏不崩[52]，不震不腾[53]。三寿作朋[54]，如冈如陵[55]。

公车千乘[56]，朱英绿縢[57]，二矛重弓[58]。公徒三万[59]，贝胄朱綅[60]。烝徒增增[61]，戎狄是膺[62]，荆舒是惩[63]，则莫我敢承[64]。俾尔昌而炽！俾尔寿而富！黄发台背，寿胥与试[65]。俾尔昌而大！俾尔耆而艾[66]！万有千岁，眉寿无有害[67]。

泰山岩岩[68]，鲁邦所詹[69]。奄有龟蒙[70]，遂荒大东[71]。至于海邦[72]，淮夷来同[73]。莫不率从[74]，鲁侯之功[75]。

保有凫绎[76]，遂荒徐宅[77]。至于海邦，淮夷蛮貊[78]。及彼南夷[79]，莫不率从。莫敢不诺[80]，鲁侯是若[81]。

天锡公纯嘏[82]，眉寿保鲁。居常与许[83]，复周公之宇[84]。鲁侯燕喜[85]，令妻寿母[86]。宜大夫庶士[87]，邦国是有[88]。既多受祉[89]，黄发儿齿[90]。

徂徕之松[91]，新甫之柏[92]。是断是度，是寻是尺[93]。松桷有舄[94]，路寝孔硕[95]，新庙奕奕[96]。奚斯所作，孔曼且硕，万民是若[97]。

472

【注释】

〔1〕这是鲁僖公时代,修建新的祖庙初成,由鲁人奚斯撰写的颂诗。鲁,姬姓,周人的后裔。诗首溯周始祖降世的神奇,再叙文王、武王的开基建国,后颂鲁僖公的显赫战功和国势之强盛。全诗结构宏肆,善于铺陈,是《诗》中的最长篇。閟(bì 必)宫:即祖庙。因是供神位的地方,深邃闭锁,故称。

〔2〕有侐(xù 序):即侐侐,清静的样子。

〔3〕实实:坚固庄重的样子。枚枚:细密的样子,指建筑物的构架和雕绘等细密灵巧。

〔4〕"赫赫"二句:颂美周始祖后稷的母亲姜嫄。不回:纯正无邪。

〔5〕依:凭依,依靠。句谓依靠上帝的保佑。

〔6〕弥月:满月,指怀孕足月。不迟:指按时生子。

〔7〕降之百福:上帝降赐给他各种大福。

〔8〕重:借为"穜"(tóng 童),后熟的谷物。穋(lù 路),先熟的谷物。

〔9〕稙(zhí 直):先种的谷物。稺(zhì 至):稚,后种的谷物。菽:豆类。

〔10〕奄有:尽有,广有。下国:天下的意思。

〔11〕俾:使。这句是说,使民会农事,种庄稼。

〔12〕秬(jù 巨):黑黍。

〔13〕缵(zuǎn 纂):继续,继承。禹之绪:大禹的事业。句谓后稷是继禹治平洪水之后,又一有大功于天下的人。

〔14〕大王:太王,即古公亶父。

〔15〕居岐之阳:古公亶父带族人从豳地迁到岐山的南面周原定居。

〔16〕翦商:灭除商王朝。此指周太王迁岐立业,为后来周之灭商奠定了基础。

〔17〕文武:指文王、武王。

〔18〕致:去做,即执行。届:极,亦通"殛",诛罚的意思。句谓代天对殷纣进行诛罚。

473

〔19〕牧之野:商与周曾在牧野最后大决战。牧:地名。

〔20〕贰:二心。虞:疑虑。临:临视,监视。女:汝,你们,指伐纣的众将士。两句为武王诫勉将士的誓师之词。

〔21〕敦:屯,屯聚。商之旅:商之军队。这句是说,将商军聚而歼之。

〔22〕克:能。咸:皆,指全面完成。厥功:其功,指伐纣灭商的大功。

〔23〕王:指成王。毛《传》:"王,成王也。"叔父:指周公,即武王之弟姬旦。

〔24〕建尔元子:立你的长子。周公的长子名伯禽。

〔25〕俾:使。侯:作动词,指封为诸侯。周成王以叔父周公有大功,而封其长子伯禽于鲁,是鲁国的开国之君。

〔26〕大启尔宇:扩大开拓你的疆域。

〔27〕为周室辅:作周王室的辅助。

〔28〕东:东方。鲁位于周的东方。

〔29〕锡:赐给。

〔30〕附庸:附属的小国。

〔31〕"周公"二句:指鲁僖公。孙,指后裔。

〔32〕龙旂:画有交龙的旗,古代诸侯祭典上用。承祀:这里兼指祭天、祭祖之祀,鲁僖公能继承下来按时举行。

〔33〕六辔:六条马缰绳。古代四马一车,马各二辔,两匹骖马只有外辔(内辔系于轼前),御者手执六辔。耳耳:美盛的样子。

〔34〕春秋:上古一年分春秋二季,此代指四时。匪解:不懈怠。

〔35〕享祀:祭祀,指上供祭献。无忒:无差错。此指不延误。

〔36〕皇皇:伟大,光明的样子。后帝:上帝。

〔37〕皇祖:伟大始祖。此指祭天时,以始祖后稷为配祭。

〔38〕骍(xīng星):赤色。牺:祭祀用的纯色的牲。

〔39〕飨:祭献。宜:适宜。这里指神明歆享祭品,一切满意。

〔40〕女:汝,你,指鲁僖公。这句是说,祖先也一起降福给你。

〔41〕载:开始。尝:指秋祭。

〔42〕楅衡(bì háng必杭):圈牛用的牛栅栏。这句是说,夏天选出纯

色的牛圈在栏里饲养,以备秋祭用。

〔43〕白牡:白色的公牛。刚:借为"犅",公牛。

〔44〕牺尊:镂刻牛形纹饰的铜酒尊,供祭祀用。将将(qiāng枪):同"锵锵",铜器相触碰时发出的清脆音响。

〔45〕毛炰(páo袍):将带毛的全猪涂泥烧熟。胾(zì字)羹:肉羹,肉汤。

〔46〕笾(biān边):盛果物的竹器。豆:一种高脚食器。大房:盛牲用的礼器。木制漆饰,形状像几,也称俎。

〔47〕万舞:古代舞名,因为包括干舞(武舞)、羽舞(文舞),又称大舞。洋洋:形容舞者很多,场面很大的样子。

〔48〕孝孙:指僖公。有庆:有福。

〔49〕俾尔:使你,此指鲁僖公。炽而昌:指家族兴旺而昌盛。

〔50〕寿而臧:长寿而康泰。

〔51〕常:常守其业,即永恒长久的意思。

〔52〕不亏不崩:不亏损不崩坏。指国家巩固。

〔53〕不震:不震荡。不腾:不沸腾,即不乱。指国家稳定。

〔54〕三寿:古称上寿一百二十岁,中寿一百岁,下寿八十岁。作朋:作比。意思是比同三寿之人,即祝其高寿的意思。

〔55〕如冈如陵:像山冈大陵那样永恒长久。

〔56〕千乘:四马战车千辆。

〔57〕朱英:朱缨,长矛头上的红缨。绿縢(téng滕):缠在弓上作装饰的绿绳。

〔58〕二矛:指插于战车两旁的长矛。重弓:两只弓。手持一只,备用一只。

〔59〕公徒:指鲁僖公的士卒。徒,指步兵。

〔60〕贝胄(zhòu宙):用贝壳装饰头盔。朱綅(qīn侵):红线。是连缀贝壳用的。

〔61〕烝徒:众多的兵士。增增:形容多的样子。毛《传》:"增增,众也。"

475

〔62〕戎狄:指西戎、北狄。膺:抵挡,防范。朱氏《集传》:"膺,当也。"

〔63〕荆:楚国的别称。舒:国名,楚的属国。惩:惩罚。

〔64〕莫我敢承:即"莫敢承我"的倒文,没有人敢于抵抗我们。承,抵挡,抗得住。

〔65〕黄发:老人的头发色黄。台背:驼背。指老人。胥:相。试:比。两句话是说,寿数可与黄发台背的长寿老人比同。

〔66〕耆艾(qí ài 其爱):古代称六十岁为耆,五十岁为艾。

〔67〕眉寿:长寿。古人认为眉长是寿征。无有害:没有灾害。

〔68〕岩岩:形容山高峻的样子。

〔69〕詹:瞻,仰望。

〔70〕奄有龟蒙:尽有龟山、蒙山。二山均在鲁境。一说龟蒙为一山。

〔71〕遂荒:于是占有。大东:鲁国东边的大片地方。

〔72〕海邦:近海的国家。

〔73〕淮夷:淮河流域的少数民族。来同:来归顺朝会。

〔74〕率从:相继顺服。

〔75〕鲁侯:指鲁僖公。

〔76〕凫、绎:两山名,在鲁国境内。凫山在今山东邹城市西南。绎山,古邾绎山,在今山东邹城市东,今称凤凰山。

〔77〕徐:古国名,在今安徽境。宅:指旧居之地。

〔78〕蛮貊(mò 陌):周人对异族的蔑称,此指淮夷诸邦。

〔79〕南夷:指荆、舒等南方各部族。

〔80〕诺:应承,指贴服,顺从。

〔81〕鲁侯是若:即唯鲁侯是从。若,顺服。

〔82〕锡:赐。纯嘏(gǔ 古):大福。嘏,借为"祜",福。

〔83〕居:占有。常与许:指鲁境的常邑和许邑。

〔84〕复周公之宇:恢复周公所拥有的疆域。常、许本周公封鲁时所有,后被齐、郑占去,僖公时收复。

〔85〕燕喜:燕乐,安乐。

〔86〕令妻寿母:即妻贤母寿。

〔87〕宜:善待。

〔88〕邦国是有:永远保有国家。

〔89〕祉:福。

〔90〕儿齿:老人落齿后,又如儿童一样再生新齿,旧以为寿兆。句中是祝寿之意。

〔91〕徂徕:鲁国境内山名,在今山东泰安市南。

〔92〕新甫:鲁国境内山名,又名梁甫。在今山东泰安市。

〔93〕断:截断。度:测量。寻:古代八尺为一寻。两句意思是把松、柏截成长短不齐的木料。

〔94〕桷(jué决):方形的屋椽。有舄(xì细):即舄舄,方整粗大的样子。

〔95〕路寝:正寝,指庙堂的正殿。孔硕:十分高美。

〔96〕奕奕:高大的样子。毛《传》:"奕奕,大貌。"

〔97〕奚斯:人名,鲁大夫。所作:毛《传》、郑《笺》皆解为"作是庙",非是。按此句应连下读,为作此诗。孔曼且硕:谓诗长而美。若:顺。段玉裁《经韵楼集·奚斯所作解》:"下奚斯三句,自陈奚斯作此《閟宫》一篇,其辞甚长且甚大,万民皆为之顺也。"

477

商 颂

那[1]

猗与那与!置我鞉鼓[2]。奏鼓简简[3],衎我烈祖[4]。汤孙奏假[5],绥我思成[6]。鞉鼓渊渊[7],嘒嘒管声[8]。既和且平[9],依我磬声[10]。於赫汤孙[11]!穆穆厥声[12]。庸鼓有斁[13],万舞有奕[14]。我有嘉客[15],亦不夷怿[16]。自古在昔[17],先民有作[18]。温恭朝夕[19],执事有恪[20]。顾予烝尝[21],汤孙之将[22]。

【注释】

〔1〕这是一首宗庙祭祀的乐歌,是殷商后裔追溯颂美成汤的功烈。诗中写乐舞场面之盛大,借以表示祭礼的隆重和祭者的虔诚。

〔2〕猗那(ē nuó 阿挪):同"婀娜",美丽多姿。与:同"欤",叹词。置:通"植",指将鼓柄竖起,即开始伴奏。鞉(táo 桃)鼓:是一种有柄的小摇鼓。两句写祭礼上舞者的舞姿。

〔3〕奏鼓:击鼓。简简:形容鼓声谐和。

〔4〕衎(kàn 看):快乐。毛《传》:"衎,乐也。"烈祖:有功业的祖先,此指成汤。此句是说用乐舞来娱悦祖先神。

〔5〕汤孙:成汤的子孙,指主祭者。朱氏《集传》:"汤孙,主祭之时王也。"假(gǔ 古):通"格",至。奏假,请神降临。

〔6〕绥(wèi 位):遗,赐给。思:语助词。成:完备,即福禄齐全。马氏《通释》:"成为备,即为福。"

478

〔7〕渊渊:形容鼓声深远。

〔8〕嘒嘒:形容管乐声嘹亮。朱氏《集传》:"嘒嘒,清亮也。"

〔9〕既和且平:形容乐声和谐庄重。

〔10〕依:依从。磬:玉磬,一种打击乐器。这句是说,鞉鼓、吹管皆以磬声的节奏为准。

〔11〕於(wū 乌):叹美词。赫:显赫。

〔12〕穆穆:形容礼乐之声肃穆和美。厥声:其声。

〔13〕庸:借为"镛",大钟。斁(yì 义):通"绎"。《释文》字作"绎"。盛大。毛《传》:"斁斁然盛也。"这句是说,大钟声与鼓声齐奏,盛大无比。

〔14〕万舞:包括干舞(武舞)、羽舞(文舞)的大型舞蹈。有奕:即奕奕:舞姿盛美的样子。

〔15〕嘉客:指助祭者。朱氏《集传》:"嘉客,先代之后,来助祭者也。"

〔16〕不:通"丕",大。夷怿(yì 义):喜悦。

〔17〕自古:从古以来。在昔:在往古时代。

〔18〕作:指举行祭祀的事。

〔19〕温恭朝夕:从早到晚都保持平和恭敬的态度。

〔20〕执事:指执行祭事。恪(kè 客):恭敬。

〔21〕顾:光顾,指降临享用。烝、尝:古祭祀的名称,冬祭称烝,秋祭为尝。

〔22〕将:献,致祭。朱氏《集传》:"将,奉也。"

烈　　祖[1]

嗟嗟烈祖,有秩斯祜[2]。申锡无疆[3],及尔斯所[4]。既载清酤[5],赉我思成[6]。亦有和羹[7],既戒既平[8]。鬷假无言[9],时靡有争[10]。绥我眉寿[11],黄

479

耇无疆[12]。约軝错衡[13],八鸾鸧鸧[14]。以假以享[15],我受命溥将[16]。自天降康[17],丰年穰穰[18]。来假来飨[19],降福无疆。顾予烝尝,汤孙之将。

【注释】

〔1〕本篇主旨与前篇略同。结尾因同有"汤孙之将"句,因此有人认为是一祭两诗。不过这首所描写的不是音乐而是酒馔、清酤和羹,同样表示致祭的虔诚。烈祖:此指成汤。

〔2〕有秩:即秩秩,多而不断的样子。斯:语助词。祜(hù户):福。

〔3〕申:重,一次又一次。锡:指赐福给子孙。无疆:无穷无尽。

〔4〕及:至,指降到。尔:你,指主祭之君。斯所:此处,这地方。

〔5〕载:指陈设。清酤:清酒,供祭祀用的酒。

〔6〕赉(lài赖):赐,赐给。思:语助词。成:福。

〔7〕亦有:还有。和羹:调和好的肉汤。

〔8〕戒:齐备,指羹汤五味皆备。平:适度。

〔9〕鬷(zōng宗):通"奏"。假:通"格",至。无言:默默无声。句指静待恭请神的降临。

〔10〕靡:没有。争:喧争,指这时庙堂里清静无声。

〔11〕绥:读为遗(wèi位),赐给。眉寿:长寿。

〔12〕黄耇(gǒu苟):人老而发黄,此指高寿的老人。《尔雅·释诂》:"黄发,寿也。"无疆:长寿无疆。

〔13〕约:缠束,用皮革缠绑。軝(qí齐):车毂。此指车轴的两端,裹以皮革。错衡:车辕上画有花纹。衡,车辕前端横木。

〔14〕八鸾:四马上的八个鸾铃。鸧鸧(qiāng枪):即"锵锵",形容铃声清脆。

〔15〕假:通"格",来到。享:献祭。以上指主祭君王乘车来庙堂致祭。

〔16〕受命:承受天命。溥:广大。将:长久。

〔17〕康:安乐康宁。

〔18〕穰穰(ráng瓤):禾谷盛多的样子。
〔19〕假(gé格):至,到。飨:享用祭品。

玄　　鸟[1]

天命玄鸟,降而生商[2],宅殷土芒芒[3]。古帝命武汤[4],正域彼四方[5]。方命厥后[6],奄有九有[7]。商之先后[8],受命不殆[9],在武丁孙子[10]。武丁孙子,武王靡不胜[11]。龙旂十乘[12],大糦是承[13]。邦畿千里[14],维民所止[15],肇域彼四海[16]。四海来假[17],来假祁祁[18]。景员维河[19],殷受命咸宜[20],百禄是何[21]。

【注释】

〔1〕这首诗为商的后裔祭祀颂扬祖先的乐歌。描绘了商始祖契的诞生,成汤灭夏建国,武丁中兴开拓疆土的发展过程,具有史诗性质。玄鸟:燕子。

〔2〕"天命"二句:指简狄吞燕卵而生契的神话传说。契建国于商地(今河南商丘),是商族的始祖。

〔3〕宅:定居。殷土:殷地。盘庚以后商迁殷土(今河南安阳),改国名称殷。芒芒:即茫茫,广大荒漠的样子。句写开国初始的情况。

〔4〕古:古时,从前。帝:上帝。武汤:威武的成汤。郑《笺》:"天帝命有威武之德者成汤。"

〔5〕正:整治,治理。域:指殷所辖的疆土。

〔6〕方:遍。马氏《通释》:"方之言溥也,遍也。"厥:其。后:指四方诸侯王。

481

〔7〕奄有:尽有。九有:九域,指九州,即全天下。

〔8〕先后:先王。

〔9〕受命:承受天命。殆:借为"怠",不殆,不懈怠。

〔10〕武丁:契的二十二代孙,号高宗,史称"中兴"君主。这句是说,有武丁这样的子孙存在。陈氏《传疏》:"在武丁孙子,犹云在孙子武丁,倒句之以就韵耳。"

〔11〕武王:英武之王,指武丁。靡不胜:战无不胜。

〔12〕龙旂:绘有交龙的旗。十乘:十驾车。

〔13〕大:指丰盛。糦(chì 赤,今读 xī 西):同"饎(chì 炽)",指酒食。承:供奉,进献。此句谓各地诸侯王来朝拜武丁。

〔14〕邦:国。畿:王畿,直属天子统辖的京城地区。这句是说,从邦国到王畿千里之地。

〔15〕维民所止:是众民所居之地。

〔16〕肇:开始。域:疆域。这句是说,开始扩大疆域到那四海之滨。

〔17〕假:通"格",至。指四海之内均来归附。

〔18〕祁祁:众多的样子。

〔19〕景:大。员:幅员,国土。河:指黄河。这句是说,具有包括黄河在内的广阔版图。

〔20〕咸:都。宜:合适,相安。

〔21〕百禄:形容福禄众多,犹言无限的福禄。何:通"荷",承受,蒙受。

长　　发[1]

濬哲维商!长发其祥[2]。洪水芒芒[3]!禹敷下土方[4]。外大国是疆[5],幅陨既长[6]。有娀方将[7],帝立子生商[8]。

玄王桓拨[9]！受小国是达[10]；受大国是达[11]。率履不越[12]，遂视既发[13]。相土烈烈[14]，海外有截[15]。

帝命不违[16]，至于汤齐[17]。汤降不迟[18]，圣敬日跻[19]。昭假迟迟[20]，上帝是祗[21]，帝命式于九围[22]。

受小球大球[23]，为下国缀旒[24]。何天之休[25]。不竞不绿[26]，不刚不柔。敷政优优[27]，百禄是遒[28]。

受小共大共[29]，为下国骏厖[30]，何天之龙[31]。敷奏其勇[32]。不震不动[33]，不戁不竦[34]，百禄是总[35]。

武王载旆[36]，有虔秉钺[37]。如火烈烈，则莫我敢曷[38]。苞有三蘖[39]，莫遂莫达[40]。九有有截[41]。韦顾既伐[42]，昆吾夏桀[43]。

昔在中叶[44]，有震且业[45]。允也天子[46]！降予卿士[47]，实维阿衡[48]，实左右商王[49]。

【注释】

〔1〕这是一首颂美殷商天子举行大禘的乐歌。大禘是殷祭中天子追祀始祖的宗庙大祭。商的后裔在祭祀成汤时，先追述了商之始祖契的由来，又写契孙相土威武，最后写成汤受命代夏桀立国，贤臣伊尹辅佐。虽为祭歌，但叙述了殷商的起源及发展，具有史诗性质。长发：长久呈现。

〔2〕濬（ruì 锐）哲：明智。维：是。商：商王。祥：祥兆。二句的意思

483

是,英明的商王,其吉祥征兆久有表现。

〔3〕芒芒:即茫茫,广大无边的样子。

〔4〕禹:大禹。敷:布,指平治、治理。下土方:天下四方。此指禹治洪水故事。

〔5〕大国:指夏王朝。疆:疆域。这句是说,扩大疆域至夏以外。

〔6〕幅陨:幅员,版图。长:远大。

〔7〕有娀(sōng松):古部族名。传说有娀氏之女简狄吞下上帝赐的燕卵生契,契为商的始祖。方将:正当少壮之年。此指简狄而说。

〔8〕帝立子生商:谓契是上帝之子。帝,上帝。立子,使她有子。生商,指生商契。

〔9〕玄王:指契。契生于玄鸟卵,商的后人对契尊称玄王。桓拨:桓发,威武奋发。朱氏《集传》:"桓,武也。"拨,《韩诗》作"发"。

〔10〕受小国:受封为小国。尧时商受尧封,是小国。达:指顺利发展。

〔11〕受大国:受封为大国。舜时商为大国。

〔12〕率:遵循。履:借为"礼"。毛《传》:"履,礼也。"不越:指不越轨。

〔13〕遂:随。视:观察。既发:既明。这句是说,凡观察到的事,就能明辨是非。

〔14〕相土:契的孙子。烈烈:威武的样子。

〔15〕海外:言边远之地。有:语助词。截:整齐,截取划一,指取得许多边远土地,而归于统一。

〔16〕帝命不违:不违背上帝之命,指奉天命伐夏桀。

〔17〕汤:成汤。齐:齐一天下,即统一天下。

〔18〕汤降:成汤降生。不迟:指恰当其时。

〔19〕圣敬:圣明恭敬之德。日跻:与日俱升。跻,升起。

〔20〕昭:光明,此指上帝。假:同"格",至,降临。迟迟:形容缓缓而降的样子。

〔21〕祗(zhī织):敬。这句是说,成汤唯上帝是敬。

〔22〕式:法,典范。九围:九州,指天下。这句的意思是,上帝命汤作为全天下的典范。

〔23〕受:接受。球:圆形玉。

〔24〕下国:指所辖各诸侯国。缀旒(liú流):天子冠冕上所垂的玉串。这里指被下国拥戴为天子的意思。

〔25〕何:同"荷",蒙受。休:通"庥",庇护。

〔26〕不竞:不争。不绿(qiú求):不屈从。《说文》段注云:"绿,纠也。"纠,引申为弯曲、屈从。

〔27〕敷政:布政,施政。优优:宽和的样子。

〔28〕百禄:即百福。遒:聚。毛《传》:"遒,聚也。"这句是说,百福聚集一身。

〔29〕共:通"珙",玉。苏辙《诗集传》:"共,珙通。"《玉篇》:"珙,大璧也。"此指成汤接受诸侯王进献的珙玉。

〔30〕骏:大。厖(méng蒙):覆盖,荫庇。王氏《集疏》:"《鲁》骏厖作骏蒙,《齐》作恂蒙。……为下国恂蒙,犹云为下国覆庇耳。"这句意思是,为所属下国诸侯的庇护。

〔31〕何:通"荷",蒙受。龙:通"宠",宠爱,这句是说,蒙受上天的宠爱。

〔32〕敷奏:施展。这句是说,施展他的勇武。

〔33〕不震不动:指凡事镇静自如,不动摇。

〔34〕不戁(nǎn赧):不惊恐。不竦(sǒng耸):不恐惧。

〔35〕百禄:众多的福禄。总:汇聚。

〔36〕武王:指成汤。毛《传》:"武王,汤也。"载:开始。旆(pèi配):大旗。这句是说,武王成汤开始树起大旗征伐夏桀。

〔37〕有虔(qián钱):即虔虔,本指虎行的样子。《说文》:"虔,虎行貌。"引申为威猛的样子。秉:执,拿。钺(yuè越):古代一种兵器,类似大斧。

〔38〕莫我敢曷:即"莫敢曷我"的倒文。曷,借为"遏",阻止。

〔39〕苞:本,指树干。比喻夏桀。蘖:旁生的新芽,细枝。三蘖,喻指

485

韦、顾、昆吾三个夏桀的同盟国。

〔40〕遂:生。达:长。句喻不能使三国存在、发展。

〔41〕九有:九州。截:截取划一,即统一。

〔42〕韦:古国名,在今河南滑县,夏的同盟小国。顾:古国名,在今河南范县,夏的同盟小国。

〔43〕昆吾:古国名,在今河南濮县,夏的同盟大国。这句是说,又讨伐了昆吾、夏桀。

〔44〕昔在中叶:从前在那商代中期,指汤时。

〔45〕有震且业:有动荡而且危险,指汤曾被夏桀所囚,又国家遭逢旱灾等危难。

〔46〕允:诚然。天子:指成汤。这句是说,他诚然是天之子。

〔47〕降:上天降予。卿士:高级执政大臣。

〔48〕实维:是为。阿衡:官名,此指开国贤臣伊尹。朱氏《集传》:"阿衡,伊尹官号也。"

〔49〕左右:在身边辅佐的意思。

殷　　武[1]

挞彼殷武,奋伐荆楚[2]。罙入其阻[3],裒荆之旅[4]。有截其所[5],汤孙之绪[6]。

维女荆楚[7],居国南乡[8]。昔有成汤[9],自彼氐羌[10],莫敢不来享[11],莫敢不来王[12]。曰商是常[13]。

天命多辟[14],设都于禹之绩[15]。岁事来辟[16],勿予祸適[17],稼穑匪解[18]。

天命降监[19],下民有严[20]。不僭不滥[21],不敢怠遑[22]。命于下国[23],封建厥福[24]。

商邑翼翼[25],四方之极[26]。赫赫厥声[27],濯濯厥灵[28]。寿考且宁[29],以保我后生[30]。

陟彼景山[31],松柏丸丸[32]。是断是迁[33],方斲是虔[34]。松桷有梴[35],旅楹有闲[36],寝成孔安[37]。

【注释】

〔1〕这是殷商的后人立宗庙祭祀高宗武丁的颂歌。全诗记叙武丁伐楚,诸侯来朝,中兴之盛时的一系列文德武功,卒章写为高宗建立神庙安享祭祀,层次井然,结构完整。殷武:指殷王武丁。

〔2〕挞(tà 踏):勇武的样子。奋伐:奋起讨伐。荆楚:指南楚之地。两句写武丁伐楚。

〔3〕罙(shēn 深):"深"的本字。阻:险阻。这句是说,深入其险阻之地。

〔4〕裒(póu 抔):俘获。王引之《经义述闻》:"与俘通。"旅:众,指士兵。

〔5〕截:截取划一。其所:指楚地。这句是说,统一了荆楚之地。

〔6〕汤孙:成汤子孙,指武丁。绪:功业,业绩。郑《笺》:"绪,业也。"

〔7〕维:语助词。女:汝,你。

〔8〕南乡:南方。

〔9〕昔有成汤:从前有我成汤。

〔10〕自彼:自那远方而来的。氐(dī 滴)、羌(qiāng 枪):西方的少数民族。

〔11〕享:指进献贡品。

〔12〕王:作动词,朝拜王。

487

〔13〕曰:语助词。常:遵从。按:此章是告诫荆楚之词。

〔14〕多辟:众诸侯。

〔15〕设都:建都邑。于:在。绩:通"迹",禹之绩,禹所治之地。陈氏《传疏》:"九州皆经禹治,因称禹迹。"

〔16〕岁事:指年年朝见天子的事。来辟:来朝见王。

〔17〕勿予:不给予。祸:罪。適:借为"谪",谴责。这句的意思是,不予以加罪和谴责。

〔18〕稼穑:指农事劳动。匪解:非懈,不要懈怠。

〔19〕降监:下察。

〔20〕下民:下方之民。严:敬慎谨严,指不敢有越轨行动。

〔21〕不僭(jiàn见):不越轨。不滥:不恣意妄为。

〔22〕怠遑:懈怠偷懒。

〔23〕下国:指各诸侯国。

〔24〕封建:受封建国。厥福:使其享有福禄的意思。

〔25〕商邑:商的都邑。翼翼:严整的样子。朱氏《集传》:"翼翼,整饬貌。"

〔26〕四方:四方诸国。极:中心的意思。

〔27〕赫赫:显赫的样子。声:名声。

〔28〕濯濯:光辉的样子。灵:指武丁之灵。

〔29〕寿考且宁:长寿而且安宁。按,高宗武丁享国五十九年,故称其寿考安宁。

〔30〕后生:后代子孙。

〔31〕陟:升,登山。景山:大山。

〔32〕丸丸:树干光滑挺直的样子。毛《传》:"丸丸,易直也。"

〔33〕是:乃,于是。断:斩伐。迁:搬运。

〔34〕方:犹"是",与下面"是"为互文,修辞上表现参错。斲(zhuó酌):用斧头砍。虔(qián前):指劈削。均指对木材做加工。

〔35〕松桷(jué决):松木削成的方形椽子。有梴(chān搀):即梴梴,木长长的样子。

488

〔36〕旅:众多。楹:柱子。有闲:即闲闲,粗大的样子。朱氏《集传》:"闲,闲然而大也。"

〔37〕寝成:指建起的高宗武丁庙。孔安:指很适合高宗之神来安享。朱氏《集传》:"安,所以安高宗之神也。"